HANS LUDWIG HERDER

Das Kollegenschwein

Liebe Frau Maier, 24.1.2001

... wenn es mal wieder im Büro länger dauert...

Alles Gute zum Geburtstag

Buch

Das Leben der 26jährigen Barbara Kleinwächter ist aus den Fugen geraten. Gerade hat ihr Freund sie sitzenlassen, nicht ohne sie vorher zu überreden, aus dem Tresor der Provinzbank, in der sie arbeitete, größere Summen Geldes zu »entleihen«. Die Sache geht natürlich schief, und schon ist Barbara gefeuert. Da sind selbst ihre treuen Katzen Dividende und Rendite nur ein kleiner Trost. Schließlich rappelt sie sich auf und ergattert einen Job in der Wertpapierabteilung einer Frankfurter Bank. Doch auch dort läuft nicht alles nach Plan. Nicht daß Barbara von ihrer neuen Stelle den Himmel auf Erden erwartet hätte. Aber mußten der karrieregeile Prokurist Müller und der eiskalte Abteilungsleiter Dr. Sonnenfeld ausgerechnet sie zum Spielball in ihrem gnadenlosen Machtkampf wählen? Zu allem Überdruß versorgt irgendein Kollegenschwein Dr. Sonnenfeld mit umfassenden Informationen über seine Mitarbeiter. Die geplagte Barbara verbündet sich mit der faulen Socke Czerwinski, dem Archivar und Betriebsfummler Lambert und einigen anderen, um dem Intriganten auf die Spur zu kommen. Und stößt bei ihrer Suche auf etwas ganz Unerwartetes – die Liebe …

Autor

Hans Ludwig Herder wurde 1956 geboren. Nachdem er sich zunächst in verschiedenen Berufen versuchte, arbeitet er seit 1986 als Bankkaufmann in einer Frankfurter Bank. Hans Ludwig Herder lebt mit seiner Familie in Bensheim.
Sein neuer satirischer Roman *Die Mega Rendite* erscheint im Herbst 2000 als Goldmann Taschenbuch.

Hans Ludwig
Herder

Das Kollegenschwein

Roman

GOLDMANN

Die Originalausgabe erschien 1997
im Eichborn Verlag

Umwelthinweis:
Alle bedruckten Materialien dieses Taschenbuches
sind chlorfrei und umweltschonend.

Genehmigte Taschenbuchausgabe März 2000

Umschlaggestaltung: Design Team München
Umschlagfoto: Photonica/Kemma
Verlagsnummer: 44630
Made in Germany

ISBN 3-442-44630-9

Inhalt

Der Mensch ist nicht Produkt seiner Umgebung.
Vielmehr ist seine Umgebung ein
Produkt des Menschen.

Benjamin Disraeli

1 *Die Bewerbung*

Der Lump stand vor ihr und grinste. Struppenfrisur, unrasiertes Faltengesicht, schlackerndes T-Shirt, verwaschene Jeans. Sie konnte es nicht fassen. Er stand in ihrem kleinen Flur und grinste sie an. Nach all dem Leid, das er ihr angetan hatte. Barbara ließ ihn stehen, rannte in die Küche, riß eine Schublade auf und griff zum Holzhammer, mit dem sie sonst Schnitzel platt schlug. Hammerschwingend kehrte sie zurück, sprang über die beiden Katzen Dividende und Rendite und stürzte sich auf ihn. Der erste Hieb war schlecht gezielt und zertrümmerte klirrend den Garderobenspiegel. Werner, die miese Drecksau, nutzte den Augenblick der Ablenkung und floh in das enge Schlafzimmer. Barbara hinter ihm her. Dort ließ er sich lässig auf das französische Bett fallen und feixte schamlos: »Na, mein Wildkätzchen, wie wär's mit 'ner schnellen Nummer am Vormittag?« Mit einem Wutschrei schlug Barbara zu. Mit Sicherheit hätte sie ihm das Nasenbein zertrümmert, wenn er nicht blitzschnell zur Seite gerollt wäre. Barbara trieb die Kanaille zurück in die schmale Diele. An der geschlossenen Wohnungstür war für Werner erst einmal Schluß. Ein kraftvoller Hammerschlag mit Anlauf. Krachend splitterte die billige Sperrholz- und Pappwabenkonstruktion. Das schmale, grinsende Faltengesicht war abgetaucht. Sie fuhr herum und sah, wie das schlackernde T-Shirt samt dem zweifelhaften Inhalt im Wohnzimmer verschwand. Werner stand vor der großen Glasvitrine mit den vielen kostbaren Gläsern und originellen Sammeltassen. Wieder schlug er seine dreckige Lache an: »Komm, wir treiben's auf dem Teppichboden. Vor den Augen deiner fetten Katzen!«

»Du perverser Scheißkerl!« schrie Barbara, rasend vor Wut. Sie holte aus. Ihr rechter Arm wurde von der Wucht des Schlages nach vorne gerissen. Die prunkvolle Glasvitrine zersprang mit hellem Klirren. Glas- und Porzellansplitter flogen durch den Raum. Barbara rannte in die Küche und kehrte mit einem scharfen Brotmesser zurück. Werner war nicht mehr da. Dafür hörte sie aus dem Badezimmer seine Stimme: »He, Schatz, komm her! Ich besorg's dir in der Duschkabine unter warm fließendem Wasser.«

»Ausgezeichnet«, dachte sie und fletschte die Zähne, »jetzt brauche ich seine Blutlache nur noch von den Kacheln zu wischen.«

Als Werner, eingekeilt zwischen Kloschüssel und Waschbecken, das blitzende Brotmesser sah, wurde er zum ersten Mal unsicher: »Barbara, mach keinen Scheiß!«

Aber sie war zu allem entschlossen: »Du bist ein Schwein, Werner! Und Schweine werden abgestochen.«

Dann stieß sie zu…

Zu ihrer großen Enttäuschung folgte kein gellender Schrei. Dabei hätte sie so gerne Werners schrilles Kreischen im Todeskampf ausgekostet. Die Szenerie löste sich in Dunkelheit auf: die Dunkelheit ihres Schlafzimmers. Barbara

Kleinwächter öffnete die Augen und wußte, daß es wieder der gleiche Alptraum gewesen war.

Der Radiowecker war angesprungen und spielte leise vor sich hin. Novembermorgen. Durch die geschlossenen Fensterläden drang gedämpfter Verkehrslärm. »Wie spät ist es?« dachte sie erschrocken. »Himmel, ich muß zur Bank. Ich bin in den vergangenen Jahren nie unpünktlich gewesen.« Dann fiel ihr das ganze Unglück ein.

Werner war weg, und die Bank hatte sie gefeuert. Fristlos. Es war kaum Zeit gewesen, ihre persönlichen Sachen aus dem Schreibtisch zu räumen. Alles war so schnell gegangen. Niedergedrückt vor Scham und Enttäuschung hatte sie alles unterschrieben. Jetzt lag sie in ihrem Bett und starrte zur Decke. Minutenlang. Die Zeit schien eingefroren. Noch nie in ihrem Leben war sie so gedemütigt worden. Nichts war geblieben, außer Leere und Sinnlosigkeit.

»Hier ist Radio Agil, wir machen mobil!« unterbrach eine jung-dynamisch-männliche Stimme aus dem Lautsprecher ihre Gedanken. »Wir sind das heiße Radio für alle, die auch heute wieder gut drauf sind. Nach der Werbung kommt Joshua Kadison mit dem Mega-Hammer *Picture Postcards from L. A.* Radio Agil, das Power-Radio mit dem Mega-Sound!«

Dividende und Rendite waren schon wach und schnurrten auf dem Bettvorleger. Barbara stand seufzend auf und schleppte sich zum Kühlschrank. Ein Rest Milch für die Katzen. Und sie selbst? Frühstück? Sie hatte keinen Hunger. Sie starrte in den Spiegel und sah das Gesicht einer verschlafenen jungen Frau. Ein ausdrucksloses Dutzendgesicht. Ohne Ausstrahlung. Die schwarzen Haare hingen in wirren Strähnen herunter. Ein Besuch beim Frisör hätte ihrem Selbstwertgefühl gutgetan. Aber bei ihren Finanzen war das ein unerschwinglicher Luxus. Dann diese Figur: mittelgroß,

Normalgewicht mit einigen Speckpolstern. Alles war so durchschnittlich, so öde normal, so unattraktiv. Sie war überzeugt, selbst in einem frauenlosen Straflager hätte sich kein Mann nach ihr umgedreht.

»Hier ist Radio Agil, wir machen mobil!« jubilierte die Männerstimme wieder. »Wir sind das Radio mit den heißen Hits für Fröhliche und Verliebte. Rufen Sie gleich nach der Werbung an! Sagen Sie allen, wie fröhlich und verliebt Sie sind! Unter den ersten zehn Anrufern verlosen wir eine CD mit zärtlichen Love-Songs!«

Sie war eine Versagerin und dazu schon 26 Jahre alt. Ihr Leben war vorbei und verpfuscht. Sieben Jahre hatte sie in der kleinen Bankfiliale gearbeitet, bis der Himmel einstürzte und die Erde sich öffnete. Dabei wollte sie doch nie etwas Besonderes vom Leben. Sie besaß nicht den Ehrgeiz, die Welt zu verändern oder Reichtum zu erwerben. Sie wollte keine Karriere machen in der Bank. Sie wollte kein Fotomodell werden oder einen Millionär heiraten. Sie wollte einfach nur eine Arbeit, von der sie leben konnte und die manchmal ein wenig Spaß machte. Und dann wollte sie einen zuverlässigen Partner, mit dem sie einmal eine Familie gründen konnte. Waren das nicht einfache, bescheidene Wünsche? Warum bekam sie nicht einmal das auf die Reihe?

Dividende und Rendite pirschten sich von hinten auf leisen Katzenpfoten an Barbara heran, miauten leise mitfühlend und strichen mit ihrem weichen Fell um ihre nackten Füße. Sie bückte sich nach ihnen, hob beide in Augenhöhe und sprach trotzig: »Ihr habt ja so recht, verflucht! Entweder ich setz' mich jetzt in die Kloschüssel und spül mich runter, oder ich betrachte meine Situation als Härtetraining.«

Werner war weg, die Drecksau! Aber was machte das? Von Männern im allgemeinen und von Werner im besonderen hatte sie ohnehin die Nase voll. Viel schlimmer war, daß wegen ihm nicht nur der Job, sondern auch ihre Ersparnisse verloren waren. Obendrein hatte sie noch Schulden am Hals. Sie besaß gerade noch 140 Mark und etwas Kleingeld im Portemonnaie. Dazu, als eiserne Reserve, drei Hundertmarkscheine zwischen den Seiten 142 und 143 des Buches *Super Performanz – Die dynamische Geldanlage*. Die Bank hatte sie erpreßt, selbst zu kündigen. Also war auch an Arbeitslosengeld vorerst nicht zu denken. Freunde zum Anpumpen gab es auch keine, weil alle ihre Freunde Werners Freunde gewesen waren. Auf ihre Eltern konnte sie schon gar nicht zählen. Die wohnten weit weg in Nordhessen. Ihr Vater war nach jahrelanger Arbeitslosigkeit notgedrungen in den Vorruhestand gegangen. Jetzt lebten die beiden mehr schlecht als recht von einer kleinen Rente, wobei ihre Mutter noch diverse Putzstellen angenommen hatte. Barbara mußte Miete zahlen, mußte ihr altes Auto betanken, mußte Katzenfutter kaufen, das Telefon sollte gehen, und wenn jetzt im Winter die Heizung laufen würde, wäre das auch kein Nachteil. Sie brauchte also einen neuen Job. Sofort!

Unter den Banken am Ort hatte sich ihr Fall längst herumgesprochen. Hier brauchte sie sich erst gar nicht zu bewerben. Auf dem Land war es ohnehin schwer, eine Stelle zu finden. Es blieb die Bankenmetropole Frankfurt, 50 Kilometer entfernt. Die saugte wie ein riesiger Schwamm Bankkaufleute an. Ihr grauste vor dem Gedanken, dort zu arbeiten. Hinter den gläsernen Fassaden riesiger Bürotürme würde sie täglich auf schallschluckenden Teppichböden widerlichen Anzugträgern begegnen. Alle zusammen aggressionsgehemmte, dafür mit allen Salben der Hinterlist geschmierte Intriganten, die von vorne freundlich lächelten und hinterrücks die Messer zückten. Aber was blieb ihr übrig? Sie mußte nach Frankfurt.

Fünf Tage später hatte sie zehn passende Stellenanzeigen

gefunden und zehn Bewerbungen geschrieben. Zehn große, braune Umschläge mit zehn sorgfältig getippten Lebensläufen. Zehn Zeugniskopien und zehn Paßbilder mit einer jungen, lachenden Frau. Zehnmal Ungewißheit und zehnmal verzweifelte Hoffnung. Sie zahlte zähneknirschend 30 Mark Porto. Die zehn Umschläge verschwanden in einem Schlitz, der so dunkel war wie ihre Zukunft.

Telefon. Personalmanager Roß legte das »Handelsblatt« zur Seite: »FHK-Bank, Personalabteilung, Roß.«

Er hörte eine unsichere Frauenstimme: »Guten Tag. Entschuldigung, ich heiße Barbara Kleinwächter.«

»Dafür brauchen Sie sich nicht zu entschuldigen«, antwortete er. »Was kann ich für Sie tun?«

»Sie haben mich für nächsten Freitag, 10 Uhr, zu einem Vorstellungsgespräch eingeladen.«

»Wie schön für Sie. Und?«

Pause. Die Anruferin holte tief Luft: »Kann ich bitte einen anderen Termin bekommen?«

Roß traute seinen Ohren nicht. »Moment«, schnappte er, »ich hole die Unterlagen.« Er war verärgert. *Eine* Stellenanzeige und 63 Bewerber. Acht davon hatte er am Freitag eingeladen. Diese Frau Kleinwächter war eigentlich nur wegen ihres jugendlichen Alters in die engere Wahl gekommen. Jetzt rief die Tussi an und wollte einen anderen Termin. Sie würde seinen Zeitplan durcheinanderwerfen. Was dachte sich diese Frau eigentlich? Mit der Routine seiner zwanzigjährigen Berufserfahrung hatte er sich in den Bewerbungsunterlagen schnell einen Überblick verschafft. Er griff zum Hörer: »Sie schreiben da, Frau Kleinwächter, daß Sie zeitlich flexibel sind und jederzeit anfangen könnten. Was ist denn jetzt auf einmal wichtiger als das Vorstellungsgespräch?«

»Es gibt da ein Problem. Bitte verstehen Sie mich! Ich

habe mich so oft beworben und nur Absagen erhalten. Jetzt gibt es endlich zwei Einladungen zu Vorstellungsgesprächen. Unglücklicherweise fast zur gleichen Zeit. Wenn Sie sich nur ein wenig in meine Lage versetzen, verstehen Sie vielleicht, daß ich *beide* Termine wahrnehmen will.«

Der Personalmanager schwieg für einige Sekunden und dachte nach: Entweder war diese Frau Kleinwächter wirklich so naiv, oder sie hatte es faustdick hinter den Ohren. Am besten, er fühlte ihr kräftig auf den Zahn: »Also, Frau Kleinwächter, Sie haben sich für eine Stelle im Wertpapierbereich beworben. Zum Wertpapiergeschäft gehört es, daß man sich schnell entscheiden kann. Wollen Sie den Termin? Ja oder nein?«

Pause. Ein Schlucken. »Gut, Herr Roß, ich komme pünktlich um 10 Uhr.«

»Das will ich hoffen. Guten Tag!« Er legte den Hörer auf und schüttelte den Kopf. Nicht zu glauben. So naiv konnte doch kein Mensch sein, daß er zugab, nur Absagen erhalten zu haben. Wollte diese Frau die Stärke seiner Verhandlungsposition ausloten? Oder war das eine neue, hinterhältige Strategie? Zwanzig Jahre hatte er als Personalmanager in der FHK-Bank die Macht genossen, auf der richtigen Seite des Schreibtisches zu sitzen. Er kannte alle Tricks und Maschen der Bewerber. Er wußte, wie sie sich verkauften, wie sie sich aufbliesen, bis zur Decke, und ihre Schwächen herunterspielten, bis unter den Teppich. Er kannte sie alle: die Aalglatten, die Supercoolen, die Großmäuler, die Oberschlauen und Alleskönner. Er durchschaute sie alle. Nach zehn Minuten, spätestens, wußte er, wen er vor sich hatte. Jetzt kam diese Frau Kleinwächter. Instinktiv fühlte er ihre Gerissenheit. Aber warte! Er würde sie auseinandernehmen, wie er noch keinen Bewerber auseinandergenommen hatte.

Schlaflose Nacht. Viel zu früh stand Barbara auf. Kaffee. Knäckebrot. Ohne Lust. Wichtigste Regel bei einem Vorstellungsgespräch: Sei pünktlich, egal was passiert! Also nahm sie den Zug, denn auf ihren alten Fiesta war wenig Verlaß. In die Frankfurter Innenstadt zu fahren und dort einen Parkplatz zu finden traute sie sich sowieso nicht zu. Die Hin- und Rückfahrt kostete 25 Mark. Hoffentlich brachte sie den Mut auf, die Bank um Erstattung dieser Auslage zu bitten. Mit ihrem Outfit gab sie sich Mühe. Die schwarzen Haare wurden gewaschen und zu einem Zopf geflochten. Dazu eine schwarze Bundfaltenhose, ein rotes Sweatshirt und eine dicke, grüne Winterjacke mit großen Perlmuttknöpfen. Ein eleganter Wintermantel wäre für eine Bank zwar passender gewesen; aber ihr einziges Kleidungsstück dieser Art war schon zu abgetragen. Alle Informationen über die FHK-Bank, die Frankfurter Handels- und Kredit-Bank AG, die sie in der kurzen Zeit zusammentragen konnte, hatte sie fotokopiert und zu einer ordentlichen Akte zusammengestellt. Das machte bestimmt Eindruck. Leider paßte der Ordner, zusammen mit dem alten Frankfurter Stadtplan, nicht in ihre schicke Umhängetasche aus schwarzem Leder. Deshalb verstaute sie alles in einem großen, flachen Patchworkbeutel.

Hauptbahnhof Frankfurt. Fünf mächtige Tonnengewölbe aus schwarzem Stahl und verschmiertem Glas überspannten zwei Dutzend Gleise. Kopfbahnhof, festverschraubte Prellböcke. Ziel und Ausgangspunkt für Unzählige. Unablässig einfahrende Züge. Schmerzquietschendes Bremsen. Lautsprecher, verwirrende Hinweistafeln, Hasten, Rempeln, schmierige Steinplatten, Zeitungsstände, abgerissene Penner neben hermelintragenden Chefsekretärinnen, Imbißbuden, zugige Kälte, Leuchtreklame, Gestank, Stimmengewirr, shadorverhüllte Frauen, Uniformen. Verwirrende Kontraste. Die Stadt war ihr nie ganz geheuer gewesen. Aber sie brauchte Arbeit und mußte durch.

Sie fand die unterirdischen Bahnsteige der S-Bahnen, die ins Bankenviertel fuhren. Barbara stieg ein. Noch 30 Minuten bis zum Vorstellungsgespräch. Beruhigend viel Zeit. Es war die richtige S-Bahn-Linie. Es war alles in Ordnung. Mit einer einzigen Ausnahme: Die S-Bahn fuhr in die falsche Richtung.

FHK-Bank, 19. Etage. Manfred Müller stand in dem marmorgetäfelten Waschraum und kämpfte gegen die Panikattacken. Alles war auf der Geschäftsreise nach New York gut gelaufen. Alles bis auf diesen verfluchten, goldbehängten Neureichen im Pelzmantel. Der saß im Foyer der Bank, als Müller aus dem Taxi stieg. Auf seinem Schoß eine überzüchtete, widerliche Siamkatze. Er streichelte das edle Tier. Um seine Mundwinkel spielte ein wissendes Lächeln. Müller wäre in diesem Augenblick eines Totschlags fähig gewesen. Aber es gelang ihm, seine panische Angst vor Katzen zu beherrschen. Ruhig und konzentriert ging er weiter, stieg in den Aufzug und fuhr in die 19. Etage. Innerlich aufgewühlt von dem Bild des katzenstreichelnden und hintergründig lächelnden Mannes. Selbst hier in der Abteilung fühlte er sich noch von riesigen Katzen auf lautlosen Pfoten verfolgt.

Der Anfall war vorüber. Müller starrte in den Spiegel und versuchte sich durch Atemtechnik zu beruhigen. Er war leitender Angestellter und konnte sich keine psychopathologischen Spinnereien erlauben. Eine Gefahr für seine Karriere. In 15 Minuten hatte er einen wichtigen Termin bei seiner Mentorin, Frau von Wildenstein. Ein Gespräch, das für seinen Aufstieg in der Bank wichtig werden konnte. Er mußte sich zusammenreißen.

Müller überprüfte die Korrektheit seiner Erscheinung. Er hatte einen großen, fast athletischen Körperbau. Aus amerikanischen Studien wußte er, daß auch das eine Voraussetzung für beruflichen Erfolg war. Körperliche Größe gehörte unbewußt zum Bild jedes Vorgesetzten von einem erfolgreichen Mitarbeiter. Müller war erst 26. Trotzdem vermittelte der teure, dunkelgraue Markenanzug Kompetenz und Seriosität. Sorgfältig war dazu die dezente Seidenkrawatte abgestimmt. Ebenso die exakt sitzende Krawattennadel aus unaufdringlichem Platin und das leicht getönte Markenhemd. Er trug die Uniform der Millionen Bankangestellten in dieser Welt. Aber er hatte den Ehrgeiz, bis ins kleinste Detail noch perfekter zu sein. Seine schmalen Hände waren tadellos gepflegt. Trotzdem feilte er seine Fingernägel noch ein wenig nach. Die dichten schwarzen Haare waren perfekt geschnitten und frisiert; das Gesicht glattrasiert. Früher hatte Müller einmal einen Oberlippenbart getragen, um seinem Aussehen mehr Männlichkeit zu verleihen. Die Barthaare waren üppig und ungleichmäßig gewachsen. Das hatte sein Wertsystem herausgefordert: Ordnung und Disziplin. Allmorgendlich war er ihnen mit Rasierapparat, Nagelschere und Pinzette zu Leibe gerückt. Hatte sie gestutzt, abgeschnitten und ausgezupft. Aber die rebellischen, ungezügelt wuchernden Haare wollten sich seiner ästhetischen Autorität nicht beugen. Jetzt war der Bart verschwunden.

Das einzige, was ihn störte, waren diese unmöglichen Augen. Er wünschte sich kleine, kalte, blitzende Augen, die jedem seiner Kollegen sofort signalisierten: »Vorsicht! Leg dich nicht mit mir an!« die jedem seiner Vorgesetzten suggerierten: »Paß auf! Ich bin genau der richtige Mann für dich!« Aber Müller besaß diese kalten Augen nicht. Er hatte große, sanfte, fast gütige braune Augen, die ihm fremd waren. Er haßte sie, sobald er in den Spiegel schaute. Eine kantige Metallbrille kaschierte den Makel. Das war alles, was er tun konnte. Zum Schluß legte er einen dezenten Herrenduft auf. Er dachte nicht mehr an die Siamkatze. Sein Verdrängungsmechanismus funktionierte. Er war auf das Gespräch vorbereitet.

Personalmanager Roß sah die Bewerberin fassungslos an. »Ich glaub' es nicht«, dachte er. Helle Flecken auf der schwarzen Bundfaltenhose und ein bunter Patchworkbeutel. Obendrein war diese Frau Kleinwächter fast eine halbe Stunde zu spät. Alles hatte er erwartet. Aber das war der Gipfel! Mühsam rang er um Beherrschung und sprach gequält: »Bitte setzen Sie sich!«

»Ich kann Ihnen alles erklären«, sagte sie hastig. »Meine S-Bahn fuhr in die falsche Richtung, und ich habe den Irrtum erst bemerkt, als...«

»Nicht nötig, kommen wir gleich zur Sache. Was wissen Sie über unsere Bank?«

Sie holte ihre zerfledderten Unterlagen aus dem Beutel und legte sie vor sich. Roß starrte entsetzt darauf. »Ich glaube das nicht. Ich glaube das einfach nicht«, sprach er still zu sich selbst. Er war kurz vor der Explosion.

Sie begann: »Leider hatte ich nur ein paar Tage Zeit, um mich über die Frankfurter Handels- und Kredit-Bank AG zu informieren, aber...«

»Schon gut«, unterbrach Roß, dem das Gespräch schon jetzt zu lange dauerte. »Warum, Frau Kleinwächter, sollten wir *Sie* einstellen?«

»Ich brauche einen Job, Herr Roß.«

Er sah sekundenlang auf seine Schreibtischunterlage und versuchte Ruhe zu bewahren. Dann sprach er betont langsam. »Daß Sie nicht hier sind, um einen Kühlschrank zu kaufen, ist mir klar. Aber warum sollten *wir*, wir, die FHK-Bank, Sie einstellen?«

Sie schien zu begreifen und legte los: »Ich bin ausgebildete Bankkauffrau. Ich habe sieben Jahre am Schalter einer kleinen Bankfiliale gearbeitet; zuletzt als Kassiererin. Ich bin sehr belastbar, flexibel und lernwillig.«

»Das bedeutet, du hast keine Ahnung«, dachte er und kam zur dritten Frage: »Warum haben Sie Ihren alten Job gekündigt?«

»Weil ich keine Chance sah, mich dort fachlich weiterzubilden und alle Aufstiegsmöglichkeiten verbaut waren.«

»Das heißt, man hat dich gefeuert«, dachte er und setzte das sinnlose Gespräch widerwillig fort: »Gut, was reizt Sie nun gerade an der angebotenen Stelle im Settlement ausländischer Wertpapiere?«

»Ich weiß nicht genau, was das ist, Herr Roß. Aber Sie werden mich bestimmt darüber aufklären.«

»Ich glaube es nicht«, dachte er. »So blöd kann doch kein Mensch sein. Da muß doch etwas dahinterstecken. Vielleicht hat dieses ausgebuffte Biest noch einen Trumpf im Ärmel. Oder ...«, ihm schossen die abenteuerlichsten Gedanken durch den Kopf, »... da ist eine abgefeimte, abgekartete Intrige gegen mich im Gang. Eine Falle! Vielleicht *soll* ich sie ablehnen. Und dann stellt sich hinterher heraus, daß sie die Nichte von einem Vorstandsmitglied ist. Es gibt genug, die heimlich an meinem Stuhl sägen.«

Der Personalmanager hatte die Nase voll. Er ging unverblümt zum Angriff über: »Sagen Sie, Frau Kleinwächter, haben Sie Kontakte oder verwandtschaftliche Beziehungen zu leitenden Mitarbeitern unserer Bank?«

Die Bewerberin glotzte wie ein Auto. Dann antwortete sie etwas verlegen: »Warum meinen Sie ...? Nein, natürlich nicht.«

Roß gab entnervt auf. »Gut, wir haben keine Zeit mehr. Fahren Sie mit dem Aufzug in den 19. Stock. Dort finden Sie die Abteilung *Settlement and Custodial Foreign Securities*. Verantwortlicher Leiter ist Dr. Sonnenfeld. Er erwartet Sie bereits seit 15 Minuten. Bitte beeilen Sie sich!«

»Danke für das Gespräch«, sagte Frau Kleinwächter artig und machte die Tür hinter sich zu.

»Geh mit Gott, aber geh!« dachte er inständig. »Hoffentlich läufst du mir nie mehr über den Weg.«

Müller fuhr in die 34. Etage der Bank, wo er sich bei einem grau uniformierten Security-Mann ausweisen mußte. Im Vorzimmer der Frau von Wildenstein wurde er von ihrem Sekretär empfangen: »Herr Müller, machen Sie sich auf eine große Sache gefaßt! Frau von Wildenstein studiert schon den halben Morgen Ihre Personalakte.«

»Danke, Herr Wolf«, antwortete Müller äußerlich gelassen. Es war seine steinerne, charakteristische Ruhe. Doch in seinem Inneren war er sofort elektrisiert. Er kannte dieses Gefühl mühsam kontrollierter Erregung, das in seinem Bauch entstand, nach oben ausstrahlte, seinen Herzschlag beschleunigte, sich ausbreitete, bis alle Nerven seines Organismus vibrierten. Die Erregung des Erfolges. Sieben Jahre hatte ihn diese Erregung begleitet. Wie aus einer Brennkammer hatte sie ihn mit immer neuer Energie versorgt, ihn immer weiter vorangetrieben.

Als Müller das Büro betrat, kam ihm seine Mentorin ein paar Schritte entgegen. Die Begrüßung war freundlich, fast herzlich. Die Frau war klein und schlank, Anfang Fünfzig. Unauffällige, aber elegante Kleidung. Einziger Schmuck waren eine halblange Perlenkette und ein schmaler Ehering. Sie besaß den Rang einer Direktorin und fungierte als Hauptabteilungsleiterin im Wertpapierbereich, mit weit über dreihundert Angestellten unter sich. Von ihr aus führten direkte Drähte zum Vorstand. Ihr Büro war mit kostbaren Teppichen ausgelegt. An den Wänden wechselten Regalwände aus rötlichem Mahagoni mit wuchtigen Ölgemälden, die romantische, menschenleere Parklandschaften zeigten. Der Schreibtisch war zierlich, sehr alt und mit

Intarsien versehen. Seitlich stand eine gerahmte Fotografie. Sie zeigte die Direktorin an der Seite ihres Mannes und ihrer zwei fast erwachsenen Kinder. Einige rotbeschirmte Stehlampen und eine Sitzgruppe mit alten, dunkelbraunen Ledersesseln gaben dem Raum die behagliche Atmosphäre eines Wohnzimmers.

Frau von Wildenstein bot Müller einen Platz an und setzte sich ihm schräg gegenüber. »Was darf ich Ihnen anbieten: Kaffee, Tee oder Mineralwasser?«

»Tee«, entschied Müller kurz.

»Herr Müller, wie war Ihre Reise nach New York?«

»Sehr informativ, Frau von Wildenstein, ich habe Ihnen einen ausführlichen Bericht mitgebracht.«

»Sehr schön. Ich bin gespannt, ihn zu lesen. Aber jetzt möchte ich zu unserem eigentlichen Thema kommen.« Die Direktorin machte eine kurze Pause, beugte sich leicht nach vorne, faltete die Hände und sprach: »Es ist mir eine außerordentliche Freude, Herr Müller, Ihnen sagen zu dürfen, daß Ihnen die Bank mit sofortiger Wirkung Prokura erteilt.«

Müller blieb ruhig. In seinem Hirn jagten jedoch erregte Impulse, bis ihm fast schwindlig wurde. Alle hatten ihn für verrückt erklärt, daß er mit dem besten Abitur seiner Klasse nicht studieren wollte. Statt dessen hatte er mit 18 eine Banklehre gemacht, wurde mit 22 Teamleiterassistent, mit 24 Teamleiter und mit 26 der vermutlich jüngste Prokurist, den es in der FHK-Bank je gegeben hatte. Das erste große Ziel, die Abteilungsleitung, war zum Greifen nah.

Seine Mentorin wartete einen Augenblick, um die Bedeutung ihrer Worte wirken zu lassen. Dann fuhr sie fort: »Damit sind Ihre großen Verdienste für die Bank, insbesondere um die Leitung des Teams *Kapitalveränderungen*, natürlich nicht aufgewogen. Ich denke, daß im Laufe des Jahres eine entsprechende Gehaltsangleichung erfolgen wird. Sie verdienen zur Zeit rund 106 000 Mark im Jahr?«

»Ja.«

»Natürlich ist das zuwenig. Sonst werden Sie uns noch von einer anderen Bank abgeworben. Ich möchte nur im Augenblick nicht der Abteilungsleitung vorgreifen.«

»Das kann ich verstehen.«

»Sie wissen ja, daß sich die Bank, und besonders Ihre Abteilung, im Umbruch befindet.«

Müller nickte.

»Lassen Sie mich etwas ausholen! Europa rückt immer näher zusammen. Wir haben den gemeinsamen Markt, und in einigen Jahren werden wir eine gemeinsame Währung haben. Über die nationalen Grenzen hinweg schließen sich die Kreditinstitute zusammen. Es entstehen Überkapazitäten. Gleichzeitig halten neue Kommunikationsformen im Bankgeschäft Einzug: Telefonbanking, Computerbanking. Die dichten Filialnetze der großen Kreditinstitute verlieren an Bedeutung. Auch hier entstehen Überkapazitäten. Der Wettbewerb wird härter; die Margen kleiner.«

Müller nickte.

Die Direktorin nahm einen Schluck Tee und setzte ihren Vortrag fort: »Aus diesem Grund hat der Vorstand eine externe Gesellschaft für Unternehmensberatung beauftragt, unser Kreditinstitut zu analysieren. Die Ziele waren, Schwachstellen und Wasserköpfe aufzuspüren, Reibungsverluste zu beseitigen und die Schlagkraft der Bank insgesamt zu erhöhen.«

Müller nickte. »Ich habe davon gehört.«

»Während Ihres Urlaubs und Ihrer anschließenden Geschäftsreise nach New York wurden bereits Resultate in die Praxis umgesetzt. Es mußten Personalentscheidungen getroffen werden, um das Management schlanker und effizienter zu machen. Es ist mir nicht leichtgefallen, aber ich kam nicht umhin, Ihren alten Abteilungsleiter nach Warschau zu schicken. Sein Nachfolger ist Dr. Sonnenfeld.«

Müller war überrascht: »Die Bank macht tatsächlich Ernst.«

»Ja«, seufzte sie, »haben Sie Dr. Sonnenfeld schon kennengelernt?«

»Nein, ich komme direkt vom Flughafen.«

»Dann werden Sie ihn bald kennenlernen. Seine Aufgabe ist nicht leicht. Er muß die Abteilung reformieren. Bitte helfen Sie ihm dabei!«

»Selbstverständlich.«

»Herr Dr. Sonnenfeld ist Ihr direkter Vorgesetzter. In seiner Abwesenheit wird er von Herrn Gernsheimer vertreten. Sie wären mir persönlich zwar als stellvertretender Abteilungsleiter lieber gewesen, aber da Gernsheimer der dienstältere Prokurist ist, konnte ich ihn nicht übergehen, ohne daß es zu Spannungen gekommen wäre.«

Müller nickte.

»Ihre Kompetenz ist mir jedoch zu wichtig. Sie sollen sie nicht in einer gewöhnlichen Teamleiterfunktion verschwenden. Sie werden Dr. Sonnenfeld unterstützen. Er braucht Ihr Fachwissen über Wertpapiere und Ihren guten Einblick in die Abteilungsstruktur.« Die Direktorin sah ihn prüfend an.

Müller antwortete zögernd: »Das kommt überraschend, Frau von Wildenstein. Trotzdem werde ich mich bemühen, Ihren Erwartungen gerecht zu werden. Ich will aber auch deutlich machen, daß ich meine eigenen Vorstellungen einbringen und um Qualitätssicherung bemüht sein werde.«

»Das habe ich von Ihnen nicht anders erwartet, Herr Müller«, sagte sie und trank einen Schluck Tee. »Dr. Sonnenfeld besitzt fundierte betriebswirtschaftliche Kenntnisse und hat als Soziologe promoviert. Die Verbindung beider Fachrichtungen machen ihn zu einem Protagonisten auf dem Gebiet der Arbeitsorganisation. Er repräsentiert einen modernen Unternehmertyp, der neue Kombinationen durchsetzt. Seine Entscheidungen mögen Ihnen impulsiv und bauchgesteuert scheinen. Aber…«, sie senkte etwas die Stimme, »ich warne Sie. Unterschätzen Sie ihn nicht! Hat er einmal einen seiner unorthodoxen Wege eingeschlagen, schreitet er energisch voran. Das hat ihm den Ruf eines *Machers* eingebracht.«

Sie trank wieder einen Schluck. Dieser Punkt des Gespräches war abgehakt. Es entstand eine längere Pause.

Müller schwebte in seinem Sessel. Stückweise begann er die Tatsache seiner Beförderung richtig zu realisieren. Frau von Wildenstein beobachtete ihn aufmerksam. Dann sagte sie in verändertem Tonfall: »Herr Müller, ich mache mir Sorgen um Sie.«

Schlagartig erwachte sein Mißtrauen. Was kam jetzt? Wußte sie etwas von seiner Katzenphobie? Intrigen waren wie Eisberge. Man sah nur ihre Spitzen. Und dann war es schon zu spät.

»Herr Müller, Sie sind jung, intelligent, ehrgeizig, erfolgreich und durch Ihre privaten Wertpapiergeschäfte schnell reich geworden. Eines Tages, davon bin ich überzeugt, werden Sie meine Nachfolge antreten. Aber es werden auch andere Tage kommen. Sie werden nichts als Sinnlosigkeit empfinden. Sie werden so ausgebrannt sein wie kalte Asche in einem Kamin. Alter, Krankheit, Erschöpfung werden ihren Tribut fordern. Dann wird Ihnen bewußt werden, daß Sie in eine Falle gelaufen sind. Sie haben die Bank für ihr Leben gehalten. Aber diese Bank ist nur ein Teil Ihres Lebens. Bitte denken Sie an die Fülle Ihrer Fähigkeiten, Wünsche und Bedürfnisse, die Sie jetzt unterdrücken, weil Sie sie für sinnlos oder gar für eine Gefährdung Ihrer Karriere halten. Lassen Sie sie leben! Ich bitte Sie darum.«

Müller war beruhigt. Sie wußte nichts. Frau Pastorin sprach nur das *Wort zur Vorweihnachtszeit.*

»Es ist jetzt fast zwanzig Jahre her«, formulierte sie weiter ihr Anliegen, »als ich ganz bewußt meine eigene Karriere unterbrochen habe, um mich meiner Familie zu widmen. Ich habe die Entscheidung nie bereut. Natürlich müssen Sie Ihren eigenen Weg finden. Aber bitte, denken Sie über meine Worte nach! Nehmen Sie sich ein paar Tage frei, und denken Sie nach!«

»Amen«, sprach Müller in Gedanken. Es war das erste Mal, daß sie sich nicht vollständig verstanden hatten.

Kurze Zeit später fuhr der frische Prokurist vom 34. Stock hinunter zu seiner Abteilung. Sekretär Wolf hatte bestimmt schon dafür gesorgt, daß sich die Nachricht seiner Beförderung wie ein Lauffeuer im Haus verbreitet hatte. Er plante, bei einem Partyservice schnell ein paar erlesene Häppchen und sechs Flaschen Champagner zu bestellen. Er selbst nippte bei solchen Anlässen nur am Orangensaft. Es gehörte zu seinen festen Grundsätzen, im Dienst niemals Alkohol zu trinken. Selbst heute nicht.

Der Aufzug hielt. Die Metalltüren surrten auseinander. Er trat hinaus und bekam einen Stoß von der Seite. Er taumelte quer durch den Raum. Sein Knie schlug schmerzhaft gegen den Fotokopierer. Hinter ihm ein dumpfes Rumpeln. Eine junge Frau lag in der Ecke und hatte ein nagelneues Computerterminal von einem Transportwagen heruntergerissen. Helle Flecken auf der Hose. Neben ihr auf dem Boden ein knallbunter Patchworkbeutel.

»Können Sie nicht aufpassen!« bellte Müller.

Sie rappelte sich auf und stieß atemlos hervor: »Ich habe ein Vorstellungsgespräch bei Herrn Dr. Sonnenfeld. Schnell, wo finde ich ihn?«

Müller hatte sich schon wieder unter Kontrolle. Ruhig erklärte er: »Durch das Großraumbüro. Die dritte Tür von rechts. Dahinter finden Sie den Abteilungsleiter.«

»Danke«, rief die junge Frau, sah einen kurzen Moment verwirrt in seine Augen und rannte weiter.

»Widerlich«, dachte Müller, »eine Schlampe aus dem Alternativmilieu. Wenn jetzt solche Leute eingestellt werden, geht es mit der Bank bergab.«

»Ekelhaft«, dachte Barbara im Laufen, »einer von diesen arroganten, geleckten Anzugträgern. Hoffentlich habe ich mit dem Kerl hier nichts zu tun.«

Das Herz randalierte, als sie an die Tür von Dr. Sonnenfeld klopfte. »Kommen Sie rein!« hörte sie eine helle Stimme. Sie öffnete zaghaft und lugte vorsichtig um die Ecke. Das schiere Chaos schlug ihr entgegen. Der Abteilungsleiter würdigte sie keines Blickes. Er stand hemdsärmelig hinter seinem Schreibtisch und wühlte in einem Wust von Schriftstücken herum. Das ganze Büro, einschließlich des Teppichbodens, war übersät mit Computerausdrucken. In der Mitte stand auf drei schmalen Stangen eine Tafel mit großen, weißen Abrißblättern. Dazwischen Reihen von Aktenordnern, geöffneten und ungeöffneten Kisten, ein Laserdruckr und ein Faxgerät. An den Wänden waren Tabellen, Diagramme und fotokopierte Texte mit Reißnägeln befestigt. Daneben historische Wertpapiere in billigen Wechselrahmen und ein gewaltiges Samuraischwert. Auf den Schränken türmten sich alte Listen. Barbaras entsetzte Blicke kehrten zum Schreibtisch zurück, wo ein mächtiger Personalcomputer an der Seite thronte. Sein schwerer Standfuß stemmte sich trutzig gegen die anbrandende Papierflut.

Dr. Sonnenfeld war desorientiert. Er murmelte nervös vor sich hin: »Himmel, wo hab' ich nur meine Unterlagen?« Hektisch riß er einige Schubladen auf, aus denen noch mehr Papiermassen hervorquollen. Barbara blieb unschlüssig an der Tür stehen. Der Mann mochte über vierzig sein. Zerzauste graue Haare und ein grauer Backenbart umrahmten das Gesicht. Der Kopf war im Verhältnis zu dem schmächtigen Körper viel zu groß. Noch verstärkt durch eine dünne

Metallbrille, wirkte er intellektuell, fast weltentrückt vergeistigt. Endlich fand er einen grauen Aktendeckel mit den fotokopierten Bewerbungsunterlagen. Erleichtert setzte er sich in seinen schwarzen Ledersessel und sah zum ersten Mal die Besucherin an: »Bitte nehmen Sie Platz, Frau Bauer!«

»Entschuldigung, Herr Dr. Sonnenfeld, aber ich heiße Kleinwächter, Barbara Kleinwächter.«

Er starrte in den Aktendeckel und legte ihn dann kurz entschlossen zur Seite. »Oh, Pardon, jetzt habe ich Sie mit einer anderen Bewerberin verwechselt. Bitte setzen Sie sich, Frau Kleinwächter!«

An der Wand, gegenüber vom Schreibtisch, standen zwei Stahlrohrsessel. Barbara ging zu dem ersten und nahm Platz. Dr. Sonnenfeld lächelte verlegen: »Würde es Ihnen etwas ausmachen, sich auf einen anderen Stuhl zu setzen?«

Gehorsam wechselte sie den Sessel. Der Abteilungsleiter lächelte hintergründig und sah sie für eine Sekunde direkt an. Dann hielten seine Augen den Blickkontakt nicht aus und fixierten einen Punkt hinter ihr an der Wand. »Haben Sie gut hergefunden, Frau Kleinwächter?«

»Herr Dr. Sonnenfeld, es war eine Katastrophe! Ich kannte mich in Frankfurt nicht aus und bin zuerst in die falsche Richtung gefahren. Ich mußte ewig in einem Vorortbahnhof warten, bis eine S-Bahn zurückfuhr. Ich konnte unmöglich pünktlich sein. Dann stieß ich im Rennen mit einer Frau zusammen, die einen Milchbeutel über mich kippte. Dabei fielen meine Unterlagen über die FHK-Bank auch noch auf die Straße.«

Er lächelte amüsiert und sagte dann: »Sie werden es nicht glauben, aber das ist mir selbst auch schon alles passiert. Natürlich nicht an einem einzigen Vormittag und nicht vor einem Vorstellungsgespräch.«

Sie atmete innerlich auf. Der war eigentlich ganz nett.

Seine Jacke hing über dem Sesselrücken. Sein Hemd war zerknittert, der Schlips falsch gebunden, die Krawattennadel baumelte lose am Stoff und drohte jeden Augenblick herunterzufallen. »Ein Chef zum Knuddeln«, dachte Barbara, »ganz anders als diese topgedreßten Banker. Ein bißchen vertrottelter Professor, aber in Ordnung.« Dann seufzte sie innerlich: »Wenn es nur klappen würde!«

»Haben Sie schon einmal in einer Wertpapierabteilung gearbeitet?« kam Dr. Sonnenfeld zur Sache.

»Nein, aber ich hatte schon am Schalter mit Wertpapieren zu tun. Ich werde mir viel Mühe geben, mich einzuarbeiten.«

»Sehr gut«, lobte er, »das ist genau die Einstellung, die wir brauchen. Die Abteilung, für die ich seit wenigen Tagen verantwortlich bin, befindet sich im Umbruch. Da ist Flexibilität und Lernfähigkeit sehr willkommen.«

Dr. Sonnenfeld hielt es nicht mehr auf seinem Drehsessel. Er ging zum Fenter, sah über die Dächer des wintergrauen Frankfurt und sprach, mit dem Rücken zu Barbara: »Ich werde diese Abteilung verändern. Von Grund auf! Ich werde die verkrusteten Strukturen aufbrechen. Es werden alte Zöpfe fliegen und manche Köpfe hinterher. Das wird eine große, faszinierende Aufgabe.«

Plötzlich fuhr er herum. Es war wie ein Überfall: »Frau Kleinwächter, was sind Ihre größten Schwächen?«

Sie schluckte. Wie sollte sie mit einer solchen Frage umgehen? Vorsichtig begann sie: »Nun ja, ich denke…, ich kann meine eigenen Interessen schlecht vertreten. Ich meine…«

»Sprechen Sie nur weiter, Frau Kleinwächter«, ermutigte er sie lächelnd.

»Ich kann mich so schlecht artikulieren. Mir fällt immer erst hinterher ein, was ich hätte sagen sollen.«

Dr. Sonnenfeld kehrte an seinen Schreibtisch zurück und

sprach: »Das muß kein Nachteil sein. Wir brauchen hier in der Bank Menschen wie Sie, die still und richtig ihre Arbeit tun. Langfristig werden Sie mehr davon haben, als wenn Sie das große Wort führen. Wie sieht es mit Ihrem Englisch aus?«

»Ich hatte Englisch bis zur 10. Klasse. Dann bin ich mit mittlerer Reife abgegangen.«

»Das ist doch eine gute Grundlage«, meinte er. »Sie werden in das hier benötigte Wirtschaftsenglisch schnell reinkommen. Was haben Sie denn zuletzt verdient?«

»3191 Mark brutto, 13 Monatsgehälter.«

»Das geht in Ordnung, Frau Kleinwächter. Zunächst einmal.« Er machte eine bedeutungsvolle Pause. Dann lächelte er: »Natürlich werden wir Ihr Gehalt nach Ablauf der Probezeit in sechs Monaten anheben. In welchem Umfang das geschieht, das bestimmen Sie selbst durch Ihre Leistung... Wenn die Zukunft geöffnet werden soll, kann Vergangenheit kein Argument mehr sein. Wollen Sie die Stelle?«

»Ja«, beeilte sich Barbara zu antworten. Sie jubelte still: »Es klappt vielleicht, mein Gott, es klappt vielleicht!«

Dr. Sonnenfeld beendete das Gespräch: »Wir werden eine eingespielte, kollegiale und leistungswillige Truppe in einer aufstrebenden Bank sein, Frau Kleinwächter. Sie haben die Chance, daran teilzuhaben. Wenn Sie wirklich hart arbeiten, werden Sie hier alles finden, was Sie von einem modernen Arbeitgeber erwarten. Fordern Sie uns!«

Er verabschiedete Barbara freundlich. Sie war voll Zuversicht und öffnete die Tür. Draußen wurden ihre Hoffnungen jäh zerstört. Ein Anzugträger wartete auf Dr. Sonnenfeld, der ihn herzlich begrüßte: »Hallo, Herr Reiners, kommen Sie rein! Herr Roß hat mir schon erzählt, daß Sie langjährige Erfahrungen im Settlement ausländischer Wertpapiere haben...«

Spät am Abend wählte Personalmanager Roß die Nummer von Dr. Sonnenfeld. »Hallo Franz, wie hast du dich entschieden? Frau Bauer oder Herrn Reiners?«

»Weder noch, Helmut.«

Roß schwante Furchtbares: »Bitte sag es nicht! Bitte sag nicht, daß du diese Kleinwächter willst!«

»Aber Helmut, sie ist genau die Sachbearbeiterin, die ich brauche.«

Roß starrte den Hörer an und murmelte: »Das ist nicht wahr. Das glaub' ich einfach nicht.«

»Was sagst du?« fragte der Abteilungsleiter.

Roß versuchte sich zu sammeln. Dann sprach er langsam und eindringlich: »Hör zu, Franz! Diese Frau ist eine absolute Lachnummer. Die kann noch nicht einmal *Settlement* richtig schreiben, geschweige denn darin arbeiten. Außerdem ist sie schlampig, unzuverlässig und verlogen.«

»Jetzt laß aber die Kirche im Dorf, Helmut! Sie sagt offen heraus, was Sache ist, kann sofort zum Jahreswechsel anfangen und ist erst 26 Jahre alt.«

»So, Franz, du meinst also, diese Frau sei offen. Jetzt paß mal auf! Angeblich hat sie ihren alten Job hingeschmissen, weil sie keine Aufstiegschancen sah. Nach drei Jahren Lehrzeit und sieben Jahren Schalter in der gleichen Bank überfällt sie plötzlich diese Erkenntnis. Dabei hat sie für keine drei Pfennig Ehrgeiz. Das stinkt zum Himmel! Nein Franz, dazu bin ich zu lange im Geschäft. Diese Kleinwächter hat etliche Leichen im Keller.«

»Aber Helmut, das sind doch alles nur Vermutungen. Nach zwanzig Jahren Personalarbeit traust du dir am Ende selbst nicht mehr über den Weg.«

»Warum nimmst du nicht Herrn Reiners? Der hat Erfahrung im Settlement und wird auch nicht schwanger.«

»Nun, Helmut, Herr Reiners ist sicher hoch qualifiziert.

Aber er ist schon 38, das verdirbt mir die ausgewogene Altersstruktur in der Abteilung.«

»Wieder deine Marotte mit der Altersstatistik. Mensch Franz, der Mann hat Ahnung. Darauf kommt es an!«

»Nein, Helmut. Ich soll hier die große Reform durchziehen. Ich soll hier meinem Image als *Macher* gerecht werden. Dazu brauche ich junge und unverbrauchte Kräfte, die leicht zu formen sind. So wie Frau Kleinwächter.«

»Dann nimm Frau Bauer, zum Donnerwetter! Sie ist 25 und obendrein viel attraktiver als diese Kleinwächter.«

Dr. Sonnenfeld holte aus: »Diese Frau Bauer hat ausgeprägte Persönlichkeitsmerkmale, vermutlich durch fehlende Interaktion in der sekundären Sozialisationsphase, die auf eine milde Form von Narzißmus schließen lassen...«

Roß stöhnte: »Mit anderen Worten: Sie ist auf deinen Sesseltrick nicht reingefallen.«

Dr. Sonnenfeld sagte indigniert: »Im Gegensatz zu dir, Helmut, sind meine Personalentscheidungen psychologisch begründet.«

»Also, in drei Teufels Namen, du kriegst deine Frau Kleinwächter! Du bist schließlich für die Umstrukturierung verantwortlich.«

Roß knallte den Hörer auf. In ihm brodelte die Wut. Diese Kleinwächter war tatsächlich die durchtriebenste, ausgekochteste Frau, die er in den letzten zwanzig Jahren erlebt hatte. Diese schlampige, scheinheilige Hexe. Aber noch gab er sich nicht geschlagen. »Ich werde herausbekommen, warum man dich in der kleinen Bankfiliale gefeuert hat. Ich werde nicht ruhen, bis ich es herausbekommen habe. Und dann werden die Karten noch einmal neu gemischt!«

Barbara lag auf ihrem Bett und kraulte das Fell von Dividende. Radio Agil brachte den ruhigen Song *Both Sides of the Story* von Phil Collins. Draußen war die Winternacht hereingebrochen. Im Licht eines Peitschenmastes wirbelten Schneeflocken. In der Drogerie gegenüber brannten elektrische Kerzen. Adventsdekoration. Rot. Grün.

Sie fühlte sich allein. Sie wäre gerne zu ihren Eltern gefahren. Aber sie mußte mit jeder Mark rechnen und wollte nicht so viel für die weite Fahrt ausgeben. Dann gab sie sich einen trotzigen Ruck: »Ich muß positiv denken. Ich bin eine junge Frau, der niemand hilft und die sich aus eigener Kraft aus dem Sumpf zieht... Aus eigener Kraft? Das kannst du dir abschminken, Barbara! Du bekommst den Job bei der Bank nicht. Du hattest so viele Konkurrenten, die alle qualifizierter waren als du. Diese Anzugträger haben dich wieder einmal aus dem Ring gestoßen. Das Geld reicht noch ein paar Tage. Dann mußt du zum Sozialamt gehen.«

Barbara hätte so gerne positiv gedacht. Aber es gab nichts Positives in ihrem Leben... außer diesen sanften braunen Augen, denen sie heute in der Bank begegnet war.

2 *Sturz ins Aquarium*

Die Katzen übernahmen die Macht in der Bank. Müller wurde in den Konferenzraum seiner Abteilung gerufen. Dort saßen sechs löwengroße Katzen auf lederbezogenen Drehsesseln; mit den Rücken aufrecht nach hinten gelehnt, die Tatzen auf den Armlehnen. Eine der Katzen hielt den goldgeschmückten, pelztragenden Neureichen auf dem Schoß. Sie streichelte ihn mit einem hintergründigen Lächeln um die Mundwinkel. Müller erstarrte. Aber seine mächtige Willenskraft zwang die Angst nieder. Ruhig und diszipliniert trat er in die schaurige Runde. Die leitende Katze richtete das Wort an ihn: »Herr Müller, Sie sind Prokurist dieser Bank?«

»Ja.«

»Stimmt es, daß Sie erst 26 Jahre alt sind?«

»Ja.«

»Zweifellos gehören Sie zu den Leistungsträgern. Aber ist es auch richtig, daß Sie gewisse Aversionen, sagen wir deutlicher, gewisse Phobien haben?«

»Nein.«

»Nun, Herr Müller, wir können verstehen, daß Sie bemüht sind, bestimmte Facetten Ihrer Persönlichkeit zu verbergen. Aber wir machen uns Sorgen, ob Sie noch Ihren Führungsaufgaben gewachsen sind, wenn sich unter Ihrem allzu sicheren Auftreten psychopathologische Störungen und Neurosen verstecken.«

»Das sind haltlose Unterstellungen«, verteidigte sich Müller, »es gibt keine Beweise für derartige Behauptungen. Nur Lügen und Gerüchte.«

Die großen Katzen sahen ihn an und schwiegen. Regungslos verharrten sie aufrecht in ihren Drehsesseln. Starre Schlangenblicke fixierten Müller. Er spürte die Spannkraft in ihren Muskeln. Raubtiere, bereit zum Sprung auf ihr Opfer. Er mußte etwas sagen: »Nennen Sie die Personen, die behaupten, ich sei ein Psychopath. Ich werde sie alle widerlegen. Ich habe keine Aversionen oder Phobien. Gegen nichts und niemand. Am wenigsten gegen Katzen!«

Schlagartig erkannte Müller seinen Fehler. Er hatte das Wort angesprochen, und es fiel wie ein Bumerang auf ihn zurück. Die Katzen sahen und schwiegen. Krallendrohende Pfoten. Zahnblitzende Mäuler. Müller wehrte sich verzweifelt. Dabei redete er sich um Kopf und Kragen: »Nein, nein, nein, ich habe keine Katzenphobie! Ich hatte nie eine gehabt und werde nie eine haben. Ich habe keine Angst vor euch widerlichen, heimtückischen Bestien. Ich lach' euch in die Katzenfratzen, ihr Ausgeburten der Hölle ...«

Die Katzen schwiegen. Ihre Augen funkelten böse. Langsam, ganz langsam, schloß sich der Kreis um ihn.

Er fuhr aus seinem Bett hoch. In der Dunkelheit spürte er die Nähe der Katzen. Hastig griff er zur Fernbedienung auf der Nachtablage. Dutzende von Halogenleuchten tauchten den weiten Wohn- und Schlafraum in helles Licht. Ein System von Ventilatoren, Abluftschächten und Frischluftdüsen sprang an und begann die verbrauchte Luft auszutauschen. Die Heizung wurde automatisch hochgefahren. Nur die elektrischen Rolläden blieben unten, weil die Außensensoren der exklusiven Eigentumswohnung noch winterliche Dunkelheit registrierten.

Er war allein. Mit einer ärgerlichen Kopfbewegung schüttelte er den Alptraum ab. Alles unter Kontrolle. Die Wohnung war mit Bewegungsmeldern, Alarmanlagen und soliden Sperren gegen jeden Eindringling gesichert. Auch gegen Katzen. Er wankte, noch etwas schlaftrunken, zu seinem Computer.

»Paßwort?«

Müller gab ein: »option seller.«

Auf dem Bildschirm erschien der Text: »Good Morning, Mister Müller. Heute ist Montag, der 2. Januar. Am Vormittag wird die neue Mitarbeiterin Barbara Kleinwächter vorgestellt. 17 Uhr Teamleiterkonferenz. Bitte überprüfen Sie Ihr Engagement an der japanischen Börse! Die halbjährliche Routinekontrolle Ihrer Zähne ist in diesem Monat fällig. Bitte lassen Sie sich einen Termin geben! Good luck, success and all the best for the day!«

Er nickte und ging ins Badezimmer. Dann folgte ein Ritual, das Müller mit Sorgfalt pflegte: der Gang in den Garderobenraum. Hier hingen in vier großen Einbauschränken etwa 70 Anzüge; sorgfältig nach Farben sortiert. Es dominierte Grau in allen Schattierungen. Die Palette reichte von fast Weiß bis tief Schwarz. Daneben Blau und Violett. Selten Grün oder Braun. Gelb und Rot fehlten ganz. Die Auswahl perfekt gebügelter Baumwollhemden und erlesener Seidenkrawatten war beträchtlich und ließ eine große Zahl von Kombinationen zu. Da am Nachmittag die erste Teamleiterkonferenz unter Dr. Sonnenfeld stattfand, wählte er einen mittelgrauen Anzug mit dunklen Nadelstreifen, ein hellgraues Hemd mit lindgrünem Seidenschlips und dezenter Krawattennadel. Dazu schwarze Halbschuhe mit rutschfestem Profil.

Nach dem Frühstück fuhr Müller mit dem Aufzug zur Tiefgarage. Anthrazitgrauer BMW 540i. Für die 50 Kilometer bis zur FHK-Bank in Frankfurt brauchte er eine knappe Stunde. Gelegenheit, um über Autotelefon die Börsenberichte von New York und Toronto abzuhören. Eigentlich hätte er sich den Zeitaufwand sparen können. Er besaß noch zwei weitere Eigentumswohnungen im Stadtgebiet Frankfurts. Aber die waren aus steuertechnischen Gründen vermietet. Die Finanzierung dieser Immobilien, der tägliche Arbeitsweg und sein großes, mit teuren Antiquitäten ausgestattetes Arbeitszimmer brachten ihm so hohe Werbungskosten, daß er trotz seines überdurchschnittlichen Einkommens so gut wie keine Steuern bezahlte.

Großraumbüro. FHK-Bank, 19. Etage. Frau Fischer, Leiterin des Arbeitsteams *Aktien/Mittel- und Osteuropa*, betrat als erste das noch menschenleere Großraumbüro. Sie tauchte die linke Seite des weiten Raumes in kaltes Neonlicht, hängte den Mantel in den Schrank und begab sich an ihren Arbeitsplatz. Ihre Gruppe war die kleinste in der Abtei-lung. Vier Mitarbeiter. Heute würde noch Frau Kleinwächter dazustoßen. Sechs Schreibtische standen auf engstem Raum. Einige Stahlschränke, Stellwände und Kunststoffpflanzen grenzten das Team gegen die anderen Arbeitsgruppen ab.

Montag. Der erste Arbeitstag der Woche. Der erste Arbeitstag im neuen Jahr. Frau Fischer starrte mit leeren Augen in den Raum. In einer halben Stunde würden die anderen Angestellten nach und nach eintreffen. So wie jeden Tag. Danach Kontrolle des Rücklaufs vom Vortag. So wie jeden Tag. Fernschreiben und Devisenmeldungen. Kantine und oberflächliche Privatgespräche. Danach wieder Fernschreiben, Swifts, Briefe, dienstliche Besprechungen, Abwicklungsprobleme bis weit in den Abend hinein. So wie jeden Tag. Schon vierzig Jahre machte sie diesen Job. Sie hatte die Veränderung der Arbeitswelt nach dem Krieg miterlebt: den Siegeszug der elektronischen Datenverarbeitung. Der weltweite, schnelle Informationsfluß. Die enge Verzahnung und Vernetzung der Finanzmärkte. Aber im Grunde folgte die Arbeit immer gleichen, festen Ablaufmustern. Öde Routine. Monotone Tagerei. Woche für Woche. Jahr für Jahr. Es waren unzählige Kollegen gekommen und gegangen. Frau Fischer blieb immer auf ihrem Platz. Vierzig Jahre lang. Still, unauffällig, zuverlässig, immer ansprechbar, die grauen Haare zu einem Knoten hinter dem Kopf zusammengesteckt, einfache Kostüme, Bestandteil des Inventars.

Die beleibte Frau Seegras stampfte ins Büro. Prustend und schnaufend, als hätte sie der Weg von der S-Bahn-Station zum Aufzug schon restlos erschöpft. Zielstrebig ging sie zu ihrem rettungverheißenden Drehstuhl und ließ sich stöhnend hineinfallen. Der Stuhl federte ächzend nach unten. 100 Kilo Knochen, Fleisch, Blut und vor allem Fett testeten die Grenzen seiner Belastbarkeit. Sie war Mitte Vierzig und gehörte wie die Teamleiterin zum alten Stamm. Über zwei Schreibtische hinweg begrüßte sie ihre Chefin: »Morgen, Frau Fischer. Gut ins neue Jahr gekommen?«

»Morgen, Frau Seegras. Danke gut. Und selbst?«

»Eine Katastrophe! Ich habe über die Feiertage wieder fünf Pfund zugenommen«, jammerte sie. »Aber im neuen Jahr wird Ernst gemacht! Viel Bewegung, Obst, Gemüse und Salat, Vitamine und Ballaststoffe. Keine leeren Kalorien mehr.«

Sie sah ihre Chefin feierlich an. Dann holte sie einen roten Apfel hervor, polierte ihn sorgfältig mit einem Papiertaschentuch und verspeiste ihn langsam und lustvoll.

Als nächster betrat Herr Gernsheimer das Büro. Ende Vierzig, Halbglatze, groß und hager. Dunkle Ringe unter den Augen deuteten Übernächtigung an. Gernsheimer hatte die Arbeitsgruppe *Aktien/Übersee* unter sich und war als dienstältester Teamchef darüber hinaus stellvertretender Abteilungsleiter. Er besaß neben Dr. Sonnenfeld ein eigenes Büro. Aber heute morgen zog es ihn woanders hin.

»Morgen, Frau Fischer. Gut ins neue Jahr gekommen?«

»Morgen, Herr Gernsheimer. Danke, gut. Und selbst?«

Er zog einen freien Drehstuhl heran und setzte sich neben ihren Schreibtisch: »Ach, Frau Fischer, was ich diese Nacht wieder durchgemacht habe! Von abends zehn bis morgens acht bellt dieser gottverfluchte Köter aus der Nachbarschaft. In *ei*-ner Tour! Vier Stunden habe ich wach gelegen. Als ich *end*-lich eingeschlafen war, habe ich von der Töle geträumt. Prompt bin ich wieder aufgewacht, und die Heulerei ging in der Wirklichkeit weiter. Der Satan soll aus der Hölle steigen und dieses Untier holen!«

Frau Fischer antwortete mit gespieltem Ernst: »Das ist ja furchtbar, Herr Gernsheimer. Haben Sie schon einmal mit dem Halter gesprochen?«

»Zwecklos. Das ist so ein Typ mit Netzhemd und Totschläger in der Tasche. Bevor man da ein Wort gesagt hat, schlägt der einem schon die Zähne ein. Die ganze Nachbarschaft zittert vor diesem Typ.«

»Aber Sie können sich doch nicht jede Nacht den Schlaf rauben lassen, Herr Gernsheimer!« mischte sich Frau Seegras in das Gespräch.

»Was bleibt mir denn übrig? Es ging die ganze Nacht! Die *ganze* Nacht, sage ich Ihnen.« Gernsheimer legte sich auf seinem Stuhl nach hinten und imitierte das Heulen: »Wauuh, wauuuuuh!«

In der Zwischenzeit hatte sich die Halle langsam gefüllt.

Eine junge Angestellte lugte vorsichtig um die Stellwand und fragte besorgt: »Ist alles in Ordnung, Herr Gernsheimer?«

»Nichts ist in Ordnung!« regte er sich auf. »Keine Nacht kann ich schlafen wegen dem heulenden Kläffer.«

»Hier ist Radio Agil, wir machen mobil!« unterbrach eine jung-dynamisch-weibliche Stimme aus dem tragbaren Gerät von Frau Seegras sein Jammern. »Wir sind das Power-Radio für die dynamischen Menschen von heute, die auch im neuen Jahr wieder zupacken wollen. Radio Agil, das Fitneßradio mit dem Mega-Sound!«

Die Herren Beck und Bellmann kamen um die Ecke. Sie suchten Gernsheimer, ihren Teamleiter. Peter Beck war groß und athletisch, fast grobschlächtig. Mächtiger, kantiger Kopf mit vorspringendem Unterkiefer. Strähnige, dunkelblonde Haare. Einen Bauarbeiter oder Metzger hätte man eher in ihm vermutet als einen Bankangestellten. Aber er war hochintelligent. Es konnte gefährlich werden, ihn zu unterschätzen. Im Schlepptau folgte Stephan Bellmann. Er war dunkelhaarig, klein und schmächtig, ganz anders als Beck. Doch beide ergänzten sich hervorragend. Sie sprachen die gleiche Sprache und waren perfekt aufeinander eingespielt.

»Ach Gott, hat der Köter Sie wieder nicht schlafen lassen, Chef?« fragte Beck.

Gernsheimer drehte sich um und überhörte die leise Ironie in der Stimme seines Mitarbeiters: »Ich sage Ihnen, Beck: Lange stehe ich das nicht durch. Allmählich sind meine Reserven erschöpft.«

»Vielleicht sollten Sie dem nächtlichen Heuler eine fette Leberwurst über den Zaun werfen«, regte Beck an.

»Mit 30 Prozent Rattengift«, ergänzte Bellmann grinsend.

Der Aufzug öffnete sich in der 19. Etage. Barbara erschrak. Sie kannte zwar das Großraumbüro von ihrem Vorstellungsgespräch bei Dr. Sonnenfeld. Aber damals rechnete sie nicht ernsthaft damit, hier einmal zu arbeiten.

Hektische Betriebsamkeit. Etwa fünfzig Angestellte hasteten durcheinander oder starrten in klobige Terminals. Telefone klingelten. Drucker surrten. Tischrechner klapperten. Laute Diskussionen, Rufe, kaltes Neonlicht an der Decke, Teppichboden weißgrau meliert. Überall standen hellgraue Schreibtische zwischen mausgrauen Sichtblenden und stahlgrauen Schränken. Die Drehstühle stachen dunkelgrau heraus. Selbst die wenigen Grünpflanzen aus Kunststoff schienen von einem Grauschleier überzogen. Auffällig waren die blaugrauen Fensterbänke. Sie waren nicht flach, sondern um 45 Grad nach unten abgeschrägt.

Niemand beachtete Barbara. Eine Weile stand sie unschlüssig herum. Dann ging sie quer durch den Raum zum Büro von Dr. Sonnenfeld und klopfte zaghaft.

»Herein!« rief eine bekannte Stimme.

Sie atmete auf und öffnete die Tür. Der Abteilungsleiter kam ihr lachend entgegen: »Frau Kleinwächter, herzlich willkommen in der Abteilung.« Dann führte er sie durch eine Verbindungstür ins Nachbarbüro zu Gernsheimer. Der stand sofort auf, als er seinen Vorgesetzten sah.

»Bleiben Sie sitzen, Herr Gernsheimer«, wehrte der Abteilungsleiter ab.

»Jawohl, Herr Dr. Sonnenfeld.«

»Das ist unsere neue Mitarbeiterin, Frau Kleinwächter. Sie brennt darauf, ins Wertpapiergeschäft einzusteigen.«

Sie gab Gernsheimer artig die Hand. Dann sprach Dr. Sonnenfeld: »Leider habe ich jetzt keine Zeit mehr. Die Arbeit frißt mich auf. Da mir die Bank vorerst keine Sekretärin zugeteilt hat, muß ich mich um alles selbst kümmern. Herr Gernsheimer wird Ihnen die übrigen Kollegen vorstellen und das Wichtigste zeigen.« Dann fügte er noch hinzu: »Sollten Sie einmal Probleme haben, können Sie sich jederzeit vertrauensvoll an mich wenden. Ich bin immer für meine Mitarbeiter da. Alles Gute für den Anfang!«

Es war so wohltuend, in all den verwirrenden und unbekannten Eindrücken wenigstens einem netten Menschen zu begegnen. Barbara dachte: »Wenn die anderen nur halb so umgänglich sind, werde ich mich vielleicht an den Laden gewöhnen.«

Frau Fischer versammelte ihr Team um sich. Frau Seegras, die zierliche Frau Zander im Alter ihrer dicken Kollegin, und Herr Czerwinski, mit Mitte Zwanzig der Jüngste unter ihnen. Frau Grünling kam erst am Nachmittag. Wegen der Namen wurde das Mittel-und-Osteuropa-Team auch *Aquarium* genannt.

Die Teamleiterin regte sich auf: »Mein Gott, die Neue ist schon beim Chef. Also, wer will sie einarbeiten?«

Czerwinski fragte spöttisch zurück: »Soll sie so eingearbeitet werden, daß sie bleibt oder gleich wieder geht?«

»Natürlich soll sie bleiben«, schnappte Seegras, »mir wächst die Arbeit über den Kopf.«

Zander lächelte überlegen: »Da sind Sie ganz allein selbst schuld! Hätten Sie ein sinnvolles Zeitmanagement, würden Sie auch mit der Arbeit fertig werden.«

Die angesprochenen Fettmassen bewegten sich auf dem Drehstuhl. Die Augen funkelten böse: »Das ist doch wohl die Höhe! Soll ich etwa die Hälfte meiner Arbeit an andere abdrücken und auch noch zehn Überstunden aufschreiben, so wie Sie?«

Czerwinski grinste fett. Die Teamleiterin unterbrach die beiden Frauen: »Frau Zander, Frau Seegras, bitte! Jeden Moment kann uns Frau Kleinwächter vorgestellt werden. Also, wer übernimmt die Einarbeitung?«

»Ich nicht!« antwortete die Zander entschieden. »Ich bin doch nicht der Depp! Soll doch die Seegras machen.«

»Also, ich soll sie einarbeiten! *Ich*. Wer kümmert sich um die Azubis? *Ich*. Wer redet sich bei den Praktikanten und Trainees den Mund fusselig? *Ich*. Jetzt hab' ich die Schnauze voll. Soll mal ein anderer ran!«

Frau Fischer rang die Hände: »Also bitte, so kommen wir nicht weiter. Herr Czerwinski, können *Sie* sich nicht der Neuen annehmen?«

Der lachte seiner Chefin frech ins Gesicht: »Ich hab' genug um die Ohren.«

Zander stichelte: »Natürlich, Herr Czerwinski, deshalb kommen Sie ja auch immer eine Stunde zu spät und gehen dafür eine Stunde früher.«

Czerwinskis Lachen verschwand: »Obacht, Kollegin! Wenn Sie mich hier anmachen, sind wir beide ruck, zuck beim Abteilungsleiter!«

Seegras lenkte ab: »Was ist eigentlich mit der Grünling? Soll die sich doch um die Neue kümmern.«

Fischer verzog den Mund: »Das ist nicht gut. Frau Grünling ist nur vier Stunden am Nachmittag da.«

»Na und? Wir haben erst einmal Zeit gewonnen und können später weiterdiskutieren.«

»Also gut«, entschied die Teamleiterin seufzend, »soll erst einmal unsere Aushilfe Frau Kleinwächter einarbeiten.«

Der Disput war beendet. Wieder einmal hatte Frau Fischer ihre entschlossene Führungskraft unter Beweis gestellt.

Gernsheimer schien über seinen Auftrag nicht begeistert. Müde und übernächtigt beäugte er die Neue und begann mißmutig mit ihr eine Abteilungsrunde zu drehen. »Sie kommen aus einer kleinen Zweigstelle vom Land?«

fragte er. Mehr, um etwas zu sagen, als aus wirklichem Interesse.

»Ja, Herr Gernsheimer, ich habe am Schalter gearbeitet. In einer *so* großen Bank war ich noch nie.«

»Hier sind Sie in einer inneren Abteilung. Im sogenannten *Back Office*. Einen Kunden, wie an Ihrem Schalter, werden Sie hier nicht sehen. Man kann auch sagen: Sie sind im Gedärm der Bank. Das ist wörtlich zu nehmen. Wir kochen hier nämlich die Scheiße, die uns die Wertpapierhändler an der Börse eingebrockt haben. Zum Dank werden wir selbst wie Scheiße behandelt.«

Barbara sah ihren neuen Vorgesetzten irritiert von der Seite an. Beide gingen durch das saalartige Büro. »Wissen Sie übrigens, warum die Fensterbänke um 45 Grad abgeschrägt sind?«

Sie blickte ihn fragend an. Gernsheimer knurrte: »Um die verzweifelten Angestellten davon abzuhalten, sich aus dem 19. Stock hinunterzustürzen.«

Schweigend ging er weiter. Von Zeit zu Zeit gab er mißmutig Hinweise: »Das ist die Abteilungsküche. Da hinten geht es zum Kaffeeautomaten, einem Tisch, ein paar Stühlen und dem neuesten Klatsch. Kommen Sie morgens pünktlich um acht Uhr! Wir haben hier nämlich noch eine feste Arbeitszeit. Keine Gleitzeit oder wie dieser modische Firlefanz heißt. Die schwarze Kaffeebrühe ist übrigens widerlich. Und dort ist das Klo. Der einzige Ort, wo Sie hier wenigstens für ein paar Minuten allein sind.«

Sie fühlte sich in seiner Nähe unbehaglich. Er begann das kaputtzumachen, was Dr. Sonnenfeld gerade aufgebaut hatte. Gernsheimer war unerbittlich: »Eigentlich lohnt es kaum noch, sich mit den Neuen abzugeben. Die hauen doch wieder nach vier Wochen in den Sack. Und ich muß hier in diesem Schuppen bleiben.«

Gernsheimer bog um eine mausgraue Stellwand. Der

Blick weitete sich auf eine Gruppe von zehn Schreibtischen, die fast alle besetzt waren. Hinter einer etwas abgegrenzten Winkelkombination mit rundem Ecktisch und zwei Stühlen für Besucher saß ein Mann mit blauem Hemd, gelber Krawatte, schwarzen, struppigen Haaren und kleinen, lustigen Knopfaugen. Als dieser Gernsheimer sah, fing er sofort an zu heulen: »Wauuuh, wauuuuuh!«

Jetzt glaubte Barbara endgültig, unter die Geistesgestörten gefallen zu sein. Sie starrte erst auf den Struppigen und dann auf Gernsheimer. Der fuhr seinen Kollegen an: »Halt dein Maul, du blöder Hund! Du mußt die Töle nicht Nacht für Nacht ertragen.«

Der Struppige lachte. Er schien einen ähnlich hohen Rang zu haben. Gernsheimer stellte ihn vor: »Das ist Herr Krause, Teamleiter *Festverzinsliche Wertpapiere*. Wie war doch gleich Ihr Name?«

»Kleinwächter, Barbara Kleinwächter.«

»O. k. Seit Herr Müller von seiner Aufgabe als Teamleiter entbunden wurde, leitet Herr Krause zusätzlich kommissarisch das Team *Kapitalveränderungen*. Jetzt hat er 19 Mitarbeiter unter sich.«

»18 Mitarbeiter und eine Halbtagskraft«, korrigierte ihn Krause. »Ich werde im neuen Jahr nur noch Überstunden schieben. Mit zwei Teamleiterassistenten allein schaffe ich das nicht. Wir brauchen dringend neue Führungskräfte.«

»Da werden wir schon eine Lösung finden«, wich Gernsheimer aus und wechselte das Thema: »Herr Krause ist hier der wichtigste Mann. Er sorgt dafür, daß später jemand die Rente für uns verdient. Wann kommt dein viertes Kind?«

»April, vielleicht Mai.«

»Nun, das wird für dich bestimmt kein langweiliges Jahr«, meinte Gernsheimer zum Abschluß.

Die nächste Teamleiterin war Frau Rot. Etwa dreißig, klein, sehr zierlich, mit vielen Falten und einem freundlichen Lächeln im Gesicht. Als Gernsheimer auftauchte, bellte sie: »Wuff, wuff, wuff!«

Der verdrehte die Augen: »Ich hab' jetzt keine Zeit für diesen Scheiß. Das ist Frau, Frau ...«

»Kleinwächter, Barbara Kleinwächter.«

»O. k. Das ist Frau Rot, Leiterin des Teams *Hauptversammlung/Kupons*. Wo steckt eigentlich die Alberti?«

Die Teamchefin wurde ernst: »Soviel ich weiß, beim Hairstylist, Herr Gernsheimer.«

»Schon wieder. Die war doch erst vor zwei Wochen beim Frisör.«

»Nein, das war das Kosmetikstudio.«

»O. k., Frau Kleinwächter. Dann werden Sie Frau Alberti, die Teamchefin *Aktien/Westeuropa*, später kennenlernen.«

Endlich waren sie im Aquarium angelangt. Gernsheimer stellte Frau Fischer vor. Auf Barbara wirkte ihre neue Vorgesetzte so grau wie die ganze Umgebung. Frau Seegras blieb sitzen, da sie Probleme hatte, ihre 100 Kilo in die Senkrechte zu wuchten. Frau Zander begrüßte Barbara mit leicht gehobenem Kinn und einem überlegenen Lächeln, das soviel bedeutete wie: »Ich bin ich, und wer bist du?«

Czerwinski hatte die Füße auf den Schreibtisch gelegt und die Zeitung aufgeschlagen. Als sich der stellvertretende Abteilungsleiter näherte, heulte er respektlos hinter den großen Blättern: »Wauuuh, wauuuuuh!«

»Sehr witzig«, kommentierte Gernsheimer ärgerlich. »Das ist Frau Kleinwächter, Herr Czerwinski.«

Der hielt es nicht für nötig, die Zeitung zu senken. »Ach, wirklich?« meinte er gelangweilt.

Der neue Arbeitsplatz war ein kleiner, hellgrauer Schreibtisch. Terminal, Telefon. Sonst nichts. Die Schubladen waren leer. Auf der Schreibunterlage fand Barbara eine Liste mit Arbeitsmaterial, um das sie sich offensichtlich selbst kümmern mußte. Als sie sich setzte, blickte sie frontal gegen eine mausgraue Sichtblende. Es war wirklich nett und gemütlich hier.

Mit der Liste mußte sie zur Materialverwaltung. Die war in einem handtuchschmalen Büro untergebracht; etwas abseits hinter den Aufzugschächten. Es war so wenig Platz in dem Raum, daß gerade drei Metallschränke, eine schmale Ablage und zwei kleine Schreibtische hineinpaßten. Niemand war da. Zwischen den Schränken war eine weitere Tür mit der Aufschrift *Abteilungsarchiv*. Barbara klopfte und trat ein. Sie stand in einem großen, fensterlosen Raum. Jeder Meter war zugestellt mit parallel verlaufenden Metallregalen. Bis zur Decke gestapelt lagerten dort verstaubte Listen und in dicken Bündeln abgebundene Computerausdrucke. Die Gänge dazwischen waren so schmal, daß zwei Menschen nicht aneinander vorbei konnten. Die spärliche Beleuchtung und die trockene, stickige Luft machten den Ort beklemmend. Plötzlich tauchte zwischen den Regalen eine kleine, untersetzte Gestalt auf; wie ein Troll aus seinem Bergwerk. Es war Pfefferle, Archivar und Materialverwalter.

Herr Pfefferle mochte Mitte Fünfzig sein. Sein rotes Gesicht sprang sofort ins Auge. Die Krawatte war alt und schlampig gebunden. Eine abgeschabte Strickjacke schlabberte über den vorhängenden Schultern. Auch die ausgebeulte Hose hatte schon bessere Tage gesehen. Der Mann sah erschrocken auf die Liste mit 20 Positionen und rief: »Haidenei, Frau Kleinwächter, des wolle Sie alles habe?«

»Ich brauche das Material für meine Arbeit.«

»Aber was glaubet Sie denn, was des koscht. Die Bank muß doch spare!«

»Bitte Herr Pfefferle. Es ist nur das absolut Notwendige. Frau Fischer hat alles abgezeichnet.«

Der Materialverwalter schüttelte den Kopf und schlappte gebeugt in das kleine Büro. Umständlich suchte er in einer

Schublade nach seinen Schlüsseln. Dabei grummelte er: »Waret Sie schon mal in 'nem Papierlädle und habet uf die Preise geguckt? Für so a Dub Uhu muß i a halbe Stund schaffe!«

Endlich hatte er seinen großen Schlüsselbund gefunden und öffnete murrend einen Metallschrank.

Beck und Bellmann saßen neben dem Kaffeeautomaten und schlürften die schwarze Brühe. Noch eine Stunde bis Mittag.

»Also, what's the matter, Peter? Dr. Sonnenfeld reformiert von Grund auf die Abteilung, und Müller soll ihn dabei unterstützen?«

»That's right, Stephan.«

»Wo kommt der eigentlich her, dieser Dr. Sonnenfeld?«

Beck sah seinen Kumpel ernst an und senkte die Stimme: »Roß hat ihn gehunted, Stephan. Er ist ein Top-Mann, ein *Macher*, der woanders mit durchgreifenden Maßnahmen schon Bäume ausgerissen hat.«

»Das glaubst du, weil er einen Doktortitel hat?«

Beck schüttelte den Kopf und lächelte hintergründig: »Das sagt gar nichts. Eine Doktorarbeit kannst du dir heute bei einem sogenannten *Promotionsberater* für 120 000 Flocken locker schreiben lassen. Viele sind sogar billiger.«

»Aber du meinst trotzdem, der Typ hat was drauf?«

Beck steigerte noch den Ernst seines Gesichtsausdrucks. Eine Kunst, die er in solchen Situationen meisterhaft beherrschte. Dazu nickte er langsam und betont mit dem Kopf: »*Der* hat was drauf. 100 Pro!«

»Hat dieser Dr. Sonnenfroh, oder wie er heißt, schon mit Müller gesprochen?«

»Logo, Müller war schon bei ihm drin.«

»Und das soll laufen?«

Beck lachte sarkastisch. »No and never! Müller muß gekotzt haben, als er diesen chaotischen Sauhaufen von einem Büro gesehen hat.« Dann blickte er wieder ernst in seinen Kaffeebecher. Sein mächtiger Unterkiefer mahlte. Nachdenklich fuhr er fort: »Müller hat die Mentalität eines KZ-Kommandanten. Er ist ordentlich, diszipliniert, fleißig, pünktlich. Aber im Grunde hat er keine Ethik. Es gibt für ihn nur drei Dinge im Leben: erstens seine Karriere, zweitens seine Karriere und drittens seine Karriere. Daneben ist nichts und niemand.«

Bellmann nickte zustimmend: »Müller ist im widerlichen Bereich.« Dann überlegte er laut: »Und so einem eiskalten Karrieristen wird ein genialer Chaot vor die Nase gesetzt. Ist Frau von Wildenstein noch zu retten?«

Beck antwortete: »Ich denke, daß da noch andere Leute ihre Hände im Spiel hatten, Stephan.«

Helga Spinzig betrat wortlos den Kaffeeraum. Sie war eine kleine, unscheinbare Sachbearbeiterin Anfang Zwanzig, die schweigend ihre Arbeit tat und von niemandem beachtet wurde. Auch nicht von Beck und Bellmann, obwohl sie im gleichen Team waren. Sie trug kurze braune Haare, eine schmucklose Brille, immer einfarbige Hosen und dazu, je nach Jahreszeit, die gleichen langweiligen Pullover oder die gleichen langweiligen weißen Baumwoll-T-Shirts. Es war absolut nichts Besonderes an ihr. Außer daß sie nie ein Wort sprach. Aber gerade das Auffälligste machte sie so unauffällig. Die junge Frau zapfte einen Becher Kaffee, setzte sich in eine Ecke und hörte zu.

Ohne sich unterbrechen zu lassen, kam Bellmann zum Kernpunkt zurück: »Was immer dieser Sonnenschein drauf hat, Müller läßt ihn auflaufen. Ein Jahr, und Dr. Sonnenfeld steht mit dem Rücken an der Wand.«

»Er steht in der Ecke und quietscht. Darauf können wir einen Umschlag schreiben, Stephan.«

Es entstand eine kurze Pause. Beck und Bellmann schlürften ihre schwarze Brühe. Dann fragte Bellmann: »Was gibt es für News im Aquarium?«

Beck lachte schallend: »Da geht es drunter und drüber. Die Neue wird von der Aushilfskraft angelernt!«

»Klasse!« rief sein Kollege. »Am besten, die FHK-Bank stellt immer zwei gleichzeitig ein. Dann können sich die Anfänger gegenseitig anlernen.«

Beck lachte immer noch: »Und die fette Seegras macht Diät. Jetzt wirklich und richtig und ein für allemal.«

Der kleine Bellmann wurde plötzlich ernst: »Wollen wir da was drehen?«

Sein athletischer Freund sah ihn lauernd an: »Du hast doch bestimmt schon eine Idee, du alter Sack?«

Bellmanns Augen funkelten tückisch: »Genau, Peter. Meinst du, zwei Schachteln Mohrenköpfe reichen?«

»Marke Dickfrau?« Beck grinste böse.

»That's right.«

»Cool«, dehnte Beck genüßlich.

»Cool«, bestätigte Bellmann.

Mahlzeit. Die Kantine der FHK-Bank ging über zwei Etagen und war üppig ausgestattet. Riesige Glasfronten, große Pflanzen, Bäume, Schlinggewächse, kleine Wasserspiele, bunte Vögel in Käfigen, Skulpturen aus poliertem Stein, leise Musik im Hintergrund. Die Tische waren auf mehreren Ebenen und Galerien verteilt. Jeder konnte sich sein Menü selbst zusammenstellen. Barbara wählte Obst und Knäckebrot, damit das Essen nicht zu teuer wurde. Bezahlt wurde über das Magnetfeld der FHK-Bank-Angestelltenkarte, die auch als Betriebsausweis und Zugangskarte zum Bankgebäude diente.

Frau Fischer ging voraus und suchte – ihr Tablett balancierend – einen freien Tisch für vier Personen. Frau Zander dicht dahinter. Die dicke Seegras hatte tatsächlich nur Salat mit Joghurtdressing und eine Banane aufgelegt. Am Schluß trottete Barbara. Czerwinski fehlte. Er nutzte die Mittagszeit, um am Telefon Privatgeschäfte abzuwickeln.

»Gibt es hier in der Nähe einen Supermarkt?« fragte Barbara, nachdem sich alle gesetzt hatten.

»Ja, an der Hauptwache«, gab Fischer Auskunft.

»Ich muß unbedingt Futter für meine Katzen besorgen«, erklärte Barbara.

»Sie haben Katzen?« fragte Seegras neugierig.

»Ja, zwei: Dividende und Rendite. Eine Kundin hat sie mir vor einem halben Jahr geschenkt.«

»Niedlich«, meinte Fischer.

»Die müssen Sie unbedingt einmal mitbringen«, sagte Seegras.

»Wie weit ist es denn bis zur Hauptwache?« erkundigte sich Barbara schüchtern.

Die Teamleiterin zeigte sich großzügig: »Machen Sie sich deswegen keine Gedanken. Wenn es dringend ist, können Sie ruhig einmal die Mittagspause überziehen.«

»Aber lassen Sie sich nicht von Müller erwischen!« warnte Zander.

»Wer ist Müller?« fragte Barbara.

Fischer und Seegras sahen betreten auf ihre Teller. Zander senkte etwas die Stimme: »Müller gehört das dritte Einzelbüro neben Dr. Sonnenfeld und Gernsheimer. Er ist seit wenigen Wochen Prokurist. Ein Senkrechtstarter.« Sie wurde noch leiser: »Man munkelt, er hätte mehr Einfluß als Sonnenfeld und Gernsheimer zusammen.«

»Ist das der mit den warmen Augen?« fragte Barbara intuitiv.

»Sie kennen ihn?« Die drei Frauen sahen sie überrascht an.

»Flüchtig.«

»Weiß der Teufel, woher er die warmen Augen hat«, kam Zander zur Frage zurück. »Der ist kalt wie Eis.« Sie sah sich vorsichtig um und flüsterte verschwörerisch: »Ein intriganter Karrierist. Wenn nötig, geht er über Leichen.«

Der Teamleiterin wurde das Gespräch zu brisant. Geschickt gab sie ihm eine andere Wendung: »Der Prokurist Müller ist der einzige Mann in der Abteilung, der sich im gesamten Settlement auskennt. Fachlich ist er jedem überlegen. Wenn Sie einmal nicht weiterkommen und ich bin nicht da, können Sie sich an ihn wenden.«

Die anderen zerteilten schweigend ihre Schnitzel oder Salatblätter. Die Atmosphäre war unbehaglich geworden. Frau Fischer ergriff wieder das Wort: »Übrigens, Frau Kleinwächter, wenn Sie sowieso zur Hauptwache gehen, können Sie mir eine Flasche Jägermeister mitbringen. Wir haben am Abend Gäste.«

»Gerne, Frau Fischer.« Barbara war froh, daß sie ihre Hilfsbereitschaft unter Beweis stellen konnte. Das machte sich gut am Anfang.

Zander nutzte die Gelegenheit: »Für mich bitte eine Schachtel Pralinen. So für zwanzig Mark. Geld bekommen Sie später.«

Auch der Seegras fiel plötzlich etwas ein: »Und für mich vier Päckchen Marlboro light.«

Die Zander sah sie böse von der Seite an: »Aber die rauchen Sie nicht im Büro!«

»Von Ihnen laß ich mir gar nichts vorschreiben!« konterte Seegras aufgebracht.

Die Teamleiterin schlichtete: »Aber meine Damen, wir haben doch darüber eine Vereinbarung getroffen.«

»Eben«, sagte die Zander und lächelte ihrer Kollegin überlegen ins Gesicht.

Nach den Besorgungen im Supermarkt eilte Barbara atemlos in die Bank zurück. Neben ihrem Schreibtisch wartete eine junge Frau mit langen blonden Haaren.

»Guten Tag, Frau Kleinwächter, ich bin Frau Grünling. Ich werde Sie einarbeiten. Wenn Sie wollen, können Sie Stephanie zu mir sagen.«

»Sehr gern, Stephanie. Ich bin die Barbara.«

»Hast du schon die Abteilungsbeschreibung gelesen?«

»Ja«, antwortete sie zögernd, »aber ich habe sie nicht verstanden.«

Stephanie lachte: »Die Beschreibung versteht niemand. Selbst Leute nicht, die schon jahrelang hier sind. Ich werde dir unsere Aufgabe mit meinen Worten erklären. Settlement und Custodial ausländischer Wertpapiere funktioniert so: Zuerst kaufen oder verkaufen unsere Händler Wertpapiere an ausländischen Börsen. Das geschieht im Auftrag unserer Kunden oder für die Bank selbst. Wenn die Geschäfte geschlossen sind, kommen wir an die Reihe. Jeder hat seinen speziellen Bereich: Der eine jagt die Stücke und ihren Gegenwert rund um den Globus. Der andere erstellt die Abrechnungen. Wieder ein anderer macht Folgearbeiten und Depotgeschäft. Innerhalb dieser Bereiche gibt es weitere Untergliederungen. Die meisten Arbeiten sind Stumpfsinn. Wie Abrechnung der Arbitragegeschäfte und das ESD.«

»Was heißt ESD?« fragte Barbara.

»Erledigtes Schwebedepot«, antwortete Stephanie.

»Aha«, sagte Barbara, die immer noch kein Wort verstand.

Stephanie erklärte weiter: »Dabei darf man jedoch nie Überwachung und Kontrolle der Geschäfte aus dem Auge verlieren. Geht etwas schief, verliert die Bank viel Geld.«

»Und manchmal einen Sachbearbeiter«, ergänzte Zander süffisant aus dem Hintergrund. Sie hatte ihre Ohren überall.

Plötzlich erstarben die Gespräche. Frau Fischer blickte von ihrer Arbeit hoch. Die dicke Seegras beendete überstürzt ein Telefonat. Zander und Grünling starrten in eine Richtung. Selbst Czerwinski nahm die Füße vom Tisch und legte die Zeitung zusammen.

Müller stand im Raum.

Groß und schlank, Jacke korrekt zugeknöpft, aufrechte Haltung, durchgedrücktes Rückgrat. Er belastete beide Beine gleichzeitig. Sein Blick hatte alles unter Kontrolle. Hinter der kantigen Metallbrille wanderten die Augen langsam von Frau Fischer zu den einzelnen Sachbearbeiterinnen, verweilten einen Bruchteil länger bei Czerwinski und blieben schließlich auf Barbara hängen. Ohne den Blickkontakt zu verlieren, ging er direkt zu ihrem Schreibtisch. Etwas förmlich streckte er die Hand aus und lächelte kurz, um dann sofort wieder ernst zu werden: »Guten Tag, mein Name ist Müller. Sie sind Frau Kleinwächter?«

Seine Stimme wirkte kontrolliert und perfekt eingespielt: mittlere Tonlage, mittlerer Sprechrhythmus und etwas angehobene Lautstärke.

Barbara war verunsichert und antwortete stockend: »Ja… ja, das ist richtig.«

»Frau Kleinwächter, vor Ihrem Schreibtisch liegt die Plastikverpackung Ihres neuen Notizblocks. Bitte entsorgen Sie die!«

»Natürlich, Herr Müller.« Barbara stand sofort auf, ging um den Schreibtisch und warf den Abfall in den Papierkorb.

»Falsch, Frau Kleinwächter! Wir praktizieren in der FHK-Bank die Trennmüllsammlung, um die unterschiedlichen Wertstoffe ihrer Wiederverwertung zuzuführen. Den Papierkorb neben Ihrem Schreibtisch verwenden Sie bitte *ausschließlich* für Papier, das nicht dem Datenschutz unterliegt. Plastik, Holz, Metall und anderer Restmüll kommt in den roten Abfallkorb, der für jedes Team bereitsteht. Glas wird in der Teeküche entsorgt. Über Abfallpapier, das dem Datenschutz unterliegt, lassen Sie sich bitte von Frau Fischer oder Herrn Pfefferle informieren.«

Sie kramte hastig den Plastikabfall aus ihrem Korb und eilte zu dem roten Behälter neben der Teamleiterin.

»Korrekt«, nickte Müller. Sein Blick glitt über ihren Schreibtisch. Dann sah er das Katzenfutter.

Er erstarrte für den Bruchteil einer Sekunde. Auf den Dosen waren farbige Etiketten mit springenden Katzen... Dann hatte er sich wieder in der Gewalt. Langsam und leise begann er zu sprechen, wobei er von Satz zu Satz die Lautstärke steigerte: »Frau Kleinwächter! Grundsätzlich dient Ihr Schreibtisch der Arbeit. Ich habe nichts dagegen, wenn Sie oder Ihre Kollegen gelegentlich auch private Gegenstände auf der Ablage deponieren. Aber *Tiernahrung* geht zu weit! Bitte entfernen Sie unverzüglich die Dosen!«

Barbara griff hastig nach dem Katzenfutter und warf es in die oberste Schreibtischschublade.

Müller war unerbittlich: »Falsch, Frau Kleinwächter! Das oberste Fach ist für Arbeitsmaterial, das Sie am häufigsten benötigen. Private Gegenstände kommen in die *unterste* Schublade.«

Sie war nun gänzlich eingeschüchtert und erfüllte nervös die Anweisungen des Prokuristen. Müller überwachte die Ausführung. Dann sprach er unterkühlt: »Korrekt, Frau Kleinwächter. Ich erwarte, daß Ihr Schreibtisch am Abend aufgeräumt ist. Nehmen Sie sich Frau Zander zum Vorbild. Sie ist sehr ordentlich.« Er drehte sich um und ging.

Alle Anwesenden hatten das Schauspiel wortlos verfolgt. Als Müller außer Hörweite war, fragte Barbara: »Ist der Typ immer so?«

Fischer sah sie erschrocken an: »Aber Frau Kleinwächter! Sie können den Herrn Prokuristen Müller doch nicht als *Typen* bezeichnen.«

Zander lächelte überlegen: »Herr Müller ist sehr korrekt und legt auf Ordnung den allergrößten Wert.« In ihrer Stimme schwang deutlich Bewunderung mit. »Im übrigen sollten Sie Ihren Katzen nicht dieses Zeug geben. In den Dosen ist doch reine Chemie. Frisches Gemüse aus dem Garten und gutes, mageres Fleisch vom Metzger sind viel besser für die armen Tiere.«

Beck und Bellmann verteilten Mohrenköpfe im Aquarium. Frau Fischer lehnte ab. Sie war zu sehr in die Arbeit vertieft. Die dicke Seegras zierte sich: »Nein, ich mach' ab heute Diät. Vitamine und Ballaststoffe. Keine leeren Kalorien.«

»Ach kommen Sie, Frau Seegras«, bearbeitete sie Bellmann, »einer ist keiner!«

Seufzend gab sie nach. Die anderen im Team griffen zu. Dann war die dicke Seegras wieder an der Reihe. Bellmann bohrte: »Kommen Sie, Frau Seegras, es sind noch so viele übrig, und auf einem Bein kann man nicht stehen!«

»Aber ich mach' doch Diät«, wehrte sich die Wohlbeleibte verzweifelt.

»Ich bitte Sie, so ein kleiner Negerkuß schadet doch nicht!«

Beck stand hinter Seegras und grinste. Bellmann blieb ernst. Die frischen Mohrenköpfe lachten sie an ... Die Dicke ließ sich von Bellmanns zweifelhaften Argumenten überzeugen und griff zu.

»Hier ist Radio Agil, wir machen mobil«, unterbrach wieder die jung-dynamische Frauenstimme das Gespräch. »Im Studio ist Prof. Dr. Hallerkraut-Meyer, Ernährungswissenschaftler. Herr Prof. Dr. Hallerkraut-Meyer, die Festtage sind vorüber, und die kalte Jahreszeit hat uns im Griff. Auf was sollte man jetzt, Ihrer Meinung nach, besonders achten?«

»Nach wissenschaftlichen Erkenntnissen – meine Meinung ist da ganz unwesentlich – sollte man im neuen Jahr rigoros seine Ernährungsgewohnheiten umstellen. Viel Gemüse, Obst und Salat, Vitamine und Ballaststoffe sind gerade in der bewegungsarmen, kalten Jahreszeit…«

»Wir lassen die zweite Kiste hier, falls noch jemand Lust auf Mohrenköpfe hat«, verkündeten Beck und Bellmann und trabten feixend ab. Wie zufällig blieb die Schachtel auf dem Schreibtisch von Frau Seegras stehen. Neun frische, schwarze Negerküsse, deren dünne Schokoladenhaut beim Reinbeißen leise knackte und die weiße, cremige Sahne darunter aufleuchten ließ. Frau Seegras kämpfte einen harten Kampf, den sie bis zum Abend vollständig verlor.

Teamleitermeeting. Pünktlich um 17 Uhr betrat Müller den Konferenzraum. Herr Gernsheimer, Herr Krause und Frau Rot hatten bereits um einen großen, ovalen Tisch Platz genommen. Inzwischen war auch Frau Alberti vom Hairstylist zurückgekommen. Frisch getönte hellblonde Haare. Kirschrote Lippen. Sie lehnte sich leger zurück, schlug die Beine übereinander, um sie optisch zu verlängern, und lackierte die langen Fingernägel in einem zarten Violett. Sie war Mitte Dreißig, mit dem Ehrgeiz, wie Mitte Zwanzig auszusehen. Dr. Sonnenfeld stand an der Kopfseite des Tisches und hantierte unbeholfen an einer Standtafel mit weißen Abreißblättern. Seine rechte Jackentasche war von einem schweren Schlüsselbund ausgebeult. Der Schlips war so schlampig gebunden, daß das dünne Ende länger war als das dicke. Müller registrierte es mißbilligend. Er hatte sein eigenes Outfit noch einmal im Waschraum überprüft. Es war bis ins letzte Detail geschäftsmäßig perfekt. Frau Fischer fehlte noch.

»Ich schlage vor, wir warten auf die Kollegin«, sagte der neue Abteilungsleiter mit einem Blick auf die Uhr.

»Das Arbeitstier wird wieder einmal nicht fertig«, überlegte Frau Alberti ärgerlich. Sie hatte Karten für die Oper und wollte pünktlich aus der Bank.

Gernsheimer saß direkt neben Müller und beäugte ihn mißtrauisch: »Der Kerl hat sich wieder aufgedonnert wie eine Primadonna. Sein Parfum stinkt widerlich.«

Müller beurteilte Gernsheimer: »Er riecht wieder nach kaltem Schweiß. Warum kann er sich in seiner Position nicht gründlicher pflegen?«

Alberti lackierte weiter ihre Nägel und checkte dabei verstohlen die Männer ab. »Müller sieht mit Abstand am besten aus. Mit dem könnte ich glatt etwas anfangen, wenn er nicht so widerlich korrekt wäre.«

Der Prokurist hakte Alberti ab: »Alles an dieser Frau ist so aufdringlich und oberflächlich wie der schrille Nagellack auf ihren Katzenkrallen.«

Der Abteilungsdirektor versuchte den Leerlauf zu überbrücken und machte Konversation: »Nun, Herr Krause, wie geht es Ihrer Frau?«

»Den Umständen entsprechend, Herr Dr. Sonnenfeld.«

»Nun ja, Herr Krause, die erste Schwangerschaft ist immer die schwierigste.«

Die Knopfaugen des Teamleiters schauten irritiert. »Entschuldigung, Herr Dr. Sonnenfeld, aber wir erwarten bereits unser viertes Kind.«

»Richtig, richtig«, stammelte er und überspielte die Blamage, indem er wieder linkisch an den großen Abreißblättern hantierte und Farbstifte bereitlegte. Müller schüttelte den Kopf.

Endlich kam Frau Fischer angerannt. Außer Atem stieß sie hervor: »Tut mir leid, aber das Arbitragegeschäft boomt. Ich muß später noch vier Bildschirmseiten abrechnen.«

»Ich bitte Sie, Frau Kollegin, das macht doch nichts«, besänftigte sie Dr. Sonnenfeld freundlich.

»Sechs Minuten zu spät«, registrierte Müller still.

Frau Rot dachte: »Die gute Frau Fischer. Warum tritt sie ihrem faulen Mitarbeiter Czerwinski nicht in den Hintern? Die Arbitrage ist doch *seine* Aufgabe.«

Dr. Sonnenfeld stand auf und ergriff das Wort: »Liebe Kolleginnen und Kollegen, ich freue mich, daß Sie alle kommen konnten und sich keiner durch einen seiner Assistenten vertreten lassen mußte. Es hat sich sozusagen die *erste Führungsmannschaft* unserer Abteilung versammelt. Ich möchte deshalb die Gelegenheit zur Vorstellung nutzen. Mit einigen habe ich bereits unter vier Augen gesprochen. Andere kennen mich noch nicht.«

»Wie wahr«, dachte Frau Rot, »bei mir hast du dich nicht vorgestellt.«

Der Abteilungsleiter fuhr fort: »Ich habe nach einer dreijährigen Banklehre Betriebswirtschaft und Soziologie studiert und bin über den Umweg Versicherungsgewerbe wieder ins Bankwesen gekommen. Mein Führungsstil ist grundsätzlich demokratisch-kooperativ, und ich möchte in allen wichtigen Entscheidungen die Teamleiter, also Sie, meine Damen und Herren, einbeziehen. Scheuen Sie sich also nicht, konstruktive Kritik zu äußern. Ich bin für alle Anregungen offen.«

Er machte eine kurze Pause, um den Inhalt seiner Worte wirken zu lassen. Dann ging es weiter: »Ich bin stolz darauf, daß die FHK-Bank mir die anspruchsvolle Aufgabe übertragen hat, das Wertpapier-Settlement von Grund auf zu reformieren, und ich denke, daß unsere Arbeit durchaus Pilotfunktion für andere Abteilungen dieser Bank haben könnte.«

»Meine Fresse, labert der geschwollen daher«, dachte Frau Rot.

Dr. Sonnenfeld holte aus: »Die erste industrielle Revolution, die im 19. Jahrhundert den Wandel von der Agrargesellschaft zur Industriegesellschaft einleitete, war zu Anfang dieses Jahrhunderts im wesentlichen abgeschlossen. Neue Verkehrssysteme, die Fortschritte in den Naturwissenschaften, insbesondere in der Nachrichtenübermittlung, und die elektronische Datenverarbeitung waren Elemente der zweiten industriellen Revolution, die den Menschen in die heutige, moderne Gesellschaft hineinkatapultierte. Grundlegendes Phänomen der gegenwärtigen Arbeitswelt ist eine immer differenzierter werdende Arbeitsteilung, bis hin zu einer fast mikrokosmischen Arbeitszerlegung, die ganz neue Funktionen und Berufsarten herausgebildet hat. Der einzelne Arbeitnehmer wurde von dem ursprünglichen Zweck seines Tuns weggeführt zu einer rein ökonomischen Perspektive, die nur noch nach den Grundelementen seines Arbeitsvertrages fragt und von jeder höheren Sinnstiftung ausgegrenzt ist.«

Rot zog die Stirn in Falten: »Ach, *so* ist das.«

Fischer verstand kein Wort.

Gernsheimer glotzte.

Müller schwieg.

Dr. Sonnenfeld war in seinem Element: »Wir können das auch plastischer ausdrücken: Während in der vorindustriellen Gesellschaft der Mensch den Sinn und Zweck seiner Arbeit genau kannte, sogar seine soziale Rolle aus der Arbeit heraus definierte, geht heute der Arbeitnehmer einer Tätigkeit nach, die er nicht mehr in ihrer Komplexität versteht, und erhält dafür einen Lohn, den er zum Leben braucht, was einer selbstentfremdeten Sekundärmotivation entspricht, die …«

Frau Rot unterbrach unwillig: »Wollen Sie damit sagen, Herr Dr. Sonnenfeld, daß wir in der Bank nicht mehr wissen, was wir tun?«

»Nein, Frau Rot, das wollte ich nicht sagen. Aber ich bin für Ihren Einwand sehr dankbar. Sehen Sie: Als ich begonnen habe, vor einigen Wochen die einzelnen Arbeitsschritte der Sachbearbeiter zu analysieren, fiel mir auf, daß die Arbeit bis zur Unkenntlichkeit aufgespalten war. Der interessierte Mitarbeiter kann häufig nicht mehr erkennen, welche Geschäftspolitik, welche Einzelentscheidungen, welche Abläufe und welche kausalen Strukturen zu seiner konkreten Tätigkeit geführt haben. Ihm fehlt der Überblick, obwohl er in den meisten Fällen fachlich hochqualifiziert und hervorragend ausgebildet ist.«

»Wenn der noch lange sülzt, kann ich die Oper in den Wind schreiben«, ging es Alberti durch den Kopf.

»Himmel, meine Arbitrage«, dachte Fischer nervös.

Müller schwieg.

Rot hakte nach: »Und da wollen Sie ansetzen?«

»Das haben Sie gut erkannt, Frau Rot«, lobte Dr. Sonnenfeld. »Sehen Sie, wir leben an der Schwelle zur dritten industriellen Revolution. Die geistesgeschichtlichen Wurzeln für dieses Ereignis, das unser Leben und das unserer Kinder stärker verändern wird, als alle Kriege und politischen Revolutionen dieses Jahrhunderts es vermochten, gehen zurück in die dreißiger Jahre. Damals entstand in den Vereinigten Staaten durch Männer wie *Mayo* und *Taylor* eine sozialwissenschaftliche Richtung, die erstmals den *Betrieb* zum Objekt ihrer empirischen Untersuchungen machte und sich heute grundlegend durchzusetzen beginnt. Wendet man das Modell der Bedürfnishierarchie von *Maslow* auf einen Wirtschaftsbetrieb an, zum Beispiel auf eine Bank, werden in dieser Abteilung zur Zeit die *unteren* Bedürfnisse der Mitarbeiter befriedigt. Nämlich biologische Grundbedürfnisse durch das Arbeitsentgelt, die Bedürfnisse nach Sicherheit durch den Arbeitsvertrag und vielleicht noch, im günstigsten Fall, soziale Bedürfnisse. Die Befriedigung *höherer* Bedürfnisse, nach Maslow Anerkennung und Selbstverwirklichung, wird unseren Sachbearbeitern verwehrt.«

Alberti dachte amüsiert: »Ob der auch die Bedürfnisse seiner Frau befriedigen kann?«

Rot überlegte: »Der hat doch was an der Klatsche!«

Dr. Sonnenfeld referierte weiter: »Häufig entwickeln die Mitarbeiter ein Selbstbild vom gutbezahlten Fließbandarbeiter. Die Folgen sind: Unzufriedenheit am Arbeitsplatz, hoher Krankenstand, hohe Fehlerquote, hohe Fluktuation.«

»Und *Sie* wollen das ändern?« fragte Rot mit gerunzelter Stirn.

»Ja«, antwortete er lebhaft. Die Begeisterung hatte ihn ergriffen. Seine gewundenen Sätze sprudelten aus ihm heraus, untermalt von heftigen Handbewegungen. »Zunächst schaffe ich eine *neue* Identität, eine neue *corporate identity*, quasi *von innen heraus*, indem ich die persönliche Entwicklung, Eigeninitiative, Leistungsfähigkeit und das Verantwortungsbewußtsein unserer interessierten Mitarbeiter fördere und dabei gezielt auf ihrer Kompetenz und Stärke aufbaue. Am Ende stehen Harmonie, Transparenz, Erfolg, Freude an der Arbeit, Selbstverwirklichung und Identifikation mit der *neuen* FHK-Bank.«

»Sehr richtig!« rief Gernsheimer, der das Gefühl hatte, auch etwas sagen zu müssen.

Müller schwieg.

Rot blieb skeptisch: »Und wie wollen Sie das erreichen?«

Der neue Abteilungsleiter war innerlich aufgewühlt. Enthusiastisch verkündete er: »Ich habe bereits ein Konzept.« Er ging zu der Tafel mit den weißen Abreißblättern, nahm einen schwarzen Plakatierstift und schrieb in kräftigen Buchstaben:

Complete Settlement Workplace

Dann erläuterte er: »Dieses *CSW-Konzept* wird jeden interessierten Mitarbeiter in die Lage versetzen, das gesamte

Settlement, ich betone: das *gesamte Settlement* sowie das Depotgeschäft nicht nur zu verstehen, sondern auch zu bearbeiten. Er wird alles machen. Lieferungen, Zahlungen, Abrechnung, Kontrollen, Reklamationen, Kapitalveränderungen. Das komplette Wertpapiergeschäft wird in einer Hand konzentriert sein. Er wird neue Einblicke in die Arbeit anderer Abteilungen und Gruppen gewinnen. Er wird die Geschäftspolitik der FHK-Bank verstehen. Der ganze Arbeitsplatz wird anspruchsvoller, komplexer und interessanter. Am Ende steht nicht mehr der gewöhnliche Sachbearbeiter, sondern der selbstbewußte Back-Officer, der *stolz* auf seine Arbeit und auf sich selbst sein kann.«

Dr. Sonnenfeld ging einen Schritt auf die Teamleiter zu und hob beschwörend die Hände: »Ich bringe den Menschen die Arbeit zurück, so, wie sie einmal war.«

Müller hatte ihn die ganze Zeit prüfend beobachtet. Ein großer grauhaariger Kopf auf einem viel zu schmächtigen Körper. Jetzt begann der Prokurist zum ersten Mal langsam zu sprechen: »Sie wollen also die Mitarbeiter ihrer Routine berauben?«

Dr. Sonnenfeld drehte den Kopf: »Nein, Herr Müller, ich will die Sachbearbeiter von der Routine *befreien*. Die Arbeit wird nicht mehr langweilig, sondern eine täglich neue Herausforderung sein!«

»Sehr richtig!« unterstützte Gernsheimer seinen Chef.

Müller lehnte sich etwas zurück, ohne den Abteilungsleiter aus den Augen zu lassen: »Mir fällt der von Ihnen verwendete Begriff des *interessierten Mitarbeiters* auf. Welche Mitarbeiter meinen Sie damit?«

Dr. Sonnenfeld fühlte sich zum ersten Mal unbehaglich. Er witterte eine Falle. Müller hatte den Ruf, gefährlich zu sein. Allein durch seine Fragen verunsicherte er ihn und bremste seine Begeisterung. Vorsichtig antwortete er: »Das ist die Erwartung, die ich jedem Angestellten dieser Abteilung entgegenbringe. Ich gehe davon aus, daß die Mitarbeiter im großen und ganzen dem entsprechen.«

Müller zitierte deutlich und langsam den schwächsten Punkt der Ausführung: *»Im großen und ganzen.«* Dann nagelte er den Abteilungsleiter fest: »Wieviel Prozent, meinen Sie, entsprechen diesem Leitbild?«

Dr. Sonnenfeld spürte, daß er in der Falle saß. Er versuchte sich zu befreien: »Ich bitte Sie, Herr Müller, Sie müssen die Sache im großen Zuammenhang sehen!«

Müller hatte sich festgebissen: »Sie sind also nicht in der Lage, die entscheidende Grundlage Ihres CSW-Konzepts exakt zu definieren?«

Gernsheimer intervenierte: »Was soll das, Müller? Die Assis und Sachbearbeiter ziehen mit. Basta. Wer nicht spurt, fliegt raus!«

Müller sah ihn an: »Sehr interessant, Herr Gernsheimer, über den Gesichtspunkt der Mitarbeitermotivation in der Umbruchphase müssen wir auch noch reden.«

Frau Alberti blickte Müller von der Seite an und dachte: »Der Kerl ist zu schnell hochgekommen und bläst sich jetzt auf. Das Gerede von der Motivation dient doch nur seiner Profilierungssucht.«

Gernsheiemr lachte höhnisch: »Motivation, Motivation! Pah! Herr Kollege, wissen Sie, wie ich meine Mitarbeiter motiviere? Ich trete ihnen in den Allerwertesten!«

Müller schlug zu. Mit einem feinen Lächeln sah er den stellvertretenden Abteilungsleiter an. »Oh, Herr Gernsheimer, habe ich mit dem Stichwort Motivation bei Ihnen einen wunden Punkt berührt?«

»Diese Unverschämtheit nehmen Sie zurück!«

Dr. Sonnenfeld wirkte hilflos. Seine linke Gesichtshälfte begann unkontrolliert zu zucken. »Ich bitte Sie, meine Herren, bleiben wir doch bei der Sache!«

Frau Rot ergriff das Wort: »Richtig, Herr Abteilungsdirektor, kommen wir auf das Leitbild des *interessierten Mitarbeiters* zurück. Ich finde die Frage von Herrn Müller durchaus berechtigt.«

»Erst entschuldigt sich Müller bei mir!« Gernsheimer wurde laut.

Der sah ihn verächtlich an: »Ich rede mit Ihnen erst weiter, wenn Sie sich zur Sache äußern.«

»Nicht auf diese miese Tour, Müller!« Gernsheimer schäumte.

Dr. Sonnenfeld fühlte sich genötigt, Führungsprofil zu zeigen: »Sie vergreifen sich im Ton, Herr Gernsheimer. Bitte halten Sie sich zurück!«

Der Stellvertreter schwieg verbittert. Müller triumphierte. Der Abteilungsleiter hatte sich selbst seines wichtigsten Verbündeten beraubt.

Das Meeting wurde fortgesetzt. Müller wirkte nach außen gepflegt und unterkühlt. Doch Dr. Sonnenfeld spürte, daß er die Konferenz zu kippen versuchte. Er wollte retten, was noch zu retten war: »Herr Müller, Frau Rot, Sie müssen die Situation einfach *optimistischer* sehen!«

Müller ging zum offenen Schlagabtausch über. *Der* sollte wissen, mit wem er es zu tun hatte: »Optimistisch? Ich denke, wir sollten die Sache *realistisch* betrachten.«

Krause schüttelte heimlich den Kopf: »Das darf nicht wahr sein! Jetzt wichsen sich die beiden gegenseitig an.«

»Meine Opernkarten sind futsch«, fluchte die Alberti still.

»Die Arbitrage, Himmel, die Arbitrage«, dachte die Fischer.

Der *Macher* stand mit dem Rücken zur Wand. Sein ganzes Reformkonzept hatte der Prokurist mit ein paar gezielten Fragen abqualifiziert. Er fühlte sich seiner Macht beraubt und suchte verzweifelt nach Worten.

Müller ließ ihm keine Zeit dazu und holte zum vernichtenden Hieb aus: »Ich schlage vor, Herr Dr. Sonnenfeld, die Konferenz zu vertagen und das nächste Mal eingehend über die personelle Basis zu reden. Vielleicht können Sie dann ein *ausgereifteres* Konzept vorstellen.«

Jetzt maßte sich der Prokurist sogar die Kompetenz an, die Sitzung zu schließen. Aber Dr. Sonnenfeld war zu verwirrt und erschöpft, um dieser fulminanten Dynamik noch etwas entgegenzusetzen. Resignierend gab er nach. Das nächste Mal würde er sich besser auf diesen verfluchten Müller vorbereiten.

Das Großraumbüro leerte sich. Selbst Frau Fischer war schon nach Hause gegangen. Müller blieb allein. Er hatte diese Runde gewonnen. Der neue Abteilungsleiter war vielleicht ein Trottel. Chaotisch, schlampig, linkisch, ungeschickt. Aber das war nur die Oberfläche. Dahinter steckte mehr. Der Prokurist witterte die Bedrohung. Dieser Mann war von Visionen besessen. Er war vollgepackt mit Theorie, die er lässig aus dem Hut zu ziehen schien. Kaum einer in der Bank besaß dieses Format. Wenn er nicht wachsam war, würde sich Dr. Sonnenfeld wie eine Filzlaus in der Abteilung festsetzen und Müllers weiteren Aufstieg blokkieren.

Er schloß die Tür seines Büros. Dann holte er eine Diskette aus dem Schreibtisch. Er schob sie in den PC und wurde prompt nach dem Paßwort gefragt.

»Machiavelli.«

Auf dem Bildschirm erschien das Inhaltsverzeichnis. Müller hatte auf der Diskette alles abgespeichert, was er über seine Kollegen wußte. Stärken und vor allem Schwächen, Gewohnheiten und Marotten. Alle gravierenden Fehlleistungen waren sorgfältig mit Ort und Uhrzeit, Zeugen und beweiskräftigen Dokumenten katalogisiert. Müller hatte Ohren und Zuträger überall. Diese Diskette war wertvoller als alle Personalakten. Sie enthielt *inoffizielle* Informationen. Und nur *die* waren wichtig. Er spürte die Macht in seinen Händen. Müller war reich und erfolgreich. Aber was war das Gefühl, reich und erfolgreich zu sein, gegen die Erregung, gegen den aufreizenden Kitzel, *Macht* zu haben! Müller legte ein neues Dokument auf seiner Diskette an und überschrieb es mit *Dr. Sonnenfeld*.

Der Kampf begann.

3 *Alltäglicher Irrsinn*

Sie schreckte aus dem Schlaf hoch. Telefon. Es war eine sanfte männliche Stimme: »Mein Leben ist sinnlos ohne dich.«

Sie kämpfte mit den Tränen: »Warum fällt dir das erst jetzt ein? Warum rufst du so spät an, du verdammter Idiot? Warum hast du mich so lange warten lassen?«

»Deine Einsamkeit tut mir weh. Aber jetzt wird alles anders. Wir werden gemeinsam das Zentrum dieser Welt bilden. Nichts wird wichtiger sein, als uns aneinander festzuhalten.«

Sie preßte den Hörer an ihr Ohr und spürte den harten Druck. Sie mußte sich beweisen, daß die Stimme Wirklichkeit war. Bitterer Schmerz lag in ihren Worten: »Aber warum mußte ich erst 26 Jahre alt werden? Warum mußte ich erst diese vielen leeren Jahre erleben, ohne dich?«

Die Antwort war zum Greifen plastisch: »Es ist vorbei. Ich werde dich nicht mehr allein lassen. Wir werden uns lieben und hassen und streiten und versöhnen und unseren

Kindern die Welt erklären und zusammen alt werden. Und all das wird nur ein Ausschnitt sein. Ein kleiner Teil einer unmöglichen, unendlichen Gemeinsamkeit…«

Barbara erwachte und griff mit ihren Händen in die Leere. Das Telefon war ruhig. Es saß auf dem Nachttisch wie ein böser, schweigender Stein. Es hatte nie gesprochen und würde nie sprechen.

Der Schnee ging in Regen über. Dunkler Wintermorgen. Autobahn. Noch zwanzig Kilometer bis Frankfurt. Vier Fahrbahnen in eine Richtung. Dichter Verkehr, aufgewirbeltes Wasser, Scheibenwischer. Die zwei rechten Spuren waren mit Lastwagen und anderen langsamen Fahrzeugen verstopft. Barbara lenkte ihren alten Fiesta auf die dritte Fahrbahn. Vor ihr trödelte ein betagter VW-Bus. Sie hatte es eilig und fuhr auf die vierte Spur. Aber ihre Karre schaffte nicht mehr als 130. Von hinten jagte mit hoher Geschwindigkeit ein anthrazitgrauer BMW heran. Plötzlich war er im Rückspiegel riesengroß, keine zehn Meter entfernt. Lichthupe. Sie erschrak und wollte ausweichen. Aber der VW-Bus war auf gleicher Höhe. Fast hätte sie ihn gerammt. Sie drückte das Gaspedal durch. Der BMW fuhr noch dichter auf und feuerte Lichtblitze wie Geschosse auf sie ab. Ihr Fahrzeug schlingerte auf dem regennassen Asphalt. Der Fahrer des VW-Busses wurde aufmerksam und nahm den Fuß vom Gas. Das half Barbara, an ihm vorbeizukommen. Erleichtert scherte sie auf die dritte Spur ein. Der BMW beschleunigte mit infernalischer Kraft und verschwand im Regengrau.

Dr. Sonnenfeld stand in seinem Büro und schaute hinaus in die morgendliche Dunkelheit. Er hatte Angst.

Wieder sah er nervös auf die Uhr: 7 Uhr 10. Er drehte sich um und begann im Raum auf und ab zu laufen. In seinem Kopf war Müller: »Jetzt ist er vor der Schranke angekommen. Er wird das Seitenfenster seines BMW herunterfahren und seine Karte in das Sichtfeld halten. In genau 20 Minuten wird er im Raum stehen. Mit der Pünktlichkeit eines Mannes, dem man ein Schweizer Uhrwerk ins Hirn implantiert hat… In meinem Berufsleben sind mir schon viele Menschen begegnet. Die unterschiedlichsten Charaktere. Mit allen bin ich irgendwie klargekommen. Aber dieser Müller macht mir angst. Was weiß dieser zynische Realist von meinen Träumen? Nichts weiß er! Die dritte industrielle Revolution ist zum Greifen nahe. Ich sehe die veränderte Arbeitswelt des Jahres 2050 so plastisch vor mir, als wäre sie schon Realität. Aber was weiß *er* von der Zukunft? Nichts weiß er! *Den* interessiert an der Zukunft doch nur, wie hoch seine Aktien steigen. Er verhindert durch seine bornierte Ignoranz den Fortschritt in der Abteilung. Und wer sich dem Fortschritt verweigert, wird gnadenlos abgehängt.«

7 Uhr 15. Er ging weiter aufgewühlt durch sein Büro. »Jetzt parkt er sein Auto in der Tiefgarage, nimmt seinen Lederkoffer und geht zum Aufzug. Perfekt gepflegt und gekleidet wie jeden Tag. Ein Mann, so angepaßt wie die Stromlinienkarosserie seines Wagens. Immer werden Träume von solchen Menschen gebremst. Sie lehnen sich mit souveräner Rhetorik in ihren Sessel zurück und machen alles kaputt. Sie, die nie fähig wären, selbst eine Veränderung herbeizuführen, können nur zerreden und zerstören.«

7 Uhr 20. Noch 10 Minuten. »Er wird jetzt in seinem Büro den PC anwerfen und über Reuters die Tendenzen der Aktienmärkte abfragen. Das Schlimme an diesem Mann ist, daß ich ihn brauche. Er kennt die Abteilung. Er hat Fachkompetenz. Er hat Rückhalt in der Hauptabteilungsleitung. All das fehlt mir. *Ohne* ihn ist der Erfolg meiner Reformen unsicher. Und *mit* ihm wird es keine Reformen geben. Es sei

denn, ich packe ihn. Irgendwie. Ich muß ihn in seine Schranken weisen, bevor er übermächtig… Aber wie?… Wo liegt sein schwacher Punkt?«

7 Uhr 25. Noch 5 Minuten. »Er ist reich. Nur der kleinste Teil seines Vermögens steckt in seinen Depots bei der FHK-Bank. Den größten Teil hat er geschickt auf andere Banken verteilt. Man munkelt hinter vorgehaltener Hand von phantastischen Summen, die er in den letzten Jahren durch Wertpapiergeschäfte verdient hat. Zwecklos, ihn kaufen zu wollen… Zwecklos? Oder ist es gerade *noch mehr* Geld, das ihn lockt…? Oder gibt es etwas anderes, das einen Mann reizt, der mit 26 Jahren schon alles besitzt, was man für Geld kaufen kann?«

7 Uhr 30. Ein kurzes Klopfen. Dann betrat der junge Prokurist mit dem Zeigersprung den Raum. Seine Blicke flogen mißbilligend über die übliche Unordnung. Achtlos trat er auf herumliegende Pläne und Computerausdrucke, setzte sich unaufgefordert auf einen Stahlrohrsessel und sah seinen Chef an.

Sonnenfeld ließ ihn nicht aus den Augen. Kaum saß er, attackierte er ihn: »Was denken Sie sich eigentlich, Müller? Ihre Aufgabe ist es, mich bei der Reform dieser Abteilung zu unterstützen. Und was machen Sie? Sie fahren mir mit Vollgas gegen die Karre! Vor allen Teamleitern! Was versprechen Sie sich von diesen Kriegsspielen?«

Er machte eine Pause und wartete auf Antwort. Der Prokurist schien unbeeindruckt. Steinerne Ruhe. Langsam begann er zu sprechen: »Sie sind erregt. Wollen wir das Gespräch nicht fortsetzen, wenn Sie sich wieder beruhigt haben?«

Sonnenfeld schrie: »Ich bin überhaupt nicht erregt!«

Müller lächelte ironisch: »Ach, ja?«

Der Abteilungsdirektor fühlte sein Blut in den Kopf steigen. Er griff nach der Schreibtischkante und verkrampfte seine Finger daran. Er mußte ruhig bleiben. Dieser Müller war schon wieder dabei, ihn vorzuführen. Durch Atemtechnik versuchte er die Kontrolle zurückzugewinnen. Aber sein Kontrahent ließ ihm keine Zeit: »Manchmal hilft in solchen Situationen ein Glas Wasser. Wollen Sie nicht Gernsheimer rufen? Der freut sich über den Auftrag.«

Er bekam die Kurve, bevor diese gezielten Bosheiten sein Denken blockierten. Gefährlich leise sprach er: »So nicht, Müller! Verarschen werden Sie mich nicht!«

Der Prokurist schwieg eine Sekunde zu lang.

Sonnenfeld schlug nach: »Ich bin Ihr Vorgesetzter, Müller! Wenn nötig, werde ich von meinem Weisungsrecht unnachgiebig Gebrauch machen. Wollen Sie Kampf, werden Sie den nicht ohne Schaden überstehen!«

»Gut«, meinte Müller gleichgültig, »wenn das so ist, müssen Sie Hauptabteilungsleiterin von Wildenstein um eine andere Personalentscheidung bitten. In dieser Atmosphäre ist eine konstruktive Zusammenarbeit nicht möglich.«

Der Prokurist erhob sich. Sein Vorgesetzter schlug mit der Faust auf den Tisch und schrie: »Sie bleiben, wo Sie sind!«

Müller blieb unbeeindruckt: »Sie haben fünf Minuten. Wenn in diesen fünf Minuten nichts Konstruktives kommt, gehe ich. Wir sehen uns dann bei der Hauptabteilungsleitung!«

Wieder fühlte sich Sonnenfeld an die Wand gedrängt. Dieser Müller wußte genau, wie weit er gehen konnte. Die Taktik der Einschüchterung war mißlungen.

Zunächst einmal wechselte er den Tonfall. Deutlich milder, aber eindringlich begann er: »Herr Müller, welche Einwände haben Sie gegen das CSW-Konzept?«

»Es geht mir um Qualitätssicherung. Als Mitentscheidungsträger der Abteilung ist es meine Pflicht, auf Schwachstellen des Konzepts hinzuweisen.«

»Dagegen sagt niemand etwas. Aber wie beurteilen Sie das Konzept *grundsätzlich*, von Schwachstellen und Details abgesehen?«

»Darüber ist meine Meinung noch nicht abgeschlossen.«

Der Abteilungsleiter überlegte: »Warum weicht er aus? Er könnte das Konzept doch einfach als undurchführbar abtun. Heißt das vielleicht, daß er die Sache für brillant hält und sich nicht dem Vorwurf einer tumben Verweigerungshaltung aussetzen will?« Er war sich nicht sicher. Aber es war ein Strohhalm, den er sofort mit beiden Händen ergriff: »Herr Müller, das CSW-Konzept ist im Grunde Ihre Chance, sich erneut zu profilieren und sich für größere Aufgaben in der Bank zu empfehlen. Insoweit sitzen wir beide im gleichen Boot. Ich mache Ihnen einen Vorschlag: Wir werden bis Anfang Februar ein *gemeinsames* Arbeitspapier entwerfen und es in einer Abteilungsversammlung vorstellen. Das Papier wird *unsere* Unterschriften tragen. Das Konzept wird mit meiner Theorie und Ihrer Praxis ein durchschlagender Erfolg.« Er schwieg einige Sekunden. Dann sprach er betont weiter: »Herr Müller, ich biete Ihnen den *Ruhm*, der Mann der ersten Stunde gewesen zu sein.«

Müller überlegte; ruhig, ohne Regung. Sonnenfeld lauerte. »Ich habe ihn«, jagte es durch sein Hirn. Dann schüttelte der Prokurist den Kopf: »Anfang Februar ist zu kurz. Wir brauchen für ein gründliches Konzept mindestens sechs Wochen Zeit.«

»Einverstanden«, sagte Sonnenfeld schnell, stand auf und streckte ihm die Hand entgegen. Müller erhob sich etwas langsamer und schlug ein.

Sonnenfeld lehnte sich erleichtert zurück und versuchte, seinen Erfolg zu festigen: »Es freut mich, Herr Müller, daß wir uns so schnell einigen konnten. Ich gewinne langsam den Eindruck, daß Sie ein sehr verantwortungsvoller Mann sind.«

Er machte eine bedeutungsvolle Pause. Dann setzte er ein gönnerhaftes Lächeln auf: »Herr Müller, Frau von Wildenstein hat sicher schon angedeutet, daß man über eine Erhöhung Ihrer Bezüge nachdenkt. Das findet auch meine wohlwollende Unterstützung. Zum ersten wird, rückwirkend zum Jahresbeginn, Ihr Gehalt auf 110 000 Mark p.a. angehoben. Auf dieser Basis erhalten Sie, abhängig von Ihrer persönlichen Leistung, zwischen 4 und 20 Prozent als jährlichen *Referenzbonus.* Ihre Bezüge könnten also bis 132 000 Mark steigen. Zum zweiten räumt Ihnen die Bank die Möglichkeit ein, eine vom Haus emittierte Schweizer-Franken-Anleihe zu einem verbilligten Kurs zu erwerben. Rendite von 8,35 Prozent. Sperrfrist fünf Jahre. In Anbetracht der derzeitigen Zinsflaute und der kommenden Währungsunion mit der Aussicht auf einen steigenden Schweizer Franken ist das ein sehr attraktives Angebot. Da Sie sehr wohlhabend sind, werden Sie das Volumen von 100 000 Schweizer Franken sicher ausschöpfen.«

Müller blieb ernst. »Indiskutabel!«

Sonnenfelds Lächeln erstarb: »Aber Herr Müller! Vergessen Sie nicht, daß Sie erst 26 sind!«

»Nein, Herr Dr. Sonnenfeld, mein Marktwert liegt deutlich über 110 000 Mark. Ich will 120 000 zuzüglich Referenzbonus! Zur Anleihe: Die Konditionen gehen in Ordnung. Aber ich will nicht 100 000 Franken, sondern eine halbe Million.«

Sonnenfeld holte tief Luft: »Gut, auch darüber können wir reden.«

Als Müller gegangen war, hielt es ihn nicht mehr auf seinem Platz. Er ging wieder zum Fenster, ahnte den im Osten heraufdämmernden Morgen und fühlte, wie seine Träume reale Konturen bekamen. Leise sprach er: »Ich habe ihn. Ich habe die Sau am Arsch!«

Kurz nach dem Frankfurter Kreuz sah Barbara in der grauen Ferne die Lichter der langgezogenen Bankensilhouette. Sie verließ die Autobahn, quälte sich durch den Stadtverkehr und suchte westlich des Bankenviertels nach einem Parkplatz. Trotz eines Arbeitswegs von über 50 Kilometern durfte sie nicht in die Tiefgarage. Dort waren die Stellplätze Angestellten vorbehalten, die in der strengen Hierarchie der Bank mindestens Handlungsvollmacht besaßen. Manchmal hatte sie Pech und mußte noch 30 Minuten laufen. Mit Zug und S-Bahn hätte sie weniger Zeit gebraucht. Aber sie haßte den morgendlichen Kampf um die Sitzplätze, das Geschiebe auf den Bahnsteigen, die dichten Menschentrauben an den Rolltreppen. Überall wurde sie abgedrängt.

Heute fand sie schnell einen Parkplatz und war früh in der Bank. Vor den sechs großen Aufzugtüren wartete niemand. Helles Klingen. Der Fahrtrichtungspfeil leuchtete auf. Die Schiebetüren teilten sich surrend. Barbara eilte hinein und erschrak… Da stand ein Mann wie ein Bär. Groß, breitschultrig, mit leichtem Speckansatz um die Hüften. Dunkelbraune Motorradkleidung, schwarzer Schutzhelm mit hochgeklapptem Visier, klobige Stiefel. Auf Helm und Schultern schmolzen weiße Schneeflocken zu kleinen Wasserperlen. Sie rannen herab und tropften auf den Velourteppich im Fahrstuhl.

»Guten Morgen«, grüßte Barbara, nachdem sie sich von dem Schreck erholt hatte.

Der Bär brummte etwas Unverständliches. Sein Mund war hinter dem Vollvisierhelm verborgen. Die Augen wirkten auffällig starr.

Im 19. Stock verließen beide den Aufzug. Die Bewegungen des Motorradfahrers waren kantig und unbeholfen. Die schweren Stiefel stampften dumpf durch das Großraumbüro.

Frau Fischer saß schon auf ihrem Platz, als Barbara das Aquarium betrat.

»Wer ist denn dieser Riese in Motorradkluft?« fragte sie ihre Chefin.

»Das ist Peace-Mountain.«

»Wer bitte?«

»Ach so, Herr Friedeberg. Arbeitet im Team von Herrn Gernsheimer. Er vergißt öfter, Anzug und Schuhe mitzunehmen. Dann hört man den ganzen Tag das Donnern seiner Motorradstiefel im Büro.«

Barbara schüttelte verwundert den Kopf und setzte sich an ihren Schreibtisch.

Czerwinski kam zu spät, wie fast jeden Morgen. Er schaltete das Terminal ein, legte die Füße auf den Tisch und fragte über Reuters die neuesten Börseninformationen ab. Dann gab es zwei Möglichkeiten: Liefen seine Spekulationen, prahlte er lautstark mit exorbitanten Gewinnen. Liefen die Spekulationen nicht, schlug er den Sportteil seiner Zeitung auf und war bis zum Mittagessen dahinter verschwunden.

Barbara hatte ein großes Foto von ihren beiden Katzen Dividende und Rendite mitgebracht. Jetzt standen sie in einem bunten, breiten Holzrahmen auf dem Schreibtisch und wirkten als Farbtupfer in grauer Umgebung. Sie kämpfte mit Buchungen und Ablagen. Da Frau Grünling erst nächste Woche wiederkam, gab es zur Zeit nur sporadische Einarbeitung. Also füllte sie die Zeit mit einfachen Tätigkeiten, die sonst keiner machen wollte. Zander und Seegras arbeiteten am Terminal. Fischer kontrollierte konzentriert Fernschreiben.

»Warum haben in der FHK-Bank die Kontonummern so viele Nullen?« fragte Barbara in den Raum. Als keine Antwort kam, erklärte sie: »Ich habe hier ein Konto mit der

Nummer 2000000091. Wenn man sich bei der Eingabe nicht konzentriert, hat man sich schnell um eine Null vertan.«

Czerwinski senkte kurz die Zeitung und grinste: »Das kommt daher, weil in dieser Bank so viele Nullen arbeiten.«

In diesem Augenblick kam Herr Lammert um die Sichtblende. Neben Herrn Pfefferle der zweite Archivar und Materialverwalter und etwa zehn Jahre jünger. Klein, stämmig, Seitenscheitel, Schmalzlocke, fleischig nach außen gebogene Lippen. Am auffälligsten waren seine wäßrigen Augen, die aus den Höhlen zu treten schienen; besonders als er Barbara sah. Lammert stellte sich ungeniert vor sie hin und betrachtete sie von oben bis unten. Er zog sie förmlich mit seinen Blicken aus. »Ei, du bist die Neue. Gestatten, Lammert, mein Fräulein.«

»Ich heiße Frau Kleinwächter. Barbara Kleinwächter.« Sie senkte die Augen und arbeitete weiter. Der Mann war ihr unangenehm. Lammert rückte näher. »Endlich kommt mal was Schnuckliches in die Abdeihung«, tönte er. Dann fiel sein Blick auf das Katzenbild. Neugierig wollte er wissen: »Was sachden da dein Freund dezu, wenn die Katze in der Wohnung rumhübbe?«

»Ich habe keinen Freund«, gab Barbara offenherzig zu.

»Wos!« rief Lammert laut und fragte: »Und von wem bist du dann schwanger, Madam?«

»Ich bin nicht schwanger, Herr Lammert.«

»Wos! Da wer ich mer awwer net so sicher, Fräulein. Mer hawwe ja noch kein Feierabend.«

Lammert lachte laut über seinen eigenen Witz. Die anderen Frauen nahmen keine Notiz davon. Sie schienen diese anzüglichen Sprüche von ihm gewöhnt zu sein.

»Hier ist Radio Agil, wir machen mobil«, meldete sich die bekannte jung-dynamische Stimme aus dem Rundfunkgerät. »Heute haben wir Herrn Kuberta vom Arbeitsamt

Frankfurt zu Gast. Herr Kuberta, die Zahl der Arbeitslosen nähert sich in Deutschland wieder einmal der 4-Millionen-Grenze. Große Unternehmen haben weiteren Personalabbau angekündigt. Muß man sich nun um den eigenen Arbeitsplatz Sorgen machen…«

Zander schob ihr Kinn vor und verkündete stolz: »Also, ich war in meinem Leben noch keinen Tag arbeitslos. Wer *wirklich* arbeiten will, findet *immer* Arbeit.«

Lammert pflichtete ihr bei: »E faules Pack, alle mitnander! Wir schaffe uns hier krumm und bucklich, und die mache deham Arschloch hoch, Amerika.«

Herr Kuberta war bereits mitten in der Antwort: »… der schleichende Abbau von Arbeitsplätzen ist schon seit 30 Jahren zu beobachten und zeigt, daß die Arbeitslosigkeit der 90er Jahre in erster Linie strukturbedingt ist. Das eröffnet für die Zukunft eine pessimistische Perspektive…«

Seegras schimpfte hinter ihrem Terminal: »Fast 20 Überstunden hatte ich im November. Im Dezember sind es auch nicht weniger. Frau Fischer sitzt manchmal bis in die späte Nacht an ihrem Schreibtisch. Fast alle Teams sind chronisch unterbesetzt. Am schlimmsten hat es Krause erwischt. Der blockert wie ein Pferd. Freizeit ist für ihn ein Fremdwort geworden. Abfeiern der Überstunden ist unmöglich. Also werden sie ausgezahlt. Und dann kommen die Abzüge! Fast nichts bleibt da übrig! Alles, damit unser blöder Wohlfahrtsstaat fette Arbeitslosengelder und Sozialhilfen verteilen kann. Ein Skandal ist das!«

»… betroffen sind besonders Schwerbehinderte und Arbeitnehmer über 54 Jahre. Besorgniserregend ist auch die Zunahme der Langzeitarbeitslosigkeit. Nicht in der Statistik erfaßt sind Menschen, die in der heutigen Arbeitswelt zu wenig ihre Ellenbogen einsetzen. Ich befürchte daher, daß das soziale Klima immer härter und brutaler…«

Zander meinte: »Also, ich halte Arbeitslosengeld und Sozialhilfe für eine schlechte Einrichtung. Für Untätigkeit Geld zu bekommen ist falsch. Damit werden die Menschen nur der Arbeit entwöhnt. Ohne Unterstützung würde dagegen die Motivation gestärkt, bald eine neue Stelle zu finden.« Sie lächelte süß wie ein Engel.

»In den Arsch gehört dene getrede!« stimmte Lammert zu.

»…meine persönliche Überzeugung ist die, daß wir im Kampf gegen die Arbeitslosigkeit noch einmal beginnen müssen, ganz von vorne zu denken. Nichts, was wir über Arbeitslosigkeit zu wissen glauben, hat bis jetzt etwas zu ihrer Beseitigung beigetragen…«

Seegras wurde ungehalten: »Ich kann diesen Quatsch nicht mehr hören. Ich such' jetzt einen anderen Sender…«

Barbara fragte naiv: »Welchen Beitrag leistet eigentlich die FHK-Bank zur Beseitigung der Arbeitslosigkeit?«

Zander, Seegras und Lammert lachten schallend.

Sie ließ sich nicht beirren: »Wenn es hier so viel Arbeit gibt, könnte die Bank doch Arbeitslose einstellen.«

Wieder schallendes Gelächter. Zander belehrte sie: »Ehe die Bank jemanden neu einstellt, wird das vorhandene Potential ausgeschöpft. Das ist kostengünstiger. Oder soll bei der nächsten Hauptversammlung der Vorstand den Aktionären sagen, daß zur Einstellung von Arbeitslosen die Dividende pro Aktie von zwölf auf elf Mark fünfzig gekürzt wird? Das geht nicht! Deshalb wird auf die Belastbarkeit der Mitarbeiter Wert gelegt. Dauerüberstunden müssen drin sein.«

Barbara schnallte es einfach nicht: »Aber das ist doch Irrsinn. Wir schuften uns hier tot, und draußen herrscht Arbeitslosigkeit…«

Die felsgrauen Rollos auf der gesamten Fensterfront gingen automatisch nach unten. Es wurde dunkel im Großraumbüro. Czerwinski fühlte sich bei der Lektüre seiner Zeitung gestört und fluchte. Seegras schimpfte: »Jetzt fahren die mitten im Winter den Sonnenschutz herunter. Die ganze Technik im Haus taugt keinen Schuß Pulver.«

Zander kommandierte: »Frau Kleinwächter, gehen Sie mal an den Schalter, und fahren Sie die Rollos manuell wieder nach oben!«

Barbara gehorchte. An der um 45 Grad abgeschrägten Fensterbank waren in regelmäßigen Abständen Doppeldruckknöpfe angebracht. Sie drückte auf einen Pfeil nach oben. Es dauerte einen Moment. Dann setzten sich die Rollos in Bewegung. Barbara ließ los. Sofort blieb der Sonnenschutz wieder stehen.

»Sie müssen den Knopf dauernd gedrückt halten, bis die Rollos oben sind«, klärte sie Zander auf.

Ein kurzer, dicker Mann kam um die Sichtblende gelaufen. Hemdsärmelig, dicke Hornbrille. Er war so vergnomt, daß er selbst dem kleinen Lammert nur bis zur Schulter reichte. Unter dem Arm eine graue Liste. Zielstrebig steuerte er auf Frau Seegras zu und baute sich vor ihr auf: »Haben Sie gestern die 125 Alusuisse-Lonza abgerechnet?« Gehässiges Kichern.

Barbara stand am Fenster und hielt den Knopf gedrückt.

Die Sachbearbeiterin schaute ihn mit einer Mischung aus Ärger und Angst von der Seite an: »Jaaa, Herr Strunzmann.«

»Alles falsch. Die Spesen stimmen hinten und vorne nicht. Und bei der Fremdwährungsumrechnung haben Sie die Geld- mit den Briefkursen vertauscht.« Wieder gehässiges Kichern.

Die Teamleiterin wurde hellhörig: »Wieviel Stornos?«

»Mindestens vier«, meinte Strunzmann und kicherte noch gehässiger.

Barbara stand am Fenster und hielt den Knopf gedrückt.

»Himmel, das wirft uns wieder in der Statistik zurück«, jammerte Fischer.

Selbst Czerwinski hatte die Zeitung gesenkt. Er und Lammert grinsten schadenfroh.

Der kleine Dicke schlappte zufrieden davon. Der Archivar schloß sich ihm an.

Zander ging zum Schrank, einen Ordner zu holen. Dabei lächelte sie und meinte beiläufig: »Sehen Sie, Frau Seegras, hätten Sie das richtige Zeitmanagement, wäre Ihnen das nicht passiert.«

Barbara stand am Fenster und hielt den Knopf gedrückt. Dabei fragte sie Frau Fischer: »Wer war denn das? Hier tauchen die merkwürdigsten Figuren auf.«

Die Chefin informierte sie: »Herr Strunzmann arbeitet im Gernsheimer-Team und kontrolliert die Wertpapiergeschäfte der ganzen Abteilung.«

Jetzt war der Sonnenschutz wieder oben. Barbara kehrte mit einem krummen und schmerzenden Finger zu ihrem Platz zurück. Halblaut murmelte sie vor sich hin: »Also, so ist das in der FHK-Bank: Wenn man bei der Abrechnung Fehler macht, kommt am nächsten Tag ein Gnom rein und feixt.«

Die Teamleiterin sichtete das Neugeschäft. Eigentlich eine Aufgabe für die Sachbearbeiter, zum Beispiel für Herrn Czerwinski. Aber die Chefin sah das nicht so eng. Sie stutzte: »Das ist sehr merkwürdig … Frau Zander, haben Sie schon einmal einen EMI-Fonds in der Schweiz abgerechnet?«

»No and never. Der ist für das Westeuropa-Team.«

»Hier steht aber Börse Zürich … Merkwürdig … Sicher ein Eingabefehler. Frau Kleinwächter, wissen Sie, wo Frau Alberti sitzt?«

»Ja, Frau Fischer.«

»Nehmen Sie bitte den *Long Slip* und bringen Sie ihn rüber.«

»Was bitte?«

»Ach so, das sind die DIN-A4-Seiten mit dem ausgedruckten Neugeschäft.«

Sie nahm den Long Slip und trabte los. Frau Alberti lackierte sich gerade die Fingernägel in Bordeauxrot. Ihre Assistentin und acht Mitarbeiter, sechs Frauen und zwei Männer, saßen über der Arbeit. Barbara blieb schüchtern neben dem Schreibtisch der Teamleiterin stehen.

»Was kann ich für dich tun, Schätzchen?« fragte Frau Alberti, ohne den Blick von ihren Fingernägeln zu heben.

»Entschuldigung, ich komme von Frau Fischer und soll Ihnen den Long Slip bringen.«

Die Frau unterbrach unwillig ihre Kosmetik, warf kurz einen Blick auf das Neugeschäft und sprach gelangweilt: »Sag der Fischer, sie soll ihre Glotzaugen aufmachen.«

Barbara trabte unverrichteter Dinge zurück ins Aquarium. »Frau Fischer, Frau Alberti meint, das Geschäft sei nicht für sie.«

Ihre Chefin machte ein ärgerliches Gesicht: »Das ist ein in Luxemburg notierter Fonds. Der wird in *ihrem* Team abgerechnet. Sagen Sie ihr das!«

Barbara trabte wieder zurück. Die Alberti lackierte immer noch ihre Fingernägel. »Da bist du ja schon wieder, Schätzchen.«

»Entschuldigung, aber Frau Fischer meint, das sei ein in Luxemburg gehandelter Fonds.«

Alberti setzte sich mit einem Ruck gerade, riß Barbara den Long Slip aus der Hand und schlug mit dem Handrücken darauf: »Hier steht Börse Zürich. Da steht Schweizer Franken. Gib das der Fischer und sagt ihr, Börse Zürich und Schweizer Franken ist *ihr* Bier!«

Barbara trabte retour. Fischer wiegte den Kopf hin und

her. »Der EMI-Fonds wird bei *Cedel* verwahrt und von der Kreditbank Luxemburg für die FHK-Bank an der Luxemburger Börse gehandelt. Zürich ist ein Eingabefehler. Sagen Sie ihr das, Frau Kleinwächter!«

Sie trabte los. Alberti verdrehte die Augen nach oben: »Wenn du mit diesem blöden Long Slip noch einmal um die Ecke geschlappt kommst, raste ich aus. Die dusselige Fischer glaubt also, Zürich sei ein Eingabefehler. Dann soll sie das mit dem Börsenhändler klären. Sag ihr das, Schätzchen!«

Barbara trabte retour. Fischer war wütend. »Frau Kleinwächter, rufen Sie Herrn Klotz aus der Börsenabteilung an, und sagen Sie ihm, er soll Börse Zürich in Börse Luxemburg ändern, damit es die Alberti endlich schnallt.«

Barbara ging brav zu ihrem Telefon: »Guten Morgen, Herr Klotz. Hier ist…«

»Ich sehe Ihren Namen auf dem Display. Was gibt's?«

»Herr Klotz, ich habe hier ein Papier. European Multi Index…«

»Kenn' ich. Weiter!«

»Es wurde vermutlich die falsche Börse eingegeben. Frau Fischer meint…«

»Was wurde eingegeben?«

»Börse Zürich, Frau Fischer meint…«

»Wenn da Börse Zürich steht, ist Börse Zürich richtig!«

Bevor Barbara noch etwas sagen konnte, knallte Klotz den Hörer auf.

Fischer warf den Kugelschreiber hin: »Jetzt gehen wir zu Müller. Kommen Sie mit, Frau Kleinwächter!«

Barbara folgte ihrer Chefin. Sie betrat zum ersten Mal das Büro von Müller. Es lag direkt neben dem von Herrn Gernsheimer; hatte aber keine Verbindungstür. Die gesamte Einrichtung war dem absoluten Diktat von Parallele und rechtem Winkel unterworfen. Selbst die modernen, kantigen

Graphiken an den Wänden und die Bücher auf den Regalen. Auch hier dominierte die Farbe Grau. Nur einige Plastikpflanzen sorgten für grüne Kontraste. Sein Schreibtisch, eine wuchtige Winkelkombination aus schwarz gebeiztem Holz, wirkte wie eine Festung, hinter der sich Müller verschanzt hatte. PC, Telefon, Ablagekörbchen, Formulare und Schriftstücke waren streng im rechten Winkel ausgerichtet. Selbst die eckig gestylte Halogenleuchte machte keine Ausnahme. Die Schreibunterlage war aus makellosem, schwarzem Leder. Kein Tipp-Ex-Fleck, kein Krümel verunzierte das Arrangement. Papier, Stifte, Büroklammern lagen nicht herum, sondern waren nach durchdachten Grundsätzen in Schachteln und Dosen einsortiert. Der junge Prokurist schien selbst ein Bestandteil dieser Ordnung zu sein. Er saß aufrecht hinter seinem Schreibtisch. Das weiße Hemd korrekt gebügelt. Die dezente Krawatte korrekt gebunden. Die mattsilberne Krawattennadel exakt waagerecht festgeklemmt. Seine dunkelgraue Jacke hing korrekt über einem Stahlrohrgestell hinter dem Schreibtisch. Ernst, fast abweisend sah er die beiden Frauen an. Nur die großen, braunen Augen wirkten wie ein Fremdkörper in dieser Atmosphäre der Nüchternheit und funktionalen Ordnung. Barbara war verlegen.

Fischer zeigte Müller den Long Slip. Der warf einen kurzen Blick darauf und sprach: »European-Multi-Index-Fonds in Schweizer Franken. Gibt es als thesaurierenden Fonds mit der Wertpapier-Kennummer 973138. Bei dem vorliegenden werden die Erträge ausgeschüttet. Deshalb WKN 973137. Beide Fonds werden in Luxemburg gehandelt.«

Müller griff zum Telefon und stellte den Lautsprecher an, damit Fischer mithören konnte: »Herr Klotz bitte, aber straightway!«

»Hier Klotz, Herr Müller, was kann ich für Sie tun?«

»EMI-Fond, Schweizer Franken. Lassen Sie bitte den Börsenplatz Zürich in Börsenplatz Luxemburg ändern!«

»Sofort, Herr Müller.«

»Und tadeln Sie Ihren Mitarbeiter Herrn Schwarz! Das war sein dritter Eingabefehler in dieser Woche.«

»Wird erledigt, Herr Müller.«

Der Prokurist legte auf und wählte die Nummer des Westeuropateams: »Frau Alberti, bitte lassen Sie den EMI-Fonds von einem Ihrer Mitarbeiter abrechnen. Der Börsenplatz ist falsch und wird geändert.«

»Selbstverständlich, Herr Müller.«

Er ließ den Hörer lässig in die Halterung fallen und sagte mit einem kurzen Blick auf die beiden Frauen: »Erledigt.«

Als das Aquarium zum Mittagessen aufbrach, bemerkte Barbara, daß ihre Angestelltenkarte weg war. Sie suchte verzweifelt. Ohne Erfolg.

»Sie müssen auf Ihre Sachen besser aufpassen«, ermahnte sie Zander mit überlegenem Lächeln.

Barbara schluchzte: »Die Karte war mit fünfzig Mark aufgeladen. Haben Sie denn eine Ahnung, wieviel Geld das für mich ist? Ich verdiene keine 3200 Mark im Monat. Davon zieht man mir die Hälfte ab. Und ich muß Miete zahlen und Benzin tanken und ...«

Fischer legte beruhigend den Arm auf ihre Schulter: »Aber Frau Kleinwächter, vielleicht findet die Karte jemand und bringt sie zurück. In der Kantine können Sie erst einmal auf meine Kosten essen.«

Zander gab zu bedenken: »Aber was machen Sie heute abend? Ohne Karte können Sie die Bank nicht verlassen.«

»Richtig«, bestätigte die Teamchefin, »gehen Sie gleich hinunter zum *Security-Service*-Leitstand und lassen sich eine Notkarte geben. Wir gehen schon einmal voraus zum Essen.«

Als sie endlich in die Kantine kam, wartete nur noch Fischer auf sie. Zander und Seegras waren schon wieder zu ihrer Arbeit zurückgekehrt.

»Sie dürfen in der Bank nicht alles so ernst nehmen«, sagte die Teamleiterin, nachdem sich Barbara mit einem Tablett gesetzt hatte.

Sie war überrascht: »Wieso, Frau Fischer?«

»Na ja, manche, wie Herr Lammert oder Frau Alberti, haben einen etwas ruppigen Ton. Aber daran werden Sie sich gewöhnen.«

Barbara nickte.

»Herr Lammert belästigt manchmal Frauen mit schlüpfrigen Bemerkungen. Am besten, Sie gehen ihm aus dem Weg. Achten Sie besonders darauf, daß Sie nie mit ihm allein sind.«

Barbara nickte.

»Sie haben keinen Freund?«

»Nein, er ist ausgezogen.«

»Entschuldigung, wenn ich Ihnen so persönliche Fragen stelle. Aber ich versuche, mir ein Bild von Ihnen zu machen.«

»Natürlich, Frau Fischer.«

»Fühlen Sie sich einsam?«

»Eigentlich nein.«

»Und uneigentlich?«

Barbara fühlte sich ertappt und schwieg.

Fischer wartete eine Minute. Dann begann sie vorsichtig: »Ich denke, es war die richtige Entscheidung, in einer Großstadt zu arbeiten. Hier haben Sie viel mehr Möglichkeiten, jemanden kennenzulernen, als in Ihrem kleinen Heimatort.«

Barbara stieß mit der Gabel auf eine Kartoffel ein: »Welche Möglichkeiten habe ich denn hier? Die meisten Männer im passenden Alter sind verheiratet oder in festen Händen. Oder sie suchen nur unverbindliche Abenteuer. In der

Disko gehöre ich schon zu den Grufties und komme mir reichlich deplaziert vor. Wenn ich allein in eine Kneipe geh, werden meine Absichten leicht mißverstanden. Oder die Männer glucken bei ihrem Bier zusammen, und keiner traut sich. Und wann soll ich die Zeit für einen Verein finden? Ich bin täglich zwölf Stunden von zu Hause weg und abends todmüde. Es geht mir auch nicht darum, unbedingt einen Freund zu finden, sondern einfach nur einen Menschen, der am Abend da ist, wenn ich nach Hause komme, und mit dem ich *reden* kann. Mit dem ich über alles reden kann, was mich persönlich beschäftigt. Ein Mensch, der da ist, wenn ich ihn brauche … Entschuldigung, Frau Fischer, jetzt bin ich zu sehr aus mir herausgegangen.«

»Sie brauchen sich nicht zu entschuldigen, Frau Kleinwächter. Wissen Sie, wie ich vor fast vierzig Jahren meinen Mann kennengelernt habe?«

Barbara sah sie fragend an.

»Durch eine Anzeige.« Sie lächelte fein, als sie weitersprach: »Wir haben das damals geheimgehalten und beide eine phantastische Geschichte erfunden, wie wir uns getroffen haben. Später konnten wir dann nicht mehr zur Wahrheit zurück. Das Geständnis einer Lüge wäre zu peinlich gewesen.«

Barbara aß schweigend weiter. Fischer wurde wieder ernst: »Heute würde ich daraus kein Geheimnis mehr machen. Wir lebten damals beide in Frankfurt, sahen beide gut aus, hatten beide einen guten Beruf und suchten beide einen Partner. Aber wir hätten uns nie gefunden ohne den Mut zu einer Anzeige.«

Barbara zog den Pudding heran, während sie zuhörte.

»Ich glaube, es ist falsch, Frau Kleinwächter, auf das große Wunder zu warten. Gerade in unserer Zeit der Anonymität und Entfremdung ist es wichtig, aktiv und gezielt gegen die Einsamkeit vorzugehen.«

Barbara war der Gedanke an eine Anzeige unbehaglich. Zu tief saßen Vorurteile und der abfällige Ruch, *es nötig zu haben.* Aber im Grunde ahnte sie, daß Frau Fischer recht hatte.

Als Barbara hinter der Teamchefin ins Aquarium zurückkehrte, wurde sie von Zander empfangen: »Sie sollen Frau Weingärtner aus der Personalabteilung anrufen. Umgehend!«

Barbara zuckte zusammen. Hastig wählte sie die Nummer. Vielleicht war es nur ein Irrtum.

»Kleinwächter. Ich soll Sie zurückrufen?«

»Ja. Kommen Sie sofort in die Personalabteilung!«

»Um was geht es denn, Frau Weingärtner?«

»Können Sie sich das nicht denken?«

Barbara konnte es sich denken. Sie hatte sich vor diesem Augenblick gefürchtet. Die Bank hatte es also herausbekommen. Sie hing tief drin in den Schweinereien von Werner. Zu tief. Es wäre naiv gewesen zu glauben, die Bank würde nicht eines Tages von der Sache Wind bekommen. Aber warum so schnell? Warum schon nach einer Woche? Sie hatte nicht einmal 1000 Mark verdient und einen Berg von Schulden abzutragen. Warum mußte das Schicksal so gemein sein? So unerbittlich gemein?

»Was denken Sie sich eigentlich, Frau Kleinwächter? Sie sind eine Woche in unserer Bank, und schon flattern die ersten Lastschriften rein. Zusammen 178 Mark.«

Barbara war erleichtert und gekränkt zugleich. Die FHK-Bank wußte nichts. Aber der Ton war eine Unverschämtheit. Zornig hielt sie dagegen: »Also, Sie wollen die Lastschriften der Telekom und der Energiegesellschaft nicht einlösen?«

»Nein, Ihr Konto hat keine Deckung.«

»Natürlich hat es noch keine Deckung. Aber mein Gehalt wird in einer Woche gutgeschrieben. Bis dahin können Sie mir das Geld doch vorstrecken.«

Die Personalangestellte machte ein abweisendes Gesicht: »Wie stellen Sie sich das vor? Sie haben keine Woche hier gearbeitet und wollen schon einen Kredit. Das haben wir in der FHK-Bank gar nicht gerne.«

Barbara suchte nach Argumenten: »Aber die Telekom sperrt mir das Telefon, und die Energiegesellschaft ist imstande und stellt mir mitten im Winter die Heizung ab. Ich habe im alten Jahr schon zweimal um Zahlungsaufschub gebeten.«

»Das ist *Ihr* Problem«, sagte Frau Weingärtner gleichgültig.

»Also gut«, seufzte Barbara, »wenn ich zweihundert Mark einzahle, lösen Sie dann die Lastschriften ein?«

»Selbstverständlich«, betonte die Personalangestellte pikiert.

»Kann ich telefonieren?«

»Nur wenn Sie es bezahlen.«

Barbara glaubte sich in einem schlechten Film. Wütend knallte sie zwanzig Mark auf den Tisch. »Das ist mein letztes Geld! Ich rufe jetzt in Kassel an und erwarte, daß Sie mir die Differenz zurückzahlen.«

»Natürlich vergüten wir den Rest Ihrem Konto.«

»Nein, Sie geben mir die Differenz zurück. Cash and straightway! Ich muß mir heute abend noch etwas zum Essen kaufen.«

Frau Weingärtner war eingeschnappt: »Glauben Sie, ich hätte hier eine Wechselkasse wie in einem Supermarkt? Und überhaupt: Was soll die Pfennigfuchserei?«

Barbara zog den Schein zurück und zählte drei Markstücke, vier Zehner und etliche Rote auf den Schreibtisch. Hoffentlich reichte das Geld. Dann wählte sie die Nummer ihrer Eltern. Freizeichen. Sie ließ es dreimal klingeln, viermal, fünfmal… »Bitte, heb ab!« flehte sie stumm.

Beim achten Läuten wurde die Weingärtner ungeduldig: »Ich hab' nicht den ganzen Tag Zeit.«

Es klingelte neunmal, zehnmal… Endlich meldete sich eine ältere Frauenstimme: »Kleinwächter.«

»Gott sei Dank! Mama, du mußt mir helfen!«

»Barbara, was ist los?«

»Ich brauche zweihundert Mark. Blitzgiro. Sonst sitz' ich ohne Telefon und Heizung da.«

»Aber Barbara, ich denke, du arbeitest bei einer Bank?«

»Das dachte ich auch.« Sie warf Frau Weingärtner einen bösen Seitenblick zu. »Aber ich bekomme keinen Kredit, bis mein Gehalt ausgezahlt wird. In einer Woche überweise ich dir das Geld zurück.«

»Barbara, ein Blitzgiro kostet 35 Mark. Das lohnt sich doch nicht, bei so einer kleinen Summe.«

»Bitte, Mama, ich habe keinen Pfennig mehr.«

»Du klingst merkwürdig, Kind. Was ist wirklich los?«

»Bitte, Mama, ich habe auch kein Geld mehr für lange Ferngespräche.«

»Paß auf! Ich setz' mich gleich in den ICE und komme vorbei. Du gefällst mir gar nicht. Dein Vater wird ein paar Tage allein klarkommen. Kannst du mich am Hauptbahnhof abholen?«

Barbara war erleichtert: »Vielen Dank, Mama, ruf mich später am Arbeitsplatz an, wann du ankommst.«

Sie legte den Hörer auf und wandte sich an Frau Weingärtner: »Morgen. Morgen zahle ich das Geld ein.«

Nach der Aufregung in der Personalabteilung brauchte Barbara erst einmal einen Kaffee. Leider reagierte der Kaffeeautomat nur auf das aufgeladene Geld der verlorenen Angestelltenkarte. Sie mußte sich die von Frau Fischer borgen.

Als sie in den Kaffeeraum kam, machten sich dort bereits Beck und Bellmann breit.

»Hallo«, grüßte sie leise.

Beck und Bellmann grinsten: »Sie haben Ihre Karte verloren, Frau Kollegin?«

»Ja«, sagte sie verärgert. Diese Häme hatte ihr gerade noch gefehlt.

»Ist es vielleicht die?« Beck hielt ihre Karte hoch.

»Sind round about fünfzig Mark drauf«, ergänzte Bellmann.

Barbara fiel ein Stein vom Herzen: »Mein Gott, wo haben Sie die gefunden?«

»Steckte heute vormittag im Kaffeeautomaten. Vermutlich wurden Sie abgelenkt und sind weggegangen«, erklärte Beck.

»Böse Falle«, ergänzte Bellmann.

»Ich bin übrigens Peter, und das ist Stephan«, stellte Beck vor.

»Und ich heiße Barbara. Ich find es ganz toll von euch, daß ihr die Karte nicht behalten habt!«

»Aber Barbara«, wehrte Bellmann ab, »wir sind doch keine Kollegenschweine.«

»*Wir* nicht«, ergänzte Beck. »Da gibt es in der Bank ganz andere.«

Am Nachmittag fand die dicke Seegras endlich Zeit für einen kleinen Imbiß. Sie packte einen Apfel und eine Tafel Schokolade aus. In diesem Augenblick klingelte das Telefon. Seegras zeigte nicht die geringste Neigung, ihre lang ersehnte Mahlzeit aufzuschieben. Sie schaute nicht einmal auf das Display. Doch der Anrufer war hartnäckig. Es klingelte und klingelte. Nach dem zehnten Mal fuhr die Dicke unwillig Barbara an: »Gehen Sie in die Leitung!«

Gehorsam übernahm sie das Gespräch. Sie konnte auf

ihrem Display den Anrufer nicht sehen und meldete sich völlig unvorbereitet: »Kleinwächter, Apparat Seegras.«

»Müller. Wo ist Ihre Kollegin?«

Barbara erschrak. Sie hielt den Hörer zu und zischte über den Schreibtisch: »Der Prokurist Müller ist in der Leitung. Was soll ich ihm sagen?«

Seegras tat angerührt: »Müller ist in der Leitung. Deshalb ist die Schnur so dick. Abwimmeln, egal wie!«

Barbara blieb ihrem Auftrag treu: »Bedaure, Herr Müller, Frau Seegras ist nicht im Raum. Kann ich etwas ausrichten?«

»Sie soll mich zurückrufen. Danke.«

Schnell legte Barbara den Hörer auf. Dann informierte sie ihre Kollegin. Seegras murmelte: »Dieser Müller glaubt auch, wenn *er* ruft, müssen alle gleich springen. Ich mache jetzt erst einmal Pause.« Langsam schmauste sie ihren Apfel zu Ende, als hätte sie alle Zeit der Welt. Dann stand sie ächzend auf und wankte schwerfällig zum Restmüll-Papierkorb. Nach dem Apfelgelage war jetzt die Schokolade dran: Sorgfältig öffnete sie die Papierumhüllung, brach einen großen Riegel ab, schob ihn bedächtig in den Mund und schloß die Lippen um die Schokolade, um ihre Süße mit allen Geschmacksnerven intensiv auszukosten. Dabei lehnte sie sich behaglich in ihrem Drehstuhl zurück und schloß träumend die Augen. In diesem Moment kam Müller um die Sichtblende. Czerwinskis Füße flogen vom Schreibtisch. Fischer unterbrach ihre Arbeit. Zander lächelte: »Guten Tag, Herr Müller.«

Er hatte nur ein Ziel: »Nun, Frau Seegras, schon wieder zurück?«

Die riß erschrocken die Augen auf: »Aber…, aber ich war doch gar nicht weg.«

Müller zog die Augenbrauen hoch. »Hat Frau Kleinwächter Ihnen nicht ausgerichtet, daß Sie mich anrufen sollen?«

Sie spielte die Unschuldige: »Herr Müller, ich weiß von nichts. Sollte ich Sie zurückrufen?«

Der Kopf des Prokuristen flog in Richtung Barbara: »Warum lügen Sie mich an?«

Eisige Stille im Raum. Barbara war wie vor den Kopf geschlagen. Angst und Empörung stiegen gleichzeitig hoch. In ihrem Kopf schossen die möglichen Entgegnungen und Verteidigungen hin und her. Alles drehte sich zu einem wilden Knäuel und lähmte ihre Sprache. Müller interpretierte das verwirrte Schweigen als Schuldeingeständnis und sagte kalt: »Wenn Sie das nächste Mal für Ihre Kollegin lügen, machen Sie das bitte geschickter, ja! Und stellen Sie dieses widerliche Katzenbild von Ihrem Schreibtisch! Es ist geschmacklos, Frau Seegras, kommen Sie bitte am Montag um 9 Uhr in mein Büro. Pünktlich! Das letzte Mal kamen Sie vier Minuten zu spät.«

Der Prokurist ging. Er war schon fast um die Stellwand herum, als Barbara rief: »Herr Müller!«

Er blieb stehen und drehte sich um: »Gibt es noch etwas, Frau Kleinwächter?«

»Herr Müller, das dürfen Sie nicht!«

Alles war wie gelähmt. Selbst Czerwinski hörte auf zu grinsen. Die Kleinwächter wagte es, Müller herauszufordern. Barbara holte tief Luft. Ihr Herz raste. Aber es mußte sein. »Herr Müller, Sie dürfen mir nicht verbieten, meine Katzenbilder auf den Schreibtisch zu stellen!«

Langsam kam er zurück. Drohend baute er sich vor Barbara auf, die ihre Kühnheit sofort bereute. Leise sprach er: »Sie haben recht. Das darf ich tatsächlich nicht. Aber, Frau Kleinwächter, Sie werden sich noch wundern … Sie werden sich noch wundern, was ich in dieser Bank alles darf! Schönes Wochenende, Frau Kleinwächter!«

Als der Prokurist außer Hörweite war, erwachte das Aquarium aus seiner Starre. Fischer war entsetzt: »Frau

Kleinwächter, was haben Sie getan! Wenn Sie sich mit Müller anlegen, sind Sie in dieser Bank erledigt!«

Czerwinski lachte hämisch. Zander reckte weise lächelnd ihr Kinn vor: »Das war nicht klug von Ihnen, Frau Kleinwächter.«

Barbara schwieg. Sie war wie benommen. Sie suchte in sich das Bild seiner warmen Augen. Doch es war tot. An seiner Stelle war nichts als Enttäuschung und Leere.

Müller hatte sich in seinem Büro eingeschlossen. »Diese Katzenmutter«, stöhnte er leise, »diese verdammte Tussi mit dem Katzenspleen schafft mich noch!« Er schloß die Augen und versuchte, mit autogenem Training die Panikattacken zurückzudrängen. Er griff wahllos nach seinen sorgfältig gespitzten Bleistiften und brach sie auseinander. Seit der morgendlichen Unterredung mit dem Abteilungsleiter fühlte er sich nicht wohl. Dieser weltfremde Phantast hatte ihn gekauft. Dieser Hund war listig und verschlagen. Er hatte eine Saite in seiner Seele zum Klingen gebracht: *Ruhm*. Dafür mußte er ihm den Steigbügel halten. Wenn das CSW-Konzept wirklich etwas taugte, war es klüger, es zu vertreten und Einfluß zu behalten, als es zu bekämpfen.

»Gut«, dachte der Prokurist, »diese Runde war ein Remis. Doch warte nur, du Witzblattfigur. Eines Tages wirst du in deiner eigenen Schlamperei ersticken. Ich werde den Erfolg mit dir teilen. Vorläufig. Und dann werde ich dich aushebeln. Ich will diese Abteilung. Und du wirst mich nicht aufhalten. *Du* nicht!«

Müller saß wieder aufrecht hinter seinem Schreibtisch. Er sammelte die zerbrochenen Bleistifte ein und fegte mit einer weichen Bürste die abgeplatzten Farb- und Holzpartikel zusammen. Beides warf er korrekt in den Restmüllbehälter. Er hatte die alte Sicherheit zurückgewonnen. Aber er spürte, daß sich etwas verändert hatte.

4 *Herrn Lammerts Zoten*

Fischer konzentrierte sich auf ihre Kontrollen. Zanders Finger flogen über die Tastatur ihres Terminals. Die dicke Seegras aß schmatzend ein Fischbrötchen. Czerwinski war hinter der Zeitung verschwunden. Barbara war mit Buchungen beschäftigt. Lammert kam ins Aquarium. Als der Mann Barbara sah, reimte er anzüglich: »Die Barbara, die Barbara, sieben Jahre sie am Schalter war. Sie trieb's mit Werner trallala. Da war die Barbara nicht mehr da.«

Sie reagierte empört: »Das geht zu weit, Herr Lammert!«

Czerwinski senkte die Zeitung und grinste.

Seegras lachte: »Herr Lammert ist immer für ein Späßlein zu haben.«

Sie wurde noch wütender: »Das ist kein Spaß mehr. Er hat mich persönlich angegriffen.«

Zander lächelte: »Sie dürfen nicht so empfindlich sein, Frau Kleinwächter.«

Barbara schrie: »Das war eine eindeutige Beleidigung!« Es klingelte in ihren Ohren.

Fischer sah von ihrer Arbeit auf: »Brüllen Sie hier nicht herum, und lassen Sie Herrn Lammert in Ruhe. Sonst werden Sie Ihre Probezeit niemals überstehen!«

Barbaras Stimme überschlug sich: »Aber *er* hat mich doch beleidigt! Das kann ich mir doch nicht gefallen lassen.« Es klingelte immer lauter in ihren Ohren.

Fischer wurde energisch: »Halten Sie den Mund! Sie sind eine eingebildete, mimosenhafte Schlampe!«

Sie fuhr aus dem Schlaf hoch. Neben ihr der infernalische Lärm ihres billigen Kaufhausweckers. Kurze verwirrte Momente der Orientierung. Dann Erleichterung und eine dumpfe Vorahnung.

Draußen schlug ihr die frostklare Dunkelheit entgegen. Kälteeinbruch im März. Eine dicke Eisschicht bedeckte die Scheiben ihres alten Fiesta. Damit hatte Barbara nicht gerechnet. Hastig kramte sie ihren Kratzer aus dem Handschuhfach und stieß schimpfend auf das Eis ein. Sie haßte es, zu spät zu kommen. Ihre Probezeit war nicht einmal zur Hälfte vorbei.

Als sie endlich die Scheiben freigeschabt hatte, sprang der Motor nicht an. Sie versuchte es mehrmals. Ohne Erfolg. Sie wartete eine Minute. Sie versuchte es wieder und wieder. Alles vergeblich. Schließlich stieg sie aus, warf ihre Umhängetasche über, verschloß ihr kleines Auto mit den mühsam klargekratzten Scheiben und rannte zur Bahnstation.

Wegen des Kältesturzes hatten alle Züge Verspätung. Ungeduldig lief sie auf dem Bahnsteig auf und ab und fror erbärmlich. Endlich ein Lichterdreieck in der Dunkelheit, das schnell näher kam. Ein langer Zug hielt mit schmerzhaft quietschenden Bremsen. Hier draußen, im äußersten Einzugsgebiet Frankfurts, waren die Abteile noch leer. Für eine Viertelstunde war Barbara allein und schloß die Augen.

Irgendwo weit weg im Nachtschwarz lag das Zentrum der Bankenmetropole. Von Haltepunkt zu Haltepunkt rückte es bedrohlich näher. Sie erinnerte sich an den nächtlichen Alptraum und versuchte sich mit etwas Angenehmem abzulenken. Zum Beispiel mit Dividende und Rendite, die sie zurückgelassen hatte, mit Futter und Wasser gut versorgt.

Ein Mann in mittleren Jahren betrat das Abteil und schreckte sie aus ihren Gedanken. Er trug unter dem Mantel einen dunkelgrauen Anzug und hatte einen dezenten Herrenduft aufgelegt. Zweifellos ein Banker. Der Mann setzte sich schräg gegenüber, holte sein Laptop aus dem Koffer und klappte es auf. Eine Station später kam ein weiterer Mann in ihr Abteil. Mittleres Alter, dunkelgrauer Anzug unter dem Mantel, dezenter Herrenduft. Er setzte sich ihr direkt gegenüber, holte sein Laptop aus dem Koffer und klappte es auf. Dann folgte eine elegant gekleidete Frau in mittleren Jahren mit einem dezenten Frühlingsduft. Sie setzte sich auf den freien Platz neben ihr, holte ihr Laptop hervor und klappte es auf. Barbara empfand ein zwanghaftes Bedürfnis, auch ihr Laptop hervorzuholen und es aufzuklappen. Aber sie besaß keines und schämte sich fast dafür.

Stadtzentrum. Wie jeden Morgen hasteten hier viele tausend Angestellte aus den unterirdischen S-Bahn-Stationen und den Tiefgaragen hinauf und füllten allmählich die riesigen Bürotürme der großen Banken. Sie kämpften an ihren grauen Schreibtischen mit kaltem Neonlicht gegen die Dunkelheit des Wintermorgens. Sie kämpften mit schwarzem Kaffee gegen die Müdigkeit. Und sie kämpften mit ihren Träumen von einer anderen Welt gegen die Nüchternheit ihrer Arbeitstage.

Mit reichlich Verspätung hetzte Barbara durch das Großraumbüro. An ihrem Arbeitsplatz wartete eine weitere böse Überraschung auf sie. Die Schreibtische waren leer. Das Aquarium war ausgestorben. Frau Zander war eine Woche auf Fortbildung, Frau Seegras hatte Urlaub, und Frau Grünling kam erst am Nachmittag. Das war bekannt. Aber wo steckte die Teamleiterin? Wenigstens die sollte heute da sein. Nur Kollege Czerwinski saß hinter dem Schreibtisch. Füße oben, aufgeschlagene Zeitung. Neben ihm ein gewaltiger Humpen Kaffee und ein großes Butterhörnchen. Ohne das Blatt zu senken, bemerkte er trocken: »Na, Frau Kollegin, auch schon da?«

»Mein Auto ist nicht angesprungen«, verteidigte sich Barbara und zog den Mantel aus.

»So, so«, meinte Czerwinski, »wahrscheinlich hatten Sie das Radio laufen oder die heizbare Heckscheibe. Das saugt so viel Saft aus der Batterie, daß nichts mehr geht.«

Barbara kam nicht mehr dazu, etwas zu erwidern. Noch während sie ihren Mantel im Schrank verstaute, klingelte ein Telefon. Sie eilte durch den Raum und hob ab: »Kleinwächter, Apparat Fischer.«

Fischers Stimme am anderen Ende der Leitung klang jammervoll: »Es tut mir so leid für Sie, Frau Kleinwächter. Aber ich kann nicht kommen. Fiebrige Magen-Darm-Grippe. Ich werde Herrn Dr. Sonnenfeld über die Situation informieren. Er muß eine Vertretung improvisieren. Solange müssen Sie allein durchhalten.«

»Aber Frau Fischer, ich kann nur Österreich abrechnen. In die Schweiz wurde ich noch nicht eingearbeitet. Die Lieferseite ist mir gänzlich unbekannt. Mein Gott, wie soll ich das schaffen?«

»Sie werden es schaffen, Frau Kleinwächter! Wenn alles schiefgeht, schalten Sie Müller ein.«

Barbara legte auf und dachte: »Bloß nicht *den*!«

Ein anderes Telefon klingelte. Sie lief quer durch den Raum: »Kleinwächter, Apparat Zander.«

Es war Klotz aus der Börse, gehetzt und aufgeregt. Ohne Morgengruß brüllte er: »Frau Zander, aber hopp hopp!«

»Frau Zander ist auf Fortbildung, Herr Klotz.«

»Dann Frau Seegras, schnell!«

»Frau Seegras hat Urlaub.«

»Welcher Idiot läßt die zwei gleichzeitig weg? Ist die Fischer nicht da?«

»Nein, Herr Klotz, nur Herr Czerwinski und ich...«

Der Börsenhändler brüllte: »Verdammte Kacke! Bei mir laufen die Faxgeräte heiß, und bei euch ist große Holiday! Ich könnte meinen Schreibtisch vollkotzen!«

»Vielleicht kann ich Ihnen helfen«, versuchte es Barbara zaghaft.

»Hier liegen Faxe mit 52 Geschäften. Börse Zürich. Geschäftsvolumen round about 13 Millionen Suisse Francs. Valuta übermorgen. Vielleicht setzt einer von euch seinen Arsch in Bewegung und holt die Faxe ab. Aber ein wenig plötzlich!«

»Herr Klotz, ich bin im Druck. Haben Sie nicht einen Büroboten...«

Er schnitt ihr das Wort ab: »Eure chaotische Vertretungsplanung interessiert mich einen trockenen Furz! Sie machen Ihren Job, Frau Kleinwächter! Denn wenn ich auf den Tisch haue, wird man sich an höherer Stelle interessieren, warum Sie versagt haben... Also schön: Ich faxe Ihnen die Faxe hoch. Aber beschweren Sie sich dann nicht über die miese Qualität. Guten Tag.« Damit knallte er den Hörer auf.

Barbara hatte das noch nicht richtig verarbeitet, da ging schon wieder ein Telefon. Sie versuchte das Gespräch von Zanders Platz aus zu übernehmen, kam aber in der Aufregung mit der Technik nicht zurecht, sprang auf und jagte um die Ecken der Büromöbel: »Kleinwächter, Apparat Seegras.«

Eine ölige, überhebliche Stimme meldete sich: »Hier Weidenbauer, Kundenberatung. Frau Seegras, Sie waren wohl gestern nicht bei der Sache, oder was?«

»Hier ist Frau Kleinwächter, Herr Weidenbauer. Frau Seegras hat Urlaub.«

»Ist mir egal. Die Abrechnungen für drei wichtige Kunden sind nicht korrekt. Ich erwarte umgehend Storno neu. Und diesmal richtig. Ist das klar?«

Sie legte den Hörer in die Halterung und kehrte zu ihrem Platz zurück. Ihr Blick kreiste. In allen Eingangskörbchen des Aquariums türmte sich Liegengebliebenes und Reklamationen. Das Neugeschäft kam bald dazu. Am übelsten waren die neuen *Umläufe*, eine Erfindung von Dr. Sonnenfeld. Was immer er für wichtig hielt, wurde fotokopiert und in der Abteilung auf die Reise geschickt. Auf einem angehefteten Zettel waren die Namen aller Mitarbeiter aufgelistet. Jeder mußte den Umlauf dort abzeichnen und weitergeben. Das Fatale war, daß Dr. Sonnenfeld sehr vieles für wichtig hielt und auf die Reise schickte. Spielte man mit, las alles gründlich und gewissenhaft und setzte guten Gewissens seine Unterschrift auf die Lsite, verlor man drei Stunden Arbeitszeit und schaffte das Tagesgeschäft nicht mehr. Zeichnete man die Umläufe nur pro forma ab, lebte man mit dem ständigen Risiko, etwas *wirklich* Wichtiges zu verpassen. Abgesehen von dem entstandenen Schaden mußte man dann noch Spott und die Häme ertragen. Schließlich stand auf dem Umlauf Nr. 1079, daß man zur Kenntnis genommen hatte … Unterschrift. Barbara ging an diesem Morgen alle Risiken ein.

Czerwinski legte die Zeitung zusammen und fragte im Terminal seine privaten Umsätze ab. Plötzlich frohlockte er laut: »Ha, wer sagt es denn? Der Verkauf meiner Scheine hat gestern nachbörslich noch geklappt. Zweieinhalbtausend Flocken habe ich locker eingestrichen.« Dann wandte er sich an Barbara und fuhr fett grinsend fort: »Das ist eine Rendite, Frau Kollegin!«

In diesem Augenblick kam der kleine Strunzmann herein und knallte ihr einen Stapel Computerausdrucke vor die Nase. Das Terminal vibrierte, der Papierlocher sprang, und die Dose mit den Büroklammern tanzte scheppernd auf dem Schreibtisch. Strunzmann kämpfte, schnaufte um Luft. Endlich kam es keuchend und stoßweise heraus: »Die Listen müssen… heute bearbeitet… werden… Anweisung vom Chef.«

»Aber Herr Strunzmann, ich bin allein.«

»*Ihr* Bier«, antwortete der dicke Gnom gleichgültig. Dann schlurfte er behäbig davon. Wo es nach Arbeit roch, verdrückte er sich lieber.

»Hier ist Radio Agil, wir machen mobil«, kam es jung, dynamisch, männlich aus dem Rundfunkgerät. »Wir sind das Radio für die modernen Menschen von heute. Besonders für alle, die arbeiten müssen. Aber arbeiten Sie nicht zuviel! Gönnen Sie sich auch einmal eine Pause! Und vergessen Sie den Spaß bei der Arbeit nicht! Radio Agil, das Hammer-Radio mit dem Mega-Power-Sound!«

Barbara blätterte in Strunzmanns Listen und verstand nur Bahnhof. Langsam stieg die Panik in ihr hoch. Der einzige Lichtblick war Dr. Sonnenfeld. Frau Fischer hatte bestimmt mit ihm telefoniert, und er plante schon einen Ausweg aus der Misere. Sicherheitshalber versuchte sie ihn anzurufen. Es war besetzt. Sie stellte auf Rückruf.

Czerwinski telefonierte: »Na und? Ist das mein Problem?… Halten Sie den Mund! Die Sache geht mich nichts an.« Er knallte den Hörer auf.

Ohne große Hoffnung ging sie auf Czerwinski zu. Der hob die Tasse und schlürfte seinen Kaffee.

»Herr Czerwinski, haben Sie heute *viel* Arbeit?«

Czerwinski schlug die Zeitung auf und sagte, ohne sie anzusehen: »Frau Kollegin, *meine* Arbeit geht Sie nichts an, und *Ihre* Arbeit interessiert mich nicht. Haben wir uns verstanden?«

Wieder Telefon. Aber welches? Barbara eilte im Raum hin und her. »Kleinwächter, Apparat Zander.«… Es war das falsche… »Kleinwächter, Apparat Kleinwächter.«

Zuerst Stille. Dann ein ärgerliches Brummen, das allmählich in artikulierte Laute überging. Es war Frau Bürger von der Währungsbuchhaltung. Eine unverwechselbare, tiefe, kratzige, fast männliche Stimme: »… an diese neuen Namen werde ich mich nie gewöhnen. Ist die Fischer nicht da?«

»Nein, Frau Bürger, Frau Fischer ist krank. Können Sie nicht morgen wieder…« In ihrer Not versuchte Barbara das Gespräch abzublocken. Aber da war sie bei Frau Bürger an die Falsche geraten. Sie rief nicht nur immer zum falschen Zeitpunkt an, sondern ließ auch nie locker und besaß daher den Spitznamen *Würger*. »So, die Fischer ist krank. Ist seit Jahren nicht mehr vorgekommen. Dann müssen Sie mir helfen! Nehmen Sie mal einen Zettel, und notieren Sie folgende Zahlen…«

Barbara wehrte sich: »Frau Bürger, ich bin heute allein, und…«

Die ließ sich nicht beirren: »… fremde Buchung 83 714 österreichische Schillinge…«

»Bitte, Frau Bürger, ich bin mit laufendem Geschäft eingedeckt bis zum Hals«, flehte Barbara. Erbarmungslos fuhr Bürger fort: »…169 482, haben Sie das?«

Resignierend gab Barbara auf und schrieb die Zahlen mit. Nervöser Blick auf die Uhr. Eine Stunde war schon vergangen, und mit nichts hatte sie begonnen. Bürger diktierte 17 fünf- und sechsstellige Posten. Dann kommandierte sie: »So, Frau Kleinwächter, jetzt addieren Sie alles zusammen!«

Gehorsam haute sie die Zahlen in die Rechenmaschine.

Der Bildschirm ihres Terminals blinkte und machte auf eine dringende Memo-Nachricht aufmerksam. Ihre Hände zitterten. Zweimal vertippte sie sich und mußte wieder neu beginnen. Zum Schluß kam sie auf eine Differenz von 27 Schillingen. Gerade 3 Mark und 83 Pfennig.

»3 Mark und 84 Pfennig«, korrigierte Frau Bürger, »und die werden heute ausgebucht. Mit detailliertem Kommentar.«

Barbara war den Tränen nahe: »Bitte, Frau Bürger, es ist doch nur eine kleine Differenz. Ich muß heute Millionengeschäfte abwickeln. Wenn etwas schiefgeht, können Verluste in fünfstelliger Höhe entstehen.«

»Differenz ist Differenz!« keifte die Kratzstimme. »Euer ewiges Gejammer über die Arbeit geht mir auf die Nuß. Wenn die Differenz heute nicht ausgebucht wird, dann wird meine Chefin mit Dr. Sonnenfeld ein ernstes Wort reden. Es wird Zeit, daß euer Mangel an Kooperationsbereitschaft endlich einmal auf den Tisch kommt!«

»Schlimmer kann es jetzt nicht mehr werden«, dachte Barbara. Der Gedanke tröstete sie. Aber sie irrte sich.

Der Abteilungsleiter stand zwischen den Sichtblenden. Endlich ein Hoffnungsschimmer. Hinter ihm ein junger Mann mit Sommersprossen und einem eleganten Nadelstreifenanzug, der zwei Nummern zu groß wirkte. Dr. Sonnenfeld strahlte honigsüß. Seine gelblichen Zähne blitzten. »Guten Morgen, Frau Kleinwächter. Ich freue mich, Sie zu sehen. Wie geht es Ihnen?«

Sie fand keine Worte. War er am Ende nicht informiert?

Als die Antwort ausblieb, fuhr er lächelnd fort: »Ich habe hier Herrn Dorn, einen Praktikanten, der zwei Wochen bei uns bleibt. Nehmen Sie sich ein paar Stunden Zeit, und zeigen Sie ihm die Abteilung! Sie sind genau die richtige Frau dafür.«

Barbara starrte ihren Vorgesetzten fassungslos an. Czerwinski feixte hinter seiner Zeitung. Die Telefone standen nicht still. Endlich brachte sie heraus: »Hat… hat Frau Fischer nicht mit Ihnen telefoniert, Herr Dr. Sonnenfeld?«

Das Lächeln verschwand. Er zog die Stirn in Falten und überlegte: »Richtig, sie ist heute krank.« Dann bemerkte er, daß die Schreibtische leer waren. Sein Blick jagte irritiert durch den Raum. »Was… was geht hier vor, Frau Kleinwächter?«

Barbara kam jetzt in Fahrt: »Herr Dr. Sonnenfeld, Frau Zander ist eine Woche auf Fortbildung. Frau Fischer hat es nicht über ihr Herz gebracht, Frau Seegras den Urlaub abzuschlagen. Jetzt ist sie selbst krank. Alle drei fallen aus. Frau Grünling kommt erst am Nachmittag. Die Börse hat mir 52 Schweizgeschäfte avisiert. Das übliche Tagesgeschäft kommt dazu. Ich weiß nicht, wie ich das schaffen soll.«

Der Abteilungsdirektor war konsterniert. Seine wild flackernden Blicke schossen immer noch durch den Raum, als könnten plötzlich die fehlenden Mitarbeiter hinter den Schränken hervorkommen. Dann blieben sie an Czerwinski hängen. »Herr Czerwinski, Sie werden doch Frau Kleinwächter tatkräftig zur Seite stehen?«

Der senkte die Zeitung: »Gern, Herr Dr. Sonnenfeld. Aber leider habe ich selbst genug Arbeit.«

Der Boß stand hilflos im Raum und glotzte Czerwinski an. Dann murmelte er: »Ach so. Nun ja, den Praktikanten nehme ich dann besser wieder mit.«

Barbara rief verzweifelt: »Bitte sagen Sie mir doch wenigstens, wer mir die Fernschreiben und Swifte unterschreibt, die dringend raus müssen?«

Er antwortete gelassen: »Das erledigt Frau Alberti.« Dann fand er zu seinem zuckergütigen Lächeln zurück: »Kopf hoch, Frau Kleinwächter! Sie sind doch eine leistungsbereite, belastbare Mitarbeiterin. Oder täusche ich mich da?«

Nachdem der Abteilungsleiter verschwunden war, starrte Barbara in dumpfer Hoffnungslosigkeit gegen die graue Sichtblende. Sie würde alles geben. Aber es war nicht zu schaffen. Nicht alle 52 Geschäfte. Die Bank würde in Liefer- und Zahlungsverzug kommen. Das kostete Geld. Viel Geld. Und wenn sie es doch schaffte? Wenn sie keine Mittagspause machte und bis in die späte Nacht hinein nur Instruktionen in den Computer gab? Aber dann würde sie unter dem Zeitdruck Fehler machen. Das war so sicher wie das Amen in der Kirche. Und diese Fehler würden wieder Geld kosten. Man würde darüber nachdenken, ob eine Weiterbeschäftigung unter diesen Umständen… Himmel, sie brauchte diesen Job!

Das Telefon riß sie aus ihrer Verzweiflung: »Kleinwächter am eigenen Apparat.«

»Schwarz, wo liegen SBG-Inhaber?« Eine aufgeregte Stimme. Im Hintergrund war die Geräuschkulisse der Frankfurter Börse zu hören.

»Entschuldigung, ich verstehe Ihre Frage nicht, Herr Schwarz.«

»Mein Gott, wo liegen die Stücke? Avanti!« Eine männliche Stimme aus dem Hintergrund: »Gerald, das ist die neue Abwicklungstussi. Der mußt du das erklären!«

Schwarz war das zu kompliziert: »Scheiße, geben Sie mir jemand, der sich auskennt!«

Barbara versuchte das Gespräch an Czerwinski durchzustellen. Wieder klappte es nicht. »Wird's bald!« schnaubte Schwarz in der Leitung.

Sie hielt die Sprechmuschel zu und fragte in den Raum: »Da ist Herr Schwarz auf dem Börsenparkett. Er will wissen, wo irgendwelche Stücke liegen.«

Czerwinski war sauer: »Und? Ist das mein Problem? Bin ich jetzt das Informationsbüro für die Börse oder was?«

Schwarz brüllte: »Wenn ich jetzt nicht in zehn Sekunden erfahre, wo die verdammten Stücke liegen, komm' ich heute nachmittag in die 19. Etage und mach Sie zur Schnecke, Frau Kleinwächter!« Im Hintergrund eine andere Stimme: »Das ganze Settlement ausländischer Wertpapiere ist ein Sauhaufen, und diese Frau Kleinwächter ist so dumm wie eine Kuh!«

Barbara rief: »Bitte helfen Sie mir doch, Herr Czerwinski!«

Aber der war schon wieder hinter der Zeitung verschwunden und murmelte: »*Die* wird die Probezeit nicht überstehen.«

Müller saß in seinem luxuriösen Einzelbüro. Heute fiel es ihm schwer, sich auf die Arbeit zu konzentrieren. Nach einer Weile stand er auf und schaute nachdenklich aus dem Fenster. Seit dem denkwürdigen Gespräch zu seiner Beförderung gingen ihm die Worte seiner Mentorin immer wieder durch den Kopf: »... Sie halten die Bank für Ihr Leben. Aber diese Bank ist nur ein Teil Ihres Lebens...« Die Stimme hallte wie ein dauerndes Echo in seinem Bewußtsein und ließ ihn nicht mehr zur Ruhe kommen.

Disziplin und volle Kraft. Damit hatte er alles erreicht. Erfolg, Macht, Reichtum, Ruhm und Anerkennung. Er besaß alles. Es war doch alles in *Ordnung*. Oder nicht?

Der Prokurist drehte sich um und ging langsam durch den Raum. Seit der Oberstufe im Gymnasium hatte er sich nur mit seiner Zukunft beschäftigt; behutsam gefördert durch seine ehrgeizigen Eltern. Während seine Mitschüler in Diskos tanzten, mit frisierten Mofas durch die Gegend heizten und ihre ersten Freundinnen fanden, hatte er den Kursverlauf von Aktien analysiert und Karrierestrategien entworfen. Er hatte die Abhängigkeit seiner Schulzeit gehaßt. Er wollte raus aus diesem Sumpf. Er schaffte es mit unerbittlicher Energie und Konsequenz in atemberaubender Geschwindigkeit und ohne den langen Umweg über die Universität. Als er mit 19 bei seinem ersten Börsendeal 280 Mark gewann, drehte er bald durch vor Erregung. Es war ein neues, intensives Erfolgserlebnis. Ein Glücksgefühl, das in den folgenden Jahren sein Handeln bestimmte.

Müller ging weiter. Wie hatten die anderen ihr Leben eingerichtet? Einige gar nicht. Sie ließen sich treiben. Der Zufall ließ sie gewinnen oder verlieren. Die meisten erlernten einen Beruf mit halber Kraft oder studierten herum. Ihre andere Kraft steckten sie in Träume, Abenteuer, Liebschaften, Konflikte aller Art. Nutzlos vertaten und verbummelten sie ihre Zeit…

Der Prokurist blieb abrupt im Raum stehen. Er hatte sich diesen Menschen immer überlegen gefühlt. Konnte es sein, daß es genau umgekehrt war? *Was nützt es dem Menschen, wenn er die ganze Welt gewinnt, dafür aber sein Leben einbüßt?* Er lebte allein in einer pompösen Eigentumswohnung mit fünf Zimmern, versetzten Ebenen, riesiger Dachterrasse, vollgestopft mit Kunst und High-Tech, Blick auf die Bergstraße und fünf Minuten zum Zentrum. Aber jede Stunde darin, ohne Arbeit, erschien ihm leer und verloren… Wollte ihn seine Mentorin vor einem Defizit warnen, das auch im Alter nicht mehr aufholbar war? Was würde bleiben, wenn plötzlich die Arbeit in der Bank zu Ende…? *Er war ein verkümmertes Nichts ohne seine Arbeit.* Diese Erkenntnis traf den Prokuristen wie ein Schlag in die Magengrube. Es wurde ihm flau, und er mußte sich setzen.

Barbara kämpfte mit einem Bündel schlecht lesbarer Faxe. Die Börsenabteilung hatte für die *Astutia-LebensVersicherung* Aktien im Wert von 13 Millionen Franken bei diversen

Banken in der Schweiz verkauft. Die Summe war in zwei Tagen fällig. Die Aktien lagen bei verschiedenen Lagerstellen. Jeder Tag Lieferverzug kostete die Bank über 5000 Mark Zinsen. Barbara wurde es schwindlig. Sie klemmte den Papierstoß unter den Arm und rannte zu Frau Alberti.

Die lackierte sich gerade die Nägel in hellem Orange. Sie spreizte die Finger und wedelte mit der Hand, um die Farbe trocknen zu lassen. Barbara sprudelte los: »Frau Alberti, unsere Teamleiterin ist krank, und Dr. Sonnenfeld sagte, daß Sie die Vertretung hätten. Ich habe hier 52 Geschäfte mit der Schweiz und muß 52 Swifte an die Lagerstellen schreiben, weil wir noch keine automtische Swift-Verarbeitung haben...«

»Stopp!«

Barbara schwieg. Frau Alberti nahm das zufrieden zur Kenntnis und sprach weiter: »Bevor du hier große Volksreden schwingst, Schätzchen, nimmst du dieses Telefon und wählst die Nummer von Dr. Sonnenfeld!«

Sie gehorchte. Der Abteilungsleiter meldete sich: »Was gibt's denn?«

»So, mein Schätzchen«, fuhr die Teamleiterin fort: »jetzt sagst du ihm, er hätte nicht mehr alle Tassen im Schrank!«

Barbara schluckte. Dr. Sonnenfeld wurde ärgerlich: »Wer spricht denn da, zum Teufel?«

Frau Alberti wandte sich wieder ihrer Kosmetik zu. »Ich hab' doch nichts mit der Schweiz am Hut. Bin ich bekloppt oder was?«

Barbara war wieder allein.

Jetzt war die Situation da. Es half alles nichts. Sie mußte zu Müller. Zu diesem arroganten, designgestylten, parfümierten, überkorrekten, distanzierten Karrierehengst, der schon mit 26 Jahren Prokurist geworden war und so große, warme, braune Augen hatte, die überhaupt nicht zu ihm paßten.

Müller lag auf dem lederbezogenen Sofa seines Büros und starrte zur Decke. Wie hatte sich Frau von Wildenstein ausgedrückt? »... denken Sie an die Fähigkeiten, Wünsche und Bedürfnisse in Ihnen, die Sie jetzt unterdrücken ...« Was für Wünsche und Bedürfnisse hatte sie denn gemeint? Freundschaft, Liebe, Geborgenheit, Sexualität? Mit zwölf Jahren, eine Ewigkeit war es her, hatte er zum letzten Mal einen Menschen umarmt ... Natürlich! Er hatte seine Gefühle verkümmern lassen, bis sie so ausgetrocknet waren wie die Kurstabellen in der *F.A.Z.* Er sah plötzlich sein eigenes Bild so klar vor sich wie nie zuvor.

Der Prokurist sprang auf. Die Übelkeit war verschwunden. Er fühlte sich merkwürdig verändert, fast befreit. Wie von selbst ging er zum Fenster und schaute, an den blinkenden Glasfassaden der Bankgebäude vorbei, auf die Dächer der Wohngebiete. »Dort draußen, irgendwo dort draußen gibt es einen Menschen, der sich genauso nach Nähe sehnt wie ich.«

Müller war ein Mann der Tat. Ein guter Manager hat keine Probleme, er löst sie. Sofort saß er hinter seinem PC. Er würde eine Anzeige veröffentlichen. Am besten in der *Frankfurter Allgemeinen* oder einer anderen überregionalen Tageszeitung. Er rief das Textverarbeitungsprogramm auf und formulierte auf dem Bildschirm: »Erfolgreicher, leitender Bankangesteller, 26 Jahre, sportlich, attraktiv, gebildet, vermögend, mit Niveau, sucht mangels Gelegenheit passende Partnerin ...«

Er unterbrach die Texteingabe. Ihm graute vor einer Frau, die auf diese Annonce schreiben würde. Er dachte nach. Vielleicht sollte er seine *eigene* Zielvorstellung verdeutlichen. Wie sollte die Frau sein, die er suchte? Schönheit und Stil waren sicher kein Nachteil. Aber das war nicht der Kern. Erotik und Leidenschaft? Auch wichtig. Aber was war es nur, was er suchte? ... Sprache ... Es war die Sprache.

Er kannte Sprache nur als Kampfmittel. In der modernen Geschäftswelt fungierte die Rhetorik als Ersatz für die Anwendung physischer Gewalt. Ein kaltes Machtinstrument: überzeugen, überreden, verletzen, vernichten. Aber es gab auch das andere Gesicht der Sprache: *das vertraute Gespräch.* Das gegenseitige Verständnis. Ein bindendes Element in der Partnerschaft... bis ins Alter hinein.

Müller lehnte sich in seinem Sessel weit nach hinten. Er schaute zur Decke und sprach zu sich: »Das ist alles zu abstrakt, Manfred. Dir fehlt die Praxis. Wie muß der Mensch aussehen, mit dem ein vertrautes Gespräch möglich ist?«

In diesem Augenblick klopfte es kurz, und Barbara stürzte herein. Müller blickte ärgerlich auf und löschte den eingegebenen Text. Es wäre ihm peinlich gewesen, hätte sie etwas mitbekommen. Schnell und fast atemlos schilderte die Sachbearbeiterin ihre Situation. Müller hörte zu und sah sie an. Sie wich seinem Blick aus und schaute zu Boden.

»Ist Dr. Sonnenfeld informiert?« fragte er.

»Ja«, sagte sie und ergänzte vorsichtig: »Aber das Problem ist dadurch nicht kleiner geworden.«

Müller nickte. Für Bruchteile einer Sekunde trafen sich ihre Blicke, und beide spürten, daß sie sich verstanden hatten.

»Wer soll Ihnen denn die Telexe unterschreiben?«

»Frau Alberti, aber die...« Sie stockte.

»... lackiert ihre Fingernägel«, half ihr Müller weiter.

Barbara nickte.

Der Prokurist überlegte laut: »13 Millionen Schweizer Franken. Valuta zwei Tage. Das ist brisant!« Dann griff er zum Telefon.

Eine Stimme meldete sich: »Ici Lombard Odier, Genève. Bonjour.«

»Müller, FHK-Bank, Francfort. Je voudrais parler à Madame Gilbert!«

Einige Sekunden später: »Bonjour, Monsieur Müller, je suis ravie. C'est un grand plaisir de téléphoner avec vous.«

»Madame Gilbert, c'est tout à fait mon plaisir. Vous résistez à l'hiver de Genève?«

»Cette foisci, l'hiver est affreux, Monsieur Müller. Aber wir können auch deutsch weitersprechen ...«

»Sehr gern, Frau Gilbert. Sie können mir einen wichtigen Dienst erweisen. Wir drehen hier ein großes Rad in Zürich. Der größte Teil der Wertpapiere wird von Ihnen verwahrt. Können Sie das Unmögliche möglich machen und die Lieferung Valuta übermorgen veranlassen. Wir können leider erst am späten Nachmittag die Weisungen vollständig swiften.«

»Herr Müller. Wenn Sie anrufen, wird es immer kompliziert. Aber für Sie tue ich fast alles. Da bleibe ich sogar länger im Büro.«

»Frau Gilbert, das wird mich einen großen Strauß Rosen kosten.«

»Oh, Herr Müller, Sie wissen doch, wie sehr ich Ihnen verpflichtet bin. Übrigens herzlichen Glückwunsch zur Prokura!«

»Merci beaucoup, Madame. A la prochaine.«

Müller legte auf. Nummer eins. Jetzt mußte er einen der Broker in London erreichen. Es war besetzt. Er wählte die Nummer von Rot, Leiterin *Hauptversammlungen/Kupons*: »Frau Rot, in Ihrem Team arbeitet doch Frau Seitz, die früher einmal die Schweiz abgerechnet hat?«

»Ja«, sagte sie. Ihr schwante nichts Gutes.

»Können Sie die heute entbehren?«

»Ich wollte, ich könnte es. Aber Frau Seitz ist seit einer Woche krankgeschrieben. Was ist denn los?«

»Im Aquarium fehlen drei wichtige Leute. Zander im Seminar, Seegras im Urlaub, Fischer ist krank.«

»Wer hat denn die Seegras in Urlaub geschickt, wenn die Zander sich fortbildet?«

»Frau Fischer natürlich. Sie kennen ihre Gutmütigkeit.«

»O. k., ich überlasse Ihnen Frau Steiner, die hat auch Erfahrung mit der Abrechnung. Aber nur für heute!«

Müller war zufrieden. Dann wandte er sich wieder an Frau Kleinwächter: »Auf Czerwinski können Sie nicht zählen. Dafür kommt Frau Steiner und hilft Ihnen. Sie konzentrieren sich beide nur auf das Wichtige. Die Telefone von Fischer, Zander und Seegras werden auf mich umgestellt. Mit Klotz, Weidenbauer, Schwarz und Konsorten werde ich schon fertig. Die notwendigen Unterschriften bekommen Sie von mir. Für Fragen zum Arbeitsablauf bin ich jederzeit ansprechbar. Ich rufe jetzt die restlichen Lagerstellen und Broker an und versuche, Zeit zu gewinnen. Nicht termingebundene Arbeit bleibt liegen. Auch die Buchung von 3 Mark 84. Wenn Sie diesen Betrag in einem Monat buchen, tut das niemandem weh, mit Ausnahme von Frau Würger, der alten Buchhaltungsschrapnelle.«

Jedem anderen wäre Barbara um den Hals gefallen. Aber bei ihm fühlte sie wieder diese unbehagliche innere Distanz. So als hätte Müller ein unsichtbares Kraftfeld aufgebaut. Niemand durfte an ihn heran. Wollte er seine Autorität schützen? Oder wollte er sich selbst schützen? Aber wovor?... Die Zeit drängte. Barbara kehrte zu ihrem Arbeitsplatz zurück.

Dort saß der Praktikant auf dem Platz von Frau Fischer. Barbara sprach leise und eindringlich zu sich selbst: »Ganz ruhig! Wir haben alles fest im Griff und bleiben ganz ruhig!« Dann fragte sie den Jüngling: »Was, um alles in der Welt, haben Sie hier zu suchen?«

Er machte ein überraschtes Gesicht: »Aber Herr Dr. Sonnenfeld hat mich geschickt. Ich soll auf Frau Fischer warten.«

»Gut«, meinte Barbara sarkastisch, »dann wollen wir hoffen, daß sie bald gesund wird. Fröhliche Wartezeit!«

Durch Frau Steiner entspannte sich die Lage etwas. Nach dem Mittagessen kam noch Frau Grünling dazu. Trotzdem kämpften die Frauen gegen die Uhr. Die Stunden zerrannen zwischen den Fingern. Am Nachmittag meldete sich Dr. Sonnenfeld am Telefon: »Nun, Frau Kleinwächter, kommen Sie gut voran?«

»Ja, aber ich bin im Druck«, antwortete sie kurz angebunden.

»Das freut mich zu hören«, tropfte es honigsüß aus dem Hörer. »Sie haben doch sicher ein wenig Luft, mir ein Schwebedepot aus dem Archiv zu holen?«

Jetzt war es geschehen. Barbaras Alptraum verlor seine schemenhafte Unwirklichkeit. Er verdichtete sich jäh zu etwas Konkretem und zugleich Bedrohlichem. Sie wünschte ihren Vorgesetzten zur Hölle, wagte jedoch nicht, ihm etwas abzuschlagen. Da Pfefferle zur Zeit Urlaub hatte, saß nur einer im Archiv: Lammert.

Barbara hätte am liebsten Steiner oder Grünling um den Weg gebeten. Aber mit welcher Begründung? Nein, sie war eine erwachsene Frau und mußte da durch. Beklommen stand sie vor der Tür zur Materialverwaltung, nahm allen Mut zusammen und klopfte.

»Herein!« tönte von drinnen eine laute und unwirsche Stimme. Sie öffnete die Tür. Lammert saß in dem schmalen Büro vor dem eigentlichen Archiv. Seine Miene hellte sich sofort auf, als er ein junges Exemplar weiblichen Geschlechts vor sich sah. »Hallo«, rief er gedehnt, »welch seltener Glanz in meiner gemütlichen Hütte!« Dabei betrachtete er sie wieder abschätzend von oben bis unten.

»Wo finde ich das Schwebedepot der Gattung Winterthur-Versicherung Namensaktien vom Mai des vergangenen Jahres?« Barbara versuchte ihrer Stimme einen festen Klang zu geben. Trotzdem war da ein fast unmerklich vibrierender Ton. »Zum Glück«, dachte sie, »ist es nicht Sommer.« Lammert war bekannt dafür, daß er Frauen mit kurzen Sommerkleidern die Leiter bis zu den obersten Regalböden hinaufschickte, um ihnen von unten unter den Rock zu sehen. Jetzt, im Winter, trug Barbara Hosen.

»Ei, ei, jetzt geht's awwer rund. Erst in de Bobbes, dann in de Mund.« Lammert ließ einen seiner Standardsprüche los. Sehr anzüglich und wenig informativ. Sie versuchte die Geschmacklosigkeit zu überhören. »Bitte, Herr Lammert, wo finde ich das Schwebedepot?«

Der taxierte sie weiter ungeniert. »Ei, Mädche, jetzt nett glei so hasdisch!«

»Ich heiße Kleinwächter, Frau Kleinwächter!« wehrte sie sich zaghaft.

»Ei, Mädche, da mußte halt im Archiv newean gucke. Irschendwo rechts unne. Soll ich der behilflich sei?«

»Nein, Herr Lammert, ich komme zurecht.«

Barbara öffnete die Tür zwischen den Metallschränken. Der Ort schien ihr noch beklemmender als sonst. Sie zwängte sich in die engen Zwischenräume der Regale und suchte nach dem verdammten SD. Die künstliche Beleuchtung war schummrig. Lammert war aufgestanden und folgte auf dem Fuß. Zu ihrer allgemeinen Beklemmung mischte sich noch das beunruhigende Gefühl, daß Lammert ihr den Fluchtweg abschnitt. Hier hinten konnte sie schreien, ohne im Großraumbüro gehört zu werden. Er taxierte sie jetzt von hinten. Sie fühlte seine wäßrigen Glotzaugen auf ihrem Po. Ohne sich um ihr Anliegen zu kümmern, fing er ein Gespräch an: »Na, Fräulein, haste immer noch kein Freund gefunne?«

Sie antwortete nicht und suchte fieberhaft die Regale ab.

Er wurde direkter: »Is des net uf die Dauer langweilisch, so allei im Bett?«

Endlich hatte sie gefunden, was sie suchte. Aber das alte SD lag ganz unten. Darüber waren acht andere Schwebedepots getürmt. Alle etwa 15 Zentimeter stark, sorgfältig gelocht, zwischen zwei festen Kartons geklemmt und mit Hanfkordel abgebunden. Pfefferles sorgfältige Arbeit, weil Lammert sich um nichts kümmerte. Warum konnte jetzt Pfefferle nicht hier sein? Seufzend beugte sie sich nach unten und begann den Stapel abzutragen. Dicke Staubflocken wurden aufgewirbelt. Lammert rückte von hinten heran und war vielleicht noch einen Meter entfernt. Er dachte nicht daran zu helfen. Die Situation war für ihn zu vorteilhaft, um ihr Ende zu beschleunigen. Schmierig sprach er weiter: »Awwer zum Glück gibt's heutzudach so praktische Hilfsmittel für einsame Fraue. Neulich hab ich widder in 'nem Sex-Shop so 'n Gummischwanz gesehe. Un was für 'n Kawensmann!«

Die Hände von Barbara zitterten. Mußte sie sich das anhören? Aber was sollte sie tun? Der Abteilungsleiter wartete auf das Schwebedepot. Noch ein Stapel, und sie war endlich am Ziel. Lammert rückte noch näher. Sie hörte seinen schweren Atem hinter sich. Unerbittlich sprach er weiter: »Awwer so e' Gerät ersetzt doch kaan richtische Kerl… Ja, ja, es lacht das Herz der jungen Braut, wenn ihr der Sack ans Arschloch haut!«

Dumpf knallte der schwere Papierstapel auf den Boden. Staub wirbelte auf. Die Regale vibrierten. Barbara fuhr hoch und brüllte, so laut sie konnte: »Gehen Sie aus dem Weg!«

Lammert zuckte zusammen. Damit hatte er nicht gerechnet. Verdattert stolperte er den schmalen Gang zurück. Mit schreckensweiten Augen starrte er die unscheinbare Frau an, die plötzlich so viel Energie hatte. Immer noch rückwärts taumelnd, stieß er an die abgelegten Papierstapel und wankte in den Mittelgang hinein. Hier glitt Barbara schnell an ihm vorbei und schlug krachend die Archivtür hinter sich zu. Ihr Weg führte sie direkt zu Dr. Sonnenfeld. Das würde sie sich nicht gefallen lassen.

Der Abteilungsleiter telefonierte. Sie ging unruhig vor der Tür hin und her. Nach quälend langen Minuten wurde sie hereingebeten und begann ohne Umschweife: »Herr Dr. Sonnenfeld, ich wurde sexuell belästigt. Hier und jetzt in Ihrer Abteilung!«

Er machte ein erstauntes Gesicht. Dann begann er langsam zu sprechen: »Zunächst einmal, Frau Kleinwächter, finde ich es gut, daß Sie gleich den Weg zu mir gefunden haben. Das zeugt von dem Vertrauen, daß Sie mir entgegenbringen. Ich möchte Sie ermutigen, auch in der Zukunft mit allen Problemen zu mir zu kommen. Und nun erzählen Sie! Was ist passiert?«

Barbara atmete innerlich auf. Jetzt war es leichter, offen zu sein. »Herr Dr. Sonnenfeld, dieser Lammert, dieser widerliche, ekelhafte Mensch, verfolgt mich mit seinen Zoten. Und ich bin sicher, daß ich nicht sein einziges Opfer bin.«

Er sah seine Mitarbeiterin an und fragte: »Was hat er denn gesagt?«

Sie antwortete verlegen: »Ich möchte das nicht wiederholen, Herr Dr. Sonnenfeld.«

»Aber Frau Kleinwächter, wir sind doch beide erwachsene Menschen. Und mir, Ihrem Vorgesetzten, können Sie doch vertrauen.«

»Also gut. Ich schreibe es Ihnen auf einen Zettel. Den können Sie als Unterlage für Ihr weiteres Vorgehen verwenden.«

Als er den Text gelesen hatte, begann seine linke Gesichtshälfte fast unmerklich zu zucken. Er richtete den Blick wieder auf Barbara, und sein großer Kopf schob sich interessiert einige Zentimeter über den Schreibtisch. Mit gesenkter und etwas belegter Stimme fragte er: »Hat er noch mehr gesagt?«

»Ich denke, das reicht doch!« Ihr Ton war ungewohnt deutlich.

Sein Oberkörper richtete sich im Drehsessel wieder auf. Mit einem Schlag wurde er eiskalt: »Und jetzt fühlen Sie sich sexuell belästigt?«

»Ich *wurde* sexuell belästigt«, beharrte sie.

»Also gut. Hat er Ihnen an den Busen gefaßt oder versucht, Sie zu küssen?«

»Nein.«

»Hat er Sie an einem anderen Körperteil absichtlich berührt?«

»Nein.«

»Hat er Ihnen eindeutige sexuelle Anträge gemacht?«

»Nein.«

»Könnte es dann vielleicht sein, daß Sie von einer mimosenhaften Empfindlichkeit geplagt werden, Frau Kleinwächter?«

»Aber Herr Dr. Sonnenfeld, das ist doch nicht Ihr Ernst?«

Er gab seine starre Haltung im Sessel wieder auf. Sein Ton wurde etwas wärmer: »Frau Kleinwächter, das geht nicht gegen Sie persönlich. Ich schätze Sie als Mitarbeiterin. Aber: Wir sind hier ein leistungsorientiertes, hochmotiviertes Team, das für die FHK-Bank Gewinne erwirtschaftet. Dabei kann es vorkommen, daß ganz unterschiedliche Charaktere aufeinanderstoßen und Mißverständnisse entstehen.«

Aufgebracht deutete sie auf den Zettel: »Nennen Sie das ein *Mißverständnis*?«

»Das sind *Ihre* Worte«, entgegnete er kalt. »Wir wollen doch ganz schnell diesen Schmutz vergessen und ihn dahin werfen, wo er hingehört! Ja?« Er knüllte das Papier zusammen und ließ es in seinen Abfallkorb fallen.

Barbara war wie vor den Kopf geschlagen. Sie fühlte, wie ihr die Tränen in die Augen stiegen. Aber sie wollte sich beherrschen. Nur nicht schwach werden vor diesem Mann. »Sie wollen also nichts unternehmen?« fragte sie gefaßt. Aber Wut, Schmerz, Enttäuschung, Empörung schnürten ihr die Kehle zu.

»Frau Kleinwächter, Sie sind wie ich neu im *Settlement and Custodial Foreign Securities* und mit vielen Kollegen noch nicht so vertraut. Nehmen Sie sich ein Beispiel an den anderen Frauen, die schon länger da sind. Sie haben es mit der Zeit alle geschafft, sich der Gemeinschaft anzupassen.«

Sie wehrte sich verzweifelt: »Aber Herr Dr. Sonnenfeld. Das klingt ja so, als sei *ich* das Problem und nicht Herr Lammert.«

»Nein, nein, Frau Kleinwächter. Das haben Sie jetzt schon wieder falsch verstanden. Ich will Ihnen doch nur helfen… Ein Vorschlag in Güte: Sie vergessen die Angelegenheit und entschuldigen sich bei Herrn Lammert!«

Sie starrte ihren Chef fassungslos an: »Wie bitte? Ich soll mich bei diesem Menschen auch noch entschuldigen?«

»Ganz richtig, Frau Kleinwächter, Herr Lammert rief mich an, kurz bevor Sie hereinkamen. Sie haben bei ihm Schwebedepots auf den Boden geworfen, ihn angebrüllt, Türen geknallt und sein ganzes Archiv durcheinandergebracht. War das nicht so?«

»Ja, aber…«

»Na sehen Sie. Ich erwarte von Ihnen menschliche Größe und eine Entschuldigung. Oder wollen Sie für eine Weiterbeschäftigung nach der Probezeit schlechte Voraussetzungen schaffen? Das wäre doch wirklich sehr schade.«

Barbara war wie betäubt. Der Alptraum ihrer Nacht hatte sich erfüllt. Langsam stand sie auf und tastete zum Ausgang.

Noch ehe sie ihn erreichte, rief sie Dr. Sonnenfeld noch einmal zurück. Grinsend ließ er seine gelben Zähne blitzen: »Übrigens, Frau Kleinwächter, buchen Sie doch bitte heute noch 3 Mark 84 für die Währungsbuchhaltung! Danke, es hat mich sehr gefreut, mit Ihnen geplaudert zu haben. Auf diese Art lernt man sich doch am besten kennen.«

Als Müller die üble Geschichte von der heulenden Barbara erfuhr, starrte er gequält in eine Tasse mit schwarzem Kaffee. »Dreckschweine«, murmelte er halblaut, »die wissen, mit wem sie es machen können.«

Der dicke Strunzmann platzte herein, ohne anzuklopfen. Als er die aufgelöste junge Frau sah, war er schnell wieder draußen. Wo es nach Komplikationen roch, verdrückte er sich lieber. Müller wartete, bis Strunzmann die Tür hinter sich geschlossen hatte. Dann zog er einen goldenen Kugelschreiber aus der dafür vorgesehenen Dose, schrieb eine Nummer auf seinen Notizblock und stellte den Stift wieder ordentlich zurück. »Das ist der Hausanschluß von Frau Köhler, Betriebsrat. Sie ist dafür bekannt, daß sie allen Fällen von sexuellen Belästigungen am Arbeitsplatz engagiert nachgeht. Diese Frau wird Ihnen mit Sicherheit helfen. Und, wenn Sie wollen, gehen Sie pünktlich nach Hause. Ich mache Ihre Arbeit fertig.«

Spät am Abend saß Müller allein im Schein seiner Halogenlampe. Alles war in guter Ordnung. Seine Unterlagen und das Manuskript für das CSW-Konzept hatte er säuberlich abgelegt und weggeschlossen. Die Kontaktanzeige war sorgfältig formuliert und schon auf dem Weg zu verschiedenen großen Zeitungen. Stifte und Arbeitsmaterial waren in den Schubladen verstaut. Die 52 Wertpapiergeschäfte waren rechtzeitig abgewickelt worden. Die Bank würde keinen Schaden nehmen. Für morgen hatte er bereits ein Ersatzteam für Schweiz und Österreich organisiert. Um die Zoten des Herrn Lammert würde sich Frau Köhler kümmern. Die Welt war in Ordnung. Aber... da war ein dumpfes, unklares Gefühl. Er dachte an Frau Kleinwächter. Für Sekunden hatte Müller das Bedürfnis, Dr. Sonnenfeld und Lammert ihre schmierigen Fressen einzuschlagen. Dann hatte sich der junge Prokurist wieder im Griff. Die Anwendung physischer Gewalt entsprach nicht seinem persönlichen Stil.

Er besaß andere Mittel. Müller drehte den Schlüssel um. Diskette. Paßwort?

»Machiavelli.«

Inhaltsverzeichnis auf dem Bildschirm. Er rief das Dokument *Dr. Sonnenfeld* auf und überlegte konzentriert: »Warum hat dieser Mann so reagiert? In der heutigen Zeit kann sich das ein Vorgesetzter eigentlich nicht mehr leisten. Glaubt er an den Unsinn, den er Frau Kleinwächter erzählt hat? Ich traue es ihm zu. Aber vielleicht steckt noch mehr dahinter. Lammert ist Sonnenfelds Kreatur. Der Chef deckt ihn und erhält dafür Informationen. Vielleicht ist er heute zu weit gegangen. Wenn man ihm nachweisen könnte, daß er mit Absicht und Kalkül...« Der Prokurist aktualisierte seinen Wissensstand im Dokument. Dann schloß er zufrieden die Diskette weg. Lammert war ein Schwein, aber nur eine Randfigur. Er wollte den König.

Schon mancher König war über einen Bauern gestolpert.

5 *Mäntel des Schweigens*

Frau Köhler war erst zwei Jahre in der Bank und seit wenigen Wochen Betriebsrätin. Sie besaß so wenig Erfahrung, daß ihr Idealismus noch unverbraucht war. Jetzt hatte sich eine Mitarbeiterin über sexuelle Belästigung am Arbeitsplatz beschwert. Als einzige Frau im Betriebsrat mußte sie diese schwierige Mission übernehmen. Eine heikle Angelegenheit, die viel Fingerspitzengefühl erforderte.

In der Abteilung *Settlement and Custodial Foreign Securities* wurde sie von Dr. Sonnenfeld freundlich empfangen: »Frau Köhler, ich grüße Sie! Was für eine Freude, Sie einmal kennenzulernen. Bitte nehmen Sie Platz!«

Die Betriebsrätin sah sich verwundert in dem papierübersäten Büro um. Alles war in heilloser Unordnung. Unter riesigen Listenstapeln und einigen übervollen Aktenordnern standen zwei Stahlrohrsessel, die eigentlich für Besucher gedacht waren. Der Abteilungsleiter bemerkte ihre Verlegenheit und rief nach seinem Stellvertreter: »Gernsheimer!«

Der erschien sofort in der Verbindungstür: »Was kann ich für Sie tun, Herr Dr. Sonnenfeld?«

»Gernsheimer, helfen Sie mir, die Sessel freizuräumen! Am besten, wir tragen die Papierstapel in die Ecke.«

Als Gernsheimer wieder verschwunden war, kam Frau Köhler zur Sache: »Herr Dr. Sonnenfeld, in Ihrer Abteilung wurde Frau Kleinwächter von einem gewissen Herrn Lammert verbal attackiert. Mit eindeutig sexuellen Inhalten. Frau Kleinwächter hat mich unterrichtet, daß Sie den Sachverhalt bereits kennen.«

Er lächelte, die gelben Zähne blitzten: »Frau Köhler, zunächst einmal möchte ich Ihnen meine volle Unterstützung in dieser Angelegenheit zusichern. Ich werde alles tun, um die Sache im Interesse aller Beteiligten zu einem zufriedenstellenden Abschluß zu bringen. Schließlich geht es auch um den Ruf meiner Abteilung in diesem Hause. Ich schätze und bewundere darüber hinaus die Arbeit des Betriebsrates in unserer Bank. Ich war schon bei meinen vorangegangenen Arbeitgebern immer offen für eine konstruktive Zusammenarbeit und werde die Haltung auch in der FHK-Bank nicht ändern. Darüber hinaus bin ich als Spezialist für Betriebssoziologie von der Notwendigkeit und Wichtigkeit einer Arbeitnehmervertretung überzeugt. Nebenbei möchte ich nur erwähnen, daß ich mich in meiner Doktorarbeit und anderen Veröffentlichungen sehr ausführlich mit diesem Thema auseinandergesetzt habe.«

Die Betriebsrätin nickte: »Das freut mich zu hören. Aber konkret: Wie stehen Sie zu den Ausführungen von Frau Kleinwächter?«

Dr. Sonnenfeld lehnte sich in seinem großen Ledersessel zurück: »Frau Köhler, ich habe bereits viel von Ihnen gehört. Sie sind jung und engagiert. Sie verstecken sich nicht in Ihrem Büro, sondern gehen offen auf die Mitarbeiter zu. Das verdient meine größte Wertschätzung und Anerkennung. Ich denke, wenn Sie erst einmal ein paar Jahre länger bei uns sind, werden Sie die Reife und Distanz gewonnen haben, um mit solch delikaten Angelegenheiten in *angemessener* Weise umzugehen.«

Sie zog die Stirn in Falten: »Was meinen Sie damit?«

»Sehen Sie, Frau Köhler, ich verstehe meine Führungsaufgabe in dieser Abteilung nicht nur in *fachlicher* Hinsicht, sondern auch in *persönlicher*. Ich bin für die vielen Sorgen und Probleme meiner Mitarbeiter immer offen und ansprechbar. Gleichzeitig muß ich aber im Brennpunkt der unterschiedlichsten Interessen und Forderungen, die an mich herangetragen werden, immer den Blick für das Ganze behalten und Prioritäten setzen. Wir sind ein weltweit agierendes Wirtschaftsunternehmen, ein *Global Player*, der sich international dem immer härteren Wettbewerb stellen muß. Gleichzeitig sind wir als private Aktiengesellschaft dazu verpflichtet, Gewinne zu erwirtschaften. Und das nicht nur im Interesse unserer Aktionäre, sondern auch und gerade – ich betone *gerade* – im Interesse unserer Belegschaft. Darüber hinaus befindet sich die Abteilung im Umbruch. Wir stehen nicht nur an der Schwelle zum dritten Jahrtausend, sondern auch an der Schwelle zur dritten industriellen Revolution. Ich muß daher als Abteilungsleiter die Bedeutung einer Frau Kleinwächter und ihre Anschuldigungen nüchtern und unsentimental betrachten, auch wenn Ihr Einsatz, Frau Köhler, menschlich verständlich, edel und rührend ist.«

Sie sah ihren Gesprächspartner mit einer Mischung aus Unverständnis und Widerwillen an: »Aber Herr Dr. Sonnenfeld, ich will doch nur eine unvoreingenommene Untersuchung des Vorfalls.«

»Sehr gut, Frau Köhler! Ich wußte doch, daß Sie eine vernünftige Frau sind. Nachdem Sie also die Notwendigkeit eines *unvoreingenommenen* Standpunktes eingesehen haben, werden Sie mir auch beipflichten, daß eine Untersuchung voraussichtlich nur zur Verhärtung bereits bekannter Sichtweisen führen wird. Schließlich steht Aussage gegen Aussage. Außerdem wird um diese unappetitliche Angelegenheit ein peinlicher Wirbel entfacht werden, der nicht nur zur Störung von Arbeitsabläufen führt, sondern auch die Abteilung, und darüber hinaus die Bank, in ein ganz schlechtes Licht rückt. Schließlich sind wir ein vornehmes Kreditinstitut und keine Hinterhoffabrik, in der solche Vorfälle vielleicht hin und wieder möglich sind. Oder wollen Sie, Frau Köhler, daß eine sensationslüsterne Presse über Ihre Kollegen und Ihren Arbeitgeber die übelsten Entstellungen und Übertreibungen verbreitet?«

»Herr Dr. Sonnenfeld, Sie hatten mir ausdrücklich Ihre Unterstützung zugesichert.«

»Natürlich, Frau Köhler. Aber ich sagte auch, daß ich Sie *im Interesse aller Beteiligten* unterstützen werde. Nun, diesem Interesse werden wir am besten dienen, wenn wir den Mantel des Schweigens über die Sache breiten.«

»Wie bitte?«

»Ja, Frau Köhler, das dient nicht zuletzt auch dem Vorteil von Frau Kleinwächter. Sie wird gut beraten sein, wenn sie die falsch interpretierten Frotzeleien des Herrn Lammert einfach vergißt. Vielleicht können Sie ihr das in einem Gespräch von Frau zu Frau nahebringen.«

Draußen in der Halle wurde es laut. Aufgeregte Rufe. Lautes Schimpfen. Frau Köhler versuchte es zu überhören. »Warum fragen wir nicht Frau Kleinwächter selbst, worin ihr Interesse liegt?«

»Aber Frau Köhler! Jetzt muß ich mich sehr wundern. Ich hoffe nicht, daß ich den guten Eindruck, den ich von Ihnen habe, revidieren muß...«

Die Schreie im Großraumbüro wurden lauter. Dr. Sonnenfeld und Frau Köhler hörten ein dumpfes Stampfen von schweren Stiefeln, das direkt auf das Büro des Abteilungsleiters zukam. Die Tür wurde aufgerissen…

Zurück aus dem Urlaub, wartete an diesem Morgen eine böse Überraschung auf Peace-Mountain. Sein Schreibtisch, mit einem kleinen Seitentisch zu einer Winkelkombination verschraubt, stand nicht mehr an der alten Stelle. Er sah jetzt gegen zwei mausgraue Trennwände. In Motorradkluft und schweren Stiefeln und ohne seine Teamkollegen zu beachten, knallte er wütend seinen Aktenkoffer auf den Boden, zog den Helm ab und stemmte sich mit seiner Bärenkraft gegen das sperrige Möbel. Ächzen und Keuchen. Seine Halsschlagader schwoll an. Endlich hatte er den alten Zustand wiederhergestellt. Schwer atmend, aber zufrieden stand er neben der Winkelkombination. Dann sah er den Brief.

Ein länglicher, grauer Umschlag auf der Schreibunterlage. An ihn adressiert und verschlossen. Sofort riß er ihn auf und begann hastig zu lesen. Seine Augen wurden immer größer. Der wuchtige Kopf mit den dunklen, strähnigen Haaren schwankte unwillig hin und her. Dann knallte er das Papier auf den Tisch und schrie: »Wer ist dieser Reifenschneider? Ich mach ihn rund, die Sau!«

Beck und Bellmann warfen sich feixende Blicke zu. Der vergnomte Strunzmann kicherte gehässig. Die anderen versuchten krampfhaft das Lachen zu unterdrücken. Friedeberg achtete nicht darauf. Immer noch in Motorradkluft, blätterte er hektisch im Telefonbuch der FHK-Bank. Er spie Gift und Galle: »Wo ist die Nummer von diesem Hund. Ich reiß ihm den Arsch auf, diesem Reifenschneider!« Er suchte von vorne nach hinten und wieder zurück. Ohne Erfolg. »Das kommt vor den Abteilungsleiter! Wenn ich diesen Reifenschneider in die Finger kriege, reiß ich ihn in Stücke, dieses Arschgesicht! Wo ist Dr. Sonnenfeld?«

Friedeberg stürzte in das Büro des Abteilungsleiters. Ohne auf die Besucherin zu achten, polterte er los: »Das laß ich mir nicht bieten! Hier sind schon die größten Schweinereien gegen mich gelaufen. Die meisten habe ich geschluckt. Aber das, das hier…«, er schlug seinem Chef den Brief auf den Tisch und trommelte mit seinem klobigen Zeigefinger darauf, »das geht zu weit. Ich bin doch hier nicht der Hanswurst, auf dem alle herumtrampeln können.«

Dr. Sonnenfeld blieb hinter seinem Schreibtisch sitzen. Die wilde Rage des bärenstarken Mannes verunsicherte ihn. Hilfesuchend rief er nach seinem Stellvertreter. »Gernsheimer!«

Sofort erschien der Gerufene in der Verbindungstür. Durch diese Verstärkung gewann Dr. Sonnenfeld wieder Selbstvertrauen. Mit unüberhörbarer Schärfe in der Stimme versuchte er, Herr der Lage zu werden: »Herr Friedeberg, nehmen Sie sich zusammen. Sie sehen doch, daß ich in einer Besprechung bin!«

Mühsam unterdrückte Peace-Mountain seinen Zorn. Sonnenfeld nahm erleichtert zur Kenntnis, daß seine Autorität nicht mehr in Gefahr war, und wandte sich an die Betriebsrätin: »Also, Frau Köhler, da wir uns so schnell einig geworden sind, können wir die Sache als erledigt betrachten.«

»Nein, Herr Dr. Sonnenfeld, wir sind uns *nicht* einig. Ich kenne jetzt Ihren Standpunkt. Ich bin anderer Meinung. Ich will eine gründliche Untersuchung durchführen. Wenn Sie mir dazu die Erlaubnis verweigern, wende ich mich an Hauptabteilungsleiterin Frau von…«

Sonnenfeld wehrte erschrocken ab: »Also schön, führen Sie Ihre Untersuchung durch. Es kommt sowieso nichts dabei heraus. Aber bitte leise und diskret, ohne die Arbeit zu stören! Guten Tag, Frau Köhler.«

Nachdem er sie hinauskomplimentiert hatte, fand er

Zeit für Peace-Mountain: »So, und nun zu Ihnen. Was ist los?«

Der Angesprochene setzte sich unaufgefordert und begann zu erklären: »Eben komme ich aus meinem Urlaub zurück und muß als erstes erleben, daß man meinen Schreibtisch umgestellt hat. Aber die Krönung ist der Brief von diesem sauberen Herrn Reifenschneider. Der bläst sich auf, ich hätte meine Winkelkombination *eigenmächtig* umgestellt und damit sowohl gegen Brandschutzbestimmungen als auch gegen geltende Richtlinien der Europäischen Union verstoßen. Muß ich diese Unverschämtheit hinnehmen?«

Sonnenfeld ließ sich den Brief geben und überflog ihn. Dann fragte er Gernsheimer: »Kennen Sie diesen Reifenschneider?«

»Jetzt auf Anhieb … Ich glaube, das ist einer von der Betriebsorganisation oder der neue Sicherheitsbeauftragte.«

»Fragen wir doch einmal den PC.« Sonnenfeld rief das Programm *Hausinformation* auf und gab *Reifenschneider* ein.

Auf dem Bildschirm erschien der Text: »Keine Information zu diesem Namen vorhanden … In der Datei wurden keine ähnlichen Namen gefunden.«

»Merkwürdig«, murmelte der Abteilungsleiter. Dann blickte er hoch: »Also, Herr Friedeberg, ich habe natürlich größtes Verständnis für Ihre Reaktion. Aber objektiv betrachtet, müssen wir die Richtlinien der EU selbstverständlich einhalten. Zumal Sie in mir einen entschiedenen Verfechter von Recht und Ordnung sehen müssen.«

Friedeberg begriff nichts: »Was wollen Sie damit sagen, Herr Dr. Sonnenfeld?«

»Passen Sie auf! Wie Sie aus dem Schreiben ersehen können, müssen die Schreibtische im Winkel von 90 Grad zur Hauptlichtquelle stehen. Im vorliegenden Fall die Fensterfront. Dabei ist eine Abweichung bis maximal 45 Grad zulässig. Ihr Schreibtisch stand bis jetzt im Winkel von 180 Grad zum Fenster. Das heißt, Sie saßen mit dem Rücken zur Hauptlichtquelle. Das ist *nicht* zulässig.«

Friedeberg schnallte immer noch nichts: »Wieso, wieso ist das nicht zulässig?«

Der Abteilungsleiter hatte Geduld: »Sehen Sie, wenn Sie Ihr Terminal einschalten, muß gewährleistet sein, daß das Licht nicht direkt auf den Bildschirm fällt. Wenn die Bank nachweislich EU-Normen mißachtet, kann ein cleverer Mitarbeiter wegen Augenschäden auf Schadenersatz klagen. Ist das nun klarer für Sie, Herr Friedeberg?«

»Aber, Herr Dr. Sonnenfeld! Meine Winkelkombination steht doch seit Jahren am gleichen Platz. Und jetzt kommt dieser Reifenschneider um die Ecke geschossen und labert etwas von EU-Norm und ähnlichem Schwachsinn. Gut, mein Terminal ist nicht optimal plaziert. Deshalb habe ich ein Stück Pappe als Lichtschutz angebracht. Viel wichtiger ist mir der freie Blick zu meinen Kollegen. Wenn alles nach den Vorstellungen dieses Reifenschneiders umgestellt wird, sehe ich direkt auf eine graue Sichtblende. Links von mir habe ich eine weitere Sichtblende. Soll ich mir jedesmal das Kreuz verrenken, wenn ich mit meinen Kollegen sprechen will?«

Gernsheimer mischte sich ins Gespräch: »Sie sind hier, um zu arbeiten, und nicht zur Unterhaltung Ihrer Kollegen.«

»Aber so begreifen Sie doch! Die Qualität unserer Arbeit und das Betriebsklima steht und fällt doch mit der Kommunikation.«

Sonnenfeld zuckte die Achseln: »Es tut uns leid, Herr Friedeberg, aber die FHK-Bank kann es sich nicht leisten, gegen geltendes Recht zu verstoßen.«

Friedeberg verstand die Welt nicht mehr. Er starrte seine

beiden Vorgesetzten mit aufgerissenen Augen an: »Aber das ist doch Irrsinn! Blanker, nackter Irrsinn! Ein verstaubter Haufen von Bürokraten aus Brüssel kann mich doch nicht zwingen, unter schlechteren Bedingungen zu arbeiten, als ich das die ganze Zeit getan habe.«

»Es geht ja auch nicht um Sie, Herr Friedeberg, sondern um das Wohl *aller* europäischen Arbeitnehmer.«

»Ach so«, meinte Friedeberg sarkastisch, »ich bin also *kein* europäischer Arbeitnehmer. Gut, daß ich das heute erfahren habe. Im übrigen werde ich das Schreiben dieses Reifenschneiders nicht hinnehmen. Ich geh' zum Betriebsrat. Wenn es sein muß, zum Arbeitsgericht! Guten Tag, meine Herren.«

Peace-Mountain warf knallend die Tür hinter sich zu. Dr. Sonnenfeld schlug mit der flachen Hand auf den Schreibtisch, daß die zahlreich herumliegenden Zettel durcheinanderwirbelten: »Ich habe die Schnauze voll! Wie soll ich eine Abteilung reformieren, wenn ich mich den halben Vormittag mit persönlichem Kram rumschlagen muß. Und das Verhalten dieses Friedeberg ist ein Skandal. Er hat uns gedroht. Er hat gewagt, seinen Vorgesetzten zu drohen. Können wir uns das gefallen lassen, Gernsheimer?«

»Nein«, antwortete der knapp.

In dieser Minute war das Schicksal von Peace-Mountain besiegelt.

Czerwinski kam wieder einmal zwei Stunden zu spät, legte die Füße auf den Tisch und sprach: »Look at me, I'm the king!«

Die Frauen achteten nicht auf ihn. Sie hatten die Arbeit schon unter sich aufgeteilt. Barbara war wieder mit Buchungen beschäftigt und ärgerte sich leise über die Flut neuer Umlaufzettel in ihrem Eingangskorb. Seegras beschwerte sich laut: »Herr Czerwinski! Diesen Umlauf hier habe ich eindeutig abgezeichnet. Warum legen Sie ihn mir wieder ins Körbchen?«

Der Angesprochene senkte nicht einmal die Zeitung: »Ball flach halten, Kollegin!«

Seegras moserte weiter: »Diese Umläufe sind eine Plage! Seit Dr. Sonnenfeld die Abteilung leitet, bekomme ich täglich mindestens zehn Stück. Ich kann sie nur abzeichnen und weitergeben.«

»Sie müssen die Umläufe sorgfältig lesen«, ermahnte sie Zander. »Wenn etwas Wichtiges dabei ist, übersehen Sie es, und Ihre Unterschrift ist auf dem Deckblatt.«

»Und wann soll ich den Mist lesen? Zehn Umläufe! Das heißt im Durchschnitt dreißig DIN-A4-Seiten. Dazu brauche ich einen halben Tag.«

»Ihnen fehlt eben das richtige Zeitmanagement, Frau Seegras!«

Die Belehrte grummelte vor sich hin. Zander lächelte zufrieden, weil sie wieder einmal das letzte Wort behalten hatte.

Lammert kam um die Sichtblende. Unter seinem Arm trug er frischen Toner für den Matrixdrucker des Aquariums. Als er Barbara sah, grinste er schamlos: »Ei gugge mal da, unser Mimösje is ja aach da. Wie geht's denn so, Fräulein-rühr-mich-nett-aa?«

Barbara versuchte ihn zu ignorieren. Die anderen Frauen schwiegen und starrten auf ihre Terminals. Czerwinski senkte seine Zeitung und feixte. Lammert stichelte weiter: »Ich bin jetzt zwei Woche allei im Archiv. Wenn des Fräulein Kleinwächter da fotokopiere will, muß es brav *bitte, bitte* sache.« Dann stellte er den Toner neben den Printer und ging.

Barbara vertiefte sich in ihre Arbeit. Es war im Augenblick das einzige Mittel, um mit ihrer Angst und Wut auf Lammert fertig zu werden. Die Spesenbelastung einer österreichischen Bank erschien ihr zu hoch. Anruf in Österreich. Von der Zentrale ließ sie sich zu Herrn Grafentaler weiterverbinden. Es dauerte. In der Leitung spielte die *kleine Nachtmusik* von Mozart. Dann brachen die zarten Klänge ab. Eine Frauenstimme meldete sich: »Creditanstalt, Wien.«

»FHK-Bank, Frankfurt. Herrn Grafentaler, bitte«, sagte Barbara.

»Klappe«, antwortete die Frauenstimme.

»Wie bitte?« fragte Barbara.

»Klappe«, kam es noch unfreundlicher aus dem Hörer.

Barbara platzte der Kragen. Der ganze Frust über die Bank und Lammert brach aus ihr heraus. War sie denn der Volltrottel mit der roten Nase, nach dem alle ungestraft treten durften? Wütend, mit bebender Stimme, legte sie los: »Ich verbitte mir diesen Ton! Ich habe ganz höflich nach Herrn Grafentaler gefragt...«

»Aber...«

»Jetzt rede ich! Erstens habe ich keine Klappe, sondern einen Mund. Zweitens laß ich mir diesen Mund von Ihnen nicht verbieten!«

»Aber ich meine doch nur...«

»Ich bin es satt, daß man so mit mir umspringt. Ich will jetzt sofort Herrn Grafentaler, oder ich beschwere mich bei Ihrem Vorgesetzten!«

Das Aquarium wurde aufmerksam. Alle sahen verwundert auf Frau Kleinwächter. Die mußte Luft holen. Ihre Gesprächspartnerin nutzte die Chance: »Aber, so hören Sie doch zu! Mit *Klappe* meinen wir in Österreich die Durchwahl. Ich habe leider nicht den Direktanschluß von Herrn Grafentaler und dachte, daß Sie vielleicht...«

Barbara wurde es heiß im Kopf. So peinlich war ihr das Mißverständnis. Sie klärte die Angelegenheit mit Herrn Grafentaler und legte auf.

Wieder Telefon. »Auf Ihre Kontaktanzeige sind über 30 Briefe eingegangen«, sprach eine gleichgültige Frauenstimme. »Werden sie abgeholt, oder sollen wir sie zusenden?«

Barbara drehte sich verstohlen im Aquarium um und sprach mit gesenkter Stimme: »So viele! Ich hole sie gleich nach der Arbeit ab. Vielen Dank!«

Vielleicht taugte der Tag doch noch etwas.

Beck und Bellmann saßen neben dem Kaffeeautomaten und schlürften die heiße Brühe. »Peace-Mountain hat's voll gefressen«, stellte Beck zufrieden fest. »Aber das Größte ist, daß Dr. Sonnenfeld und Lakaiheimer auch darauf hereingefallen sind.«

»Cool«, dehnte Bellmann genüßlich. »Die hocken in ihren Büros und telefonieren im ganzen Haus nach Reifenschneider, der überhaupt nicht existiert.«

»Cool«, bestätigte Beck. »Wenn die beiden die Wahrheit erfahren, kotzen sie in ihre Papierkörbe!«

Beide sahen sich an und lachten. Dann Schweigen. Nach einer Weile fragte Beck: »Und, was gibt's sonst für News?«

»Nun ja«, grinste Bellmann.

»Komm, du Sack, du weißt doch wieder was!«

»Hm, gestern hatte ich einen Small talk mit dem Technical Service.«

»Und?« lauerte Beck.

»Na ja, die Toilettenspülung war kaputt. Der Typ machte den Deckel auf und fand eine halbvolle Flasche Kognak im Spülkasten.«

»Tatsache?«

»Tatsache!«

»Da macht doch einer krumm.«

»Und *wie* da einer krumm macht. Aber wer?«

»Hmm«, meinte Beck, »ich habe da einen Verdacht.«

»Den gleichen Verdacht, den ich hab?«

»Gernsheimer?«

»Gernsheimer«, nickte Bellmann.

Beck dachte laut nach: »Hmm, der Mann hat doch ein eigenes Büro?«

»Na und! Da geht es zu wie im Taubenschlag, weil das ganze Team laufend rein- und rausrennt. Und dann hockt Sonnenfeld nebenan. Direkte Verbindungstür! Stell dir vor, der Boß kommt rein, und Gernsheimer hat die Flasche am Hals!«

»Geil«, grinste Beck.

»Sag mal, bei der Abteilungsversammlung heute nachmittag gibt's doch Sekt und Orangensaft?«

»Es sieht so aus. Sonnenfeld hat schon ein paar Kisten aufgebaut.«

»Da machen wir krumm.«

Beck begriff sofort. Seine Augen flackerten. »Cool.«

»Cool«, bestätigte Bellmann.

Fischer telefonierte. Sie legte den Hörer auf und sprach laut ins Aquarium: »Alles mal herhören! Frau Köhler vom Betriebsrat möchte die Frauen unserer Abteilung sprechen. Unser Team ist als erstes dran. Heute nachmittag im Konferenzraum.«

»Und wie lange wird die Besprechung dauern?« wollte Seegras wissen.

Fischer seufzte: »Keine Ahnung. Ich hoffe, nicht lange. Alles boomt, ich habe 35 Drittbankgeschäfte zu kontrollieren, und danach ist Abteilungsversammlung. Ich weiß nicht, wie ich das wieder schaffen soll.«

»Um was geht es denn überhaupt?«

»Um sexuelle Belästigung am Arbeitsplatz.«

Seegras verzog das Gesicht: »Wieder so ein Modethema.«

Zander durchschaute sofort den Hintergrund: »Diese Köhler vom Betriebsrat ist nicht richtig ausgelastet und zerrt alles an den Haaren herbei. Die sollte mal für eine Woche in unsere Abteilung kommen. Da wüßte sie, was Arbeit ist.«

Seegras pflichtete ihr bei: »Wenn die einen Mann und Kinder hätte, würde es ihr vergehen, sich in der Bank als Emanze aufzuspielen!«

Barbara kümmerte sich weiter um die Buchungen und telefonierte von Zeit zu Zeit. Nach einer halben Stunde stand sie auf und ging zu ihrer Chefin: »Frau Fischer, mir ist da etwas aufgefallen.«

Fischer fühlte sich gestört. Sie war im Druck: »Ist es wichtig?«

»Ja.«

»Also gut, was ist Ihnen aufgefallen?«

»Frau Fischer, ich stelle hier gerade die Belastungen unserer Schweizer Lagerstelle zusammen. Für jede Wertpapierlieferung werden uns 50 Schweizer Franken in Rechnung gestellt.«

»Ja, und?«

Frau Spinzig kam lautlos herein, öffnete einen Metallschrank und blätterte in Aktenordnern, ohne von jemand beachtet zu werden.

»Die Sache ist ziemlich verwirrend: Wir bekommen für jede einzelne Belastung verschiedene Swift- und Postanzeigen. Ein furchtbarer Papierkrieg.«

»Die Schweizer sind eben sehr gründlich.«

»Natürlich, es gibt ja auch noch genügend Wälder auf der Erde, die wir abholzen können. Aber weder die Schweizer noch wir brauchen uns diese Arbeit zu machen. Es geht viel einfacher.«

Die Teamleiterin seufzte: »Frau Kleinwächter, da kennen Sie die sturen Eidgenossen aber schlecht.«

Barbara ließ sich nicht entmutigen: »Nein, Frau Fischer, ich habe schon mit den wichtigsten Lagerstellen telefoniert. Mein Vorschlag lautete, uns *monatliche* Gebührenanzeigen zu schicken, auf denen dann *alle* Einzelpositionen aufgeführt sind. Wir vermeiden Papierberge, können die Posten leichter zuordnen und zu einer Buchung zusammenfassen.«

Ihre Chefin runzelte die Stirn: »Und die Schweizer waren damit einverstanden?«

»Ja, sie schienen sehr angetan von meinem Vorschlag.«

Fischer überlegte. Dann schwang sie den Telefonhörer: »Herr Müller, haben Sie einen Augenblick Zeit? Wir müssen etwas mit Ihnen besprechen.«

Der Prokurist erschien, hörte sich die Ausführungen von Barbara an und fragte: »Die Schweizer wollen tatsächlich mitziehen?«

»Natürlich, ich habe ihnen erklärt, wieviel Arbeit und Papier sie sparen.«

Müller schüttelte den Kopf und fragte Fischer: »Warum ist eigentlich sonst niemand in Ihrem Team auf diese Idee gekommen?«

Die Leiterin zuckte die Schultern: »Berufsblindheit. Ich habe die Schweizer in diesem Punkt immer fur sehr konservativ gehalten. Und, ich muß zugeben, auf die Idee mit der Sammelanzeige bin ich nicht gekommen.«

Der Prokurist fragte Barbara: »Sie sind drei Monate in der Bank, Frau Kleinwächter?«

»Ja, Herr Müller.«

»Und Sie haben noch nie in der Abwicklung gearbeitet?«

»Nein, ich habe nur am Schalter gestanden.«

Er blickte aus dem Fenster und sagte halblaut: »Das ist nicht zu fassen. Diese Frau ist ein absoluter Glücksgriff.«

Das Team wartete auf eine Entscheidung. Nach einigen Sekunden drehte er sich um: »Die Sache ist einfach und genial. Ich ziehe das durch. Aber das wird nicht ohne Schriftverkehr gehen.«

»Müssen wir nicht Dr. Sonnenfeld einschalten?« gab Fischer zu bedenken.

Müller schüttelte unwillig den Kopf: »Wenn der die Sache anpackt, hält er den Schweizern erst einmal einen Vortrag über die dritte industrielle Revolution. Dann verschwinden die Briefe in seinem Chaos, und wir buchen in einem Jahr noch nach der alten Methode. Passen Sie auf, Frau Fischer! Ich zeichne als Prokurist alle Schreiben ab, und Sie unterschreiben mit. Damit ist das Vieraugenprinzip erfüllt. Wenn wir alles über die Bühne gezogen haben, bekommt er eine Kopie hinein, die er garantiert verschlampt.«

»Das kann ich nicht machen«, wehrte Fischer erschrokken ab.

»Wieso nicht? Schließlich geht es nur um das Wohl der Bank.«

Die Teamleiterin überlegte. Dann gab sie sich einen Ruck: »Gut, wir ziehen es durch.«

Endlich hatte Frau Spinzig den richtigen Ordner gefunden und schlappte davon. So wortlos und unauffällig, wie sie gekommen war.

Dr. Sonnenfeld raufte sich die Haare: »Mensch, Gernsheimer! Diese Blamage! Wie stehen wir da vor unseren eigenen Mitarbeitern! Und ausgerechnet, ausgerechnet heute ist unsere Abteilungsversammlung. Ich sehe sie schon vor mir: diese grinsenden und schadenfrohen Gesichter.«

Sein Stellvertreter stand in der Ecke des Büros und überlegte: »Der Brief stammt zweifellos von Beck und Bellmann. Das ist ihre Art. Die haben sich diesen ominösen Reifenschneider ausgedacht. Aber wie sind die auf diese EU-Richtlinie gekommen? Gibt es die wirklich?«

»Natürlich gibt es die. Nur hat sich bis jetzt niemand in der Bank daran gejuckt. Nein, Gernsheimer, das ist nicht auf deren Mist gewachsen.«

Plötzlich stieg ein furchtbarer Verdacht in dem Stellvertreter auf: »Wissen Sie was, Herr Dr. Sonnenfeld, das ist eine gezielte Intrige von diesem Müller. Der will uns hier zu Witzblattfiguren machen, damit er als große Führungspersönlichkeit dasteht.«

Der Abteilungsleiter wiegte zweifelnd den Kopf: »Ich weiß nicht, Gernsheimer, ob das nicht weit unter dem Niveau von Müller ist.«

»Ich will Ihnen etwas sagen, Herr Dr. Sonnenfeld! Dieser Müller ist eine Karrierist. Um nach oben zu kommen, ist dem *jedes* Mittel recht. Auch wenn es noch so platt und schmutzig ist.«

Der Abteilungsleiter überlegte. Er preßte die Lippen zusammen und trommelte mit den Fingern auf seinem Schreibtisch. Dann hatte er seine Gedanken geordnet: »Passen Sie auf, Gernsheimer! Beck und Bellmann sind doch in Ihrem Team. Sie nehmen sich die beiden morgen zur Brust. Heizen Sie ihnen ordentlich ein! Vielleicht verraten sie sich. Wenn wir irgend etwas über Müller herausbekommen, schalte ich Personalmanager Roß ein. Vielleicht … vielleicht können wir ihn dann bei Frau von Wildenstein so schlecht machen, daß sie ihn fallenläßt.«

Gernsheimer rieb sich die Hände: »Wenn, wenn, wenn. Mein Gott, hoffentlich erlebe ich den Tag noch, wo wir diese Sau schlachten!«

Telefon. Klotz in der Leitung: »Frau Kleinwächter, haben Sie Tomaten auf den Augen?«

»Vielleicht könnten Sie mir erst mal sagen, um was es geht, Herr Klotz!«

»Ich werde Ihnen sagen, um was es geht. Um einen Verlust von 30 000 Mark geht es, den *Sie*, Frau Kleinwächter, verschuldet haben!«

Barbara wurde es mulmig. Sie war sich keiner Schuld bewußt, aber Fehler konnten schnell passieren. Klotz tobte: »Ich habe bereits Dr. Sonnenfeld informiert. Das wird Konsequenzen haben, Frau Kleinwächter!«

»Aber, Herr Klotz, um Gottes willen, was habe ich denn falsch gemacht?«

»Ich habe gerade eine *Kauf*abrechnung der Schweizerischen Kreditanstalt aus der Zentralregistratur gezogen, die eine *Verkauf*sabrechnung hätte sein müssen. 2000 SBV-Optionsscheine. Von Ihnen kontrolliert und abgezeichnet.«

»Daran kann ich mich aber nicht erinnern, Herr Klotz.«

»Lügen Sie nicht! Ihr Handzeichen ist eindeutig. In der Zwischenzeit sind die Optionsscheine wertlos geworden. An uns bleibt der Verlust hängen.«

»Großer Gott!«

»Ihr Heulen kommt zu spät. Abrechnung geht direkt zum Chef. Guten Tag.«

Barbara ging zur Teamleiterin. Die wiegelte ab: »Zunächst einmal ist Klotz selbst schuld. Wenn er einen Verkaufsauftrag hat, darf er nicht noch Stücke dazukaufen.«

»Aber warum schreit er *mich* dann an, Frau Fischer?«

»Dafür gibt es zwei Gründe: Erstens ist er geübt in der Taktik, *Haltet den Dieb!* zu schreien. Wenn diese Börsen-Juppies Mist bauen, brauchen sie immer einen Dummen aus der Abwicklung, dem sie die Schuld in die Schuhe schieben können. Zweitens hängen wir tatsächlich mit drin. Die Aufgabe des Settlements ist es, die Börse zu kontrollieren. Warum haben Sie eine fremde *Kauf*abrechnung abgezeichnet, wenn der Kunde seine Optionsscheine *verkauft* hat?«

»Ich weiß es nicht, Frau Fischer. Ich war vielleicht im

Druck und hatte bündelweise Abrechnungen auf meinem Schreibtisch.«

»Aber, Frau Kleinwächter, eine Kaufabrechnung unterscheidet sich in zahlreichen Punkten von einer Verkaufsabrechnung. Vor allem am Endbetrag hätten Sie es doch merken müssen!«

Barbara zuckte die Schultern: »Wir müssen uns die Abrechnung ansehen. Sie liegt bei Dr. Sonnenfeld.«

»Der Mann wird toben.«

»30 000 Mark Verlust, Frau Kleinwächter!« Der Abteilungsleiter sah sie vorwurfsvoll an. Frau Fischer intervenierte: »Es sind nur 28 700 Mark. Ich habe es nachgerechnet. Und die Hauptschuld liegt bei der Börse.«

»Das entbindet uns aber nicht von der Pflicht, sorgfältig die Abrechnungen zu kontrollieren«, beharrte Dr. Sonnenfeld.

Barbara überflog das Corpus delicti und atmete tief ein: »Das ist *nicht* mein Handzeichen!«

Fischer runzelte die Stirn: »Aber da steht doch *Kw* in Ihrem charakteristischen Schriftzug.«

»Nein, Frau Fischer, ich stemple immer noch das Tagesdatum dazu, wenn ich eine Abrechnung kontrolliert habe.«

»Stimmt, Herr Dr. Sonnenfeld, darin ist sie sehr ordentlich.«

»Und außerdem: Sehen Sie sich einmal das Abrechnungsdatum an! Das war genau die Zeit, wo ich drei Tage krank war und darüber so besorgt gewesen bin wegen meiner Probezeit…« Plötzlich brach es aus ihr heraus: »Das muß Czerwinski gewesen sein. Er hat mit meinem Kürzel abgezeichnet, weil er mich vertreten mußte und keinen Bock auf Kontrolle hatte.«

»Stimmt«, unterstützte sie Fischer, »er hatte tatsächlich die Vertretung.«

Sonnenfeld unterbrach energisch: »Jetzt aber Schluß! Das sind doch haltlose Vermutungen.«

Die beiden Frauen sahen ihn schweigend an.

Der Abteilungsleiter richtete sich auf und sprach etwas leiser, aber immer noch deutlich ungehalten: »Ich muß mich sehr wundern, Frau Kleinwächter, daß Sie Ihrem Kollegen Herrn Czerwinski ohne stichhaltigen Beweis beschuldigen, Ihr Handzeichen zu fälschen. Ich bin über Ihr Verhalten überrascht und enttäuscht zugleich. So viel Unkollegialität hätte ich Ihnen nicht zugetraut.«

Die gute Fischer übernahm die Verteidigung: »Sie müssen Frau Kleinwächter verstehen. Immerhin geht es um fast 30 000 Mark.«

»Um so schlimmer«, beharrte er.

Wieder schwiegen die beiden Frauen. Nach einer kurzen Pause fuhr er fort: »Nun gut, die Bank wird diesen Verlust verschmerzen. Die Schuldfrage läßt sich wohl nicht mehr einhellig klären. Schließen wir die leidige Sache ab und breiten wir den Mantel des Schweigens darüber.«

Die Betriebsrätin und die Frauen des Aquariums warteten im Konferenzraum. Auch Frau Grünling war eingetroffen. Barbara fehlte noch. Nach einer Weile kam sie abgehetzt herein: »Frau Zander, ich habe Ihren Maracujasaft auf den Schreibtisch gestellt. Die Gewürzgurken waren ausgegangen. Aber Ihre Zigaretten habe ich, Frau Seegras.«

Die Dicke nickte zufrieden: »Das Geld kriegen Sie morgen oder übermorgen.«

Zander war nicht zufrieden: »Haben Sie den Marktleiter nach den Gurken gefragt, Frau Kleinwächter?«

»Ja, er sagte, die Sorte kommt erst nächste Woche wieder rein.«

»Und warum sind Sie nicht in einen anderen Supermarkt gegangen?«

»Entschuldigung, Frau Zander, aber ich hatte keine Zeit mehr.«

Frau Köhler eröffnete die Besprechung: »Nun, meine Damen, da wir jetzt vollzählig sind, möchte ich Sie zuerst informieren, worum es geht. Ich werde Team für Team die Frauen dieser Abteilung über sexuelle Belästigungen am Arbeitsplatz befragen. Dabei soll es nicht nur um einen allgemeinen Informationsaustausch gehen, sondern auch um konkrete Vorfälle in diesem Haus.«

Zander reckte ihr Kinn vor und lächelte überlegen: »Sie sollten sich lieber einmal um das *Job-Ticket* für Angestellte kümmern. Da hätten wir mehr davon.«

Die Betriebsrätin blockte ab: »Zu gegebener Zeit werde ich auch das tun. Heute geht es um das sexuelle Selbstbestimmungsrecht der Frauen dieser Bank.«

Barbara versuchte Frau Köhler zu helfen: »Es geht um Lammert, der Frauen mit obszönen Anmachen und Zoten verfolgt. Ich bin selbst ein Opfer von ihm.«

Zander belehrte sie: »Daran sind Sie selbst schuld! Sie dürfen sich nicht alles gefallen lassen!«

Köhler intervenierte: »Das ist es doch gerade, Frau Zander! Herr Lammert und die Männer seines Schlages suchen sich Frauen aus, die ein unterentwickeltes Konfliktverhalten haben. Diese Frauen sind in unserer Gesellschaft leider sehr zahlreich, weil sie dem herkömmlichen Bild entsprechen. Sanft, feminin, bescheiden – so sollen Frauen sein und werden entsprechend erzogen. Frau Kleinwächter braucht deshalb Unterstützung, um sich gegen Lammert zu behaupten.«

Fischer sah nervös auf die Uhr. Die Zeit lief ihr wieder einmal davon. Seegras schaute gelangweilt aus dem Fenster. Der feministische Kram interessierte sie nicht. Zander schlug sich in die Brust: »Also, bei mir käme dieser Lammert an die falsche Adresse. Dem würde ich etwas erzählen!«

»Wir wissen es, Frau Zander«, seufzte die Betriebsrätin.

»Warum kümmert sich eigentlich Dr. Sonnenfeld nicht um die Angelegenheit?« fragte Fischer. »Als Abteilungsleiter ist es doch seine Aufgabe.«

»Er wird sich darum kümmern«, federte Frau Köhler den Einwand ab. »Aber zuerst einmal will ich mir ein Bild von Lammert machen.«

Zander lächelte wissend: »Da werden Sie in unserer Abteilung nicht viel herausbekommen. Hier ist keine so dumm, sich den Mund zu verbrennen.«

Köhler packte die Wut: »Bitte, Frau Zander, wenn Ihnen schon die Belästigung Ihrer Kollegin gleichgültig ist, dann seien Sie wenigstens still!«

»Von Ihnen laß ich mir den Mund nicht verbieten! Sie ... Sie ...«

»Lammert ist ein mieses Schwein!«

Alle im Raum waren überrascht. Niemand hatte damit gerechnet, daß die zurückhaltende Frau Grünling das Wort ergriff. Selbst der Zander verschlug es die Sprache. Die junge Frau redete weiter. Ohne Pause sprudelten die Worte aus ihr heraus: »Seit einem Jahr verfolgt mich Lammert mit zweideutigen Witzen und Anspielungen. Es ist eigentlich nichts Spektakuläres. Meistens ist es harmlos. Aber diese Penetranz! Und dann sind auch gezielte sexuelle Bosheiten dabei. Verletzungen, die im doppelten Sinn unter die Gürtellinie gehen. Ich würde wegen ihm am liebsten kündigen. Aber finden Sie einmal eine Halbtagsstelle in einer Frankfurter Bank. Selbst hier im Haus hatte ich deswegen die größten Schwierigkeiten. Ich kann auch nicht ganz aufhören. Mein Mann und ich haben ein Haus gebaut und sind hoch verschuldet. Und länger kann ich auch nicht arbeiten; wegen meiner beiden Kinder. Und überhaupt: Warum soll *ich* kündigen? *Er* ist doch der Täter. Soll das Opfer dem Täter Platz machen, damit der noch mächtiger wird? Also habe ich Alpträume und bin in psychotherapeutischer Behandlung.«

Zander zeigte keine Spur von Betroffenheit. Sie reckte ihr Kinn vor und lächelte Frau Grünling an: »An Ihrer Stelle würde ich darüber schweigen, sonst bekommen Sie Ärger!«

»Jetzt halten Sie endlich den Mund!« schrie die Betriebsrätin.

»Brüllen Sie mich nicht an«, fauchte Zander zurück.

Die Teamchefin griff endlich ein: »Frau Zander! *Sie* halten sich jetzt zurück und stören nicht die Arbeit von Frau Köhler!«

Zander schnappte ein und schwieg.

Köhler fragte vorsichtig: »Frau Grünling, wären Sie bereit, Ihre Äußerungen schriftlich zu fixieren oder vor Hauptabteilungsleiterin von Wildenstein oder einer anderen Person Ihres Vertrauens zu wiederholen?«

Grünling lachte sarkastisch: »Wie bitte? Wegen ein paar Witzchen soll ich mich beschweren? Ich sehe sie schon alle hinter meinem Rücken feixen und tuscheln: Die Grünling ist verklemmt. Eine überempfindliche Zicke, die man nur einmal richtig flachlegen müßte.«

»Bitte, Frau Grünling«, sprach Köhler eindringlich, »Sie müssen uns helfen!«

Die Frau sah verbittert gegen die Wand: »Frau Zander hat leider recht. Ich handle mir nur weiteren Ärger ein.«

Barbara sah sie entsetzt an: »Aber warum, Stephanie? Warum? Soll dieser Lammert hier weiter sein Unwesen treiben?«

Grünling antwortete: »Weil ich Angst habe, Barbara! Ich habe Angst vor diesem Lammert. Ich habe Angst vor Dr. Sonnenfeld. Aber noch mehr Angst habe ich vor dieser Bank. Sie ist im Umgang mit ihren Angestellten kalt wie Eis. Hier geht es doch nur um Karriere und Profitmaximierung! Der Schlimmste von allen ist dieser Müller in seinem geleckten Anzug, der nur auf die nächste Beförderung wartet. Der rastet schon aus, wenn man bei ihm dreißig Sekunden zu spät kommt. Aber die anderen sind auch nicht besser. Selbst Frau Fischer hat, seit wir in diesem Raum sind, schon x-mal auf die Uhr gesehen, weil ihr die 35 Drittbankgeschäfte auf dem Schreibtisch wichtiger sind als unser Schicksal! Das ist der Stellenwert, den wir in der Bank haben!«

Köhler schwieg. Sie begann zu ahnen, daß sie gegen eine Mauer des Schweigens anrennen würde.

Einige Angestellte hatten zusammen mit Teamleiter Krause alle Trennwände und Schränke so weit auseinandergestellt, daß vor dem Büro des Abteilungsleiters ein großer Freiraum entstand. An der Stirnseite zwei Tische mit drei Stühlen für Dr. Sonnenfeld, Gernsheimer und Müller. Dahinter, als Demonstrationshilfe, die Standtafel mit den großen, weißen Abreißblättern. Im rechten Winkel dazu, etwas links abgerückt, drei weitere Ablagetische mit 60 Sektflöten, 30 Sektflaschen, zwei Dutzend Kartons Orangensaft, Salzstangen und Kartoffelchips. Nach und nach fand sich die ganze Abteilung ein. Etwa 50 Angestellte saßen im Halbkreis auf ihren Drehstühlen. Sonnenfeld nahm in der Mitte der Stirnseite Platz. Links neben ihm sein Stellvertreter; rechts Müller. Der Prokurist mahnte: »Wir sind schon fast fünf Minuten über der Zeit!«

Sonnenfeld raunte zurück: »Jetzt seien Sie nicht so pingelig, Müller! Einige Mitarbeiter werden durch dienstliche Telefongespräche aufgehalten.«

Nachdem auch die letzten eingetroffen waren, stand Sonnenfeld feierlich auf. »Sehr verehrte Teamleiterinnen und Teamleiter, verehrte Mitarbeiterinnen und Mitarbeiter! Es ist mir eine außerordentlich große Ehre und Freude zugleich, Ihnen am heutigen Tag das *neue Settlement and*

Custodial Foreign Securities vorzustellen. Ich möchte das heutige Abteilungsmeeting unter dem Motto *Vom Umbruch zum Aufbruch* eröffnen und zugleich betonen, daß wir heute einen historischen Tag erleben. Historisch sicher zuerst in der Geschichte unseres Hauses. Aber vielleicht weit darüber hinaus ein historischer Tag in der Geschichte der Arbeitswelt.«

Sonnenfeld machte eine bedeutungsvolle Pause und fuhr fort: »Nun werden sich manche von Ihnen fragen, verehrte Kolleginnen und Kollegen, wozu Umbruch? Wozu Reformen? Sind wir nicht eine starke Bank? Stehen wir nicht, mit einem jährlich immer weiter steigenden Geschäftsvolumen und einem sich noch rasanter entwickelnden Betriebsergebnis, in der deutschen und internationalen Bankenlandschaft prächtig da? Wozu also Reformen? – Nun, meine verehrten Mitarbeiterinnen und Mitarbeiter. Wer glaubt, er könne sich in Anbetracht hervorragender Bilanzzahlen ruhig in seinem Sessel zurücklehnen, wird böse erwachen! Ein Sturm fegt über die Branche! In Deutschland und weltweit! Wir haben es gegenwärtig mit einem Umstrukturierungsprozeß zu tun, der alle früheren Veränderungen weit in den Schatten stellt! Erwähnen möchte ich *nicht* nur den weiter anhaltenden Margenverfall, die Steigerung der Fixkosten und Risiken, sondern auch ...«

»Ewig das gleiche Gesülze«, dachte Krause. »So hat der Vorstand schon vor zehn Jahren gejammert. Eigentlich müßte man für die Kreditwirtschaft sammeln gehen.«

»Hoffentlich kommt er bald zur Sache«, dachte Fischer.

»... daher ist eine umfassende Reform dringend geboten, wenn wir nicht in dem immer härteren Wettbewerb erbarmungslos untergehen wollen!«

Wieder machte er eine Pause und nahm sein Manuskript in die Hand. »Ich habe deshalb zusammen mit Herrn Müller ein Arbeitspapier entwickelt, das die Reform unserer

Abteilung einleiten wird. Ich möchte bei dieser Gelegenheit unserem frisch ernannten Prokuristen meinen aufrichtigen Dank für die kritische, engagierte, mitunter sehr harte, aber immer konstruktive Zusammenarbeit aussprechen. Das Papier atmet in jeder Zeile den *Geist* dieser hervorragenden Kooperation. Diese Zusammenarbeit ist beispielhaft für den großen Teamgeist unserer Mannschaft und das außerordentlich gute Arbeitsklima in der Abteilung. Herr Müller wird in dieser Bank noch eine große Zukunft haben... Doch zurück zu unserem Arbeitspapier. Im Mittelpunkt steht ein Konzept, das auf jahrelange theoretische Studien zurückgeht und das Ihnen bereits als Umlauf zugegangen ist...«

Teamleiterin Rot unterbrach laut: »Mir ist nichts zugegangen! Wann soll denn der Umlauf losgeschickt worden sein?«

Müller mischte sich ein: »Herr Dr. Sonnenfeld, die Mitarbeiter lesen die Umläufe nicht mehr, weil sie zu zahlreich geworden sind.«

Der Abteilungsleiter war für einen Moment irritiert. Dann meinte er: »Gut, dann werde ich jetzt etwas ausführlicher auf das neue Konzept eingehen...«

»Oh, no!« stöhnte Frau Alberti leise, die Karten für ein Phil-Collins-Konzert hatte.

»Wenn dem sein Gelaber über die offizielle Arbeitszeit hinausgeht, können wir dann Überstunden abrechnen?« fragte Czerwinski seine Chefin.

Sonnenfeld stand auf, drehte sich zu dem Tafelständer und schrieb auf das weiße Abreißblatt in großen, weit ausholenden Buchstaben:

Complete Settlement Workplace

Dann begann er seine Reformvorstellung eine Stunde lang ausführlich zu erklären. Er schloß mit den Worten: »... und so wird dieses Modell eine neue Ära in unserer Bank einleiten. Jeder *interessierte Mitarbeiter* wird die Möglichkeit haben, seine ganze Kraft zur Weiterentwicklung seiner persönlichen Qualifikation, zur Weiterentwicklung seines persönlichen Standings, ja letztlich sogar zur Weiterentwicklung seiner persönlichen Selbstverwirklichung in die Waagschale zu werfen. Es wird einen Schub von Primärmotivation geben. Die Arbeit wird noch bunter, lebendiger, eine Quelle der Freude werden.«

»Ich werde schwanger«, dachten die jungen Kolleginnen. »Gleich heute abend setz' ich die Pille ab!«

»Ich werde kündigen«, dachten ihre männlichen Kollegen. »Gleich morgen früh besorg' ich mir die neuesten Stellenanzeigen!«

Nachdem Dr. Sonnenfeld fertig war, ergriff Müller das Wort: »Verehrte Mitarbeiterinnen und Mitarbeiter! Da mein Vorredner so ausführlich auf alle Details eingegangen ist, kann ich mir die Mühe sparen. Zu ergänzen ist erstens: Für die Tarifangestellten unter Ihnen wird ein transparentes Zulagensystem entwickelt. Damit werden zukünftig alle belohnt, die sich bei der Umsetzung des CSW-Konzepts Mühe geben. Die außertariflichen Mitarbeiter erhalten ohnehin ein leistungsbezogenes Gehalt. Zweitens: Ich werde für das CSW-Konzept eine konkrete Arbeitsplatzbeschreibung entwickeln. Damit ist Schluß mit zeitaufwendigen Zuständigkeitsstreitereien. Die Beschreibungen werden in der Praxis erprobt und laufend verbessert. Drittens werden die Umläufe abgeschafft...«

Sonnenfelds Kopf flog herum. »Moment, davon war aber nicht die Rede...«

»Dann ist jetzt davon die Rede«, beharrte Müller. »Wenn es etwas *Wichtiges* zu sagen gibt, Herr Dr. Sonnenfeld, dann scheint es mir das Beste, wir sagen es den Mitarbeitern persönlich. Im übrigen handelt es sich um eine Weisung der

Hauptabteilungsleitung. Sie liegt unter dreizehn weiteren Umläufen in Ihrem Eingangskorb, Herr Dr. Sonnenfeld. Danke, das war's.«

Die Sektkorken knallten. Beck und Bellmann übernahmen den Ausschank. Gernsheimer wehrte ab: »Nein, kein Sekt. Nur Orangensaft.«

Die beiden zwinkerten sich zu und gaben ihm ein vorbereitetes Glas. Es war eine Mischung aus Sekt und Saft, deren Farbe sich nicht von purem Orangensaft unterschied. Gernsheimer trank es kommentarlos. Nach einigen Minuten kam er wieder und verlangte nach Orangensaft. Gleiches Spiel. Beck und Bellmann grinsten hinter seinem Rücken. Beim dritten Mal verlangte er nur noch Sekt. Es war das erste von elf weiteren großen Sektflöten. Dr. Sonnenfeld rief nach der Versammlung ein Taxi, schaffte seinen volltrunkenen Stellvertreter hinein und breitete über den peinlichen Vorfall den Mantel des Schweigens.

Müller saß in einem Café nahe der Hauptwache. Auf seine Anzeige in der F.A.Z. hatten sich einige Frauen gemeldet. Lea war die erste, die er traf. 25 Jahre, Medizinstudentin, sehr hübsches Foto. Müller wartete. Schon drei Minuten über der vereinbarten Zeit. »Vielleicht wurde sie aufgehalten«, vermutete Müller wohlwollend. »Pünktlichkeit ist ohnehin eine Sekundärtugend. Aber andererseits... Jede Gemeinschaft ist auf ein gewisses Maß gegenseitiger Achtung angewiesen. Wer die vereinbarte Zeit nicht einhält, ist entweder gedankenlos oder mißachtet den anderen. Gerade letzteres ist aber in einer Partnerschaft besonders wichtig.«

Müller rührte ärgerlich in seinem Kaffee. »Vielleicht«, dachte er, »hatte sie einfach nur Pech. Wenn sie einen vernünftigen Grund für ihre Unpünktlichkeit vorweisen kann, werde ich ihr die Sache nicht weiter nachtragen...«

Lea kam. Zehn Minuten nach der vereinbarten Zeit. Sie war noch attraktiver als auf dem Foto. Die junge Frau erkannte Müller sofort: »Hallo, Manfred. Ich freue mich, dich zu sehen!«

Der Prokurist versuchte zu lächeln: »Hallo, Lea!«

Sie rückte ihren Stuhl zurecht. »Mensch Manfred, ich hätte nie erwartet, daß ein so gutaussehender Mann wie du Anzeigen aufgibst.«

»Und ich hätte nie erwartet, daß eine so gutaussehende Frau auf Anzeigen reagiert.«

Lea bedankte sich für das Kompliment und sah sich nach der Bedienung um. Müller schlug zu: »Du bist zehn Minuten zu spät. Warum?«

Das Lächeln verschwand aus ihrem Gesicht: »Ich... Ich habe es nicht nötig, mich vor dir zu rechtfertigen!«

»Ich denke doch, Lea!«

Das war zuviel. Mit einem Ruck stand sie auf, drehte sich um und verließ wortlos das Café.

6 *Wo steckt Peace-Mountain?*

Müller hatte sich verirrt. Dunkelheit. Die Räume im Schloß waren gewaltig. Mit der Taschenlampe orientierte er sich an der Fußleiste und brauchte dennoch ungewöhnlich lange, bis er den Zimmerausgang fand. Der Türgriff war so hoch, daß seine Hand ins Leere faßte. Zum Glück war das mächtige Türblatt nur angelehnt. Er schlüpfte durch den Spalt und fand sich in einem weiten Salon wieder. Die Möbel waren alt und aufwendig verziert. Rokoko. Aber sie waren so groß, daß nur die geschwungenen Beine auf der Höhe seiner Augen lagen. In dem großen Kamin war das Feuer erloschen. Die Kälte machte ihm bewußt, daß er nackt war… Nur raus! Zum Schloßausgang! Irgendwo mußte es einen Weg geben. Suchend leuchtete er die Wände ab. Dort hingen große alte Bilder, die im Lauf der Jahrhunderte abgedunkelt waren. Müller erstarrte: Porträts riesiger Katzen. Auf dem größten Bild, in der Wandmitte, reichte ein Katzenmann einer Katzenfrau galant seinen Arm. Sie legte graziös ihre Pfote darauf. Beide sahen sich verliebt an. Sie waren gekleidet in höfischer Tracht aus der Zeit vor der Französischen Revolution. Müller rang nach Luft. Das Schloß war bewohnt von großen, intelligenten Katzen. Er rannte los. Das Licht der Taschenlampe tanzte wild über Decken und Wände. Ein Teppich. Weiter! Die nackten Füße versanken in den Schlaufen und bremsten die Fluchtgeschwindigkeit. Plötzlich stand eine Mitarbeiterin vor ihm.

Müller streckte die Hand aus: »Frau Kleinwächter, kennen Sie sich hier aus? Wo ist der Ausgang dieses grauenhaften Schlosses?«

Sie antwortete nicht. Jetzt erkannte er, daß sie viel größer war, als er zuerst gedacht hatte. Sie war weit entfernt. Die Perspektive hatte ihn getäuscht. Ihre Augen leuchteten.

»Frau Kleinwächter, bitte helfen Sie mir aus diesem Labyrinth! Ich bin hier in großer Gefahr…« Dann schlug es in sein Bewußtsein: Das Leuchten ihrer Augen war ein Phosphoreszieren in der Finsternis. Sie war eine Katze…

Die Poststelle der FHK-Bank lag zwischen Tresor und Tiefgarage. Barbara war zum ersten Mal hier unten. Zwischen den Betonmauern herrschte morgendliche Geschäftigkeit. Hemdsärmelige Angestellte und Männer in Blau vom Technical Service liefen durcheinander. Rollgitter fuhren nach oben. Warnleuchten blinkten gelb. Gepanzerte Lieferwagen kamen die breiten Rampen herunter und wurden hastig entladen. Bargeld, Wertpapiere in effektiven Stücken. Laufende Motoren, Hupen, laut hallende Zurufe. Überall sicherte bewaffnetes Personal die Aktionen. Die Atmosphäre wirkte dramatisch. Für die Beteiligten war sie Routine.

In der Poststelle gingen ganze Körbe voll Sendungen in großen und kleinen Umschlägen ein. Sie wurden geöffnet und grob vorsortiert. Dann standen aus jedem Bankbereich delegierte Mitarbeiter bereit, die die Post weiter den einzelnen Abteilungen zusortierten. Barbara hatte sich für sechs

Wochen freiwillig gemeldet. Sie war zwar erst vier Monate in der Bank und kannte die anderen Abteilungen nur ungenau. Sie suchte jedoch Aufgaben, bei denen sie vor Lammert wenigstens zeitweise sicher war. Die Recherchen des Betriebsrates waren im Sand verlaufen. Sie haßte sein triumphierendes Grinsen, wenn er ihr über den Weg lief. Das Verteilen des großen Poststapels war mühselig. Bei jedem Schreiben kam sie ins Grübeln und mußte in einer Handliste über die verschiedenen Abteilungen nachsehen. Sie brauchte zwei Stunden für eine Arbeit, die ein geübter Angestellter in 30 Minuten erledigte. Als sie endlich an ihrem regulären Arbeitsplatz eintraf, türmte sich auch dort der Geschäftseingang.

Pfefferle war aus seinem Urlaub zurückgekehrt und saß wieder neben Lammert in dem schmalen Büro vor dem Archiv. Strunzmann bekam das als erster zu spüren. Er wollte ein neues Stempelkissen. Pfefferle verlangte zuerst sein altes und eine Begründung, warum er damit nicht mehr arbeiten könne. Strunzmann zog mit leeren Händen ab.

»Wo steckt eigentlich Peace-Mountain?« fragte Seegras ihre Chefin. »Ich habe ihn heute noch nicht gesehen.«

Fischer zuckte die Schultern: »Keine Ahnung. Wissen seine Kollegen nicht, wo er steckt?«

»Keiner weiß was. Es gibt nur Vermutungen.«

»Merkwürdig«, überlegte die Teamleiterin, »Unpünktlichkeit war eigentlich nicht die Art von Friedeberg. Und bei Krankheit hätte er doch angerufen?«

Barbara machte Kaffeepause. Vor dem Automaten traf sie Frau Armand, Gernsheimers Teamleiterassistentin. Eine blonde Frau Anfang Dreißig, groß, hager, vorstehende Backenknochen und stets schlabbernde Pullover. Ihr Outfit war so locker wie ihr Führungsstil. Bei ihr war Frau Steiner aus dem Team von Frau Rot. Frau Spinzig saß unbeachtet in einem Winkel und hörte zu. »Sagt mal, was ist eigentlich mit diesem Krause los? Seine Frau ist doch mit dem vierten Kind am Termin. Trotzdem sitzt der von morgens 7 Uhr bis abends spät in der Nacht am Schreibtisch.«

Armand seufzte: »Er macht immer noch kommissarisch die Arbeitsgruppe *Kapitalveränderungen* mit. Dr. Sonnenfeld stellt vorläufig keinen neuen Teamleiter ein. Von seinen beiden Assistenten kann sich Krause nur auf einen verlassen. Der andere ist ständig krank und besteht auf seinem Resturlaub. Darum wollte Krause seinem besten Sachbearbeiter Unterschriftsvollmacht einräumen, um einen dritten Assistenten zu gewinnen.«

»Und?«

»Dr. Sonnenfeld hat zugestimmt. Aber ohne Gehaltsanhebung. Es gab Stunk.«

Barbara trank einen Schluck Kaffee und meinte: »Der Krause sollte besser bei seiner Frau sein. Warum entlastet ihn Sonnenfeld nicht?«

Die Assistentin sagte nachdenklich: »Ich glaube, der Abteilungsleiter interessiert sich wenig für die privaten Belange seiner Mitarbeiter.«

»Na, wenigstens gibt es dicke Kohle für die Überstunden.«

Armand schüttelte den Kopf: »No, Barbara, Krause wird außertariflich bezahlt. Da erwartet man auch außertariflichen, unentgeltlichen Einsatz.«

Barbara wurde neugierig: »Was wird der denn kriegen als AT?«

»Ich schätze, einiges mehr als wir. Aber der Mann hat bald vier Kinder. Weißt du, was in Frankfurt eine große Wohnung kostet? Und seine Frau kann nicht arbeiten. Sieh dir nur seinen uralten Kombi in der Tiefgarage an! Eine Rostlaube!«

Steiner warf ein: »Man munkelt auch, Krause sei in der Gewerkschaft.«

Armand sah sie vorwurfsvoll an: »Aber Bettina! Wie kannst du ihm ohne Beweis so etwas unterstellen. Ein Banker ist *nie* in der Gewerkschaft.«

Es entstand eine peinliche Pause. Steiner versuchte ihren Fauxpas wiedergutzumachen und suchte nach einem anderen Thema: »Wirklich, Barbara, die kürzeren Haare stehen dir gut.«

Armand lächelte: »Man könnte meinen, du bist verliebt.«

Barbara reagierte ärgerlich: »Unsinn, ich habe sie nur abschneiden lassen, damit ich nicht so oft zum Frisör muß.«

Steiner lachte: »Ich glaube, Barbara, du bist so geizig wie Pfefferle.«

Sie lenkte ab: »Sagt mal, Jutta und Bettina, habt ihr in euren Teams schon mit der Umsetzung des CSW-Konzeptes begonnen?«

Armand antwortete: »Nein, Barbara, Dr. Sonnenfeld macht zwar Druck. Gernsheimer bastelt eifrig an einem Zeitplan. Aber unser Team ist problematisch.«

»Wegen Peace-Mountain?«

»Ja. Er sperrt sich. Seit fünf Jahren macht er sein *Erledigtes Schwebedepot.* Eine Idiotenarbeit. Aber er kommt gut damit klar. Jetzt sieht er nicht ein, auch in den anderen Bereichen angelernt zu werden.«

»Und die anderen?«

»Beck, Bellmann, Strunzmann sind nicht begeistert, aber werden wohl mitspielen. Frau Klaus will in eine andere Abteilung. Frau Lothar-Schwalbach hat gekündigt.«

»Was?« Barbara war überrascht.

Steiner nickte zustimmend. »Ja. In unserem Team sieht es auch nicht besser aus. Die Rot ist nur am Mosern, was der Motivation nicht gerade förderlich ist. Es wird getuschelt und vermutet. Nichts geht voran. Ich bin gespannt, wer als nächster das Handtuch wirft.«

»Das CSW-Konzept kommt nicht gut an«, urteilte Armand.

»Und das Alberti-Team?«

Armand und Steiner lachten. »Der Alberti ist der ganze CSW-Scheiß egal. Seit Müller sie abblitzen ließ, macht sie keinen Schlag mehr und schikaniert nur ihre Mitarbeiter.«

Barbara war hellwach: »Was? Müller hat die Alberti abblitzen lasen?«

Armand antwortete: »Nun ja, so direkt nicht. Ich vermute, er hat nicht einmal gemerkt, daß sie was von ihm wollte. Es war seine sture Korrektheit, an der sie sich die Zähne ausgebissen hat.«

Steiner nickte nachdenklich: »Ich habe den Verdacht, daß ihn Frauen nicht interessieren.«

»Wie meinst du das?« fragte Barbara.

»Es bleibt aber unter uns!«

»Klar«, beteuerten die beiden wie aus einem Mund.

Steiner begann vorsichtig: »Also, neulich habe ich von der Gründung einer bundesweiten Interessenvertretung gehört. In ihr haben sich leitende Angestellte mit homosexueller Neigung zusammengeschlossen. Davon soll es jede Menge geben. Ihr versteht, was ich meine?«

Barbara zog die Stirn in Falten. Armand lachte amüsiert: »Du meinst, Müller sei ...«

»Wo steckt eigentlich Peace-Mountain?« lenkte Barbara ab. Das Thema gefiel ihr nicht.

»Das haben wir uns auch schon gefragt. Vermutlich ist er wieder auf einer Ölspur ausgerutscht.«

»Ist ihm das nicht schon zweimal passiert?«

Armand erzählte: »Ja. Egal, wo der Mann mit seinem Motorrad hinwill. Überall lauert eine Ölspur auf ihn. Einmal wollte er mit Freunden in die Pyrenäen. Stell dir vor:

Hohe Paßstraßen, enge Serpentinen neben felsigen Abgründen!«

»Das wäre sein Ende gewesen«, pflichtete Steiner bei.

»Zum Glück kam er nur bis zur Autobahnauffahrt. Dort war eine Ölspur, die ihm das Leben rettete.«

Barbara war besorgt: »Lebt er eigentlich allein?«

»Ja. Er erzählt zwar immer von seiner Freundin. Aber das ist bestimmt nur eine Erfindung. Kannst du dir diesen grobschlächtigen Bär vorstellen, wie er einer Frau eine Liebeserklärung macht?«

»Hat er nicht mal ein Foto von ihr gezeigt?«

»Ja. Ein Bild von vier Frauen im Gespräch miteinander. Damit ist er rumgelaufen und hat laut verkündet, die zweite von rechts sei seine Freundin. Alles durchsichtiger Zauber. Beck und Bellmann haben ihm das Bild geklaut und sich darüber lustig gemacht.«

Barbara verstand die Sorglosigkeit nicht: »Aber wenn er allein lebt, müssen wir Gernsheimer oder die Personalabteilung einschalten. Vielleicht ist etwas passiert, und er liegt hilflos in seiner Wohnung.«

Steiner hörte nur halb zu. Ungerührt fragte sie: »Wenn Peace-Mountain nicht kommt, wer füttert dann die Ratten und Kakerlaken in seinem Schreibtisch?«

Barbara platzte der Kragen: »Aber, zum Donner, tut doch was!«

»O. k.«, meinte Armand nachdenklich, »ich gehe zu Gernsheimer.«

»Radio Agil, wir machen mobil!« tönte das Rundfunkgerät im Aquarium. »Wir sind das Radio für moderne Menschen. Heute morgen wurde in der Mainzer Landstraße in einem Müllcontainer die zerschmetterte Leiche eines Mannes gefunden. Es handelt sich um einen Angestellten, der aus der 22. Etage seiner Bank gesprungen ist. Die Staatsanwaltschaft ermittelt noch, ob Fremdverschulden ausgeschlossen werden kann… Und jetzt verschärfte Musik… Ihr Radio Agil…«

»Das paßt«, meinte Zander, »Schrott gehört nun mal in den Müllcontainer!«

»Das war bestimmt Peace-Mountain«, kam es hinter Czerwinskis Zeitung hervor. »Der richtige Abgang für diesen Versager.«

Seegras grübelte laut: »Bei so einer Höhe ist bestimmt die Schädeldecke gebrochen und das Hirn herausgespritzt…«

»Hören Sie auf!« unterbrach Barbara angewidert.

Seegras ließ sich nicht beirren: »… es kommt natürlich darauf an, was in dem Müllcontainer drin war. Vielleicht Müllsäcke oder verformbares Metall, das die Energie des Sturzes absorbierte? Dann hat er noch minutenlang qualvoll gelebt…«

Beck und Bellmann stürzten ins Aquarium: »Eben kam es über Reuters rein: In Japan gab es ein schweres Erdbeben. In Kobe wackeln die Wände.«

Czerwinski war sofort hellhörig. Seine Füße verschwanden vom Schreibtisch.

»Was ist passiert?« fragte Fischer und sah von ihren Kontrollen auf.

»Die Stadt Kobe wurde zu großen Teilen verwüstet. Die Versorgung brach zusammen. Über die Zahl der Toten und Verletzten wird wild spekuliert…«

Czerwinski lehnte sich zurück und grinste fett: »Jawohl, die Japsen verrecken. Die Schlitzaugen kneifen die gelben Ärsche zu.«

»Herr Czerwinski!« mahnte ihn Fischer vorwurfsvoll.

Er betrachtete die Teamleiterin nicht. Frohlockend sprang er auf: »Kobe ist ein Trümmerhaufen. Morgen sind Tokio und Osaka dran. Die Börse ist krotz!«

Beck und Bellmann nickten zufrieden: »Am Arsch sind

die japanischen Aktien. Wir machen den Reibach unseres Lebens!«

Czerwinski rieb sich die Hände und rief: »Das wird ein Fest, wenn die Bastarde zu Tausenden verrecken; größer als Hiroshima ...«

»Herr Czerwinski!«

Alle fuhren zusammen. Müller stand im Raum. Seine Stimme war laut und deutlich: »Herr Czerwinski, unterlassen Sie sofort Ihr infantiles Gerede!«

Der Gescholtene verstummte schlagartig. Müllers Augen nagelten ihn fest. Etwas leiser fuhr der Prokurist fort: »Ihre Freude ist verständlich. Aber Ihre unsensiblen historischen Vergleiche gehen zu weit. Wir sind hier in einer Bank und nicht in der Kneipe!«

Beck und Bellmann verdrückten sich unauffällig. Czerwinski zog es vor, zumindest den Anschein des Arbeitens zu erwecken. Fischer fragte: »Mein Gott, Herr Müller, was geht denn da vor?«

»Czerwinski, Beck, Bellmann und eine Reihe weiterer Angestellte haben mit *Put-Index-Optionsscheinen* auf eine fallende Börse in Japan spekuliert. So, wie es aussieht, werden sie kräftig verdienen.«

»Sie haben doch bestimmt auch Verkaufsoptionen im Depot, Herr Müller?«

»Ja, ich bin dabei«, antwortete er unwillig. Dann drehte er sich zu Barbara: »Frau Kleinwächter, kommen Sie doch bitte um 13 Uhr 45 in mein Büro!«

Fischer fragte: »Herr Müller, wissen Sie eigentlich, wo Peace-Mountain steckt?«

»Nein. Was geht mich dieser Friedeberg an! Fragen Sie Gernsheimer, sein Teamhead.«

Beck und Bellmann saßen vor Müllers schwarzem Schreibtisch. »Also«, begann der Prokurist, »es geistern die wildesten Gerüchte durch die Abteilung. Irgend etwas ist passiert. Was ist mit diesem Friedeberg? Warum ist er plötzlich verschwunden?«

Beck schwieg. Bellmann sagte vorsichtig: »Haben Sie schon Gernsheimer gefragt?«

»Ich bin nicht an offiziellen Erklärungen interessiert. Ich will Hintergründe. Ihr zwei wißt doch alles über jeden in dieser Abteilung.«

»Na ja«, wehrte Beck ab, »*alles* wäre übertrieben.«

»Sehr übertrieben«, bekräftigte Bellmann.

Müller nickte: »Was ist eigentlich aus dem *Reifenschneider-Brief* geworden?«

Beck rutschte unbehaglich auf seinem Stuhl: »Na ja, im Sand verlaufen. Gernsheimer war erst einmal eine Woche krank, und Dr. Sonnenfeld hat nur etwas von *Hintermännern* gefaselt...«

»Hört zu, ihr Witzbolde, wenn ich die Sache an mich zieh', verläuft sie nicht im Sand! Also, was ist mit Friedeberg?«

Beck schaute auf den Boden: »Sag du es ihm, Stephan!«

Bellmann legte los: »Gestern nachmittag kam Gernsheimor zu Peace-Mountain. Er sollte nach Dienstschluß beim Chef antreten. Er machte das sehr unauffällig. Aber als plötzlich Personalmanager Roß auftauchte und in Sonnenfelds Büro verschwand, haben wir den Braten gerochen.«

»Und?«

»Wir taten so, als müßten wir Überstunden machen. Peace-Mountain war eine Stunde drin. Zu dritt haben sie ihn bearbeitet. Als er herauskam, war er fertig.«

»So fertig habe ich noch nie einen erlebt«, bestätigte Beck, »er hat uns nicht einmal mehr wahrgenommen. Wortlos hat er seine persönlichen Sachen zusammengepackt und ist gegangen. Sein Blick war so starr, daß es mir eiskalt den Rücken hinunterlief.«

Müller lachte: »Sie haben diesen Versager also gefeuert. So viel Entscheidungskraft hätte ich Dr. Sonnenfeld gar nicht zugetraut.«

Bellmann sprach: »Ich vermute, daß ihm das CSW-Konzept das Genick gebrochen hat. Und sein grobschlächtiges Auftreten. Er konnte einfach seinen Mund nicht halten.«

Müller dachte einen Augenblick nach. Dann stand er mit einem Ruck auf: »Danke für die Information. Aber behalten Sie Ihr Wissen besser für sich.«

Nachdem sie gegangen waren, stand Müller schweigend am Fenster und sah über das Häusermeer Frankfurts. »Sie haben ein Exempel statuiert. Wie hatte Gernsheimer es einmal formuliert? *Wer nicht spurt, fliegt raus.* Einer seiner hohlen, bedeutungslosen Sprüche. Aber dieser Sonnenfeld macht tatsächlich Ernst. Ich habe ihn unterschätzt. Der Mann wird immer gefährlicher.« Der Prokurist fühlte sich unbehaglich. Instinktiv witterte er etwas, das über seinen Kopf hinweg ablief. Er mußte nachhaken, um seinen Einfluß nicht zu verlieren. Am besten gleich nach dem Gespräch mit Frau Kleinwächter... »Zum Henker, wo steckt diese Frau nur? Warum können die Menschen in dieser Welt nicht ihre Termine einhalten?«

Um die Zeit zu überbrücken, ging Müller zum Computer und suchte in Reuters nach den aktuellen Wertpapierkursen. *Schweizerischer Bankverein Verkaufs-Optionsschein auf Nikkei-Index 94/96.* 50 000 Stück hatte er vor drei Monaten zu einem Kurs von 2 Mark 50 gekauft. Nach dem Erdbeben in Kobe standen sie bei 7 Mark und würden weiter steigen. 225 000 Mark hatte er vorläufig an dem Geschäft verdient. Sollte er warten, bis der Schein auf 9 oder 10 Mark gestiegen war? Müller spürte nichts mehr. Noch vor wenigen Jahren hätte er gefiebert vor Erregung. Jetzt war nur Leere. Gleichgültig gab er eine Verkaufsorder ein und realisierte den Gewinn. Geld begann ihn zu langweilen.

Als Barbara klopfte, wußte sie, daß sie 20 Minuten zu spät war. Eine Todsünde für Müller. Überstürzt sprudelte die Entschuldigung aus ihrem Mund: »Es tut mir leid, aber im Supermarkt war die Hölle los.«

Müller sagte nichts. Nach einer Weile bot er ihr einen Platz an. Dann begann er langsam: »Was ist los mit Ihnen, Frau Kleinwächter?«

Sie ahnte Schlimmes: »Was meinen Sie konkret, Herr Müller?«

Er schlug einen Aktendeckel auf: »Punkt eins: Sie überziehen Ihre Mittagspausen. Regelmäßig. Mal sind es zehn Minuten. Mal ist es eine Stunde. Da wir keine Gleitzeit haben, betrügen Sie damit Ihren Arbeitgeber. Punkt zwei ist Ihre Stornoquote: Sie liegen nach der Statistik nicht nur in Ihrem Team weit abgeschlagen, sondern auch in der Abteilung. Warum?«

Sie senkte die Augen: »Herr Müller, das mit den Mittagspausen ist mit Frau Fischer abgesprochen. Ich mache Besorgungen für meine Kollegen. Und zu den Stornos kann ich nur sagen, daß ich mir Mühe gebe. Wenn ich erst mehr Routine habe, werden es sicher weniger werden.«

Müller blickte sie nachdenklich an. Dann stand er auf und ging langsam durch den Raum. Leise sprach er: »Es geht nicht darum, Sie zu tadeln, Frau Kleinwächter. Ihr Fall ist wesentlich komplexer. Ich will zunächst einmal die Situation ganz nüchtern analysieren. Dazu müssen Sie mir helfen!«

»Ja, Herr Müller.«

»Zunächst zu den Mittagspausen: Wenn Frau Fischer Ihnen erlaubt, Besorgungen für Kollegen zu machen, geht das für die Bank in Ordnung. Aber für *Sie* geht das nicht in Ordnung. Warum lassen Sie sich so ausnutzen?«

»Herr Müller, ich mache es doch gern.«

»Das verstehe ich nicht, Frau Kleinwächter. Sie hetzen

gerne unter Zeitdruck durch die Supermärkte der Frankfurter Innenstadt?«

»Nun ja, es ist wegen der Kollegen. Ich denke, daß ich dann besser mit ihnen auskomme.«

Müller nickte: »Sie hoffen, daß man Sie dann im Team schneller akzeptiert und bei der Arbeit unterstützt?«

»Ja, Herr Müller.«

»Lassen wir das einmal so stehen. Zu den Stornos. Wer, glauben Sie, hat in Ihrem Team die beste Stornoquote?«

»Keine Ahnung. Vielleicht Frau Zander.«

»Czerwinski.«

Sie sah ihn überrascht an.

Der Prokurist hatte damit gerechnet und fragte. »Überlegen Sie, warum er so wenig Fehler macht!«

Barbara verstand plötzlich: »Weil er so wenig arbeitet.«

»Richtig, Frau Kleinwächter, dämmert Ihnen etwas?«

Barbara fühlte Wut und Erleichterung zugleich: »Sie meinen, ich habe zuviel Arbeit auf dem Schreibtisch?«

»Was meinen *Sie* denn, Frau Kleinwächter?«

»Ich... ich denke, daß man als Neuling besonders viel Einsatz zeigen muß.«

Müller sah sie aufmerksam an: »Warum? Warum sollte ein Anfänger mehr leisten als andere Teammitglieder?«

»Ich meinte nicht, daß er mehr leisten soll. Aber ein Neuling muß seinen guten Willen zeigen, damit er von den Kollegen akzeptiert...« Sie stockte plötzlich und fühlte eine tiefe Verunsicherung. Irgend etwas stimmte nicht an ihrer Einstellung.

Müller ließ ihr Zeit. Dann sagte er: »Lassen Sie mich die Sache einmal aus meiner Sicht darstellen! Setzt man Ihre Stornos in Relation zu der Menge und dem Schwierigkeitsgrad Ihrer Geschäfte, sehen Sie nicht schlecht aus. Für eine Anfängerin sogar gut. Das paßt auch zu den durchdachten Ideen und Verbesserungsvorschlägen, die aus Ihrer Ecke kommen. Aber Sie lassen sich zuviel Arbeit aufladen. Sie machen morgens den Postdienst, verteilen sämtliche Listen in der Abteilung, rechnen mittlerweile das komplette Kunden- und Drittbankgeschäft in Österreich ab, arbeiten sich auf der Lieferseite ein, hetzen mittags für Ihre Kollegen in den Supermarkt, kümmern sich am Nachmittag um die Arbitrage, machen Spesenbuchungen und Abrechnungskontrolle und lassen sich obendrein noch Tschechien als Abrechnungsland aufs Auge drücken. Was soll das alles? Wollen Sie Ihren guten Willen beweisen, indem Sie den Erschöpfungstod am Arbeitsplatz sterben?«

Es klopfte an der Tür. Frau Alberti steckte ihren Kopf herein. Sofort fuhr Müller sie an: »Jetzt nicht! Ich bin in einem Mitarbeitergespräch.«

»Aber, Herr Müller, ich habe etwas Geschäftliches.«

»Glauben Sie, ein Mitarbeitergespräch sei ein privater Kaffeeklatsch?«

Sie rauschte beleidigt davon.

»Herr Müller, Sie dürfen nicht denken, daß ich mir alles gefallen lasse. Aber mit Tschechien war das so: Dr. Sonnenfeld und Frau Fischer meinten, daß die neuen osteuropäischen Wertpapiermärkte ganz gut zu Österreich passen würden. Wegen der Geographie. Ich habe mich gewehrt. Wirklich! Darauf meinte Dr. Sonnenfeld, dann solle ich doch *wenigstens* Tschechien übernehmen. Das konnte ich dann nicht mehr abschlagen.«

Müller nickte: »Der alte Trick.«

»Wie bitte?«

»Frau Kleinwächter, Dr. Sonnenfeld ging es von Anfang an nur darum, daß Sie Tschechien abrechnen. Wäre er direkt damit gekommen, hätte es eine Diskussion gegeben. Entweder hätte *er* sich durchgesetzt und Sie demotiviert. Schlecht für ihn. Oder *Sie* hätten sich durchgesetzt. Noch schlechter für ihn. Also ging er psychologisch vor, der

Fuchs. Er forderte alles und rang Ihnen ein Konzessionszugeständnis ab. Er bekam, was er wollte, und Sie waren zufrieden, Schlimmeres verhindert zu haben. Auf diese Weise werden an der Haustür die wildesten Verträge verkauft.«

Barbara schluckte: »Aber warum hat Frau Fischer mitgespielt?«

»Ich schätze Ihre Teamleiterin sehr. Aber sie ist eine herzensgute Frau. Sie kann niemandem weh tun. Czerwinski nicht, Frau Zander nicht, Frau Seegras nicht und Dr. Sonnenfeld schon gar nicht. Also geht sie den Weg des geringsten Widerstandes. Und der kommt von Ihnen.«

Barbara schwieg bedrückt.

Telefon. Müller sah ärgerlich aufs Display und hob ab: »Herr Dr. Sonnenfeld, ich bin in einem Mitarbeitergespräch. Ich wollte ohnehin nachher bei Ihnen reinschauen. Paßt Ihnen 15 Uhr?«

Der Lautsprecher quakte: »Aber Herr Müller, es ist geschäftlich!«

Müller schloß gequält die Augen und antwortete: »Nein, ich will das Gespräch jetzt nicht unterbrechen.«

»Mit wem führen Sie denn gerade ein Mitarbeitergespräch?«

»Mit Frau Kleinwächter.«

»Ach so, die können Sie doch warten lassen. Es ist geschäftlich!«

»Das sagten Sie bereits, Herr Dr. Sonnenfeld. Aber mein Gespräch hat jetzt die höhere Priorität. Bis gleich.«

Barbara fühlte sich in ihrer Haut nicht wohl: »Soll ich nicht später noch einmal ...«

»Sie bleiben sitzen!« Müller war gereizt, hatte sich aber unter Kontrolle. »Wie fühlen Sie sich in dieser Situation, Frau Kleinwächter?«

»Nicht gut, Herr Müller.«

»Welche Möglichkeiten sehen Sie, Ihre Situation zu verbessern?«

»Ich weiß es nicht. Vielleicht können Sie mir einen Rat geben.«

Er lachte bitter: »Frau Kleinwächter, das letzte, was Sie von mir bekommen, ist ein *Rat*. An Ratschlägen ist in dieser Welt kein Mangel. Gehen Sie zu Dr. Sonnenfeld, Frau Fischer oder Frau Zander. Sie bekommen löffelweise Ratschläge, bis Ihnen übel wird. Nein, ich muß meine Frage wiederholen: Welche Möglichkeiten sehen *Sie*, Ihre Situation zu verbessern?«

Barbara sah gequält auf den Boden. Müller wartete. Dann begann sie stockend: »Es ist vielleicht unverschämt von mir, aber… aber wenn mir jemand helfen…«

»Das ist nicht unverschämt. Sie haben in Ihrer Situation ein Recht auf Hilfe. Später werden Sie sich selbst helfen können. Am Ende werden Sie anderen helfen.«

Sie sah ihn an. Sie wußte nicht, was sie von diesem Mann halten sollte. Sie empfand Dankbarkeit und Hoffnung. Aber diese starre Körperhaltung und dieser unnahbare Ernst paßten so wenig zu seinem Entgegenkommen.

Müller sprach weiter: »Ich habe einen Plan. Aber der funktioniert nur, wenn Sie mitspielen.«

»Ich werde mir alle Mühe geben, Herr Müller.«

»Gut, wir werden mit einer getarnten Strategie operieren. Zusammen mit Frau Fischer starten wir für das CSW-Konzept einen Modellversuch und wählen Sie aus, die Schweiz komplett zu bearbeiten. Abrechnung und später die Lieferseite. Dr. Sonnenfeld wird begeistert sein, daß es endlich mit seinem Lieblingskind vorangeht. Das erfordert selbstverständlich Ihre ganze Konzentration, und Fischer muß Ihre anderen Zuständigkeiten umverteilen.«

»Das wäre eine interessante Aufgabe.«

»Zusätzlich übernehmen Sie die Kontrollisten von Herrn Strunzmann und erstellen die Stornostatistik.«

»Wozu denn das?«

»Erstens will ich diesen feixenden Zwerg von der Aufgabe weghaben. Zweitens sind Sie verantwortungsbewußt und sorgfältig. Drittens ist es eine gute Übung. Sie werden lernen, Ihren Kollegen auf die Finger zu schauen und sie auf Fehler aufmerksam zu machen. Ich denke, das wird Ihre Position stärken. Sollte es Schwierigkeiten geben, rufen Sie mich an. Sie erhalten volle Rückendeckung.«

»Warum tun Sie das für mich, Herr Müller?«

Seine Distanz war nicht zu erschüttern. »Ich tue es für die Bank. Ich glaube, daß Sie bei den richtigen Rahmenbedingungen leistungsfähig sind. Wir können es uns nicht erlauben, durch die Unruhe, die Sonnenfeld in die Abteilung gebracht hat, die fähigsten Mitarbeiter zu verlieren.«

»Trotzdem möchte ich Ihnen danken, Herr Müller.«

Pause. Dann begann Barbara vorsichtig: »Ich habe noch etwas Privates, Herr Müller.«

»Und was, bitte?«

»Ich besuche zur Zeit einen Volkshochschulkurs und habe dort zwei Aquarelle gemalt. Von meinen Katzen Dividende und Rendite ...«

»Frau Kleinwächter, ich habe nicht mehr viel Zeit ...«

Sie zog aus der Jackentasche die zusammengerollten Bilder und hielt sie Müller unter die Nase.

»Sehr schön«, sagte er kurz angebunden und verbarg seinen Widerwillen.

»Ich möchte sie über meinen Schreibtisch hängen.«

»Meinetwegen«, seufzte der junge Prokurist. »Aber jetzt muß ich dringend zu Dr. Sonnenfeld.«

Der Abteilungsleiter empfing ihn freundlich. Müller kam ohne Umschweife zum Thema: »Warum werde ich in wichtigen Personalentscheidungen übergangen?«

Sonnenfeld stutzte. Dann begriff er: »Es ist ja sehr edel von Ihnen, daß Sie sich für Herrn Friedeberg so einsetzen, aber ...«

Er winkte ab: »Der ist mir wurscht. Es geht um das Prinzip. Nach den Vorstellungen von Frau Direktor von ...«

»... Ja, ja, Herr Müller, sollen wir gemeinsam die erforderlichen Neuerungen durchführen.«

»Dazu gehören auch Personalentscheidungen.«

»Herr Müller, die Umstände haben es nicht zugelassen, daß wir Sie hinzuziehen konnten. Die Entwicklung kam für uns alle sehr überraschend.«

Müller schüttelte den Kopf: »Halten Sie es in der gegenwärtigen Phase des Umbruchs für gut, die Unruhe noch zu vergrößern? Es gibt bereits Kündigungen seitens der Mitarbeiter. Der Erfolg des CSW-Konzepts ist davon abhängig, daß die Crew dahintersteht. Jetzt kommt diese Nacht-und-Nebel-Aktion, die die wildesten Gerüchte in Umlauf setzt.«

Sonnenfeld machte ein ernstes Gesicht. Er überlegte. Dann sagte er mit einem Ruck: »Also gut, Herr Müller. Wir sitzen im gleichen Boot. Ich werde Ihnen etwas zeigen.«

Er stand auf, holte aus seinem Rollcontainer einen Notizblock, den er erstaunlicherweise auf Anhieb fand, und ging zu seinem großen Tafelständer mit den Abreißblättern. Er zeichente zwei Achsen im rechten Winkel. Die waagrechte für die Zeit in Jahren, die senkrechte für Lebensalter zwischen 20 und 65. Dann trug er – mit Hilfe von Koordinaten – eine schwarze Kurve ein. Lächelnd wandte er sich an Müller: »Sehen Sie! Das ist die Entwicklung des durchschnittlichen Lebensalters unserer Belegschaft. Sie sehen in den letzten zehn Jahren einen leichten Rückgang von 39,2 auf 37,5 Jahre. Das bedeutet, daß durch Vorruhestandsregelungen ältere Mitarbeiter freigestellt und durch jüngere ersetzt wurden.«

Müller nickte.

»Damit wurde der Trend der sechziger und siebziger Jahre gebrochen, wo durch die längeren Ausbildungszeiten und das Vordringen von Akademikern in die Banken das durchschnittliche Lebensalter stieg.«

Müller nickte.

Sonnenfeld suchte einen roten Plakatierstift, fand aber nur einen grünen. Damit trug er eine zweite Kurve ein. »Hier haben wir jetzt das durchschnittliche Lebensalter in unserer Abteilung. In den letzten zehn Jahren ist es, gegen den allgemeinen Trend, von 38,1 auf 40,2 Jahre *gestiegen*!«

»Wir hatten eine sehr geringe Fluktuation«, erklärte Müller und fügte besorgt hinzu: »Bis jetzt«.

Dr. Sonnenfeld setzte sich wieder an seinen Schreibtisch. »Ich sehe darin einen Nachteil. Die gegenwärtige Arbeitswelt ist geprägt von ständigen Innovationen. Kein Angestellter kann heute mit seinem Ausbildungswissen bis zum Ende des Berufslebens auskommen. In immer kürzeren Abständen muß er seine Fachkenntnisse modifizieren und weiterbilden. Die *Erfahrung*, die früher einmal *ältere* Mitarbeiter auszeichnete, verliert heute an Bedeutung. Gefragt sind Lernfähigkeit, Flexibilität, Entwicklungsbereitschaft, wie sie vor allem bei *jüngeren* Arbeitnehmern anzutreffen sind. Daraus läßt sich leicht folgern, daß eine Bank oder eine Abteilung mit dem *Absinken* des Durchschnittsalters an Leistungskraft gewinnt.«

»Sie planen, ältere Arbeitnehmer zu entlassen?«

»Es geht um ihre *Freistellung*, Herr Müller. In der Tat! Ich plane ihren *biologischen Abbau*. Aber lassen Sie mich zuerst meine Ausführungen beenden: Gleichzeitig kommt bei dem Dienstleistungsgewerbe, und hierbei besonders bei den Kreditinstituten, das Problem der hohen Personalkosten hinzu. Die Lohnnebenkosten übersteigen bereits, rechnet man die unumgänglichen Ausbildungs- und Fortbildungskosten hinzu, die eigentlich verfügbaren Gehälter und Löhne. Die Banken können ja nicht, wie Produktionsbetriebe, einfach nach Taiwan und Polen ausweichen. Ergo müssen wir die vorhandene *Manpower* optimal nutzen und durch entsprechende EDV-Systeme unterstützen. Analog zur *Lean Production* ist das *Lean Banking* gefragt, die *schlanke Bank*. Wir müssen die vorhandene *Quantität* reduzieren und in *Qualität* transformieren.«

»Und daher das CSW-Konzept?«

»Ja, Herr Müller. Sehen Sie, es war vorauszusehen, daß es Unruhe geben wird. Die Alten und die Leistungsschwachen werden sich an diesem Konzept die Zähne ausbeißen. Sie werden kündigen. Sollen sie! Genau das war meine Intention.«

Er stand auf und ging im Raum auf und ab: »Herr Müller, ich bin nicht so blauäugig, wie Sie vielleicht dachten. Ich habe nicht erwartet, daß mir die Abteilung um den Hals fällt. Selbstverwirklichung, Freude an der Arbeit, Primärmotivation sind Dinge, die in erster Linie für junge und unverbrauchte Menschen gilt. Die *eigentliche* Bedeutung des CSW-Konzepts liegt in seiner *Nebendynamik*.«

Sonnenfeld machte eine Pause. Er war innerlich erregt. Seine kleinen Augen blitzten, als er weitersprach: »Das CSW-Konzept ist der Schrecken für die Fünfzigjährigen, für die ewigen Versager, für die ewig nörgelnden Demotivierer, für die Opponierer und teamfeindlichen Außenseiter. Die werden sich verweigern oder versagen. Dann schmeißen wir sie raus, Müller! Zurück bleibt ein Kern von jungen, leistungswilligen, hochqualifizierten und angepaßten Sachbearbeitern. Darum mußte dieser Friedeberg gehen. Er ist der erste. Die andern folgen.«

»Raffiniert.« Müller hatte mit großer Aufmerksamkeit zugehört. Er konnte nicht anders, als seine Bewunderung zum Ausdruck zu bringen.

Der Abteilungsleiter fuhr in seinem Dozentenstil fort:

»Es ist ein determinierter, historischer Prozeß, der Weg in die Dienstleistungsgesellschaft, die dritte industrielle Revolution. Im Jahre 2050 werden nur noch 20 Prozent der Bevölkerung arbeiten und sich selbst und den Rest mit Gütern und Dienstleistungen aller Art überschwemmen. Es wird eine Spaltung der Gesellschaft zwischen Arbeitsplatzbesitzern und alimentierten Nichtbesitzern geben. Gewöhnliche Angestellte werden mit 45 Jahren in den Ruhestand geschickt. Daneben gibt es einen permanenten Bodensatz von dauerarbeitslosen Versagern. Wirklich qualifizierte Leistungsträger, so wie Sie und ich, werden bis 70 oder länger zum Wohl der Gesellschaft tätig sein.«

Er machte wieder eine Pause. Als Müller schwieg, sprach er weiter.

»Kein Unternehmen kann sich dieser Entwicklung entziehen, wenn es im Wettbewerb konkurrenzfähig bleiben will. Dafür ist menschliche Arbeitskraft einfach zu teuer geworden. Weder Sie noch ich hätten die Macht, daran etwas zu ändern. Deshalb ist es klüger, den Fortschritt nicht zu bekämpfen, sondern ihn mitzugestalten, ihn zu *machen*. Auf diese Weise werden wir später als Avantgardisten und Bahnbrecher vor der Nachwelt stehen.«

Müller dankte für die Offenheit und verabschiedete sich kurz. Er wollte gerade zur Tür hinaus, als der Abteilungsleiter ihn zurückrief: »Übrigens, Herr Müller, ich habe erfahren, daß Sie ohne mein Wissen mit den schweizerischen Lagerstellen Vereinbarungen getroffen haben. Es geht um die monatliche Gebührenbelastung. Sie beschweren sich, übergangen zu werden, und mich, Ihren direkten Vorgesetzten, übergehen Sie?«

»Gut, Herr Dr. Sonnenfeld, soll ich die Vereinbarungen zurücknehmen?«

»Nein, Herr Müller, für die FHK-Bank sind sie ja vorteilhaft. Aber Sie sollen wissen, daß Sie nichts vor mir geheimhalten können. Und noch etwas: Sie haben neulich vor versammeltem Team zu dieser Frau Kleinwächter gesagt, sie sei ein Glücksgriff für die Abteilung. Es wundert mich, daß ich einen Mann wie Sie darüber belehren muß, daß man Frau Kleinwächter bereits genug gelobt hat. Es gibt zwar die Meinung in der Literatur, Lob sei für die Motivation wichtig. Aber wenn man es übertreibt, baut man Menschen auf und vermittelt ihnen Selbstbewußtsein. Eines Tages steht diese Frau Kleinwächter dann vor mir und verlangt frech eine Gehaltserhöhung. Das ist nicht im Interesse der Bank. Danke, das war's, Herr Müller.«

Müller holte sich einen Kaffee und schloß die Tür seines Büros. Er mußte in Ruhe nachdenken: Er hatte recht behalten. Sonnenfeld war gerissener und gefährlicher, als alle ihm zugetraut hatten. Hinter seiner Unbeholfenheit steckte eiskalte Berechnung und Menschenverachtung. Das war der neue Unternehmertyp, von dem Frau von Wildenstein gesprochen hatte. Ein *unternehmerischer Unternehmer*, der gewohnte Bahnen, Traditionen, Moralvorstellungen überwand, der bindungslos in der Welt stand und nur noch der Herrschaft gnadenloser Innovation und des globalisierten Kapitalwettbewerbs diente. Man mußte ihn bewundern und fürchten zugleich. Darüber hinaus bediente er sich Zuträgern und Spitzel, um seine Macht zu festigen. Woher hatte er sonst dieses Wissen? Überall in der Bank treiben solche Kreaturen ihr Unwesen. Nach allen Seiten geben sie angeblich wichtige Informationen weiter, brüsten sich mit ihrem Insiderwissen und sperren die Lauscher auf. Sonnenfeld benutzt sie, um sie auszuhorchen und Gerüchte zu streuen.

Es gab ein Kollegenschwein! Wie war das mit den Gebührenbelastungen der Schweizer Banken? Es waren damals fünf Leute in Hörweite. Lammert war nicht anwesend. Fischer und Kleinwächter scheiden aus. Zander könnte

Informationen weitergegeben haben. Sie oder Seegras. Oder... Czerwinski! Der war noch im Raum. Diese miese Ratte. Wie Lammert und Gernsheimer hatte er Dreck am Stecken. Seine Unpünktlichkeit und Faulheit waren schon Abteilungsgespräch. Sonnenfeld deckte ihn und erhielt als Gegenleistung Informationen... Kein Zweifel, Czerwinski war das Kollegenschwein!

Am Abend traf Barbara zum ersten Mal einen jungen Mann, der auf ihre Kontaktanzeige geantwortet hatte. Ein Café am Marktplatz, nicht weit von ihrer Wohnung. Sie erkannte Jürgen sofort. Er saß an einem kleinen Tisch für zwei Personen. Direkt neben dem Kuchenbuffet. Attraktiv war er nicht gerade. Aber das machte nichts. Sie selbst war auch keine Schönheit.

»Hallo«, begrüßte sie ihn, »ich bin Barbara, und du bist sicher Jürgen.«

Er sah etwas überrascht und mißtrauisch hoch. Zerfurchtes Gesicht. Mochte vielleicht dreißig sein, oder älter. Große blaue Augen. Blond.

»Hallo«, sagte er gedehnt.

Sie stutzte. Irgendwie war er merkwürdig. Aber das war vielleicht nur der erste Eindruck. Barbara legte los: »Also, ich bin 26 und wohne hier, arbeite aber seit vier Monaten in Frankfurt. In einer Bank. Was machst du?«

»Im Moment höre ich dir zu.«

»Gut. Ich lebe zur Zeit allein. Das heißt, so *ganz* allein auch nicht. Ich habe meine Katzen Dividende und Rendite. Eine Kundin der Bank, wo ich vorher gearbeitet habe, hat sie mir geschenkt. Magst du Katzen?«

»Nicht besonders.«

»Mir haben die Katzen geholfen, über das Alleinsein hinwegzukommen. Ich habe drei Jahre mit meinem ehemaligen Freund zusammengelebt. Dann ist er gegangen. Am

Anfang war das gar nicht leicht. Auch jetzt, wenn ich in die leere Wohnung komme…«

»Das interessiert mich überhaupt nicht.«

Barbara schluckte: »Aber ich dachte, daß du auch…«

»Ich bin nur an deinem Körper interessiert.«

»Wie bitte?«

»Natürlich nicht so, wie du denkst. Ich bin Künstler. Fotograf. Ich fotografiere Frauen… nackt.«

Barbara fand keine Worte.

»Ich habe schon viele Frauen nackt fotografiert«, sagte er, nicht ohne leisen Stolz in der Stimme. »Guck mal!« Jürgen holte ein Bündel Fotografien aus seiner ausgebeulten Jakkentasche und breitete sie vor Barbara aus. Sie zeigten Frauen in allen Lebensaltern und Gewichtsklassen. Ausnahmslos nackt. Die Bedienung kam und brachte Barbara einen Kaffee. Sie warf einen irritierten Seitenblick auf die Bilder und verschwand. Jürgen war etwas verlegen: »Wenn ich dich als kleine Unschuld fotografieren könnte, wäre das groß. Und wenn das rüber käme, daß du dich eigentlich dafür schämst, wäre das noch größer!«

Barbara schnappte nach Luft: »Sag mal, Jürgen, hast du schon mal was mit einer Frau gehabt?«

»Wozu?«

»Ich meine, hast du nie den Wunsch gehabt, mit einer Frau zu leben?«

Die Bedienung holte ihre Kollegin. Sie zeigte in die Richtung der beiden und tuschelte. Barbara fühlte sich unbehaglich. Jürgen sah sie verständnislos an: »Aber Barbara, ich hab' doch meine Mutter.«

Fluchtartig verließ sie das Café.

Müller saß wie jeden Abend allein in seiner Wohnung. Draußen wurde es dunkel. Er hatte die elektrischen Rolläden vor der riesigen Panoramaverglasung seines Wohnzimmers hochgefahren und sah hinaus. Im Nachbargebäude wurde in hellerleuchteten Räumen eine Party gefeiert. Er achtete nicht darauf. Der Höhenzug der Bergstraße hob sich tiefschwarz gegen den sternenklaren Nachthimmel ab. Auf einem der Gipfel war eine Burgruine angestrahlt. Aus hochwertigen Standlautsprechern klang Musik. *Mike Oldfield* Leiser, reiner Instrumentalklang hüllte ihn ein und ließ ihn abdriften …

Telefon. Er fühlte sich gestört und griff unwillig zu seinem Handy. Aus dem Hörer kamen unverständliche Laute.

»Bitte sprechen Sie langsam und deutlich!« sagte er ärgerlich.

Eine Stimme wiederholte langsam und deutlich: »Müller, du bist ein Arschloch!«

Er schüttelte den Kopf und legte auf. Irgendwie kam ihm die Stimme bekannt vor. Wieder klingelte es. »Du Drecksau. Jetzt bist du der Größte. Aber warte, bevor *ich* verrecke, verreckst *du*, du geleckter Bankfuzzy …«

Müller unterbrach kühl: »Friedeberg, Sie sind betrunken!«

»Na und. Das kannst du mir nicht mehr verbieten, du arroganter Karrierist! Ich will dir was erzählen, Müllerchen. Paß gut auf! Wenn ich in die Grube fahre, fange ich da unten an zu wühlen. Und eines Tages, *eines Tages* wird sich die Erde auftun, und dann wird die große, mächtige FHK-Bank mit ihren 35 Stockwerken hineingezogen in den Höllenschlund, du Wichser! …«

Müller war es leid, sich anpöbeln zu lassen. Er legte auf und stellte per Fernbedienung die Musik wieder lauter. Aber Peace-Mountain ließ ihm keine Ruhe mehr. Nach einer Weile schlug er mit der Faust auf die Sessellehne, sprang auf, holte eine Diskette aus seinem Wandsafe und warf den PC an.

»Paßwort?«

»option seller.«

Dokument *Thomas Friedeberg*. Es war nicht viel gespeichert. Peace-Mountain war nur eine unbedeutende Randfigur gewesen. Er fand eine Telefonnummer, aber keine Adresse. Immerhin verriet die Vorwahl, daß er in Frankfurt wohnte. Müller wählte die Nummer. Freizeichen. Er hob nicht mehr ab.

Unruhig ging der Prokurist auf und ab. Er überlegte: »Der Idiot wird sich doch nichts antun? Es reicht schon, wenn er in seinem Zustand das Motorrad besteigt und bis zur nächsten Ölspur fährt.«

Dann wischte er seine Sorgen beiseite: »Das ist nicht *mein* Problem. Sollen sich doch seine Verwandten um ihn kümmern. *Die* sind zuständig!«

Er ging weiter. Zehn Meter über den Teppichboden, bis zu den breiten Stufen vor dem Schlafbereich. Dann wieder zurück. Hin und her, wie ein Tiger im Käfig. »Aber er hat *mich* angerufen. Vielleicht weiß sonst keiner, daß man ihn gefeuert hat. Was ist eigentlich mit seiner ominösen Freundin?... Ich sollte jemand aus seinem persönlichen Umfeld verständigen. Aber wen? Beck und Bellmann wohnen in Frankfurt und haben mit ihm zusammengearbeitet. Vielleicht wissen die etwas.«

Wieder griff Müller zum Handy: »Guten Abend, Herr Beck. Müller. Kennen Sie jemanden aus Herrn Friedebergs Verwandtschaft?«

Beck war überrascht: »Wieso, Herr Müller?«

»Er hat mich angerufen, betrunken, in sehr üblem Zustand. Da er allein wohnt, mach' ich mir Sorgen und wollte jemanden verständigen.«

»Was, Peace-Mountain hat Sie angerufen?«

»Genau der.«

»Tut mir leid. Ich kenne niemand aus seiner Sippschaft.«

»Hatte er Freunde? Hobbys? War er in einem Verein?«

»Keine Ahnung.«

Müller stöhnte: »Mein Gott! Sie haben doch jahrelang mit ihm zusammengearbeitet. Er hat Ihnen direkt ins Gesicht gesehen.«

»Ich weiß so gut wie nichts über ihn. Nothing. Das ist nicht ungewöhnlich in der Bank. Die wenigsten wissen von ihren Kollegen, was sie nach Feierabend machen. Gerade mal, ob sie mit jemandem zusammenleben oder nicht. Bei Peace-Mountain war nicht einmal *das* klar.«

»Gut, ich versuche es bei Bellmann. Bis morgen.«

Nachdem auch Bellmann nicht helfen konnte, überlegte Müller: »Wenn ich mich ins Auto setze und nach Frankfurt fahre ...«

Er ging wieder auf und ab. »Du bist ein Narr, Manfred. Willst du jetzt in der Nacht 50 Kilometer nach Frankfurt rasen, um diesen Trottel zu suchen, der dir vielleicht nicht mal aufmacht? Und der dich nichts mehr angeht? Der dich *absolut* nichts mehr angeht? Du wirst dich lächerlich machen, Manfred.«

Müller ging in nervöser Unentschlossenheit zu seinem PC und gab den Text ein: »Was soll ich tun?«

Der Computer antwortete nicht.

Müller fuhr los. Es war schon dunkel. Sein anthrazitgrauer BMW schwenkte auf die Autobahn und beschleunigte kraftvoll. Ruhelos raste er mit 200 Stundenkilometern nach Norden und jagte Volkswagen und kleine Japaner mit der Lichthupe von der Überholspur. Kurz vor dem Frankfurter Kreuz schlug er eine Zahlenfolge in sein Autotelefon. Wieder meldete sich Beck.

»Noch mal Müller. Herr Beck, wissen Sie, wo Friedeberg wohnt?«

»Moment, ich sehe im Telefonbuch nach... Gerhart-Hauptmann-Ring steht hier... Liegt in der Nordweststadt.«

»Das ist doch der, der *Die Weber* geschrieben hat.«

»Keine Ahnung, Herr Müller.«

»Haben Sie heute noch etwas vor?«

»No, ich bin allein und zieh mir Videoclips rein.«

»Sie kennen doch Frankfurt. Helfen Sie mir bei der Suche!«

»Yes, Sir. Haben Sie die Nummer von Bellmann? Dem fällt abends auch immer die Decke auf den Kopf. Und drei sind besser als zwei.«

»No Problem. Ich komme in einer halben Stunde vorbei.«

Die Scheinwerfer des Autos durchschlugen die Nacht. Gespenstisch tauchten die Fassaden der Hochhäuser aus der Dunkelheit und verschwanden wieder. Es war wenig Verkehr. Beck suchte nach Straßenschildern. Bellmann war nicht begeistert. »Sollen wir wirklich mit nach oben kommen?«

Müller erwiderte: »Es ist besser, wenn er merkt, daß seine Kollegen noch an ihn denken. Ich war nie sein direkter Vorgesetzter und hatte darüber hinaus ein distanziertes Verhältnis zu ihm.«

»Warum kümmern Sie sich dann überhaupt um den Typ?«

»Ich fühle mich nicht gut. Wir hätten ihn nicht so behandeln dürfen.«

Beck fühlte sich angegriffen: »Er war selbst schuld. Der Mensch konnte sich einfach nicht einfügen. Darüber hinaus war er eine absolute Niete. Ein Loser! Das ESD bekam er gerade noch auf die Reihe. Aber das CSW-Konzept wäre nie mit ihm gelaufen.«

Müller schwieg.

Bellmann unterstützte seinen Kumpel: »Ich versteh' Sie nicht, Herr Müller. Es gab keine Alternative. Wenn die Peace-Mountain nicht gefeuert hätten, müßte das Team ihn weiter mit durchschleppen.«

Müller überlegte laut: »Vielleicht hätte er nur eine Aufgabe gebraucht, die er bewältigen konnte, bei geringerer Zulage. Dann hätte er immer noch die Entscheidung gehabt, zu bleiben oder zu gehen. Möglicherweise hätte ich ihn auch aufbauen können.«

Beck war anderer Meinung: »Gernsheimer hat ihm jahrelang in den Hintern getreten. Aber Peace-Mountain war stur wie ein Panzer. Er wollte einfach nicht. Das ist die Realität, die Sie sehen müssen!«

»Hier fängt der Ring an!« unterbrach Bellmann.

Müller bog ab. Sie fanden den Wohnblock nicht so schnell, weil die Hausnummer zugesprüht war. Unrat lag zwischen den Büschen. Im Hauseingang stand Sperrmüll. Briefkästen waren verbogen und verschmiert. Müller schüttelte den Kopf. In seiner extravaganten Wohnanlage kümmerten sich zwei Hausmeister und mehrere Firmen um eine tadellose Optik. Aber nur Wohlhabende konnten sich dort eine Wohnung leisten. Endlich hatten sie in einem Feld von achtzig Klingeln Friedebergs Namen entdeckt. Sie fuhren mit dem Aufzug nach oben und läuteten. Niemand öffnete. Hinter der Tür stampfte eine Stereoanlage. Sie klingelten und klopften weiter gegen die Tür. Ein Nachbar öffnete: »Was soll denn der Krach, mitten in der Nacht?«

Müller drehte sich um. Er trug einen dunkelgrauen Anzug mit Schlips. Blitzende Krawattennadel. Makelloses Banker-Outfit. Der Nachbar stutzte.

»Guten Abend«, begann der Prokurist höflich, »wir machen uns Sorgen um unseren Kollegen, Herrn Friedeberg. Kennen Sie vielleicht jemand, der einen Schlüssel zu seiner Wohnung hat?«

»Nö. Geht mich auch nichts an. Der Kerl gibt sich jeden Abend die Granate. Dann randaliert er. Heute war es besonders schlimm. Fast hätten wir die Polizei geholt.«

»Vielleicht sollten wir das tun«, überlegte Müller. Beck

und Bellmann machten sich in der Zwischenzeit mit der FHK-Bank-Angestelltenkarte an der Tür zu schaffen. Plötzlich sprang sie auf.

»Ich hab' nichts gesehen«, sagte der Nachbar und zog sich zurück. »Das geht mich auch alles nichts an.«

Müller hastete durch einen schmalen Flur, der mit Möbeln und einer verrosteten Waschmaschine zugestellt war. Er riß eine Tür auf. Ohrenbetäubende Musik schlug ihm aus dem Wohnzimmer entgegen. Festbeleuchtung. Überall standen und lagen leere Flaschen. Aber der Raum war leer. Nächste Tür. Schlafzimmer. Peace-Mountain lag bewußtlos auf seinem Bett. Volle Motorradmontur. Außer Helm und Stiefeln. Neben ihm seine Gitarre und ein Liederbuch.

Müller zögerte keine Sekunde und gab Befehle: »Ich hole einen Notarzt. Beck, Sie suchen nach seinem Notizbuch oder losen Zetteln neben dem Telefon! Wir müssen seine Angehörigen verständigen. Bellmann, sehen Sie nach, ob irgendwelche Medikamente oder leere Schachteln herumliegen! Möglich, daß er was geschluckt hat.«

Hektisches Suchen. Nachdem Müller telefoniert hatte, trat er neben das Bett und sah auf den bärenstarken und jetzt so hilflosen Mann herunter. Leise sprach er: »Mensch, Peace-Mountain, was haben sie dir angetan?«

Es klingelte. Da Beck und Bellmann noch suchten, öffnete er die Wohnungstür. Draußen stand ein untersetzter Mann mit Glatzkopf und schwarzem Schnauzbart, Netzhemd mit Parka darüber. Als er den gutgekleideten Banker sah, brüllte er los: »Du Schwein, was hast du mit meinem Sohn gemacht?« Das letzte, was Müller sah, war eine Faust, die direkt auf ihn zuflog.

Müller lag schon seit zwei Tagen im Krankenhaus. Privatklinik. Einzelzimmer mit Chefarztbetreuung. Auf dem Bett lagen die *Frankfurter Allgemeine*, das *Handelsblatt* und das *Wall Street Journal*. Daneben einige Bankfachbücher. Das Telefon stand nicht still.

»Nein, Frau Fischer, die Stücke *sind* segafähig. Wenn das die Schweizer nicht kapieren, rufe ich selbst an. Geben Sie mir die Nummer! Dann brauche ich noch die Durchwahl von Mrs. Carpenter, Boston Stock Exchange!«

Es klopfte. Beck und Bellmann kamen herein. Bellmann hatte ein blaues Auge. Auch Beck sah ramponiert aus.

»Mensch, Herr Müller, Sie haben was verpaßt. Es gab noch einen Menschenauflauf an diesem Abend. Polizei, Notarztwagen. Unsere Personalien wurden aufgenommen. Friedeberg haben sie in die Uniklinik geschafft. Alkoholvergiftung. Aber das Größte war die kleine Ratte. Mann, haben wir die aufgemischt!«

Müller sah seine Mitarbeiter mißmutig an: »Na, wie ich sehe, haben Sie auch einiges abbekommen.«

»Der Kerl war zäh«, verteidigte sich Beck, »eine gnadenlose Linke. Der muß früher mal geboxt haben.«

»Ja«, sagte Müller trocken, »das glaub' ich auch.«

Bellmann erzählte: »Das ist auch so ein Verlierer wie sein Sprößling. Dauerarbeitslos. Ein abgeloster Prolet von der Binding-Brauerei. Muß an den Genen liegen.«

Beck fragte: »Wie geht es Ihnen, Chef?«

»Nasenbeinbruch, Gehirnerschütterung, mindestens eine Woche Bettruhe. Der Arzt ist aber optimistisch, daß nichts zurückbleibt.«

»Mensch, Herr Müller«, sagte Beck, »wenn Sie den Typ verklagen, kotzt der wie ein Reiher. Da kommt einiges zusammen: zwei Wochen in einer teuren Privatklinik, Schmerzensgeld, Schadenersatz. Dann kommt die FHK-Bank und fordert einen Monat Ihres Managergehalts, weil Sie in der Zeit nicht arbeiten konnten. Round about 40 000 Hühner. Dem Sozialhilfe-Fuzzy ziehen sie das letzte Bett unterm Arsch weg. Und sollte er mal wieder Arbeit finden, kommt eine dicke Lohnpfändung. Der kann den Rest seines Lebens keine ehrliche Mark mehr verdienen.«

»Cool«, grinste Bellmann.

»Cool«, bestätigte Beck boshaft.

»Den Teufel werde ich tun«, meinte Müller.

»Aber wieso, Chef?« fragten beide enttäuscht.

»Weil ich diesen peinlichen Vorfall nicht auch noch an die große Glocke hängen will. Wenn die Abteilung von meinem blödmütigen romantischen Ausflug erfährt, der nichts, rein gar nichts gebracht hat, halten sich alle die Bäuche vor Lachen. Besser, ihr haltet beide den Mund, und wir lassen die Versicherungen zahlen.«

»O. k., Chef, wir schweigen.«

Am nächsten Tag blieb Müller allein. Er rechnete und addierte stundenlang. Am Ende hatte er eine Bilanz seines gesamten persönlichen Vermögens erstellt. Die Nacht kam und mit ihr die häßliche Fratze der Einsamkeit. Da erlebte er eine Überraschung. Frau Kleinwächter stand in der Tür. »Guten Abend, Herr Müller, wie geht es Ihnen?«

»Leidlich. Aber wie kommen *Sie* hierher? Hat die Affäre in der Abteilung doch schon die Runde gemacht?«

»Nein, Herr Müller. Außer Peter und Stephan ... ich meine, Herrn Beck, Herrn Bellmann und mir, glaubt jeder an einen Unfall. Auch Dr. Sonnenfeld.«

»Sehr gut. Die zwei haben zwar ein loses Mundwerk, sind aber sonst zuverlässig.«

»Warum haben Sie das getan?« fragte sie.

Müller sah vom Bett hinaus in die abendliche Dämmerung. »Ich weiß nicht, Frau Kleinwächter, welcher Satan mich geritten hat. Dieser sentimentale Ausbruch ist mir äußerst peinlich.«

Barbara sah ihn an. Sie sah seine warmen Augen, die ihr

so weh taten, und wußte auf einmal: Müller mußte so handeln. Es gab keine Alternative für ihn. Er mußte so handeln, weil er in dieser einen Nacht wirklich Manfred Müller gewesen war.

7 *Die Jagd beginnt*

Es war Frühling geworden. Die ersten warmen Sonnenstrahlen lockten die Menschen in die Straßencafés. An den Bäumen entfalteten sich zarte, hellgrüne Blätter. Die Parkanlagen füllten sich, und die stolzen Besitzer eines Cabrios klappten ihr Faltdach zurück. Die Welt zeigte sich wieder von ihrer hellen, freundlichen Seite und gewährte ein Vorgefühl auf unbeschwerte, sonnige Urlaubstage in den Bergen oder an weiten Meeresstränden. In der Abteilung *Settlement and Custodial Foreign Securities* tobte ein Krieg.

Frau Rot saß vor Müllers schwarzem Schreibtisch. Sie sprach laut und eindringlich: »Ich hatte zu Beginn des Jahres zwölf Leute in meinem Team. Damit konnte ich locker die ausländischen Hauptversammlungen und Coupons bearbeiten. Dann kam das CSW-Konzept. Meine Leute müssen sich nun in Lieferung und Abrechnung einarbeiten. Zum Ende des Quartals haben zwei Mitarbeiter gekündigt.

Sind das die umwälzenden Reformen, die uns in Aussicht gestellt wurden?«

Müller fragte besorgt: »Wer hat denn gekündigt?«

»Frau Bach und Herr Wagenknecht, die besten aus meiner Mannschaft.«

Der Prokurist schwieg.

Sie fuhr fort: »Es läuft alles aus dem Ruder. Der Urlaubsplan für den Sommer ist eine Katastrophe. Die meisten haben schon gebucht. Wenn da zwei oder drei gleichzeitig fehlen, geht nur das laufende Geschäft nach dem alten Schema. Die Umsetzung des CSW-Konzepts können wir dann für ein halbes Jahr auf Eis legen. Und Dr. Sonnenfeld macht ständig Druck. Er droht jedem Teamleiter mit Konsequenzen, der nicht mitzieht. Ich brauche dringend neue Leute!«

Müller antwortete: »Kurzfristig geht nichts. Der Chef will nur junge Spezialisten, vorzugsweise junge Frauen mit gesenktem Blick, einstellen. Die werden aber auch von anderen Banken umworben und sind auf dem Frankfurter Arbeitsmarkt schwer zu finden. Unsere Azubis zieht es in die attraktiven Bereiche der Bank: Börse, Kundenberatung. Wir können froh sein, wenn nicht weitere Kündigungen folgen.«

Rot rückte näher: »Was ist eigentlich mit den Gehaltszulagen, die uns allen versprochen wurden? Die müssen kommen. Dringend!«

Er schüttelte den Kopf: »Dr. Sonnenfeld will erst Erfolge bei der Umsetzung des CSW-Konzepts sehen.«

Sie hob die Arme: »Aber das ist ein Teufelskreis: Ohne CSW-Konzept keine Motivation. Ohne Motivation kein CSW-Konzept.«

Müller starrte auf seinen Schreibtisch: »Das hätte ich voraussehen müssen.«

»Die Revolution der Arbeit. Die große Herausforderung. Die große Selbstverwirklichung. Alles Phrasen! Herr Müller, wir müssen verhindern, daß Sonnenfeld die Abteilung plattmacht!«

Er blickte auf: »Wie stellen Sie sich das vor? Das CSW-Konzept wurde von mir mitentwickelt und mitunterschrieben. Ich hänge bis zum Hals drin. Die Hand soll mir verdorren, die damals eingeschlagen hat.«

Sie widersprach: »Aber es geht doch nicht um das CSW-Konzept, sondern um die *Art*, wie es durchgepeitscht wird.«

Müller nickte: »Sie haben recht. Unser großer Chef sieht in seinem Konzept einen Reinigungsprozeß. Am Ende sollen nur noch Leistungsträger übrig sein, während die Alten und Unwilligen gegangen sind. Oder gegangen *werden.*«

»Aber im Augenblick passiert doch genau das Gegenteil! Die Leistungsträger verlassen wie die Ratten das sinkende Schiff. Und die anderen, die draußen wenig Chancen haben, bleiben notgedrungen.«

Er lehnte sich zurück: »Dieser Dr. Sonnenfeld ist wie Christoph Kolumbus. Ein gelehrter Theoretiker und ein skrupelloser Idealist zugleich. Er hat einen großen Traum, eine Vision: der Seeweg nach Indien. Er segelt los, sobald er die Möglichkeit dazu hat. Er will seinen Traum verwirklichen. Dabei sind ihm die Menschen auf seinem Schiff scheißegal.« Müller machte eine kurze Pause und fuhr fort: »Er hätte das Zeug zu einem großen Mann, wenn ihm nicht die *Menschlichkeit* fehlen würde.«

Rot folgte seinem Gedankengang: »Aber Menschen *führen* heißt doch immer auch Menschen *verachten*!«

Er schlug mit der Faust auf den Tisch: »Nein, das heißt es *nicht!*«

Sie war von dem unerwarteten Ausbruch überrascht. »Er ist nicht mehr der alte«, dachte sie. »Was geht in ihm vor?«

Der Prokurist blickte unwillig zum Fenster. Sie ließ ihm etwas Zeit. Dann beugte sie sich leicht vor und sprach mit gesenkter Stimme: »Herr Müller, kommen wir zu unserem traurigen Thema zurück. Ich habe hier eine Statistik mit allen Kündigungen und hausinternen Wechseln der letzten Monate. Darüber hinaus Unterlagen über die Fehlzeiten der Mitarbeiter und die Stornoquoten. Alles spricht gegen die Abteilungsleitung.« Sie überreichte ihm mehrere Blätter in einer Gummizugmappe.

Müller überflog sie und blickte überrascht auf: »Das sind teilweise sehr detaillierte Informationen. Wo haben Sie die her?«

»Auch ich habe meine Quellen«, lächelte Frau Rot geheimnisvoll.

»Kann ich davon eine Kopie haben?«

»Sie liegt bereits in der Mappe«, sagte sie und fuhr eindringlich fort: »Wir müssen etwas unternehmen! Wenn alle Teamleiter geschlossen mit Ihnen und der Statistik zur Hauptabteilungsleitung gehen, können wir Sonnenfeld stoppen. Sie haben gute Connections zu Frau von Wildenstein. Das Optimale wäre, wenn Sie als Praktiker und Kenner der Abteilung seine Arbeit kommissarisch fortsetzen könnten. Ich bin überzeugt, daß dann sogar Kündigungen zurückgenommen werden.«

Er schüttelte abwehrend den Kopf: »Geschlossen! Frau Rot, sehen Sie sich doch die Teamleiter an: Gernsheimer ist der Lakai von Dr. Sonnenfeld, und er fürchtet und haßt mich, vermutlich zu Recht. Alberti geht alles am Hintern vorbei, solange sie fest auf selbigem sitzt. Eine Palastrevolution wäre ihr viel zu riskant; schon allein deshalb, weil sie darüber einen Theaterbesuch mit einem ihrer Liebhaber verpassen könnte. Dann Fischer, die Frau mit dem großen Herz, die niemand weh tun kann. Oder Krause, der wie ein Pferd schuftet, um seine Big family zu ernähren. Wenn es hart auf hart kommt, ist jedem von denen das Hemd näher als die Jacke.«

Sie sah ihn an: »Was ist los mit Ihnen, Herr Müller? Wo

ist der Kämpfer in Ihnen, der keine Chance zum Aufstieg ausläßt?«

»Wir sind im Grunde einer Meinung, Frau Rot. Sonnenfeld muß weg! Besser heute als morgen. Aber wir dürfen keinen Fehler machen. Er ist gerissen und hat zuviel Rückhalt. Ich werde zuschlagen. Aber noch ist die Zeit nicht reif.«

Die Teamleiterin nickte: »Wollen Sie warten, bis er einen gravierenden Fehler macht? Oder wollen Sie zuerst sein Umfeld zerstören; seine Zuträger und Steigbügelhalter?«

Müller schwieg. Er war zu klug, um seine Strategie zu offenbaren. Selbst Rot gegenüber nicht.

Als keine Antwort kam, wechselte sie das Thema: »Um was geht es eigentlich auf der Teamleiterkonferenz heute nachmittag?«

»Zwei Punkte stehen auf der Tagesordnung: erstens die Übernahme von Frau Kleinwächter in ein festes Arbeitsverhältnis nach der Probezeit.«

»Gibt es da Probleme?«

»Ich denke nicht.«

»Und zweitens?«

»Die Abmahnung Czerwinskis.«

Rot war überrascht: »Hat sich die alte, gute Fischer doch zu diesem Schritt durchgerungen?«

»Nein, das ist meine Initiative.«

»Moment, Herr Müller, was haben Sie mit Czerwinski.« Plötzlich begriff sie, was gespielt wurde, und sah den Prokuristen lauernd an: »Die Jagd beginnt also.«

Er nickte.

Sie zog besorgt die Stirn in Falten und warnte ihn: »Passen Sie auf, Herr Müller! Es könnte sein, daß bei dieser Jagd der Jäger plötzlich zum Gejagten wird.«

Czerwinski verlegte den Ort seiner Untätigkeit vor den Kaffeeautomaten. Dort traf er Beck und Bellmann. »An der Wall Street habe ich dieses Jahr schon fast 10 000 Möpse eingestrichen«, prahlte er, »und ihr zwei Armleuchter seid viel zu früh aus dem Markt gegangen. Gewinne muß man eben laufen lassen. Alte Börsenweisheit.«

Becks großer Unterkiefer mahlte. Bellmann kochte still vor Wut.

»Aber das ist noch längst nicht alles«, tönte Czerwinski weiter. »Mit meinem Lire-Turbo-Schein habe ich den Big Deal gelandet. Rendite über 200 Prozent!«

»Wir wissen es«, wehrte Beck ab.

Czerwinski ließ sich nicht beirren: »Euch fehlt einfach Cleverneß und die richtigen Informationen. Durch meine Verbindungen rieche ich jeden Braten, lange bevor der Markt reagiert.«

»Gleich hau ich ihm auf sein großes Maul«, dachte Beck.

Czerwinski protzte: »Ein Finger lang spekuliert bringt mehr ein, als ein Arm lang gearbeitet.«

Bellmann knurrte: »Mit dem ersten scheinst du dich auch mehr zu beschäftigen als mit dem zweiten.«

Czerwinski grinste fett: »Ich bin nicht so blöd, mir den Arsch aufzureißen wie die dämliche Fischer oder diese Kleinwächter. Die schaffen ihr ganzes Leben wie die Deppen. Zum Dank gibt's zum Schluß einen warmen Händedruck und einen Tritt in den Allerwertesten!«

Beck und Bellmann schwiegen abweisend. Als kein Gespräch mehr in Gang kam, nahm Czerwinski seinen Kaffeebecher und ging.

»Ein Arsch«, urteilte Beck einsilbig.

»Ein Arsch«, bestätigte Bellmann.

Barbara kam in den Kaffeeraum. Sie wirkte bedrückt. Beck fragte: »Was ist denn mit dir los?«

»Ach, Peter, im Augenblick geht mir das Aquarium reichlich auf die Nerven. Außer Frau Fischer und Stephanie haben die alle einen Schuß im Gebälk.«

Bellmann versuchte sie zu trösten: »Mach dir nichts daraus, Barabara. Was uns in der Bank nicht plattmacht, macht uns nur härter.«

Sie wechselte das Thema: »Sagt mal, ihr wart doch beide beim Bund?«

»Leider«, nickten Beck und Bellmann.

»Was ist eigentlich ein *Uffz.*?«

»Ein Unteroffizier. Ziemlich üble Schleifer dabei.«

Sie erklärte: »Die Sache ist nämlich die: Neulich habe ich mich mit Czerwinski unterhalten...«

»Hast du nicht ein anderes Thema?« unterbrach sie Beck.

»Jetzt warte erst einmal ab, Peter«, sagte sie und fuhr fort: »Also, ich habe ihn gefragt, ob er beim Bund auch so häufig zu spät gekommen ist und so wenig gearbeitet hat wie hier.«

»Wahrscheinlich hat der noch nie im Leben etwas gearbeitet«, vermutete Beck.

Barbara schüttelte den Kopf: »Er lachte nur über meine Frage. Einmal hätte ihn ein Uffz. zur Rede gestellt. Dem hätte er dann die Fresse poliert.«

Beck und Bellmann wurden lebendig. Beck sagte laut: »Czerwinski hat dem Uffz. die Fresse poliert... Weißt du, was beim Bund passiert, wenn man einen Uffz. nur schief von der Seite ansieht?«

Bellmann beantwortete die Frage: »Du wanderst in den Bau. Und dort bleibst du erst einmal.«

Beck ergänzte: »Wahrscheinlich hat Czerwinski seinen ganzen Wehrdienst nur im Bau verbracht.«

Barbara nickte: »Der Mann ist unerträglich. Nicht allein, daß er mit den abenteuerlichsten Ausreden ständig zu spät kommt und uns die Arbeit überläßt. Auch sein permanentes Prahlen mit Gewinnen an der Börse geht mir auf den Senkel.«

»Nicht nur dir«, pflichteten Beck und Bellmann bei.

»Was steckt denn dahinter? Verdient der wirklich so viel mit Aktien? Oder ist das auch nur leeres Gerede wie mit dem Uffz.?«

»Das ist schwer zu beurteilen«, antwortete Beck zögernd.

Sie sah sich vorsichtig um: »Man müßte in seine Depots hineinkommen. Dann sieht man, was Sache ist!«

Bellmanns kleine Schweinsaugen begannen plötzlich zu glitzern: »Mensch Peter, auf die Idee hätten wir schon früher kommen können!«

Beck überlegte: »So einfach ist das nicht. Alles paßwortgesichert.«

»Da gibt es doch bestimmt eine Schwachstelle«, meinte Bellmann nachdenklich.

Barbara hatte eine Idee: »Fragt doch Müller. Der kennt sich mit allem aus.«

»Das ist es«, rief Beck und schlug mit der Hand auf den Tisch.

»Cool«, lachte Bellmann.

»Cool«, bestätigte Barbara.

Später Nachmittag. Die Teamleiter hatten sich alle im Konferenzraum versammelt. Dr. Sonnenfeld, Gernsheimer, Müller, Fischer, Rot, Alberti und Krause. Der Abteilungsleiter hatte es eilig: »Also diese Frau Kleinwächter ist die erste, die für die Schweiz das CSW-Konzept umzusetzen beginnt. Wie klappt das, Frau Fischer?«

»Sehr gut, Herr Dr. Sonnenfeld.«

»O. k. Ich glaube, dann steht einer Übernahme in ein festes Arbeitsverhältnis nichts im Wege. Nächster Punkt: Herr Müller ist für eine Abmahnung Czerwinskis. Gemäß meinem Grundsatz eines demokratischen und kooperativen Führungsstils möchte ich das kurz zur Diskussion stellen und darüber abstimmen. Was sagen Sie als Teamhead dazu, Frau Fischer?«

»Also, Herr Dr. Sonnenfeld, Herr Czerwinski ist als Mitarbeiter sicher schwierig und hat viele Fehler. Aber auf der anderen Seite muß man auch das persönliche Umfeld sehen. Er hat gerade eine lange und harte Scheidung hinter sich. Seine Frau hat ihm nicht nur das Kind weggenommen, sondern kassiert den größten Teil seines Einkommens als Unterhalt. Dann ist er bei seiner Freundin eingezogen. Nach drei Tagen warf sie ihn wieder hinaus. Das hat ihm den Rest gegeben.«

»Eine sehr vernünftige Frau«, urteilte Müller still.

»Ich denke, wir sollten mit Herrn Czerwinski noch etwas Geduld haben. Bei der gegenwärtigen instabilen Lebensphase ist es nicht weiter verwunderlich, wenn er nicht so engagiert bei der Arbeit ist. Hinter seinem provozierenden Verhalten steckt nur ein Mangel an Zuwendung. Bei all diesen Problemen erscheint mir eine Abmahnung sehr hart. Oder was meinen Sie, Herr Müller?«

Die Teamleiter und Dr. Sonnenfeld sahen ihn gespannt an. Jetzt mußte er seine Position begründen. Langsam begann er: »Sie haben recht, Frau Fischer. Wir sollten Herrn Czerwinski die Lösung seiner privaten Probleme nicht erschweren. Aber gerade deshalb ist eine Abmahnung wichtig. Nach Dr. Faltenbach-Stolze, einem der bekanntesten Verhaltens- und Betriebspsychologen Deutschlands, kann ein deutliches Zeichen, wie das einer Abmahnung, eine schwierige Lebenssituation sogar stabilisieren und persönliche Kräfte freisetzen.«

Gernsheimer fauchte: »Kalter Kaffee! Dr. Faltenbach-Stolze! Sind wir auf einer Fachtagung für Seelenklempner oder in einer Bank?«

Müller lächelte fein: »Daß Sie keine Ahnung von Verhaltenspsychologie haben, war zu erwarten. Aber daß gerade *Sie* sich für Herrn Czerwinski einsetzen, wundert mich doch sehr.«

»Jetzt verdrehen Sie nicht die Tatsachen, Herr Müller! Ich setze mich überhaupt nicht für diesen Kerl ein. Aber Ihre Argumentation ist lächerlich!«

Müller lächelte weiter: »Fassen wir zusammen: Sie sind für eine Abmahnung Czerwinskis, auch wenn Ihnen meine Argumentation zu anspruchsvoll ist.«

Gernsheimer wurde wütend: »Dieser Mann verdreht einem das Wort im Mund. Aber damit Sie klar sehen: Erstens bin ich *gegen* eine Abmahnung. Punkt. Zweitens ist Ihre Argumentation nicht anspruchsvoll, sondern lächerlich!«

Müller lächelte immer noch: »Da wird sich Czerwinski aber freuen, daß gerade Sie sich für ihn einsetzen. Ich sehe schon, wie er sich feixend bei Ihnen bedankt. Vielleicht hat er sogar eine Flasche Kognak in der Hand.«

Gernsheimer ergriff die dumpfe Wut. Dr. Sonnenfeld unterbrach den Dialog: »Herr Müller, bleiben Sie sachlich! Ich muß Herrn Gernsheimer recht geben: Herr Dr. Faltenbach-Stolze ist zwar eine Koryphäe in der Betriebs- und Organisationspsychologie, aber im Zusammenhang mit Herrn Czerwinski wirken Ihre Argumente etwas an den Haaren herbeigezogen.«

Müller wurde ernst: »Ich denke nicht. Gerade in der Mitarbeiterführung fehlt es im Haus an psychologischer Fortbildung. Wir wären dann in der Lage, fundierte jährliche Mitarbeiterbeurteilungen durchzuführen. Zum Beispiel über Herrn Czerwinski. Das würde uns die Entscheidung heute wesentlich erleichtern.«

Frau Alberti ergriff das Wort: »Dieser Dr. Faltenbach-Stolze kann mir mal im Mondschein begegnen. Psychologische Fortbildung. Jährliche Mitarbeiterbeurteilung. Statt unsere Arbeit zu machen und das CSW-Konzept voranzutreiben, werden wir bald nur noch in Seminaren sitzen und Noten verteilen.«

Müller antwortete: »Natürlich brauchen wir das alles nicht, wenn sich unsere Führungsqualifikation darin erschöpft, unseren Mitarbeitern in den Hintern zu treten. Nicht wahr, Herr Gernsheimer? Aber als verantwortungsvolle Teamleiterin sollten Sie sich schon mit dem Gedanken einer jährlichen Mitarbeiterbeurteilung vertraut machen. Ich bin sogar für noch kürzere Intervalle ...«

Alberti wurde zornig: »Jetzt aber Schluß! Ich habe keine Lust mehr auf diesen Schwachsinn. Wenn Sie nicht sofort zur Sache kommen, verlasse ich den Raum!«

Darauf hatte Müller gewartet: »Ich denke, daß durch eine vierteljährliche Mitarbeiterbeurteilung eine bessere Unternehmenskultur erreicht wird als bei größeren Abständen. Aber vielleicht sollten Sie erst einmal ein Seminar über Zeitmanagement besuchen, Frau Alberti ...«

Die Teamleiterin stand auf und schlug krachend die Tür hinter sich zu.

»Nummer eins«, zählte der Prokurist leise.

Sonnenfeld wurde nervös: »Herr Müller, ich bin gerne bereit, mich zu einem anderen Zeitpunkt mit Ihnen über die Weiterbildung unserer Führungsmannschaft zu unterhalten. Aber bleiben wir bei der Abmahnung Czerwinskis. Ich komme auf Frau Fischers überzeugendes Argument zurück, daß eine Abmahnung eine sehr harte Maßnahme ist. Man sollte sie deshalb nur anwenden, wenn wirklich gravierende Gründe vorliegen. Haben Sie solche Gründe, Herr Müller?«

»Es gibt genügend Gründe, Herr Dr. Sonnenfeld. Aber ich möchte zunächst betonen, daß eine Abmahnung nicht unbedingt eine Härte darstellt. Sie erlaubt uns sogar, auf das viel härtere Mittel einer Kündigung zu verzichten. Zunächst einmal. Nicht wahr, Gernsheimer?«

Fischer meinte: »Na ja, vielleicht ist es für Czerwinski wirklich mal eine Lehre. Ich bin überhaupt der Meinung, daß ihm als Kind eine ordentliche Tracht Prügel gefehlt hat.«

Die linke Gesichtshälfte des Abteilungsleiters begann leicht zu zucken. Er wurde immer nervöser: »Bitte, meine Damen und Herren, ohne schwerwiegende Gründe ist eine Abmahnung nicht möglich. Und ich kann keine schwerwiegenden Gründe erkennen. Im Gegenteil: Herr Czerwinski ist 25 Jahre jung, und seine Stornoquote ist auffallend niedrig.«

Müller lachte laut.

Frau Rot ergriff lächelnd das Wort: »Entschuldigung, Herr Dr. Sonnenfeld, daß ich auch lachen muß; aber die niedrige Stornoquote liegt doch an dem geringen Arbeitspensum unseres Czerwinski. Und schon sind wir beim ersten Abmahnungsgrund. Es ist einfach unfair gegenüber den anderen Kollegen, diese Faulheit auf Dauer zu tolerieren.«

Die gute Fischer fiel endgültig um: »Ich sehe es ein. Wir sollten ihn abmahnen.«

»Nummer zwei«, zählte der Prokurist.

Der Abteilungsleiter überhörte Frau Fischer: »Frau Rot, das ist Ihr subjektiver Eindruck. Wenn Czerwinski zum Betriebsrat geht, kommen wir damit nicht durch.«

Müller überlegte: »Es ist offensichtlich. Er verteidigt Czerwinski mit Klauen und Zähnen. Er will seinen Informanten nicht verlieren.«

Rot kämpfte: »Aber, Herr Dr. Sonnenfeld, denken Sie doch einmal an die anderen Mitarbeiter. Sie tun Tag für Tag ihre Pflicht, und Czerwinski lacht sie aus. Ich will gar nicht von Motivation reden. Es geht einfach um Gerechtigkeit.

Schon allein aus ethischen Motiven müssen wir handeln! Ich bin entschieden für eine Abmahnung.«

»Nummer drei«, zählte Müller.

Gernsheimer meldete sich aus seiner Ecke: »Ethik! Pah! In Ihrem jugendlichen Alter hatte ich auch noch solche Ideale.«

Müller schlug zu: »In *Ihrem* Alter, Gernsheimer, braucht man auch keine Ideale mehr!«

Der stellvertretende Abteilungsleiter war kurz vor einem Schreikrampf. Mühsam beherrschte er sich. Müller trat nach: »Na, Gernsheimer, heute kein Tobsuchtsanfall? Das gibt Magengeschwüre!«

Gernsheimer stand langsam auf. Jeder sah, daß er innerlich gebrochen war. Langsam ging er zu seinem Vorgesetzten und bat: »Herr Dr. Sonnenfeld, ich kann mit diesem Mann nicht in einem Raum bleiben. Bitte lassen Sie mich gehen!«

Der Abteilungsleiter sah ihn nicht an, er starrte auf Müller. Fast tonlos sagte er: »Gehen Sie nur, Gernsheimer!«

»Nummer vier«, registrierte der Prokurist.

»Jetzt ist Müller wieder der alte«, dachte Frau Rot und nutzte sofort die Situation: »Ich bin dafür, daß wir abstimmen! Herr Müller, Frau Fischer und ich sind für die Abmahnung Czerwinskis. Herr Krause, was ist Ihre Meinung?«

Der schlug sich auf die Seite der Mehrheit: »Dem Kerl gehört schon lange ein deutlicher Schuß vor seinen Bug!«

»Nummer fünf«, zählte Müller.

Dr. Sonnenfeld war isoliert. Aber er nahm es nicht zur Kenntnis. Er starrte immer noch Müller an, als hätte er den leibhaftigen Teufel vor sich. Leise, mit drohendem Unterton in der Stimme, entschied er: »Es wird keine Abmahnung Czerwinskis geben. Nicht, solange ich diese Abteilung führe.«

Müller reagierte gelassen: »Gut, dann ist dieser Punkt abgehakt.«

Vor dem Konferenzraum regte sich Krause auf: »Das ist also der kooperative Führungsstil von Sonnenfeld. Erst tönt er, wie modern er sei. Und wenn es hart auf hart kommt, zieht er sich in eine ganz primitive, autoritäre Position zurück. Im Grunde ist der Mann eine Enttäuschung.«

Rot nickte schweigend.

Fischer sprach abseits mit dem Prokuristen: »War das nötig, Herr Müller?«

»Harte Zeiten erfordern harte Mittel.«

»Aber Sie haben nichts erreicht.«

»Ich habe erfahren, was ich erfahren wollte. Jetzt gibt es für Czerwinski keine Gnade mehr.«

Fischer seufzte: »Mein Gott, Sie machen mir angst.«

»Fürchten Sie Dr. Sonnenfeld, *er* ist das Übel in dieser Bank.«

Nach einer Weile fragte sie: »Wer ist eigentlich Dr. Faltenbach-Stolze?«

»Keine Ahnung. Ich habe den Namen einmal in einem Lehrbuch über Psychologie gelesen.«

»Aber Herr Müller, Sie haben ihn doch in der Konferenz zitiert!«

»Ja. Er hat einen Doktortitel und einen Doppelnamen. Das suggeriert Intellektualität und Würde. Es ist unwesentlich, ob er tatsächlich das gesagt hat, was ich ihm unterstelle. Die Deutschen sind autoritätsgläubig genug, damit allein der Name wirkt. Irgendeine Überprüfung kann in der Situation ohnehin nicht erfolgen. Oder wollen Sie nachträglich alle seine Veröffentlichungen durcharbeiten, um mich zu widerlegen?«

»Mein Gott, mit welchen Mitteln arbeiten Sie!«

»Meine Mittel sind noch lang nicht erschöpft, Frau Fischer.«

Müller sah Beck und Bellmann entsetzt an: »Wie stellen Sie sich das vor? Ein Paßwort knacken. Wer ist denn auf diese Idee gekommen?«

Die beiden standen vor seinem Schreibtisch. Die Tür war geschlossen. Sonst war niemand im Raum. »Es geht um Czerwinski«, sagte Beck lauernd.

Der Prokurist schüttelte langsam den Kopf: »Egal, um wen es geht. Erstens ist das ein eklatanter Verstoß gegen den Datenschutz. Zweitens ist das technisch fast unmöglich.«

Beck argumentierte listig: »Kein System ist unüberwindlich. Rein theoretisch, meine ich. Was ist zum Beispiel, wenn Czerwinski sein Paßwort vergißt? Dann ruft er beim DV-Service an und läßt sich ein neues geben. Wenn *ich* nun dort anrufe und mich für Czerwinski ausgebe?«

»Dann sind Sie so gut wie gefeuert, Beck. Auf dem Telefondisplay erscheint nämlich Ihr Name.«

»Also müßte ich von *seinem* Platz aus anrufen. Oder?«

»Nein, das geht auch nicht. Czerwinski ist zu schlau. Er sperrt sein eigenes Telefon regelmäßig ab, wenn er nicht in der Abteilung ist. Und wenn er zum Lokus geht, sitzen Fischer, Zander, Seegras und Kleinwächter mit großen Rhabarberblattohren an ihren Schreibtischen. Und selbst wenn ihr das ganze Aquarium aus dem Raum lockt, kann sich Czerwinski später mit seinem alten Paßwort nicht mehr anmelden und schlägt sofort Alarm. Nein, das geht nicht.«

»Aber es gibt bestimmt einen Weg. Kommen Sie, Sie wissen doch alles über diese Bank.«

Der Prokurist überlegte. War das eine Falle? Eine Intrige von Dr. Sonnenfeld? Aber Beck und Bellmann waren unverdächtig. Dazu reizte ihn die Idee, in Czerwinskis private Konten und Dokumente einzudringen. Nach einer Weile sagte er: »Gut. Es gibt eine vage Möglichkeit. Paßwörter sind theoretisch sicher, da Millionen Variationsmöglichkeiten bestehen. Aber sie haben eine schwache Stelle: den menschlichen Faktor. Menschen sind vergeßlich und haben oft wenig Phantasie. Paßwörter sind deshalb kurz, griffig und einprägsam. Familienväter verwenden gern die Vornamen ihrer Ehefrauen und Kinder. Fußballfanatiker variieren die Namen der Nationalelf. Autonarren haben die Paßwörter *Ferrari* oder *Porsche*. Manche notieren sich sogar ihr Geheimwort auf einen Zettel und deponieren es im Schreibtisch.«

»Wie viele falsche Paßwörter können wir denn ausprobieren?« fragten die beiden.

»Maximal acht. Dann sperrt sich das System automatisch gegen jeden weiteren Versuch.«

»Das ist nicht viel.«

Die Augen des Prokuristen wanderten prüfend zwischen den beiden hin und her. Dann sagte er: »Wenn ihr keine Fragen mehr habt, gehe ich jetzt nach Hause.«

»War nett, mit Ihnen geplaudert zu haben«, meinte Beck grinsend.

»Gute Heimfahrt«, wünschte Bellmann und grinste ebenfalls.

Müller ermahnte sie: »Machen Sie das Licht aus, wenn Sie als letzte das Büro verlassen!«

Zu zweit gingen sie in das ausgestorbene Aquarium und schalteten Czerwinskis Terminal ein. Eine Putzfrau leerte noch die Mülleimer und war bald verschwunden. Bellmann stand Schmiere. Beck durchsuchte den Schreibtisch nach dem Paßwort. Er hatte keinen Erfolg. Alles, was er fand, war ein Brief von Czerwinskis geschiedener Frau.

»Immerhin«, dachte er, »jetzt habe ich ihren Vornamen und den ihres Sohnes.«

Er gab ein: »Yvonne.«

Der Computer antwortete: »Paßwort nicht korrekt. Bitte wiederholen Sie die Eingabe!«

»Roger.«

»Paßwort nicht korrekt. Bitte wiederholen Sie die Eingabe!«

Bellmann lugte nervös um die Sichtblende: »Ich kann mir nicht helfen. Ich habe dauernd das Gefühl, daß hier noch einer rumschleicht.«

»Du hörst Gespenster«, beruhigte ihn Beck. »Sag mir lieber den Vornamen seiner letzten Freundin Stephan.«

Der überlegte: »Ich glaube Lisa.«

»Paßwort nicht korrekt. Bitte wiederholen Sie die Eingabe!«

»Der ist viel zu gerissen, um so leicht ergründbare Geheimwörter zu benutzen«, meinte Beck. Dann fragte er Bellmann, der schon wieder unruhig um die Ecken spähte: »Was hat er denn für Hobbys, Stephan?«

»Ich würde noch lauter brüllen«, zischte der zurück. Dann flüsterte er: »Die schnelle Mark, Peter.«

»O. k. Er spekuliert an mehreren Börsen. Wo hat er in der letzten Zeit den größten Reibach gemacht?«

»Wall Street.«

Er gab drei Aktiengattungen ein, die er aus seinen Prahlereien kannte. Ohne Erfolg.

Bellmann hatte ein Geräusch gehört, schaute nach und kam achselzuckend zurück. »Dieses Großraumbüro mit dem leisen Teppichboden und den vielen Sichtblenden und Stahlschränken ist das ideale Terrain für einen umherschleichenden Spitzel.«

Beck hörte nicht zu. Er hatte noch zwei Versuche. Konzentriert vergrub er seinen großen, kantigen Kopf in den Händen. Sein gewaltiger Unterkiefer mahlte. Er versuchte sich in die Person Czerwinskis hineinzuversetzen. Was war der für ein Mensch? In welcher Welt lebte Czerwinski? Plötzlich hatte er eine Idee. Seine Hände berührten vorsichtig die Tastatur, und er gab ein: »Titten.«

Auf dem Bildschirm erschien das Grundmenu.

»Mann, ist der Typ hohl«, triumphierte Beck.

Bellmann vergaß seine Vorsicht und starrte über die Schulter seines Kumpels. Die Bilanz von Czerwinski war verheerend. Er hatte zwar tatsächlich an der Wall Street und in Japan kräftig verdient. Aber seine Verluste in Deutschland und anderen europäischen Märkten überstiegen die Gewinne bei weitem.

»Der Kerl operiert mit Kamikaze-Scheinen. Top oder Flop«, beurteilte Beck.

»Meistens Flop«, ergänzte Bellmann fachmännisch.

»Hier hat er 6000 Dax-Index-Scheine Crédit Lyonnais. Einstandkurs 2 Mark«, bemerkte Beck.

»Die liegen aktuell bei 75 Pfennig«, schätzte Bellmann.

»Fast 8000 Mark verloren, Stephan!«

»Gibt es Chancen, daß die sich wieder erholen, Peter?«

»Kaum, die laufen bald aus.«

»Ein Spitzengeschäft«, bemerkte Bellmann trocken.

Beck deutete auf eine weitere Depotposition: »Und hier, an den US-Dollar-Optionsscheinen hat er noch kräftiger gelost.«

»Aber volles Rohr hat er da abgelost!« jubelte sein Kumpel.

Die beiden gluckste vor Schadenfreude.

»Komm, wir machen einen Ausdruck«, sagte Beck.

Bellmann herrschte ihn mit gepreßter Stimme an: »Bist du meschugge? Du willst wohl selbst die Beweismittel gegen uns produzieren.«

Beck ließ sich überzeugen. Dann schalteten sie das Terminal ab und verschwanden lachend in den Aufzügen.

Abendliche Heimfahrt. Autobahn. Sonne. Barbara genoß die langen Abende im späten Frühling. Sie würde noch einen Spaziergang durch die Weinberge machen. Wieder hatte sie einen Stoß Zuschriften auf ihre letzte Kontaktanzeige bekommen. Eine davon war bestimmt ein Treffer. Sie war so sicher, daß eine fröhliche Leichtigkeit sie beschwingte. Ausgelassen wechselte sie immer wieder abrupt die Fahrspuren und holte aus ihrer alten Mühle die letzten PS heraus. Als sie gerade einen 30-Tonner überholt hatte, passierte es.

Plötzlich begann ihr Lenkrad auszuschlagen. Sie konnte es auch mit Kraft nicht mehr halten. Der Fiesta brach aus der Spur und wurde quer nach rechts gezogen. Laute Schläge unter dem vorderen Kotflügel. Der 30-Tonner bremste. Barbara schleuderte knapp vor ihm über die rechte Fahrspur, schlingerte weiter über den Standstreifen, rutschte an der Leitplanke entlang und brachte die Kiste endlich zum Stehen.

Das Auto sah furchtbar aus. Auf der ganzen rechten Seite waren der Lack aufgeschrammt und das Blech verbeult. Das Vorderrad war platt und die Reifendecke war weggeflogen. Die sich lösenden Gummifetzen hatten mit ungeheurer Fliehkraft das Radgehäuse von innen zusammengeschlagen. Blechteile waren deformiert. Keine hundert Meter weiter lag ein Autobahnrastplatz. Aus eigener Kraft war er nicht mehr zu erreichen. Es war zum Heulen, aber Heulen half nicht. Sie holte einen Hammer aus dem Kofferraum und schlug damit die vorstehenden Blechkanten zurück, damit ein Reifenwechsel möglich wurde. Dann versuchte sie, die Schrauben mit ihrem Kreuzschlüssel zu lösen. Es ging nicht. Sie versuchte es mit aller Kraft, bis ihre Muskeln schmerzten. Sie keuchte vor Anstrengung, und der Schweiß lief über die Stirn. Aber die Schrauben waren von Werner zu fest angezogen worden. Eine seiner letzten Taten, bevor er sich aus dem Staub gemacht hatte. Barbara gab nicht auf. Sie preßte den stabilen Kreuzschlüssel fest auf den Schraubenkopf und schlug mit dem Hammer auf die Querstange. Nach einigen Versuchen gaben die Schrauben nach.

»Sehr gut, Barbara!« machte sie sich selbst Mut.

Wagenheber her. Das Auto wurde hochgekurbelt. Als der defekte Reifen abhob und sie ihn herausziehen wollte, klemmte er zwischen dem verbogenen Blech fest. Sie versuchte es wieder mit Kraft und ruckte den Reifen hin und her. Das Auto schaukelte und drohte vom Wagenheber zu rutschen. Es tropfte Blut. Barbara hatte in der inneren Anspannung nicht bemerkt, daß sie sich an einer scharfen Blechkante den Handrücken aufgeschnitten hatte. Aufgeregt riß sie den Verbandskasten auf und wickelte provisorisch eine Mullbinde um die Hand. Dabei merkte sie, wie gründlich sie ihre guten Bankklamotten eingesaut hatte. Fluchend trat sie gegen das Blech. Das beruhigte, aber half nicht weiter. Sie ging auf und ab und überlegte... Plötzlich hielt ein anthrazitgrauer BMW hinter ihr. Müller.

Sie war erleichtert. »Können Sie mir helfen, das Blech geradezubiegen und den Reifen auszuwechseln? Vielleicht schaffe ich es dann bis zur nächsten Werkstatt.«

Der Prokurist schüttelte den Kopf: »Tut mir leid, Frau Kleinwächter. Ich kann keinen Reifen wechseln.«

Sie sah ihn verblüfft an.

Er erklärte: »Ich habe in meinem Leben nur neue Autos gefahren. Nie länger als zwei Jahre. Für alles Technische ist die Werkstatt zuständig. Wenn ich wirklich einmal liegenbleiben sollte, rufe ich über Autotelefon den Pannenservice. Außerdem mag ich keine Öl- und Schmutzflecken auf meinen Anzügen.«

»Aber so können wir das Auto nicht abschleppen.«

»Ich habe sowieso nicht viel Zeit. Dringende Termine in Weinheim.«

»Natürlich, Herr Müller. Ich möchte nicht daran schuld sein, daß Sie in Ihrem Leben zum ersten Mal unpünktlich sind. Aber was soll ich jetzt machen?«

»Ich rufe über Autotelefon einen Abschleppwagen.«

»Nein«, wehrte sie erschrocken ab, »das kann ich mir nicht leisten. Die Brüder ziehen mir das Fell über die Ohren.«

»Sind Sie in einem Automobilclub?«

»Ich bin ausgetreten, weil ich die Beiträge nicht mehr bezahlen konnte.«

Der Prokurist schüttelte ungläubig den Kopf: »Sie arbeiten seit fast acht Jahren als Bankangestellte. So schlecht kann es Ihnen doch nicht gehen.«

»Doch, Herr Müller, ich habe Schulden, die ich zurückzahlen muß. Da bleibt zum Leben nicht viel.«

Er wollte das persönliche Gespräch nicht weiter vertiefen und sagte: »Also gut, ich ziehe Ihren Fiesta, so wie er ist, mit dem Abschleppseil auf den Parkplatz. Zum Glück sind es nur hundert Meter. Dann fahr' ich Sie erst einmal nach Hause. Sie wohnen hier in der Gegend?«

»In Bensheim.«

»Das trifft sich gut. Genau auf meinem Weg. Morgen können sich Beck und Bellmann die Sache einmal ansehen. Die kennen sich aus. Den schrottreifen Kombi von Krause haben sie schon zweimal repariert.«

Barbara wurde in Müllers BMW von teurer Lederausstattung und Edelholzfurnieren empfangen. Müller beschleunigte innerhalb weniger Sekunden von 0 auf 130. Durch perfekte Geräuschdämmung hörte man von dem Motor nur ein Surren. Die Straßenlage war so ruhig, daß sie sich in ihrem Wohnzimmersessel glaubte. »Ein starkes Auto«, sagte sie bewundernd.

»Brauchbar«, wiegelte Müller ab.

»Wie schnell kann man damit fahren?«

»250. Dann sperrt die Elektronik die Drehzahl.«

»Waren Sie schon einmal so schnell?«

»Noch nie. Ich fahre selten mehr als 180.«

»Stark«, wiederholte Barbara und ließ ihren Blick über die zahlreichen Anzeigen schweifen.

Nach einer Weile sagte Müller: »Da ich in Ihrer Gegend wohne, könnte ich Sie eine Weile mitnehmen, bis Ihr Auto repariert ist.«

»Das wäre super. Aber ich werde mich revanchieren. Für jede Fahrt nehme ich Sie auch einmal mit.«

Müller stimmte zu. Er sah zwar keinen Vorteil darin, sich in einen alten Kleinwagen zu zwängen. Aber er wollte den Stolz seiner Kollegin nicht verletzen.

Müller fuhr direkt zum Treffpunkt. Er legte noch einmal einen dezenten Herrenduft auf und prüfte den korrekten Sitz von Anzug und Krawatte. Die Klimaanlage seines Luxuswagens sorgte dafür, daß kein störender Körpergeruch entstand. Die Börsen in New York und Frankfurt hatten mit steigenden Kursen geschlossen und die Bewertung seiner Depots in die Höhe getrieben. Er fühlte sich gut. Sein Auto und er strahlten die maskuline Erotik des Erfolges aus. Marion würde beeindruckt sein, und er konnte die restlichen Zuschriften auf seine dritte Anzeige in den Papierkorb werfen. Vorausgesetzt, diese Marion entsprach seinen Vorstellungen.

Auf einer Bank zwischen Parkplatz und Café wartete eine junge Frau. Müller stieg betont lässig aus und verriegelte demonstrativ per Fernbedienung seinen BMW. Dann stellte er sich locker bei ihr vor: »Hallo, ich bin Manfred. Schön, daß du schon da bist.«

Sie sah ihn überrascht an und sagte trocken: »Ach ja. Wie viele Frauen hast du heute schon so, auf die plumpe, angemacht?«

Er ahnte Schreckliches und beteuerte verlegen: »Entschuldigung. Das ist ein peinlicher Irrtum. Ich bin hier mit einer Frau über eine Kontaktanzeige verabredet.«

»Na, dann viel Erfolg«, schmunzelte die Unbekannte und betrachtete ihn amüsiert in seinem teuren Anzug. Müllers Sicherheit hatte ihren ersten schweren Schlag erhalten.

Schnell ging er in das Café und setzte sich auf die Terrasse. Er legte eine *F.A.Z.* vor sich. Das Erkennungszeichen.

Die Zeit verstrich. »Schon drei Minuten zu spät«, dachte er unwillig.

»Hallo, da bist du ja endlich!«

Müller fuhr herum. Ein paar Schritte weiter stand eine junge Frau in gelben Jeans und einer violetten Seidenbluse. In ihren strohblonden Haaren trug sie ein buntes Stirnband. Er reagierte verdutzt: »Sind Sie... ich meine, bist du Marion?«

»Na klar«, lachte sie, »oder glaubst du, ich sei Donald Duck?«

Er stand förmlich auf und streckte ihr die Hand entgegen: »Ich bin Manfred.«

»Logo«, lachte sie und setzte sich.

Um Eindruck zu machen, holte er wieder die Fernbedienung hervor und öffnete damit ein Seitenfenster seiner Luxuslimousine.

Marion lachte: »Ein scharfes Auto. Vom Papa ausgeborgt?«

Die Antwort war kühl: »Das Auto gehört ausschließlich mir.«

»Stark«, grinste Marion, »und dann der schicke Anzug.« Sie senkte etwas die Stimme: »Du hättest dich aber wegen mir nicht so fein zu machen brauchen.«

Er wurde noch kühler: »Das ist meine Berufskleidung. Ich komme direkt aus der Bank und hatte keine Zeit, mich umzuziehen.«

Marion staunte gespielt: »Was? Du läufst so den ganzen Tag herum? Find' ich süß.«

Er holte Luft, um etwas zu sagen. Aber Marion war schneller: »Was machst du eigentlich so in deiner Bank mit deinem feinen Anzug? Du bist wohl ein ganz großes Tier?«

Müller versuchte zu lächeln. »Nein, ich bin Angestellter in leitender Position und arbeite im Back Office.«

»Süß«, lachte sie, »wenn ich in deine Bank käme, würdest du also gar nicht hinter dem Schalter stehen?«

»Ich habe noch nie hinter einem Schalter gestanden«, sagte Müller pikiert. Das Gespräch gefiel ihm immer weniger.

Marion sah ihn mit ihren Rehaugen an und sprach mit gespieltem Ernst: »Ach Gott, darauf sind wir aber mächtig stolz.«

»Blöde Kuh«, dachte er und konterte: »Ich glaube auch nicht, daß unsere Bank dich als Kundin akzeptieren würde.«

»Süß«, lachte sie, »jetzt bist du eingeschnappt.«

Müller ahnte, daß dieses Treffen auch wieder ein Flop werden würde. Er analysierte still ihre souveräne Rhetorik. Sie arbeitete geschickt mit der Fragetechnik. Wer fragt, führt. Er mußte ihre Taktik durchkreuzen und die Gesprächsführung an sich ziehen. Am besten durch einen Themawechsel. »Gut, so viel zu mir. Was machst du beruflich?«

Marion dachte überhaupt nicht daran, ihm Angriffsfläche zu bieten. Sie überhörte einfach die Frage und grinste: »Sag mal, Manfred, als Banker hast du doch sicher den totalen Durchblick in der Geldanlage. Ich kann im Monat regelmäßig 18 Mark 50 sparen. Soll ich das in Aktien oder in Gold anlegen? Oder soll ich lieber groß ins Immobiliengeschäft einsteigen? Was meinst du?«

Jetzt hatte er die Nase voll: »Ich denke, solch bedeutende und weitreichende Vermögensstrategie diskutierst du lieber mit deiner Hausbank!« Sagte es und stand auf.

»Aber, Manfred, hast du als vornehmer Banker so wenig Etikette, daß du eine Dame allein im Café zurückläßt? Das kannst du doch nicht tun!«

»Du siehst doch, daß ich das kann«, sagte er kalt und ging davon.

Am nächsten Tag saß Czerwinski mittags allein in Aquarium. Die anderen waren essen. Wütend knallte er den Telefonhörer auf und maulte: »Jetzt war ich zweimal bei dem Typ in der Wohnung, und der Kerl will die Lebensversicherung doch nicht haben. 2000 Mäuse Provision im Arsch.«

Der kleine dicke Strunzmann kam um den Stahlschrank und fragte nach Fischer.

»Sieh mal im Schrank nach, du Komiker«, schnauzte Czerwinski. »Vielleicht hat sie sich dort versteckt.«

Der Gnom wäre nicht Strunzmann gewesen, wenn er sich nicht sofort revanchiert hätte: »Na, Herr Czerwinski, Sie sind wohl sauer über die 8000 Mark, die Sie an den Crédit-Lyonnais-Scheinen verloren haben?« Gehässiges Kichern.

Der Spekulant erbleichte. Die Füße waren vom Schreibtisch verschwunden: »Woher hast du diese Information?«

»Und bei den US-Dollar-Scheinen sind noch mehr Flocken den Bach runter gegangen, was, Czerwinski?« Wieder folgte sein gehässiges Kichern.

Czerwinski sprang auf und schrie: »Ich will wissen, woher du die Informationen hast!«

Strunzmann nutzte die Situation genüßlich aus: »Wenn Ihnen Ihre Alte noch das halbe Gehalt abräumt, bleibt aber nicht viel zum Leben.« Abermals gehässiges Kichern.

Czerwinski drehte durch. Er packte den feixenden Zwerg am Kragen und zog ihn hoch: »Wer hat dir das erzählt? Wird's bald! Ich schlag' dir den Schädel ein!«

Strunzmann lief rot an. Er bekam kaum Luft unter dem Zugriff Czerwinskis. »Hilfe«, rief er krächzend. Aber die Stimme versagte. Czerwinski schlug ihn gegen einen Stahlschrank: »Welches Schwein hat dir das erzählt? Sprich, sonst mach' ich dich alle!«

»Hilfe«, rief der Knirps. Dann lauter, fast gellend: »Hilfe!«

In diesem Augenblick kamen Beck und Bellmann um die Sichtblende. Czerwinski erkannte schlagartig, daß er einen Fehler gemacht hatte, und ließ Strunzmann los. Zu spät. Die beiden Freunde grinsten: »Oh, oh, Tätlichkeiten gegen Kollegen und Morddrohungen. *Das* hat Folgen.«

»Der Kerl wollte mich umbringen«, schnappte Strunzmann und rang nach Luft.

»Und wir haben *alles* gesehen«, triumphierten Beck und Bellmann.

Nachmittag. Als Czerwinski von einem Security-Angestellten abgeholt wurde, wußte er, daß seine Stunde gekommen war. Die Szene wirkte wie eine Verhaftung. Überall im Großraumbüro steckten die Angestellten die Köpfe zusammen und tuschelten. Die wildesten Gerüchte schwirrten umher.

Im 34. Stock wurde er zur Hauptabteilungsleitung gebracht. Der Sekretär Wolf ließ ihn eine halbe Stunde im Vorraum schmoren. Er durfte nicht telefonieren. Als er zur Toilette wollte, begleitete ihn der bereitstehende Sicherheitsmann. Dann endlich ließ ihn Frau Direktor von Wildenstein hereinbitten. Sie saß ernst hinter ihrem antiken Schreibtisch. Neben ihr hatte sich drohend Müller aufgebaut. Die Direktorin begann ohne Umschweife: »Sie haben jetzt die Möglichkeit zu kündigen. Sollten Sie sich weigern, kündigen *wir* Ihnen!«

Czerwinskis Augen flogen zwischen der Hauptabteilungsleiterin und dem Prokuristen hin und her. Dann versuchte er zu lachen: »Sie wollen mich einschüchtern. Aber darauf falle ich nicht herein.«

Sie reagierte ohne Gefühlsregung: »Wir haben hier Ihre Kündigung vorbereitet. Sie haben zwei Minuten Zeit zu unterschreiben. Wenn Sie es nicht tun, zerstören wir Ihre berufliche Zukunft.«

Czerwinski überlegte fieberhaft. Dann sprach er: »Nein, so nicht. Ich bestehe darauf, Herrn Dr. Sonnenfeld zu sprechen. Außerdem soll sofort jemand vom Betriebsrat hinzugezogen werden.«

»Wir werden niemanden hinzuziehen«, sagte die Direktorin. »Hinter Ihnen ist die Tür. Wenn Sie da hinausgehen, ohne unterschrieben zu haben, kündigen wir Ihnen!«

Er lächelte überlegen: »Wissen Sie eigentlich, daß jede Kündigung unwirksam ist, wenn vorher nicht der Betriebsrat gehört wurde?«

»Er wurde gehört.«

Czerwinski glotzte. Dann rief er erregt: »Das ist doch alles nur Bluff! Ich glaube Ihnen kein Wort. Außerdem haben Sie keine ausreichenden Gründe für eine Kündigung. Es gibt nicht einmal eine Abmahnung.«

Müller reagierte zynisch: »Nein, wir haben tatsächlich keine Gründe, sieht man einmal von den Tätlichkeiten gegen Kollegen und den Morddrohungen ab. Aber so ein paar Kleinigkeiten gibt es da doch.« Er schlug einen Aktendeckel auf und begann vorzulesen: »Am 2. 1. des Jahres kamen Sie eine Stunde und 15 Minuten zu spät. Am 3. 1. waren es nur 10 Minuten. Am 4. 1. waren es 15 Minuten. Am 5. 1. wieder eine Stunde. Soll ich fortfahren?«

Czerwinski sah ihn fassungslos an: »Sie haben darüber Buch geführt?«

»Ja.«

Er konnte es noch immer nicht glauben: »Aber das ist doch nicht möglich. Das kann doch gar nicht sein.«

Der Prokurist fuhr fort: »Rechnet man die ganzen Tage dazu, die Sie unentschuldigt gefehlt haben, macht das zusammen in diesem Jahr 253 Stunden. Bei einem Bruttostundenlohn von, sagen wir, 43 Mark sind das 10 879 Mark, um die Sie Ihren Arbeitgeber betrogen haben. Wissen Sie, was man mit einem Dieb macht, der im Supermarkt für 89 Pfennig Schokolade stiehlt?«

Czerwinski starrte ihn an: »Sie wollen mich fertigmachen. Ihr wollt mich beide fertigmachen. Aber nicht mit mir. Wenn ihr mir kündigt, kostet es mich drei Telefonate, und es werden millionenschwere Depots von der FHK-Bank abgezogen!«

Müller lachte: »Wir kennen Ihre weitreichenden Verbindungen, Czerwinski. Und Ihre Insiderinformationen. Deshalb sind Sie auch mit Ihren Spekulationen so erfolgreich.«

Er verlor die Beherrschung: »Du aalglatter, intriganter Hund! Ich schlag' dir die Zähne ein!«

Müller hob sein Kinn: »Komm her, Czerwinski, und schlag zu. Dann sparen wir uns noch deine erbärmliche Abfindung.«

Der Security-Mann beugte sich ins Büro und fragte besorgt: »Gibt es Probleme?«

»Ja«, antwortete Müller, »das Problem steht vor mir. Aber in einer Minute haben wir es beseitigt.«

Die Direktorin zog wieder das Wort an sich: »Herr Czerwinski, Herr Müller hat mir noch mehrere Fälle aus der Registratur vorgelegt. Verdacht auf Urkundenfälschung. In einem Fall kostete das die Bank sogar 28 700 Mark.«

Er öffnete den Mund. Aber es fehlten ihm die Worte. Voll Qual rannte er über den dicken Teppich zu den Gardinen am Fenster, kam wieder zurück, drehte sich hilflos im Raum und gab schließlich auf: »O. k. Ich kündige. Wie hoch ist die Abfindung?«

»Drei Monatsgehälter«, sagte sie.

Er lachte laut auf: »Niemals, meine gesetzlichen Ansprüche sind viel höher.«

»Drei Monatsgehälter.«

»Das könnt ihr doch nicht machen! Ihr könnt doch nicht

nach einem Mann treten, der schon am Boden liegt! Bitte, wenigstens vier oder fünf Gehälter.«

Müller lachte: »Ich habe nie etwas von Ihnen gehalten, Czerwinski. Aber daß Sie *so* ein erbärmlicher Wurm sind, hätte ich nicht gedacht. Darf ich Ihnen mein Taschentuch anbieten, falls Sie auch noch heulen wollen?«

Czerwinski starrte ihn haßerfüllt an. Dieser Mann war der leibhaftige Satan. Dann erkannte er, wie aussichtslos seine Position war, und resignierte endgültig.

Müller stand am Fenster seines Büros. Ruhig wie ein Stein. In seinem Inneren tobte das Triumphgefühl des Sieges. Er hatte das Kollegenschwein vom Schachbrett gefegt. Dr. Sonnenfelds Informant war ausgeschaltet. Er fühlte sich von seiner eigenen Macht berauscht. Lautlos formten seine Lippen die Worte: »Jetzt bist du taub und blind, Sonnenfurz. Bald, bald bist du selbst an der Reihe.«

8 *Die Verschlimmbesserei*

Aus Müllers Gefälligkeit war eine feste Fahrgemeinschaft geworden. Jede zweite Woche stand nun Frau Kleinwächters alter Fiesta stolz auf dem Chefparkplatz des Prokuristen. Auch heute war sie wieder an der Reihe. »Meine Probezeit ist gestern abgelaufen«, verkündete sie stolz, als Müller in ihr kleines Auto stieg. »Ich bin genau ein halbes Jahr in der FHK-Bank.«

Das graue Band der Autobahn rollte. Aus dem Autoradio kam leise Musik. Müller war die Gesellschaft seiner Kollegin schon so vertraut, als ob sie immer gemeinsam nach Frankfurt gefahren wären. Er lehnte den Kopf zurück und schloß die Augen. Es war die unwirkliche Halbwelt zwischen Bett und Arbeit. Für kurze Zeit schlief er ein und glaubte im Regen das Frankfurter Kreuz zu sehen. Traum und Wirklichkeit flossen ineinander.

Er lag auf dem Waldboden. Über ihm lichte Baumkronen. Grüne Blätter vor blauem Himmel. Kein Laut. Ein dürres Stück Holz unter dem rechten Schulterblatt störte, und er verlagerte sein Gewicht auf die linke Seite. Frau Kleinwächter beugte sich über ihn und lachte. Sie hatte einen Halm Rispengras in der Hand und berührte damit seine Haut… Müller schreckte hoch. Verkehrslärm. Autobahn. Ärgerlich wischte er den Schatten der Schlafwelt zur Seite.

Beck saß allein im Kaffeeraum, als Bellmann hereinkam. »Peter, jetzt dreht Pfefferle ganz durch! Die Story mußt du hören!«

Becks Augen blitzten vor Neugier: »What's the matter?«

»Das Sparbrötchen organisiert die Materialverwaltung neu. Im ganzen Schrank hat er Fächer im DIN-A4-Format installiert. Für alle offiziellen Formulare. Mit exakter Beschriftung. Alles voll für'n Arsch!«

Beck lachte.

Bellmanns kleine Schweinsaugen funkelten. »Aber das Größte kommt noch, Peter! Gleichzeitig führt er im Computer eine Statistik über den Papierverbrauch.«

Beck lachte noch lauter.

Sein Kumpel schlug sich mit der flachen Hand auf die Stirn. »Mann, Peter, alle sechs Monate werden in der Bank neue, veränderte Formulare gedruckt und die alten stapelweise weggeworfen. Und er führt Buch, um Papier zu sparen! Sind wir jetzt im Irrenhaus?«

»Für'n Arsch«, lachte Beck.

»Voll für'n Arsch«, bekräftigte Bellmann. »Sein Busenfeind Lammert schmeißt alles kreuz und quer. Einen Dreck wird er sich um Formularfächer und Statistiken scheren.«

Beck nickte: »Pfefferle ist eh der Neger vom Lammert. Pfefferle schafft sich krumm, und Lammert macht Kaffeepause und baggert Frauen an.«

»Mich wundert es, wie es die zwei gemeinsam im Archiv aushalten.«

»Nicht mehr lang, Stephan.«

»Wie meinst du das, Peter?«

»Ich hab' so ein Gefühl. Auch wenn Pfefferle noch so mit dem Material spart, kann er nicht davon ablenken, daß er selbst der größte Kostenfaktor ist. Zwei Mann für Materialverwaltung und Archiv sind zuviel. Sonnenfeld wird Pfefferle rauswerfen. Lammert wird zwar fluchen wegen der zusätzlichen Arbeit; aber gleichzeitig froh sein, daß man *ihn* nicht gefeuert hat.«

»Und wer soll ihn im Urlaub vertreten, Peter?«

»Die holen eine Aushilfskraft.«

»Aber warum wird nicht Lammert abgeschossen? Der hat doch Dreck am Stecken.«

Beck lächelte geheimnisvoll: »Hast du schon einmal was von *biologischem Abbau* gehört?«

»Du meinst, der alte Pfefferle wird biologisch abgebaut? Geil!«

»Darauf kannst du einen Umschlag schreiben!« bekräftigte Beck.

Aquarium. Frau Fischer kehrte vom Fotokopierer zurück und meinte nachdenklich: »Da läuft schon die ganze Zeit so ein Typ durch das Büro, den ich hier noch nie gesehen habe.«

Seegras war sich sicher: »Das ist ein neuer Bewerber. Als ich ihn sah, war das sofort klar. Nach den Rauswürfen und Kündigungen brauchen wir dringend Ersatz.«

Zander widersprach: »Unsinn! Revision. Ich rieche die Typen zehn Meilen gegen den Wind.«

Die Teamleiterin beschäftigte die Sache weiter. Nach 40 Jahren in der Bank kannte sie das charakteristische Verhalten von Bewerbern, Praktikanten, Auszubildenden und Mitarbeitern fremder Abteilungen. Der Mann paßte zu keiner dieser Gruppen.

Telefon. Barbara sah auf dem Display *Dr. Sonnenfeld.*

»Frau Kleinwächter, kommen Sie vorbei!«

»Warum ist er heute so komisch?« fragte sie besorgt ihre Teamchefin.

»Machen Sie sich keine Gedanken, Frau Kleinwächter. Er ist nur stinksauer, weil man ihm heute morgen schon wieder das *Handelsblatt* aus dem Fach geklaut hat.«

Das Lächeln des Abteilungsleiters wirkte diesmal etwas gequält. »Setzen Sie sich bitte, Frau Kleinwächter!«

Dann suchte er zwischen den zahllosen Zetteln auf seinem Schreibtisch. »Verflucht, wo hab ich nur ... hier in der Schublade vielleicht? ... Ah ja, da haben wir Ihren Geschäftsbrief für die Schweiz. Ich habe ein paar *geringfügige* Änderungen angebracht.«

Sie sah auf ihren Entwurf und erschrak. Er hatte fast alles gestrichen. Der Rand des Briefes war mit handschriftlichen Korrekturen übersät.

Es klopfte. Dr. Sonnenfeld sah unwillig auf. Ein unbekannter Mann stand mit einem Wagen in der Tür und stellte sich vor: »Entschuldigung, wenn ich störe, ich komme von der Firma *Compu-Spezial-Service*. Sind Sie Dr. Sonnenfeld?«

»Ja, was gibt's denn?«

»Ich habe den Auftrag, Ihren PC routinemäßig zu warten.«

Der Chef war verärgert: »Warum hat mich niemand informiert? Ich brauche das Gerät.«

Der Mann zuckte die Achseln: »Dafür kann ich nichts. Ich führe nur meinen Auftrag aus.«

»Wie lange wird denn das dauern?«

»Höchstens zwei Stunden. Die übliche Wartung. Es sei denn, Sie hätten Probleme mit der Hardware?«

»Nein, hab' ich nicht«, wehrte er unwillig ab.

Der Mann packte den Computerbildschirm, das Diskettenlaufwerk, die Tastatur und die Maus auf seinen Wagen. Dann fragte er: »Gibt es einen Printer dazu?«

»Der PC ist an mehrere angeschlossen. Wozu brauchen Sie denn den Printer?«

»Um die Druckfunktion zu testen. Kann ich den Laserdrucker da mitnehmen?«

»Ja, aber passen Sie auf. Das ist ein neues, hochwertiges Gerät!«

»Klar Chef, unser *Spezial-Service* arbeitet immer zuverlässig.«

Nachdem der Mann die Tür hinter sich geschlossen hatte, schüttelte Dr. Sonnenfeld den Kopf: »Immer diese Fremdfirmen im Haus!« Dann kam er zum Thema zurück: »Ich werde Ihren Brief noch einmal vorlesen. So hören Sie am besten den Unterschied.« Er begann:

FHK-BANK

Aktiengesellschaft

Neue Mainer Straße 30
60311 Frankfurt am Main

Schweizerische
Bankanstalt
– Frau Gröbli –
Postfach

CH – 8027 Zürich

03.07.95 / kw
Settl./Cust.
Foreign
Securites

Umregistrierung Schweizer Namensaktien

Sehr geehrte Frau Gröbli,

vielen Dank für das Telefongespräch vom 04. Mai.

Gerne wiederholen wir unser Anliegen schriftlich.
Sie verwahren in unserem Depot 2 Namensaktien Bernmetall. Die Stücke sind auf Gunthild Lagermann eingetragen (Aktienreg. der Bernmetall AG).
Die Kundin ist verstorben. Wir wollen die Aktien auf die Erben umregistrieren lassen.

Bitte schicken Sie uns die nötigen Unterlagen und teilen Sie uns verbindlich mit, ob für die Erben in der Zwischenzeit rechtliche Nachteile entstehen.

Mit freundlichen Grüßen

Dr. Sonnenfeld lächelte. »So können Sie Ihrer Freundin aus dem Urlaub schreiben, Frau Kleinwächter. Unter Banken ist ein ganz anderer Stil üblich. Zunächst einmal heißt es nicht *Schweizer Namensaktien*, sondern grammatikalisch korrekt *schweizerische Namensaktien*. Statt *Telefongespräch* sollten Sie besser *Telefonat* schreiben. Das klingt besser und ist kürzer. Auf diese Weise sparen Sie Platz! *Schicken* ist ganz schlechtes Deutsch, Frau Kleinwächter. Viel besser und eleganter klingt *senden*. Das gleiche gilt für die *nötigen Unterlagen*. Dafür haben Sie doch in der Schule gelernt: die *erforderlichen Unterlagen*.«

Barbara dachte: »Was soll diese Verschlimmbesserei! Ich habe Wichtigeres zu tun, als mich über diese zweifelhafte Marotten belehren zu lassen.«

»Und nun, Frau Kleinwächter, der richtige Bankstil …«

FHK-BANK

Aktiengesellschaft

Neue Mainer Straße 30
60311 Frankfurt am Main

Schweizerische
Bankanstalt
– Frau Gröbli –
Postfach

CH – 8027 Zürich

03.07.95 / kw
Settl./Cust.
Foreign
Securites

Umregistrierung von schweizerischen Namensaktien

Sehr geehrte Frau Gröbli,

unter Bezugnahme auf das Telefonat vom 04. Mai erlauben wir uns, eine schriftliche Wiederholung unseres Anliegens zur gelegentlichen Erledigung Ihrerseits zu unterbreiten.
Sie verwahren in Ihrer Funktion als Hauptlagerstelle in unserem Depot zwei Namensaktien der Gattung Bernmetall, die gemäß Ihrer freundlichen Auskunft im Aktienregister der Bernmetall AG auf unsere werte Kundin Gunthild Lagermann eingetragen sind, die bedauerlicherweise verstorben ist und deren Depotbestände bereits einer Eigentumsübertragung auf die rechtmäßigen Erben unterzogen wurden. Gemäß den Gepflogenheiten unseres Hauses sind wir als federführende Stelle bemüht, die Namensaktien von der Erblasserin auf die Erben in korrekter Form umregistrieren zu

lassen, und sehen in dieser Angelegenheit Ihrer Kooperation entgegen. Wir wären Ihnen sehr verbunden, wenn Sie die zur Umregistrierung erforderlichen Unterlagen zur alsbaldigen Weiterverarbeitung unserem Hause zur Verfügung stellen würden. Des weiteren benötigen wir eine verbindliche Erklärung darüber, ob in der Zeit zwischen dem Ableben unserer geschätzten Kundin und der rechstverbindlichen Eintragung der Erben in das Aktienregister irgendwelche rechtlichen Nachteile bezüglich Veräußerung der Namensaktien, Auszahlung der Dividende, Besuch der Hauptversammlung, Teilnahme an Kapitalerhöhungen etc. entstehen könnten. Für Rückfragen stehen wir Ihnen selbstverständlich während der üblichen Geschäftszeiten zur Verfügung. Gegebenenfalls wird unsere Abteilung zur weiteren Klärung des Sachverhaltes auf Sie zukommen. Wir verbleiben im Bewußtsein effektiver Geschäftsbeziehungen.

Mit freundlichen Grüßen

Der Abteilungsleiter lächelte stolz und gönnerhaft: »Merken Sie, wie flüssig und professionell dieser Text klingt, im Gegensatz zu Ihren kurzen und etwas holprigen Sätzen? Sie dürfen sich das als Muster für zukünftige Schreiben kopieren. Ich denke, nach drei bis vier weiteren Briefen dieser Art wird sich Ihr Stil gefestigt haben. Danke, das war alles.«

Als Barbara durch das Großraumbüro zurücktrabte, drehten sich die Sätze in ihrem Hirn. Sie murmelte halblaut vor sich hin: »*Schweizerische* Namensaktien, *schweizerische* Namensaktien. Der Mann war noch nie in einem Supermarkt. Wenn er dort *schweizerischen* Käse verlangt, schmeißen sie ihn glatt raus.«

Im Aquarium war es laut geworden. Eine junge Frau stand vor Fischers Schreibtisch. Auf ihrem Arm trug sie ein kleines Kind, gerade mal drei Monate alt. Besuch einer Kollegin aus dem Erziehungsurlaub. Zander, Grünling, Armand und Pfefferle scharten sich um sie. Selbst die dicke Seegras war aufgestanden. Alle waren entzückt:

»Ach Gott, sie hat ja schon richtige Haare!«

»Nein, wie süß!«

»Und die Augen! Ganz die Mama.«

»Schaut mal, jetzt lacht sie sogar!«

Barbara versuchte, zwischen zwei Köpfen hindurch, auch etwas zu sehen. Vor ihr stand Pfefferle. Er drehte sich um und lachte vergnügt: »Was e goldiche Krott! Komme Sie, Frau Kleinwächter, i mach Ihne Platz, damit Sie a gugge könne.«

Der Säugling war potthäßlich. Barbara war gerührt. Dr. Sonnenfeld kam durch die Halle gelaufen, um sich als Kinderfreund zu profilieren. Die junge Mutter reichte ihm ihr Baby. Als es den grauen, struppigen Bart sah, fing es an zu schreien. Er gab es der Mutter zurück: »Mir steht die Arbeit bis zum Hals. Viel Glück und … und … alles Gute.«

Als er wieder davongestürzt war, begann Frau Armand: »Wißt ihr übrigens, daß Frau Steiner auch ein Kind bekommt?«

Alle sahen überrascht auf.

Zander lächelte überlegen: »Das war doch klar. Jetzt braucht sie sich nicht mehr in das CSW-Konzept einzuarbeiten.«

»Wie hat sie das nur gemacht?« grübelte Seegras laut.

Fischer schmunzelte: »Ich glaube, auf die übliche Art, Frau Seegras.«

»Aber die Frau ist doch so häßlich wie die Nacht.«

»Frau Seegras!« unterbrach Barbara vorwurfsvoll.

Die Dicke mußte über ihre eigene Bosheit lachen. Vorsorglich setzte sie sich wieder. Ihr Oberkörper lag auf dem Schreibtisch. Glucksen, Beben. Sie schob nach: »Da muß es *stock*dunkle Nacht gewesen sein.« Ein neuer Lachkrampf schüttelte die Fettmassen.

Frau Huber besuchte die anderen Teams. Im Aquarium vertieften sich alle wieder in die Arbeit. Für einige Minuten hörte man nur noch das schnelle Klicken auf der Computertastatur. Dann unterbrach Barbara die Stille: »Was macht der Klotz nur für krumme Geschäfte?«

Die Teamchefin sah von ihrer Arbeit auf: »Was gibt es denn, Frau Kleinwächter?«

»Gestern habe ich für Börsenhändler Klotz 3000 CS-Holding-Aktien im Kauf abgerechnet. 1800 Stück zum Kurs von 580 Schweizer Franken und 1200 Stück zum Kurs von 570 und die restlichen 700 für 560. Davon hat er 2700 in das Depot der FHK-Bank gepackt und 300 zum *niedrigsten* Kurs in das Depot der Kundin Eva Mayer.«

»So kulant ist eben nur die FHK-Bank.«

»Jetzt verkauft er alle 3000 wieder zum Durchschnittskurs von 568 Franken und 85 Rappen. Macht ein Verlust von 8105 Schweizer Franken für die FHK-Bank.«

Seegras mischte sich ein: »Der macht oft solche Verluste. Vielleicht sollten wir ihm einmal erklären, daß er an der Börse nur Gewinne erzielt, wenn die Verkaufskurse höher sind als die Kaufkurse.«

Zander lachte.

Barbara schüttelte den Kopf: »Nein, da ist was faul! Bei den 300 Stück für diese Eva Mayer hat die Kundin satt verdient. 2655 Schweizer Franken an *einem* Tag. Rechnet es nach, wenn ihr mir nicht glaubt!«

Fischer zog die Stirn in Falten.

Barbara fuhr fort: »Diese Eva Mayer taucht zweimal im Monat auf und macht immer dicke Gewinne. Ich habe ihre gespeicherten Daten einmal unter die Lupe genommen und festgestellt, daß sie eine Schwester hat: Susanne Mayer. Die wohnt im Finkenweg 17!«

»Ja, und?«

»Das ist die Adresse von Klotz. Er macht verbotene Insidergeschäfte über die Schwester seiner Lebensgefährtin!«

Fischer wurde kreidebleich und telefonierte mit Müller. Der kam sofort und checkte die Sachlage am Terminal. »Alles klar«, meinte er nach einer Weile, »er sucht für die Schwester seiner Freundin die günstigsten Kurse raus. Ich denke, das reicht für eine fristlose Kündigung!«

Die Teamleiterin fügte hinzu: »Die probieren es immer wieder. Auf diese plumpe Art wollte sich schon ein anderer Händler bereichern. Nach seinem Rauswurf ging er zur *Astutia-LebensVersicherung.* Jetzt arbeitet er dort als Fondsmanager.«

»Hier ist Radio Agil, wir machen mobil! Gleich hören Sie den Mega-Hit *MisterVane* von *Culture Beat.* Doch zunächst die Werbung... Seit über 40 Jahren Erfahrung in Sachen Geld. Seit über 40 Jahren kümmern sich erfahrene Spezialisten um Ihr Vermögen... *Astutia-LebensVersicherung.* Dort ist Ihr Geld in guten Händen!«

»Bitte nehmen Sie ein Stück Papier und einen Stift, und schreiben Sie einen beliebigen Text!« Frau Armand sah Dr. Sonnenfeld überrascht an. Er lächelte. Es war sein verlegenes Lächeln, das vermeintliche Unsicherheit suggerierte und diesen Mann so unberechenbar machte. Als sie seiner Aufforderung nachkam und auf einen Schmierzettel *Sehr geehrte Damen und Herren...* kritzelte, wußte sie bereits, daß er alle Trümpfe in der Hand hatte.

Auf dem zweiten Stahlrohrsessel saß Müller. Er schwieg und hörte aufmerksam zu.

Ihr Chef warf einen kurzen Blick auf die Handschrift,

reichte sie dem Prokuristen weiter und sprach: »Das ist eindeutig.«

Müller nickte.

»Haben Sie mir etwas zu sagen, Frau Armand?«

»Ich verstehe nicht, was Sie meinen, Herr Dr. Sonnenfeld.«

Wieder lächelte er. Wieder das gleiche falsche, hinterfotzige Lächeln, das ihr jede Hoffnung nahm, heil aus der Sache herauszukommen. Dann legte er seinen ersten Trumpf auf den Tisch: »Frau Armand, Sie wissen sehr gut, was ich meine. Sie haben Herrn Lammert heimlich ein pornographisches Magazin auf den Schreibtisch gelegt und darauf geschrieben: *Bevor Sie wieder eine Kollegin mit schmutzigen Zoten belästigen, holen Sie sich lieber selbst einen runter! Die Frauen der Abteilung werden es Ihnen danken.* Die Handschrift ist eindeutig.«

»Also gut, das Heft und der Text sind von mir. Aber bitte, sehen Sie auch die Hintergründe.«

Er ging nicht darauf ein. »Wer war noch an dieser Aktion beteiligt?«

»Niemand sonst.«

»Sie wollen mir also erzählen, Sie haben das Heft allein besorgt und in einem günstigen Moment auf Lammerts Schreibtisch gelegt?«

»Ja.«

Er senkte etwas die Stimme: »Dann müssen Sie allein in einen Sex-Shop gegangen sein, um dort das Heft zu kaufen.«

Die junge Frau sah ihm direkt in die Augen. Ihre Blicke bohrten sich in seinen Schädel. Laut und deutlich nagelte sie ihn fest: »Sie fragen danach, weil Sie diese Vorstellung sexuell erregt.«

Der Abteilungsleiter zuckte innerlich zusammen. Er fühlte sich ertappt und ging sofort zum Angriff über: »Frau

Armand, bleiben Sie bei der Sache, ja! Herr Lammert kam mit dem Schweinkram sofort zu mir und hat auch den Betriebsrat eingeschaltet. Er beschwerte sich lauthals über *Mobbing am Arbeitsplatz.*«

Sie traute ihren Ohren nicht: »Über *was* hat er sich beschwert?«

»Über Mobbing. Als Teamleiterassistentin sollte es Ihnen nicht entgangen sein, daß der Psychoterror im Betrieb in den Blickpunkt der Medien gerückt ist.«

Müller schwieg. Auch sie war für einen Moment sprachlos. Dann fing sie an zu lachen.

Sonnenfeld wurde ärgerlich. »Nehmen Sie das Thema ernst! Ich weise Sie ausdrücklich darauf hin, daß jegliche Form von Mobbing in meiner Abteilung unerwünscht ist und daß ich bei Zuwiderhandlung zu disziplinarischen Maßnahmen greifen werde.«

Das Gelächter der Assistentin wurde noch lauter.

»Hören Sie auf zu lachen!« herrschte sie ihr Chef an. »Ich werde es nicht dulden, daß Menschen wie Sie das gute Betriebsklima in unserer Bank kaputtmachen. Haben wir uns verstanden?«

Frau Armand bog sich vor Lachen. Die Tränen standen ihr in den Augen.

Der Abteilungsleiter wurde immer wütender: »Wie konnten Sie nur als aufstrebende Führungskraft sich auf ein solch ordinäres Niveau begeben?«

Sie wurde ernst: »Herr Dr. Sonnenfeld, ich habe die gleichen Mittel benutzt, mit denen Lammert schon seit Jahren die Frauen der Abteilung belästigt. Auf einen groben Klotz gehört ein grober Keil.«

»Das sind doch alles haltlose Unterstellungen. Es gibt keine Beweise gegen ihn. Nur Gerüchte und Tuscheleien. Und darauf gebe ich nichts. Schließlich sind wir in einer Bank und nicht im Kindergarten. Wenn sich jemand von

Herrn Lammert sexuell belästigt fühlt, dann soll er zu mir kommen und offen reden. Selbstjustiz werde ich nicht dulden.«

»Soll ich jetzt wieder lachen oder was?« Die Assistentin wurde nun ihrerseits ungehalten. »Da Sie, Herr Dr. Sonnenfeld, bisher alle Bemühungen um eine Aufklärung erfolgreich hintertrieben haben, bleibt uns keine andere Wahl mehr. Wir wollten Lammert warnen und ihm deutlich machen, daß wir uns nicht mehr alles gefallen lassen.«

»*Wir,* Frau Armand! Also waren doch noch andere beteiligt. Nennen Sie sofort die Namen!«

»Nein, das werde ich nicht tun.«

Der Abteilungsleiter wartete einen Augenblick. Dann holte er aus: »Frau Armand, mir ist es nicht entgangen, daß Sie einen sehr eigenwilligen Führungsstil pflegen. Sie duzen sich mit Ihren Mitarbeitern, trinken mit ihnen Kaffee, führen lockere Gespräche, setzen sich auf ihre Schreibtische und so weiter. Ich muß nicht betonen, daß Sie sich damit nicht gerade für höhere Aufgaben empfehlen. Es könnte sogar sein, daß man Ihre Eignung zur Teamleiterassistentin in Zweifel ziehen muß. Daher rate ich Ihnen dringend, sich im vorliegenden Fall kooperativer zu verhalten.«

»Nein, Herr Dr. Sonnenfeld. Ich werde meine Kollegen nicht verraten.«

»Es waren bestimmt Frau Grünling und Frau Steiner dabei. Auch mit Frau Kleinwächter stecken Sie doch ständig zusammen.«

Zum ersten Mal ergriff Müller das Wort. Scharf unterbrach er: »Es reicht, Herr Dr. Sonnenfeld! Frau Armand hat Ihnen doch deutlich erklärt, daß sie keine Denunziantin ist.«

Der Abteilungschef kochte vor Wut: »Also gut. Für diesmal will ich es bei einer Ermahnung bewenden lassen. Aber wenn Sie noch einmal etwas gegen Herrn Lammert unternehmen oder ihm übel nachreden, werden Sie unangenehme Konsequenzen zu spüren bekommen! Guten Tag, Frau Armand! Guten Tag, Herr Müller!«

Müller nahm die Assistentin mit in sein Büro. Als er die Tür öffnete, stand die stille Frau Spinzig neben seinem PC. Ungehalten fuhr er sie an: »Was haben Sie in meinem Büro zu schaffen?«

Sie schwieg und sah ihn mit großen Augen an.

»Ich verlange eine Erklärung!«

»Ich … ich habe etwas vergessen.«

»Wenn Sie das nächste Mal etwas vergessen, kommen Sie bitte, wenn ich anwesend bin!«

Sie nickte stumm und verschwand.

Hinter seinem schwarzen Schreibtisch schüttelte Müller mißbilligend den Kopf. »Frau Armand, wie konnten Sie sich nur dazu hinreißen lassen? Eine solche Geschmacklosigkeit!«

»Jetzt klingen Sie genau wic Dr. Sonnenfeld.«

»Kann sein. Aber im Unterschied zu ihm bin ich an der Aufdeckung von Lammerts Verhalten interessiert. *So* werden Sie nur Racheakte provozieren.«

Armand wurde wütend: »O. k., der große Müller hat gesprochen. Aber was haben *Sie* bis jetzt gegen dieses Schwein unternommen? Nichts! Und Sie wollen uns belehren? Vielen Dank!«

»Es gibt keine Beweise. Nur die Aussage von Frau Kleinwächter, die gegen seine Aussage steht. Sonst traut sich niemand, den Mund aufzumachen.«

Sie schwieg ratlos. Nach einer Weile fragte Müller nachdenklich: »Wie ist Dr. Sonnenfeld eigentlich auf Sie gekommen?«

»Durch meine Handschrift.«

»Sie sind doch intelligent. Warum haben Sie den Text überhaupt mit der Hand geschrieben?«

»Herr Müller, in der Abteilung gibt es über 50 Angestellte. Die meisten, auch ich, schreiben fast alles mit dem Computer. Handschriftliche Vermerke oder Notizen sind selten geworden. Ich unterschreibe mit meinem Kürzel *Ar*, woraus man nichts ableiten kann. Weder Lammert noch der Sonnenfeld konnten meine Handschrift kennen.«

»Eben«, meinte er, »er muß einen Tip bekommen haben. Von *wem?*«

»Ich weiß nicht. Für meine Kollegen lege ich die Hand ins Feuer.«

»Hoffentlich verbrennen Sie sich nicht, Frau Armand.«

Als sie gegangen war, wußte Müller, daß er mit Czerwinski das falsche Schwein geschlachtet hatte.

Der Prokurist telefonierte: »Das ist nicht Ihr Ernst, Frau Fischer!«

»Doch, Herr Müller, Die *Astutia-LebensVersicherung* verkauft heute an der Börse Zürich ihren kompletten Wertpapierbestand und kauft ihn sofort wieder zurück. Reine Bilanzmanipulation.«

»Klar«, antwortete Müller, »die wollen ihre mehrstelligen Millionenverluste in Japan verschleiern, indem sie ihre Gewinne in der Schweiz realisieren.«

»Aber wir haben morgen die Arbeit damit. Ein Volumen von 130 Millionen Schweizer Franken! Weit über 200 Aktiengattungen! 13 Broker und Banken sind involviert! Wissen Sie, was das heißt? Zuerst muß der ganze Bestand von den Lagerstellen zu den Brokern geschafft werden. Macht 200 Swifte und etliche Fernschreiben. Dann geht das ganze retour. Macht wieder 200 Swifte und etliche Fernschreiben. Dann müssen alle 400 Geschäfte abgerechnet werden. Himmel, das bekommen wir nie auf die Reihe.«

Müller behielt seine steinerne Ruhe: »Das kriegen wir schon hin, Frau Fischer. Wir haben in der FHK-Bank schon schlimmere Stürme überstanden. Zuerst einmal ist das Team morgen vollzählig. Darüber hinaus werde ich noch zwei Mann aus anderen Teams abziehen. Ist Frau Kleinwächter fit in der Schweiz?«

»Topfit, Herr Müller.«

»Gut, dann telefoniere ich mit den Lagerstellen. Das Zauberwort heißt *Kompensation.* Damit sparen wir uns unzählige Swifte und Fernschreiben. Es bleiben nur die Abrechnungen und die Folgearbeiten.«

»Ob das klappt?«

»Unsere Partner müssen natürlich mitspielen. Der härteste Brocken wird die Astutia-Versicherung selbst. Zum Glück habe ich dort ausgezeichnete Kontakte. Am besten, ich rufe gleich an. Verlassen Sie sich auf mich, Frau Fischer!«

Am frühen Nachmittag hatte Pfefferle beim Abteilungsleiter einen Termin. Der Archivar hatte darum gebeten. Er klopfte mit schwerem Herzen. Es rührte sich nichts. Dr. Sonnenfeld schien zu telefonieren. Der alte Mann wartete geduldig. Nach fünf Minuten klopfte er wieder. Jetzt rief ihn sein Chef herein. Pfefferle war nicht oft im Allerheiligsten. Bei seinem neuen Vorgesetzten noch nie. Das Chaos erschlug ihn fast und machte ihn noch unsicherer. Sonnenfeld wies auf einen Stahlrohrsessel, den Pfefferle erst freiräumen mußte. Vorsichtig begann er: »Des isch e bös G'schicht, Herr Dr. Sonnenfeld. I hann richtig Muffesause.«

Der Abteilungsleiter zog die Stirn in Falten: »Reden Sie Hochdeutsch, Pfefferle, Ihr schwäbisches Platt versteht ja kein zivilisierter Mensch!«

»Oagefange hot 's damit, daß i immer schlechter gesehe hann…«

»Bitte machen Sie es kurz, Pfefferle. Ich hab nicht viel Zeit!«

»Des isch schnell verzählt: I bin also zum Dogder, und

der hat mi glei ins Krankenhaus g'schickt. Dort hot mer dann ein Tumor an der Hypophyse entdeckt, der uf den Sehnerv drückt. Der Dogder hot dann gemeint, des muß operiert wern.«

»Dann müssen Sie das auch machen lassen, Herr Pfefferle.«

»Ja, Herr Dr. Sonnenfeld, aber des kann sechs Woche dauern. Und der Arzt hot auch was von 'ner Kur verzählt. Was wird denn in der Zwischezeit aus mei'm Archiv?«

Der Abteilungsleiter wehrte unwillig ab: »Also, darüber würde ich mir an Ihrer Stelle zuletzt Sorgen machen.«

Pfefferle rückte näher: »I will ganz offe sei, Herr Dr. Sonnenfeld. I mach mir Sorge um mein Arbeitsplatz.«

Der Abteilungsleiter schwieg. Ruhig und aufrecht saß er in seinem Sessel. Pfefferle wartete auf Antwort. Furcht lastete auf dem alten Mann.

Nach einer endlosen Minute begann Sonnenfeld zu sprechen: »Also, Herr Pfefferle…«

Telefon. Der Abteilungsleiter griff zum Hörer. »Gut, daß Sie endlich zurückrufen. Ich brauche meinen PC… Was! Die Firma *Compu-Spezial-Service* ist im Hause gar nicht bekannt?… Jetzt sagen Sie noch…«

Er hörte kreidebleich zu. Schweißperlen traten auf seine Stirn. Dann sprach er aufgeregt: »Das darf doch nicht wahr sein! Der Kerl kommt hereinspaziert und klaut mir meinen PC und den neuen Laserdrucker für 5000 Mark! … Was heißt hier, ich habe geschlafen? Das verbitte ich mir! *Sie* haben doch das perfekte Sicherheitssystem in dieser Bank, einige Dutzend Security-Leute, ein hochmoderner Sicherheitsleitstand, überall Überwachungskameras und Sicherheitsschleusen in der Tiefgarage. Wie konnte denn der Kerl den PC überhaupt hinausschaffen?«

Pfefferle rutschte ungeduldig hin und her. Er wartete auf die erlösende Antwort.

Dr. Sonnenfeld fluchte: »Verdammt, wie soll ich jetzt drei Tage ohne Computer auskommen? Haben Sie kein Ersatzgerät?«

Die Antwort stellte den Abteilungsleiter offensichtlich nicht zufrieden. Wütend knallte er den Hörer auf. Dabei murmelte er: »Und im Laufwerk steckte die Diskette mit dem Zeitplan für das CSW-Konzept.«

Pfefferles innere Spannung wuchs. Sonnenfeld wandte sich ihm zu: »Herr Pfefferle, ich bin mit Ihrer Arbeit eigentlich ganz zufrieden, aber in Ihrem Alter... Wie alt sind Sie genau?«

»55, Herr Dr. Sonnenfeld.«

»Mit 55 gibt es doch von der Bank geförderte Vorruhestandsregelungen, über die Sie einmal nachdenken sollten...«

Pfefferle unterbrach hastig seinen Chef: »Bitte, Herr Dr. Sonnenfeld. Bevor Sie weiterredde, muß i Ihne unbedingt was verzähle. Also oagefange hot es damit...«

»Herr Pfefferle, keine langen Geschichten! Ich habe zu tun.«

»Es isch glei verzählt. Also, mei Schwiegerdochter hot vor drei Jahr eine Therapie oagefange. Un die Therapeutin hot sie gege mein Sohn ufgehetzt...«

»Herr Pfefferle, was soll denn das?«

»Glei, Herr Dr. Sonnenfeld. Also, mei Schwiegerdochter hat mei kloans Enkelkind geschnappt un isch fort. Bei Nacht und Newel. Un wos hann i des kleine Mädle so gern gehabt...«

»Das ist ja alles sehr traurig, Herr Pfefferle, aber was hat das mit Ihnen zu tun?«

»Glei, Herr Dr. Sonnenfeld. Also, i bin dann nach der Scheidung zum Vorstand von meim Verein gegange. I hann nämlich früher emol aktiv Fußball gespielt, müsse Se wisse. I hann zu ihne geschwätzt, daß i net mehr Schriftführer sein kann in ’nem Verein, wo der neue Freund von meiner ehemaliche Schwiegerdochter Fußballtrainer isch…«

Der Abteilungsleiter wurde immer unruhiger. »Zum Teufel mit Ihrem privaten Kram. Der interessiert mich nicht! Kommen Sie endlich zur Sache, Pfefferle!«

Das Herz des Materialverwalter klopfte laut. Er versuchte sich begreiflich zu machen: »Also, Herr Dr. Sonnenfeld. I bin aus dem Verein ausgetrede, in dem ich über 40 Johr Mitglied gewese war. Jetzt hann i bloß noch die Aweit in der Bank. Des isch jetzt mein ganzer Lebensinhalt. Bitte, Herr Dr. Sonnenfeld, kein Vorruhestand!« Pfefferle rückte ganz an den Schreibtisch heran.

Dem Abteilungsleiter wurde die Sache peinlich. Er versuchte das Gespräch so schnell wie möglich zu beenden: »Aber Pfefferle, die Freistellung bietet Ihnen doch so viele Möglichkeiten. Denken Sie einmal in Ihrer Kur darüber nach, und lassen Sie mich jetzt arbeiten!«

Pfefferle faltete die Hände und legte sie auf den Schreibtisch. Sein Oberkörper war weit nach vorne gebeugt. Das Herz raste. Er flehte: »Bitte, Herr Dr. Sonnenfeld, hann doch seit 15 Jahr immer mei Pflicht gedoa. Mei Geschäft war immer in Ordnung. Bitte, Herr Abdeilungsdirektor, i derf doch widder zurückkomme…«

Sonnenfeld sprang auf und sagte laut: »Herr Pfefferle, unterlassen Sie diesen peinlichen Auftritt. Wir sind hier in einer Bank und nicht im Kindergarten! Wenn Sie sich nicht wie ein erwachsener Mann benehmen, muß ich Sie hinausschicken!«

Pfefferle fühlte sein trommelndes Herz und einen Schmerz in der Brust. Verzweifelt hob er die Hände zu seinem Chef: »Herr Dr. Sonnenfeld, habe Sie doch Erbarme, und sein Sie kein Unmensch…« Er konnte nicht weitersprechen, weil er plötzlich keine Luft mehr bekam. Dem Abteilungsleiter wuchs die Situation über den Kopf. Er rief nach Gernsheimer. Der erschien in der Verbindungstür: »Was ist los, Herr Dr. Sonnenfeld?«

»Pfefferle hat einen Anfall. Holen Sie Hilfe!«

Gernsheimer riß die Tür zum Großraumbüro auf: »Beck, Bellmann, herkommen!«

Allgemeine Aufregung. Gernsheimer und Beck halfen Pfefferle auf den Stuhl zurück und öffneten seine Krawatte. Zischendes Ringen nach Luft. Der Druck in der Brust wurde immer stärker. Dr. Sonnenfeld wühlte in dem Chaos seines Schreibtisches herum. »Wo hab ich nur die Nummer vom Betriebssanitäter?«

Müller kam herein und rief: »Unsinn! Holen Sie einen Notarzt!«

Alle Augen waren sofort auf ihn gerichtet. Bellmann rannte zu Gernsheimers Telefon, weil der Apparat des Abteilungsleiters unter Papierbergen verschwunden war. Die anderen standen unschlüssig herum. Dr. Sonnenfeld tanzte in nervöser Hilflosigkeit um den Schreibtisch.

Pfefferle konnte dem Geschehen nicht mehr folgen. Er sah nur noch Müllers Augen über sich und spürte, wie der Prokurist seine Hand ergriff. Dann brach die Schwärze herein.

Urs Trumpetter und Wolfgang Mutti saßen im vierten Stockwerk ihrer Bank. Bahnhofstraße, Zürich. Später Nachmittag. Trumpetter schüttelte den Kopf und fragte in seinem behäbigen Schwyzerdütsch: »Saag einmal, Wolfgang, daa hat doch vor drei Stunden dieser Herr Müller von der FHK-Bank Frankfurt angerufen und gesagt, daß die Lieferungen alle *kompensiert* werden, hä?«

»Kaann schoon sein, Urs. Und?«

»Jetzt trudeln bei mir die ersten Swifte ein mit Lieferinstruktionen. Daas paßt überhaupt nicht zusammen.«

Mutti war nicht sonderlich beeindruckt: »Ich saage es dir

schon seit Jahren. Die FHK-Bank in Frankfurt ist ein *Sauhaufen*. Da weiß die linke Hand nicht, waas die recht tut.«

Trumpetter drehte sich langsam auf dem Stuhl. Sein Schwyzerdütsch floß noch langsamer: »Daa müssen wir wohl Überstunden machen?«

Mutti winkte behäbig ab: »Heute nicht mehr, Urs. Morgen ist auch noch ein Tag.«

Telefon. Mutti ließ es sechsmal klingeln, ehe er zum Hörer griff. Er meldete sich, hörte kurz zu und gab dann den Hörer an seinen Kollegen weiter: »Daas ist wieder diese Frau Fischer. Ich glaube, die aarme Frau kriegt gleich einen Herzinfarkt. Sieh zuu, ob du sie beruhigen kannst!«

Trumpetter wartete einige Sekunden. Dann sprach er langsam: »Frau Fischer, wir hatten heute schon ein paarmal die Ehre. Werden die Geschäfte jetzt *doch* nicht kompensiert?«

Aus dem Hörer sprudelte eine aufgeregte Stimme: »Herr Trumpetter, ich bin den Tränen nahe. Nein, nachdem unser Prokurist mit der *Astutia-LebensVersicherung* ausgehandelt hat, daß die Lieferungen kompensiert werden können, besteht unser Abteilungsleiter plötzlich darauf, daß doch nicht kompensiert werden darf. Das heißt, Sie werden fast 400 Swifte in den nächsten 24 Stunden von uns erhalten!«

Im Hintergrund hörte man das laute Schimpfen von Frau Seegras: »Diesem Dr. Sonnenfeld sollte man als erstem ein Bildtelefon installieren, damit man seine tiefen Bücklinge vor der *Astutia-LebensVersicherung* auch sieht!«

Trumpetter antwortete langsam, so als ob ihn nichts auf der Welt erschüttern könnte: »Daas ist jaa furchtbar, Frau Fischer. Was sagt denn Ihr Prokurist dazu?«

Die Stimme in der Leitung überschlug sich fast: »Das ist es ja gerade! Er ist mit einer Delegation aus Tokio im Haus unterwegs. Wir warten händeringend auf seine Rückkehr. Aber wir wissen nicht, ob er noch etwas retten kann. Um keine Zeit zu verlieren, haben wir schon einmal losgeswiftet. Bitte warten Sie mit der Ausführung bis morgen mittag! Vielleicht können wir den Irrsinn noch stoppen.«

Ruhig antwortete Trumpetter: »Schoon recht, Frau Fischer. Gehen Sie nicht so spät nach Hause, und schlaafen Sie gut. Bis morgen wird noch eine Menge Wasser den Main hinunterfließen.«

Nachdem er aufgelegt hatte, saß er eine Minute schweigend da. Mutti sagte behäbig in die Stille hinein: »Daas wird nichts mehr mit der Kompensation, Urs. Wenn der Abteilungsleiter Dr. Sonnenfeld keine Kompensation will, weiß der Himmel warum, dann wird er keinen Rückzieher mehr machen. Er könnte jaa sein Gesicht verlieren, oder?«

Urs Trumpetter schüttelte träge sein Haupt hin und her: »Diese FHK-Bank ist ein *Sau*haufen. Mir tun nur die aarmen Menschen leid, die dort aarbeiten müssen.«

Das Aquarium schuftete fieberhaft. Auch Frau Steiner, die dazugekommen war. Sie arbeiteten sich Zeile um Zeile die endlosen Fernschreiben hinunter. Ein Swift nach dem anderen wurde in die Terminals gehauen, kontrolliert und abgesendet. Die Finger flogen über die Tasten. Barbara saß auf glühenden Kohlen. Sie hatte sich mit Markus verabredet, der auf ihre Kontaktanzeige geschrieben hatte. Als es 18 Uhr wurde, fragte sie ihre Teamleiterin: »Bitte, Frau Fischer, ich komme morgen ganz früh. Aber ich habe einen wichtigen Termin.«

Die Frau sah sie unglücklich an: »Daß Sie ausgerechnet heute einen Termin haben. Können Sie den nicht verschieben? Sie wissen doch, was hier los ist.«

»Bitte, Frau Fischer, es ist wirklich sehr, sehr wichtig.«

»Na, dann gehen Sie mal, Frau Kleinwächter!«

Müller war die zeitige Heimfahrt nicht recht. »Ihr Termin ist sehr unpassend. Ich wäre lieber noch ein paar Stunden in der Bank geblieben und hätte mich um das Schweizgeschäft gekümmert.«

Barbara hielt ihre Karte ins Sichtfeld. Das Rollgitter der Tiefgarage fuhr nach oben. Sie beschleunigte mit quietschenden Reifen die Rampe hinauf. »Bitte, Herr Müller, ich habe Zahnschmerzen und muß unbedingt zum Zahnarzt.« Sie log, weil ihr die Wahrheit peinlich war; besonders vor ihm.

»Wenn Sie früher etwas gesagt hätten, hätte ich Ihnen eine Schmerztablette gegeben.«

»Ich bin gegen Schmerzmittel allergisch.« Barbara verstrickte sich immer mehr in ihrem Lügengebäude.

»Bekommen Sie denn überhaupt heute abend noch einen Termin?«

»Ja, ich habe angerufen.«

»Zu welchem Zahnarzt gehen Sie denn?«

»Dr. Muster.«

»Merkwürdig, bei dem bin ich auch in Behandlung. Aber der vergibt doch am Abend keine Termine mehr.«

»Er hat eine Ausnahme gemacht, weil ich allergisch gegen Schmerzmittel bin.«

Müller wußte nicht, was er davon halten sollte. »Sie lügt«, dachte er, »aber sie wird ihre Gründe haben.«

Nachdem sie Müller auf dem Parkplatz neben seinem BMW abgesetzt hatte, überlegte sie fieberhaft. Wenn sie jetzt direkt zum Treffpunkt fahren würde, könnte sie noch pünktlich sein. Aber sie wollte unbedingt einen guten Eindruck machen. Also erst nach Hause. Duschen, umziehen, ein wenig Lippenstift und Parfum. Zehn Minuten würde Markus bestimmt warten. Es war das vierzehnte Treffen auf ihre Kontaktanzeigen. Barbara war nicht wählerisch, aber mit einigen Typen kam nicht einmal ein Gespräch in Gang. Andere waren zu alt oder suchten nur Abenteuer. Und die wenigen interessanten Männer meldeten sich nach dem ersten Treffen nicht mehr. Sie hatten sich vermutlich für attraktivere Frauen entschieden. Mit Markus tauschte sie schon lange Briefe und Fotos. Er war in ihrem Alter, sehr sympathisch, intelligent und mochte Katzen. Heute würde es klappen. Aber sie durfte ihn nicht länger als fünfzehn Minuten warten lassen.

Als sie nach Hause kam, warteten zwei unbekannte Männer im Treppenhaus auf sie: »Sind Sie Frau Kleinwächter? Barbara Kleinwächter?«

»Ja, aber ich habe es eilig.«

»Sie kennen doch Werner Marschfeld?«

»Ich *kannte* ihn.«

»Haben Sie noch Kontakt mit ihm?«

»Nein, zum Henker. Wer sind Sie überhaupt?«

»Kriminalpolizei. Es ist besser, wir reden in Ihrer Wohnung weiter.«

»Bitte, ich habe es wirklich sehr eilig.«

Der ältere der beiden entgegnete eindringlich: »Frau Kleinwächter, Werner Marschfeld wird mit Haftbefehl gesucht, weil er diverse Banken schwer geschädigt hat. Wir wissen, daß Sie mit ihm zusammengelebt haben. Daher rate ich Ihnen dringend, sich kooperativ zu zeigen.«

Barbara nickte stumm und schloß die Wohnungstür auf. Das Treffen mit Markus war unwichtig geworden.

9 *Herrn Krauses Verarschung*

Am Morgen erlebte Müller eine böse Überraschung. Frau Kleinwächter stand mit einer großen Transportbox in der Hand am Treffpunkt. Sie öffnete die Beifahrertür und sagte lachend: »Sehen Sie mal, Herr Müller, ich nehme heute meine beiden Katzen Dividende und Rendite mit. Sind sie nicht süß?«

In dem Katzenkäfig schnurrten zwei Ungeheuer. Müller wurde flau. Mit Überwindung sagte er: »Niedlich, Frau Kleinwächter. Stellen Sie den Korb auf die Rückbank! Wir müssen los.«

Steif wie ein Brett saß Müller am Lenkrad. Die Fahrt wurde ihm zur Qual. Er versuchte sich auf den Verkehr, die heutige Arbeit, die jüngsten Entwicklungen der internationalen Kapitalmärkte zu konzentrieren. Es half alles nichts. Hinter ihm drohte die Katzenmacht. Er spürte plastisch die Krallen, die sich in seinen Rücken schlugen. Aber Frau Kleinwächter durfte nichts merken. Seine Phobie durfte in der Bank nicht bekannt werden.

Frau Kleinwächter war gut gelaunt: »Ich habe meinen Kolleginnen schon lange versprochen, einmal die Kätzchen mitzubringen. Es wird im Büro bestimmt keine Komplikationen geben.«

»Halt endlich deinen Mund«, dachte Müller verbissen.

»Sie müssen die beiden einmal streicheln, Herr Müller. Sie haben ein ganz weiches Fell.«

»Ich bringe dich um, du verfluchte Katzenmutter«, dachte Müller und sagte, um sich nicht zu verraten: »Ja, wenn ich Zeit habe, komme ich einmal ins Aquarium.«

»Ich kann die Katzen auch zu Ihnen bringen. Dividende und Rendite wollen bestimmt mal das schicke Büro sehen.«

»Nur über meine Leiche«, dachte Müller und suchte verkrampft nach einem anderen Thema.

Barbara erzählte: »Vor einem Jahr hat mir eine ehemalige Kundin die Katzen geschenkt. Um ein Haar wären sie ersäuft worden. Ist es nicht barbarisch, zu was Menschen alles fähig sind?«

»Ich werde Frau Kleinwächters Kopf mit der Axt vom Rumpf trennen und die Leichenteile zusammen mit den Katzen in den Main werfen«, überlegte Müller. Dann hatte er ein anderes Thema gefunden: »Warum geistert Pfefferle seit gestern wieder durch die Abteilung? Ich dachte, er läge wegen seiner Herzattacke im Krankenhaus?«

»Am nächsten Montag wird sein Tumor operiert. Eigentlich unnötig, daß er für eine Woche noch einmal gekommen ist. Ich glaube, er will Dr. Sonnenfeld demonstrieren, wie sehr er sich einsetzt. Er muß Angst um seinen Arbeitsplatz haben.«

»Unsinn«, sagte Müller, »ehe Pfefferle wegrationalisiert wird, muß dieser arbeitsscheue Lammert gehen.«

Barbara sagte mit bitterem Unterton: »Ich wäre die letzte, die Ihnen dabei widersprechen wollte. Aber Dr. Sonnenfeld ist unberechenbar. Seine Hirnwindungen schlingen sich so chaotisch wie die losen Zettel auf seinem Schreibtisch.«

»Sie haben recht. Man muß diesem Dr. Sonnenfeld alles zutrauen.«

Stockend begann Barbara: »Pfefferle erinnert mich an meinen Vater. Er war damals auch so um die 55, als sein Betrieb in wirtschaftliche Schwierigkeiten kam. Um einen Konkurs abzuwenden, stimmte der Betriebsrat einem *Sozialplan* zu. Den älteren Arbeitnehmern, dazu gehörte auch mein Vater, wurde die Kündigung nahegelegt. Es gab eine Abfindung.«

Sie sah zu Müller, um festzustellen, ob ihn das interessierte. Der schien ihre Gedanken zu erraten: »Reden Sie weiter, Frau Kleinwächter!«

»Mein Vater hatte in seinem Leben immer nur gearbeitet. Er kannte nichts anderes. Er war gut ausgebildet und hatte einen Freund auf dem Arbeitsamt. Sein Optimismus war nicht zu erschüttern, daß er bald eine neue Stelle finden würde.«

»Und?«

»Alles, was sein Kumpel auf dem Arbeitsamt für ihn tun konnte, war, ihm möglichst schonend beizubringen, daß er mit 55 keine Chance mehr hatte. Mein Vater brach zusammen. Er saß tagelang im Wohnzimmer und starrte vor sich hin. Meine Mutter und ich hatten große Angst. Die Situation überforderte uns beide. Aber sie fand eine Lösung. Meine Eltern zogen zum Bruder meiner Mutter, der in Kassel ein kleines Haus hatte. Ich blieb zurück, weil damals meine Banklehre begann. Offiziell erzählten meine Eltern überall, daß Kassel eine große Stadt sei und mein Vater vielleicht dort eher Arbeit finden würde. Aber der wirkliche Grund war der, daß sich mein Vater vor all seinen Freunden und Verwandten für seine Arbeitslosigkeit schämte. Überall hörte er nur den dummen Spruch, daß die wirklich Arbeitswilligen auch Arbeit finden würden. Damit kam er nicht klar.«

»Und wie ist es in Kassel gelaufen?«

»Mein Onkel besorgte meinen Eltern eine kleine Wohnung und einen riesigen, heruntergekommenen Schrebergarten. Mein Vater kam wieder auf die Beine und ging später mit einer Minimalrente in den Vorruhestand. Der Schrebergarten wurde für ihn zum Lebensinhalt, und er fand bei den anderen Hobbygärtnern neue Freunde. Aber es hätte auch ganz anders ausgehen können.«

»Natürlich.« Müller sah verbissen auf die Rücklichter seines Vordermannes. Der Berufsverkehr vor Frankfurt wurde immer dichter. »Man sollte sich diesen biologischen Abbau patentieren lassen: Alle Mitarbeiter werden mit 55 entlassen. Man eröffnet ihnen möglichst brutal, daß sie absolut nutzlos geworden sind. Wenn sich dann, sagen wir, über den Daumen zehn Prozent die Pulsadern aufschneiden, wird das Ganze sogar für die Rentenversicherung finanzierbar.«

Barbara fuhr herum: »Ihr Zynismus ist einfach widerlich!«

Müller schwieg. Nach einer Weile sagte er leise: »Es tut mir leid, aber diese Welt ist nur mit Zynismus zu ertragen.«

Dr. Sonnenfeld raufte sich mit der rechten Hand seine kurzen grauen Haare und rief: »Gernsheimer!«

Sofort erschien sein Stellvertreter in der Verbindungstür.

»Kommen Sie rein, und setzen Sie sich!«

Gernsheimer räumte einen Stahlrohrsessel frei und sah seinen Vorgesetzten erwartungsvoll an.

»Diesen Tag könnte ich an die Wand klatschen. Zuerst war das *Handelsblatt* wieder nicht in meinem Fach. Dann eröffnet mir Frau Moter aus dem *Aktien/Westeuropa-Team*, daß sie auch schwanger ist. Die zweite nach Frau Steiner! 23 Jahre ist sie alt, Gernsheimer. Das haut uns immer mehr das Durchschnittsalter in der Abteilungsstatistik kaputt. Warum werden eigentlich immer die jungen Frauen schwanger und nicht die alten Weiber, die in der modernen Arbeitswelt nicht mehr gebraucht werden?«

Gernsheimer fragte besorgt: »Will sie das Kind wirklich bekommen?«

»Das hab' ich sie auch gefragt«, seufzte er.

»Und?«

»Sie wurde aggressiv.«

»Dann bleibt uns nur die Hoffnung, daß sie nach ihrem Erziehungsurlaub wiederkommt.«

»Hören Sie nur mit Erziehungsurlaub auf, Gernsheimer. Dieser Hartland aus dem Rot-Team kam vor zwei Tagen um die Ecke gefegt und hat mir frech ins Gesicht gesagt, er hätte als Vater auch gesetzlichen Anspruch auf Erziehungsurlaub.«

»Den hat er. Leider.«

Sonnenfeld war aufgebracht: »Aber Gernsheimer, er will tatsächlich seinem Säugling den Hintern abwischen. Wie kann er sich nur als ausgebildeter Bankkaufmann und erstklassiger Back-Officer zu so einer anspruchslosen Arbeit erniedrigen?«

Der Stellvertreter machte ein bedrucktes Gesicht: »Ja, jetzt sind wir uns nicht einmal mehr der jungen Familienväter in unserer Abteilung sicher.«

»Dabei ist der Kerl im allerbesten Alter«, klagte Sonnenfeld. »27 Jahre! Die anderen drei, die gekündigt haben, waren auch nicht viel älter.«

»Logisch«, warf Gernsheimer ein, »nur die haben eine Chance auf dem Arbeitsmarkt.«

Der Abteilungsleiter resümierte gequält: »Also, wir haben zwei Schwangere, einen emanzipationswütigen Familienvater und drei Kündigungen. Alle sind unter 35. Es bleiben die Alten mit der niedrigen Leistung und den hohen

Krankenständen. Ich traue mich schon gar nicht mehr, die Statistik zu aktualisieren. Und mit dem CSW-Konzept geht es auch nicht voran.«

Er stand auf, stieg über herumliegende Aktenordner und ging zum Fenster. »Es ist schier zum Verrücktwerden. Die jungen Leute begreifen nicht, was ich ihnen für eine Chance biete. Ich revolutioniere die Arbeitswelt. Ich kreiere neue, abwechslungsreiche Arbeitsplätze. Ich schaffe neue Lebensinhalte. Ich schaffe neue Werte in einer Gesellschaft, die ständig darüber klagt, daß die alten Werte verschwinden. Und die Menschen laufen mir davon. Die Hauptabteilungsleiterin sitzt mir im Nacken, und dieser arrogante Müller sägt an meinem Stuhl.«

Gernsheimer meinte: »Machen Sie sich nichts daraus. Als man die ersten mechanischen Webstühle in den Fabriken aufstellte, kamen die Weber auch angelaufen und haben sie kurz und klein geschlagen. Diese Proleten hatten einfach nicht begriffen, daß eine neue Zeit angebrochen war. Sie sind der Mann der neuen Zeit, Herr Dr. Sonnenfeld. Sie sind der Mann der dritten industriellen Revolution und werden von diesen kleinen Geistern verkannt.«

Sonnenfeld fuhr herum: »Ja, Gernsheimer. Aber ich muß mit diesen kleinen Geistern arbeiten.«

Er lief wütend auf und ab. Gernsheimer schwieg. Nach einer Weile begann der Abteilungsleiter laut zu denken: »Es hilft nichts. Wir müssen auf die Vorschläge Müllers zur Umsetzung des *Referenzbonussystems* eingehen.«

Gernsheimer wurde sofort hellhörig. Bei dem Namen Müller sträubten sich seine Nackenhaare. »Aber, Herr Dr. Sonnenfeld, damit geben Sie diesem aalglatten Karrieristen noch mehr Einfluß, als er ohnehin schon hat.«

Sein Chef lächelte hintergründig: »Natürlich werde ich das Konzept etwas modifizieren. Dann peitsche ich es bis zum Freitag bei der Personalabteilung durch. Notfalls muß mir Roß helfen. Wir werden die Kleingeister mit dem lokken, was Kleingeistern gefällt: mit Mammon.«

Der Stellvertreter wurde skeptisch: »Wie wollen Sie das machen? Damit treiben Sie die Personalkosten noch mehr in die Höhe, statt sie zu senken.«

»Auch daran habe ich gedacht, Gernsheimer. Es müssen Köpfe rollen. Wir werfen die Alten hinaus und verteilen deren Gehälter um. Dieser Pfefferle muß als erster weg. Im heutigen Wirtschaftsleben ist ein Arbeitnehmer mit 55 Jahren einfach zu alt. Wenn er nicht freiwillig in den Vorruhestand geht, schmeißen wir ihn raus. Lammert ist 10 Jahre jünger. Er reicht allein für Archiv und Materialverwaltung.«

»Das könnte gehen«, überlegte Gernsheimer.

»Solange Personalmanager Roß hinter mir steht, geht alles.« In Sonnenfeld lebte wieder der alte *Macher*. Er war zu allem entschlossen.

Beck und Bellmann tranken mit Frau Armand Kaffee.

»Hat sich Pfefferle von euch schon verabschiedet?« fragte sie.

Beck schüttelte seinen kantigen Kopf. Bellmann meinte: »Der kommt bestimmt noch. Vielleicht sehen wir ihn zum letzten Mal.«

»Aber Stephen!« sagte sie vorwurfsvoll.

»Na ja«, meinte Beck grinsend, »wenn die ihm den Tumor rausschneiden, bleibt von seinem Hirn nicht viel übrig.«

»Eigentlich gar nichts«, bekräftigte Bellmann und lachte boshaft.

»Ihr beiden schreckt nicht einmal davor zurück, diesen armen Mann zu verhöhnen!«

»No. Wir schrecken vor nichts zurück.«

Schweigen. Beck trank ein paar Schlucke Kaffee. Armand fragte: »Habt ihr das neue Auto von Krause gesehen?«

Beck nickte stumm. Bellmann sagte: »Großraumlimousine. Geile Kiste. Neu, 133 PS und Top-Ausstattung.«

Armand überlegte laut: »Ich frage mich, wo bei seinen vier Kindern plötzlich das Geld hergekommen ist.«

Beck war wie üblich gut informiert: »Angestelltenkredit. Vermutlich spekuliert er auf einen fetten *Referenzbonus.*«

»Wenn den einer verdient hat, dann Krause.«

Beck stimmte zu: »Mit seiner alten Rostlaube hätte er auch unmöglich in Urlaub fahren können. Stephan und ich haben sie in diesem Jahr schon dreimal zusammengeflickt.«

Armand nickte: »Ich glaube, das neue Auto war er seiner Familie einfach schuldig.«

Abendliche Heimfahrt. Katzenkäfig auf der Rückbank. Müller entspannte sich. Er hatte sich an die Katzen ein wenig gewöhnt. Der Prokurist fuhr auf die vierte Spur, um schnell voranzukommen. Aber selbst hier wurde er immer wieder von langsamen Fahrzeugen aufgehalten. Plötzlich tauchte hinten ein knallroter Porsche auf. Lichthupe. Müller dachte nicht daran, Platz zu machen. Der Porsche paßte eine Lücke ab und überholte rechts. Müller zeigte die Ruhe eines Steins. Aber sein Organismus schüttete Kampfhormone aus. 286 PS katapultierten seinen BMW hinter dem Sportwagen her. Auch der Vorwärtsdrang des Porsche wurde durch den dichten Verkehr behindert. Müller klebte an seiner Stoßstange. Er lauerte auf eine Lücke. Vollgas und rechts vorbei. Endlich war die vierte Spur frei. Aber sein Gegner ließ sich nicht abschütteln. Jetzt klebte der Porsche an Müllers BMW. Beide Autos jagten mit 200 Stundenkilometern über die Autobahn. Graue Limousine, rotes Coupé.

»Müssen wir so schnell fahren?« fragte Barbara verständnislos.

Er reagierte nicht. Er kämpfte ein Spiel und spielte einen Kampf, den seine Beifahrerin nicht verstand. Der Porsche folgte Müller, Stoßstange an Stoßstange, und bombardierte ihn mit Lichtblitzen seiner Scheinwerfer.

»Jetzt lassen Sie den Idioten vorbei!« Ihre Stimme klang ärgerlich und ängstlich zugleich.

Er reagierte noch immer nicht. Er stand nackt im zottigen Fell, brüllend, mit geschwellter Brust, die Beine fest auf dem Boden. Drohend erhob er seine mächtige Keule, um den Schädel seines Feindes zu zertrümmern… Da holte ihn eine laute, weibliche Stimme in die Wirklichkeit zurück. Sein Großhirn riß die Herrschaft wieder an sich: Ordnung und Disziplin. Er machte dem roten Sportwagen Platz und nahm den Fuß vom Gaspedal. Sein Gegner zog als Sieger mit triumphierendem Hupen an ihm vorüber.

Barbara beruhigte sich wieder. Sie legte ihren Kopf zurück und versuchte zu schlafen. Der Prokurist verlor sich in Gedanken. Heute abend traf er eine weitere Frau, die auf seine Bekanntschaftsanzeige geantwortet hatte. Der Erfolg war bis jetzt ausgeblieben… *Erfolg.* Jahrelang war der ihm mit elfenhafter Leichtigkeit zugeflogen. Er hatte seine Konkurrenten überholt und weit hinter sich gelassen. Warum benahm er sich jetzt wie ein Trottel, sobald er eine Frau kennenlernen wollte? Was war anders?… Er hätte gerne mit jemandem ein Gespräch darüber geführt. Aber es war schwierig, eine so intime Sache zu thematisieren. Es gab keinen Menschen, der ihm nahe genug stand. Seinen Eltern hatte er sich entfremdet. Sie waren ohnehin immer nur mit dem Aufbau ihrer gemeinsamen Anwaltskanzlei beschäftigt. Geschwister gab es nicht. Seine Freunde hatte er nach dem Gesichtspunkt des geschäftlichen Nutzens ausgesucht. Sie blieben sich im Gespräch immer fremd. Konkurrenten, die sich mißtrauisch belauerten, bestenfalls achteten, aber nie richtig mochten. Wichtig war es in erster Linie, selbst zu reden. Wer das Wort hatte, konnte seine eigene Kompetenz und Klugheit demonstrieren. Richtig zuhören wollte keiner.

Bestenfalls war das Zuhören ein lauerndes Abtasten, das nur an bestimmten Informationen interessiert war. Voll Ungeduld fielen sie ihren Gesprächspartnern ins Wort oder reagierten auf Schlagwörter, um dann schnell zum eigenen Thema zu wechseln. Hilfe, um mit sich selbst klarzukommen, hatte Müller von seinen Geschäftsfreunden nicht zu erwarten.

Es blieb noch der Ausweg, sich für 180 Mark die Stunde einen Psychotherapeuten zu mieten. Geld hatte er genug. Aber er mißtraute allen Intellektuellen. Er sah in Gedanken Dr. Sonnenfeld vor sich. Was hatte ein Psychotherapeut zu bieten außer angehäufter Theorie und kalter Professionalität? Und dahinter lauerte auch nur das urzeitliche, männliche Machtgehabe seiner Geschäftsfreunde. Der Prokurist schüttelte sich vor Ekel.

Müller hatte nie einen wirklichen Freund gehabt. Er war allein.

Die Geschwindigkeit pendelte um 110. Barbara war eingeschlafen. Die Sonne fiel in den klimatisierten Innenraum. Das grelle Licht lag auf ihren geschlossenen Augenlidern. Müller klappte die Sonnenblende herunter und stellte den CD-Spieler leiser. Nichts sollte ihren Schlummer stören.

Die alten Weidenbäume wölbten sich wie ein Dach über die Uferwiesen. Rötliche Strahlen der tiefstehenden Sonne funkelten auf den Wellen des Neckars. Familien und Paare gingen in der Anlage spazieren. Auf den Bänken Rentner. Einige Jogger und Radfahrer machten die Asphaltwege unsicher. Jugendliche spielten Fußball.

Auf der Wiese lag eine junge, schlanke Frau mit langen, kastanienbraunen Haaren. Die Erscheinung war so elegant, daß Müller auch ohne die Verabredung auf sie aufmerksam geworden wäre. Es war Susanne, zwei Jahre älter als er.

Aber das machte nichts. An Sozialprestige war er seinem Lebensalter weit voraus.

»Gott, bist du pünktlich!« sagte sie und blickte zu ihm auf.

»Gerade mal so«, antwortete Müller. »Ich mußte noch eine Kollegin nach Hause fahren.«

»Du bist sehr hilfsbereit«, stellte Susanne fest und betrachtete fasziniert seine warmen Augen.

Das Lob war ihm peinlich. Er überspielte es: »Wollen wir hier am Flußufer entlanggehen?«

Sie hatte eine andere Idee: »Es wird dich vielleicht überraschen, Manfred, aber ich würde gerne mit dir in den Zoo gehen. Nicht weit von hier. Er ist noch eine Stunde geöffnet.«

»Du magst Tiere?«

»Ja«, sagte sie und sah gedankenverloren in das tiefe, dunkle Braun seiner Augen. Dann riß sie sich los: »Ich wette, du warst seit deiner Schulzeit nicht mehr im Zoo.«

»Das letzte Mal mit zwölf Jahren.«

Wenige Minuten später hatten sie zwei Eintrittskarten gelöst. Susanne steuerte zielstrebig zu den Raubtieren.

»Ich würde mir gerne das Freigehege mit den großen Laufvögeln betrachten«, versuchte er das Schlimmste zu verhindern.

»Nein, komm!« rief sie fröhlich. »Heute ist mein Glückstag. Wir müssen zu den Tigern.«

Müller folgte ihr. »Ich muß mich zusammenreißen«, dachte er eindringlich. Verdrängung, Atemtechnik, Konzentration auf das Wesentliche. Die mächtigen Abwehrmechanismen gegen die Katzenphobie wurden mobilisiert.

Es waren nur noch wenige Besucher im Zoo. Unter den alten Bäumen sammelten sich die Schatten. Es herrschte eine eigentümliche, entrückte Stimmung. Susanne war stets einige Schritte voraus. Er sah, wie gut sie gebaut war. Bei der Vorstellung, sie in den Arm zu nehmen, spürte er einen prickelnden Schauer auf der Haut.

Bei den Raubkatzen angekommen, wurde ihm übel. Vier riesige Tiger liefen nervös durch einen engen Käfig. Ihr Brüllen ging ihm durch Mark und Bein. Er stellte sich im Profil zu ihnen, damit er sie nicht direkt ansehen mußte. Panikattacken stiegen auf. Mit Atemtechnik versuchte er sich zu beruhigen. Susanne stand dicht neben ihm. Er roch ihr Parfum und spürte die Wärme ihres Körpers. Leise sagte sie: »Es ist ihre Kraft, die mir gefällt, Manfred. Ihre Wildheit. Die gespannte Energie ihrer Muskeln. Manchmal stell' ich mir vor, ich würde ihre Gitterstäbe auseinanderbiegen und dieser Kraft zur Entladung verhelfen.«

Er hatte die Ruhe eines Steins. Aber der alte Schrecken war wieder da.

Susanne war von den Tigern fasziniert: »Fast nichts ist so erotisch wie diese geschmeidigen Raubkatzen!«

Jetzt verlor er endgültig die Beherrschung: »Es reicht!« schrie er. Zwei alte Frauen in der Ferne drehten sich um. Ein Tiger brüllte laut. Susanne sah ihn erschrocken an: »Aber... aber, ich dachte...«

»Mein Gott, Susanne, der Abend war so schön, und du schleppst mich vor diesen verfluchten Katzenkäfig!«

Sie begriff nichts und stand wortlos da. Der junge Prokurist fühlte sich durchschaut und ging davon. Schnell, hastig, nur noch den Ausgang im Sinn. Susanne konnte nicht glauben, was passierte. Sie wehrte sich verzweifelt gegen den Verlust seiner wunderschönen Augen und blieb allein und hilflos zurück vor dem Käfig.

Vier Tage später. Als der Teamleiter Sonnenfelds Büro betrat, eilte der ihm lächelnd entgegen: »Ich grüße Sie, Herr Krause. Nehmen Sie Platz!«

Die unauffällige Frau Spinzig war auch anwesend. Der

Abteilungsleiter verabschiedete sie freundlich und wartete, bis sie den Raum verlassen hatte.

Krause war voll innerer Spannung. Die ersehnte Gehaltserhöhung lag in der Luft.

»Zuerst einmal«, begann sein Vorgesetzter, »muß ich mich bei Ihnen für den großen Einsatz bedanken, den Sie gezeigt haben. Wie kommen Sie mit dem CSW-Konzept voran?«

»Wegen der Personalengpässe leider nur schleppend.«

»Ja, eine problematische Situation. Aber Sie sind nicht der einzige, der davon betroffen ist.«

»Ich weiß.«

Sonnenfeld setzte sich gerade und lächelte gönnerhaft: »Bleiben wir bei dem erfreulichen Anlaß unseres Gesprächs. Es hat zwar lange gedauert, weil ich wahnsinnig viel um die Ohren hatte. Da geht es mir nicht anders als Ihnen. Aber nachdem die Personalabteilung endlich zugestimmt hat, kann ich Ihnen eine sehr angenehme Mitteilung machen.«

Das Herz des Teamleiters klopfte. Monatelang hatte er geschuftet wie ein Pferd. Als seine Frau im Krankenhaus lag und ihr viertes Kind bekam, hatte er kaum Zeit gehabt, sie zu besuchen. Zum Schluß stand sogar noch der Urlaub auf der Kippe. Aber jetzt war es endlich soweit. Endlich.

Dr. Sonnenfeld fuhr fort: »Ich habe hier die offizielle Bestätigung, daß man Ihnen auf Ihr außertarifliches Gehalt, in Anerkennung Ihrer Leistungen, rückwirkend zum 1. 7. einen monatlichen Referenzbonus von 6 Prozent gewährt.«

Krauses Gesichtszüge gefroren zu Eis. »Das muß ein Irrtum sein«, schoß es ihm durch den Kopf.

Sein Chef fuhr fort: »Gehen Sie heute abend einmal pünktlich nach Hause, und besuchen Sie mit Ihrer Frau zur Feier des Tages ein gutes Restaurant!«

Krause entgegnete leichenblaß: »Das ist doch nicht Ihr Ernst!«

Sonnenfeld machte ein überraschtes Gesicht: »Aber, Herr Krause, was haben Sie denn erwartet?«

»Wissen Sie eigentlich, was ein Referenzbonus von 6 Prozent ist? Ein Butterbrot! Bei meinem Gehalt macht das nicht einmal 400 brutto. Wissen Sie, was davon netto übrigbleibt? Das ist doch keine Anerkennung dafür, daß ich mir hier den Arsch aufreiße! Müller sprach von 1200 Mark oder mehr.«

Sonnenfeld reagierte ärgerlich: »Jetzt werden Sie nicht unverschämt, Krause. Erstens hat Herr Müller keine Gehaltsentscheidungen zu treffen. Deshalb ist es sehr leichtfertig von ihm, Ihnen etwas zu versprechen. Und zweitens sollten Sie die Situation unserer Bank kennen. Die hohen Personalkosten machen uns im internationalen Wettbewerb schwer zu schaffen. Seien Sie froh, wenn ich für Sie überhaupt noch einen Referenzbonus herausgeschlagen habe.«

»Aber, Herr Dr. Sonnenfeld, ich leite seit sieben Monaten zwei Teams mit zwei Assistenten, die so schlecht wie Sachbearbeiter bezahlt werden. Sie können doch meine Leistungen nicht mit Füßen treten, indem Sie mich mit lumpigen 400 Mark abspeisen.«

»Leistungen, Herr Krause? *Sie* sprechen von Leistungen? Was ist mit dem CSW-Konzept? Frau Fischer hat schon eine Mitarbeiterin, Frau Kleinwächter, die die Schweiz komplett abwickeln kann. Wo sind Ihre Ergebnisse, Herr Krause? Wenn Sie von Leistung reden, müssen Sie sich vorhalten lassen, daß die Motivation Ihrer Mitarbeiter erbärmlich ist.«

Der Teamleiter öffnete den Mund. Aber sein Vorgesetzter schnitt ihm das Wort ab: »Ich weiß auch, daß es ganz andere Gründe für Ihre undankbare Reaktion gibt. Sie haben sich im Vorgriff auf übertriebene Vorstellungen durch den Kauf eines Autos verschuldet und stecken jetzt in der Klemme. Von einem Familienvater mit vier Kindern hätte ich mehr Verantwortungsbewußtsein erwartet.«

Krause sprang auf: »Das ist nicht fair, Herr Dr. Sonnenfeld. Sie können die Hintergründe nicht beurteilen.«

Er lächelte: »Doch, Herr Krause. Die kann ich beurteilen. Bitte nehmen Sie zur Kenntnis, daß ich Augen und Ohren habe, die weit über dieses Büro hinausreichen. Mir wird in dieser Abteilung auf Dauer nichts verborgen bleiben. Und jetzt gehen Sie zu Ihrem Team und machen Ihre Arbeit. Guten Tag!«

»Wie können Sie ohne Rücksprache mein *Referenzbonussystem* derart verändern?« Müller stand vor dem Schreibtisch des Abteilungsleiters. Die großen braunen Augen blitzten im Zorn.

Sonnenfeld lächelte: »Ich bin Ihnen darüber keine Rechenschaft schuldig, Herr Müller. Aber im Interesse unserer Zusammenarbeit werde ich es Ihnen erklären.«

»Ich bitte darum!« forderte der Prokurist.

»Sie wissen, daß die Bank im internationalen Wettbewerb steht und der Kampf ums Überleben immer gnadenloser wird...«

»Geschenkt«, unterbrach ihn Müller scharf, »heben Sie sich das für die nächste Abteilungsversammlung auf. Ich kann dieses Gerede über die angeblich so notleidende Bank nicht mehr hören. Wir machen jedes Jahr große Gewinne, die im nächsten Jahr um 30 Prozent gesteigert werden. Wenn einmal der Profit *nur* um 20 Prozent steigt, geht ein großes Lamento los.«

»Sie dürfen nicht den Fehler machen, Herr Müller, die augenblicklich prosperierende wirtschaftliche Situation unseres Hauses linear in die Zukunft fortzuschreiben. Wenn wir nicht eine weitblickende Strategie entwickeln...«

Müller war am Ende seiner Geduld: »Konkret, Herr Dr. Sonnenfeld! Warum wurde der Referenzbonus des Teamleiters Krause von den ursprünglich geplanten 18 Prozent seines Bruttogehaltes auf lächerliche 6 Prozent reduziert?«

»Herr Müller, setzen Sie sich erst einmal!«

Der Prokurist ignorierte die Aufforderung. »Ich habe von der Hauptabteilungsleitung die Zusage, daß Personalentscheidungen *gemeinsam* getroffen werden. Sie setzen sich schon zum zweiten Mal darüber hinweg.«

»Das betrifft nur *allgemeine* Entscheidungen. Die Umsetzung im *Detail* ist meine Sache. Schließlich habe ich Ihre Idee mit den Zulagen in der Praxis angewandt.«

»So hat das keinen Sinn, Herr Dr. Sonnenfeld. Wenn Sie die Weisungen der Hauptabteilungsleitung einseitig in Ihrem Sinn interpretieren, müssen wir gemeinsam ein klärendes Gespräch mit Frau von Wildenstein...«

»Also gut, Herr Müller. Ich habe den Bonus auf 6 Prozent reduziert, weil alles andere das begrenzte Kontingent unserer Abteilung sprengen würde. Die übrigen Teamleiter erhalten übrigens auch alle 6 Prozent, so daß Herr Krause sich nicht benachteiligt zu fühlen braucht. Dabei hinkt er mit seinen beiden Teams hinterher. Frau Fischer hat zum Beispiel Frau Kleinwächter als erste fertige CSW-Sachbearbeiterin aufgebaut. Ich plane ihren Arbeitsplatz ausführlich zu dokumentieren und in einem Erfolgsbericht dem Vorstand vorzulegen.«

Müller lachte sarkastisch: »Also das berühmte Gießkannenprinzip. Großartig! Damit haben Sie mein *Referenzbonussystem* ad absurdum geführt, Herr Dr. Sonnenfeld.«

»*Ihr* System, Herr Müller? Was glauben Sie eigentlich, wer Sie sind?«

Der Prokurist wurde ernst: »Wie hoch ist eigentlich *Ihre* Leistungsprämie, Herr Dr. Sonnenfeld?«

Er reagierte ärgerlich: »Das tut jetzt wirklich nichts zur Sache.«

»Ich denke schon. Wir sollten mit offenen Karten spielen. Oder glauben Sie, ich würde es nicht herausbekommen?«

»Also gut, die Hauptabteilungsleitung hat mir 15 Prozent…«

Müller lachte schallend.

»Hören Sie auf zu lachen! Ich erinnere Sie daran, daß Sie mit 26 Jahren schon 120 000 Mark verdienen und darauf ebenfalls einen Bonus von 15 Prozent erhalten.«

Müller setzte sich und versuchte das Gespräch in ein sachliches Klima zurückzuholen: »Herr Dr. Sonnenfeld, hinter meinem *Referenzbonussystem* steht mehr als eine reine Motivationsstrategie. Natürlich hinkt Krause mit seinem Team hinterher. Genauso wie Frau Rot und Frau Alberti, die bis zum Hals in Schwierigkeiten stecken. Aber es gibt noch einen anderen Gesichtspunkt. Herr Krause setzt sich ein. Er reißt sich in Stücke für diese Bank. Haben Sie sich einmal überlegt, was es für einen Familienvater heißt, jeden Abend erst um 20 Uhr nach Hause zu kommen und auch am Wochenende noch Arbeit zu haben? Und das monatelang!«

»Das kann ich besser beurteilen als Sie, ich habe schließlich zwei fast erwachsene Kinder, die ich die letzten 20 Jahre auch selten gesehen habe.«

Müller ließ sich nicht beirren: »Gernsheimer macht keine Überstunden, weil er von allen Teamleitern am besten mit Personal ausgestattet ist. Frau Fischer ist ohnehin in erster Ehe mit der Bank verheiratet. Ihre zweite Ehe führt sie mit einem erfolgreichen Unternehmer. Ihre Kinder sind erwachsen und leben außer Haus. Frau Alberti beschäftigt eine Haushälterin und eine Putzfrau und legt abends die Füße hoch. Und alle verdienen mehr als Krause.«

»Worauf wollen Sie hinaus, Herr Müller?«

»Daß wir die Leistungen des Herrn Krause nicht nur am Nutzen für die Bank messen dürfen, sondern auch die persönliche Belastung und das private Umfeld mit einbeziehen müssen.«

»Moment! Das hat doch mit der Bank nichts zu tun, wenn einer vier Kinder in die Welt setzt?«

»Doch, Herr Dr. Sonnenfeld. Die Bank hat soziale und moralische Verpflichtungen ihren Mitarbeitern gegenüber. Wenn Sie Krause schon als Familienvater fast ein Dreivierteljahr für zwei Teamleiter arbeiten lassen, müssen Sie ihn wenigstens anständig bezahlen. Er braucht das Geld nötig, um wenigstens einmal im Jahr mit seiner Familie Urlaub zu machen.«

Dr. Sonnenfeld schüttelte den Kopf: »Sie begeben sich da in einen Bereich, der uns als privatwirtschaftliches, am Gewinn orientiertes Unternehmen nichts angeht. Dafür ist der Staat zuständig. Krause ist in der Steuerklasse drei. Er hat vier Kinderfreibeträge auf der Lohnsteuerkarte und kassiert viermal Kindergeld. Und die Bank finanziert das alles über die Steuer. Damit sind unsere sozialen Verpflichtungen abgegolten.«

»Nein, so einfach ist das nicht. Als Wirtschaftsunternehmen mit tausenden Angestellten sind wir *auch* gefordert. Natürlich gibt es Solidarität nicht zum Nulltarif. Aber sie ist auch ein Zeichen von Souveränität und Stärke.«

Müller stand wieder auf, ging ein paar Schritte zum Fenster und unterstützte seine Rhetorik mit dem ganzen Körper: »Ethisches Verhalten ist nicht selbstverständlich. Es bedarf der Vorbilder und dem Vertrauen auf Anerkennung. Unsere Bank ist groß und erfolgreich. Alle Blicke sind auf uns gerichtet. Damit fällt uns eine Vorbildfunktion zu. Die Bank und wir beide haben mehr Macht und Verantwortung, als uns bewußt ist!«

Der Abteilungsleiter knallte seinen Kugelschreiber auf

den Schreibtisch und sprang ebenfalls auf: »Jetzt reicht's, Müller! Sie blasen sich hier auf als großer Moralphilosoph und Retter der Menschheit. Aber gehen Sie einmal hinaus in den Waschraum, und betrachten Sie sich im Spiegel! Sie sind ein gewöhnlicher Karrierist, wie sie in den Bürotürmen Frankfurts zu Hunderten herumlaufen. Wo ist denn *Ihre* Solidarität, Herr Müller? Sie leben allein in einer Luxuswohnung mit 150 Quadratmetern. Sie fahren ein Auto, für dessen Preis sich Krause drei Großraumlimousinen kaufen könnte. Sie teilen nichts. Im Gegenteil: Sie suchen nach jedem Schlupfloch, Steuern zu sparen. Sie sind in der Durchsetzung Ihrer Interessen skrupellos und in der Wahl Ihrer Mittel alles andere als zimperlich. Sie scheuen nicht einmal davor zurück, zu Ihrem Vorteil Mitarbeiter anzustiften, die Paßwörter Ihrer eigenen Kollegen zu knakken. Und *Sie* wollen mir etwas erzählen über Moral und Ethik?«

Beide Männer standen sich aufrecht gegenüber. Zwischen ihnen der Schreibtisch. Müllers Organismus wurde mit Kampfhormonen überflutet, die sein Großhirn lähmten. Deshalb hatte er die Bedeutung von Sonnenfelds Worten noch nicht richtig erfaßt. Sein Chef schlug nach: »Ich habe Sie durchschaut, Müller. Ihr Gerede von Moral ist nichts als eine weitere spitze Waffe aus Ihrem Kampfarsenal. Sie waren besessen von der Gier nach Geld. Und als Sie so viel Geld zusammengerafft hatten, daß der Kitzel stumpf wurde, verfielen Sie der Gier nach Ruhm. Sie wollen diese Abteilung. Und wenn Sie die haben, wollen Sie mehr und noch mehr.«

Sonnenfeld hatte sich in Erregung geredet. Er machte eine kurze Pause, um sich zu beruhigen, und schob leise hinterher: »Aber ich warne Sie, Müller. Verlassen Sie sich nicht auf das Matriarchat der Frau von Wildenstein! Es könnte sein, daß Sie einmal ganz verlassen dastehen.«

Müller schlug zurück: »Ich habe schon üble Vorgesetzte erlebt. Aber Sie sind der Abschaum! Sie sitzen in Ihrem Elfenbeinturm und denken sich utopische Szenarien aus. Die dritte industrielle Revolution. Lachhaft! Habt Ihr Intellektuellen immer diese Fürze im Hirn? Aber Ihre Rechnung geht nicht auf. Die Mitarbeiter laufen Ihnen in Scharen davon. *Ihr* Stuhl wackelt mehr als der meine!«

Der Abteilungsdirektor und sein Prokurist stützten sich mit den Händen auf den Schreibtisch, und ihre Augen duellierten sich haßerfüllt. Schweigen, sekundenlang. Müller löste sich als erster aus der Erstarrung, drehte sich um und ließ seinen Vorgesetzten stehen. Beide Männer hatten sich alles gesagt.

Müller brütete dumpf über seinem Schreibtisch. Er fühlte, wie geheime Minen unter dem Boden hindurch seine Position zu untergraben begannen. »Woher ist dieser Mann so teuflisch gut informiert? Czerwinski ist gefeuert und ausgeschaltet. Es muß einen anderen Zuträger geben. Ein Kollegenschwein, das noch übler ist als Czerwinski in seinen übelsten Stunden. Ist es Beck, Bellmann, Lammert oder Herr Wolf, der als Sekretär der Hauptabteilungsleiterin an allen Quellen sitzt? Alberti vielleicht, oder …? Frau Rot hat mich gewarnt: Warten Sie nicht so lange, sonst wird am Ende der Jäger zum Gejagten … Ich muß handeln. Ich brauche einen Termin bei Frau von Wildenstein. Vielleicht reicht das Material, das ich gegen Sonnenfeld gesammelt habe. Ich werde Wolf mit einem Vorwand überlisten, damit er Sonnenfeld nicht warnen … O Gott, Manfred! Du leidest schon unter Verfolgungswahn!«

Er riß sich aus seinen Gedanken. Er mußte etwas tun, um nicht ganz in diesem Sumpf zu versinken. Vielleicht sollte er mit irgend jemand einen Small talk halten, um sich abzulenken. Er wählte die Nummer von Barbara und sprach mit aufgesetzt guter Laune: »Hallo, Frau Kollegin, wie läuft es in der Schweiz?«

»Reibungslos, Herr Müller. Nur die Abwicklung der Namensaktien ist zäh. Ich habe mir ein paar Gedanken gemacht, wie wir sie beschleunigen könnten.«

»Interessant. Kommen Sie morgen einmal in mein Büro! Dann reden wir darüber. Wie ist die Stornoquote?«

»Letzte Woche hatte ich zwei Stornos bei durchschnittlichem Geschäftsvolumen.«

»Hervorragend! Aber das muß noch besser werden. Ich werde Sie in Zukunft für jedes Storno einmal übers Knie legen.«

»Herr Müller, ich werde ab morgen nur noch ganz kurze Röcke anziehen.«

Schlagartig erkannte er, daß er zu weit gegangen war. Für einen Augenblick hatte er sich treiben lassen. Er hatte den schützenden Panzer seiner Disziplin verlassen und sich geöffnet. Jetzt mußte er die losgelassenen Hunde wieder einfangen. Schnell korrigierte er sich: »Ich meine damit, daß Sie nach den Erfolgen nicht wieder nachlässig werden.«

Aber Barbara ließ sich nicht mehr bremsen: »Klar, Herr Müller. Ich werde unter dem kurzen Rock auch kein Höschen tragen. Was halten Sie davon?«

Der Prokurist wurde wütend: »Schluß jetzt! Die Sache ist zu ernst, um darüber anzügliche Witze zu machen. Schließlich erwarten unsere Kunden korrekte Wertpapierabrechnungen.«

Er knallte den Hörer auf und hätte sich am liebsten selbst auf den Mund geschlagen. Wie stand er jetzt da vor dieser Frau? Die Seegras hätte nur blöde gegluckst, und bei den anderen Frauen war es ihm fast egal, was sie von ihm dachten. Aber ausgerechnet Frau Kleinwächter! Müller seufzte: »Nicht einmal ein leichtes Gespräch gelingt mir in dieser Bank.«

Barbara hörte das Knallen im Hörer und dachte amüsiert: »Er ist verklemmt. Er ist tatsächlich sexuell verklemmt. Am Ende hat er vielleicht überhaupt keine sexuellen Erfahrungen. Wer hätte das von dem mächtigen Müller gedacht?«

Pfefferle ging durch die Abteilung und verteilte Gebäck. »Des sin Albertle. Die hot mei Frau selber gebacke«, verkündete er stolz. Dann gab er jedem die Hand. Frau Fischer schüttelte sie besonders kräftig: »Ich wünsche Ihnen alles, alles Gute! Kommen Sie gesund zurück!«

»Beschreie Sie's net, Frau Fischer! Schon mancher hat uf 'em Operationsdisch dr Satz gemacht.«

»Aber, Herr Pfefferle, daran dürfen Sie nicht denken. Wir brauchen Sie doch. Ich kann mich noch gut an den Tag erinnern, als Sie vor 15 Jahren gekommen sind. Schlagartig ging der Materialverbrauch der Abteilung auf die Hälfte zurück.«

Pfefferle wagte nicht mehr, zu Dr. Sonnenfeld oder Gernsheimer zu gehen. Nur von Müller wollte er sich noch verabschieden. Sein Büro war leer. Pfefferle nahm einen Zettel, schrieb eine Nachricht darauf und legte sie auf den Schreibtisch.

Gegen Feierabend zog sich am Himmel ein Gewitter zusammen. Das fast violette Schwarz kam bedrohlich schnell auf das hohe Bankgebäude zu. Pfefferle saß in dem schmalen Raum vor dem Archiv und blätterte noch einmal in seinem Computerprogramm über den Material- und Formularbedarf der Abteilung. Zufrieden studierte er die leicht absinkende Kurve des Papierverbrauchs. Plötzlich stand Müller in der Tür. »Guten Abend, Herr Pfefferle. Schön, daß ich Sie noch antreffe. Ich wollte Ihnen noch alles Gute für die Operation wünschen.«

»Vielen Dank, Herr Müller. Jetzt hann i gar keine Albertle mehr für Sie. Der Lammert, dieser Hurgler, hot alle g'fresse.«

»Das macht nichts, Herr Pfefferle. Ich muß auf meine schlanke Linie achten.«

Er war schon fast wieder aus der Tür, als der alte Mann fragte: »Herr Müller, werd i entlasse?«

Der Prokurist blieb wie angewurzelt stehen. Langsam drehte er sich um. Pfefferle sah diese großen, warmen Augen. Leise sagte Müller: »Herr Pfefferle, gehen Sie jetzt *nicht* nach Hause. Bleiben Sie auf Ihrem Stuhl sitzen, was immer auch in der nächsten halben Stunde passiert.«

Frau von Wildenstein legte den Hörer auf und verließ ihr Büro. Sekretär Wolf war entsetzt: »Aber, Frau Direktor. Die Herren von der Bank Santander können jeden Moment kommen. Was soll ich denen denn sagen?«

»Laß sie warten, Wölfchen!« rief sie im Vorbeilaufen, »ich habe jetzt Wichtigeres zu tun!«

Pfefferle wartete. Der Regen trommelte gegen die Scheiben. Der Himmel hatte sich bleigrau verfärbt. Die Tür ging auf, und Hauptabteilugnsleiterin Frau von Wildenstein kam herein. Pfefferle nahm auf seinem Drehstuhl Haltung an. Er kannte sie nur aus Presseberichten und der Hauszeitung. So hoch war ihre Stellung in der Hierarchie der Bank. Jetzt stand sie persönlich vor ihm. Eine elegante, fast zierliche, ältere Frau. Langsam kam sie auf ihn zu. Der Archivar war so verwirrt, daß er sitzen blieb und sie anschaute. Sie streckte ihre schmale, ringgeschmückte Hand aus. Leise, fast flüsternd sprach sie, leicht zu ihm herabgebeugt: »Herr Müller hat mich angerufen und mir von Ihrer Sorge erzählt.« Sie wartete kurz und holte tief Luft: »Herr Pfefferle, ich gebe Ihnen mein Wort als Hauptabteilungsleiterin, daß Sie nach Ihrer Genesung zurückkommen dürfen. *Sie* allein entscheiden, wann Sie endgültig aufhören möchten.«

Pfefferle faßte nach der Hand wie ein Ertrinkender. Er sah die Direktorin durch einen dünnen Tränenschleier. Dann brachen die Worte aus ihm heraus: »Dieser Dr. Sonnenfeld will mi naus habe. Dabei hann i doch 15 Johr lang mei Pflicht gedao. Gott soll en strafe, diesen Mann!«

Frau von Wildenstein stand hilflos vor ihm. Was sollte sie ihm noch sagen?... Sie nahm seine Hände, drückte sie fest, drehte sich um und ging.

Pfefferle sah hinaus in den Regen, der die graue Farbe verloren hatte.

10 *Alles auf eine Karte*

Die zwei Auszubildenden standen im Büro des Abteilungsleiters. Junge Frau, junger Mann, noch keine 20 Jahre alt. Beide sahen sich verblüffend ähnlich.

»Wir sind Geschwister und heißen Mark«, stellte sich der Bruder vor.

»Mark wie Pfennig«, ergänzte seine Schwester.

»Wir sind Zwillinge«, fügte er hinzu.

Dr. Sonnenfeld lächelte: »Das ist nicht zu übersehen.« Dann wurde er ernst: »Die Personalabteilung hat mir zwar Ihr Kommen avisiert. Aber so schnell habe ich nicht damit gerechnet. Wie lange bleiben Sie denn?«

Die Geschwister sahen sich an. Dann antwortete er: »Zwei Wochen. Ist das nicht so üblich?«

»Natürlich, natürlich«, sagte Dr. Sonnenfeld und wühlte nervös in den losen Zetteln auf dem Schreibtisch. Er suchte zwischen den Umlaufmappen, zog hektisch einige Schubläden auf und murmelte vor sich hin: »Wo, zum Teufel, hab' ich nur das Schreiben der Personalabteilung?«

Die beiden standen unschlüssig im Raum. Der Abteilungsleiter gab die Suche auf und rief: »Gernsheimer!«

Der erschien sofort in der Verbindungstür. Sonnenfeld stellte ihm die Azubis kurz vor und sagte dann: »Herr Gernsheimer wird sich um alles kümmern. Ich ersticke in der Arbeit. Aber wenn es Probleme geben sollte, wenden Sie sich an mich. Ich bin für Auszubildende immer ansprechbar.«

Gernsheimer war von der Aufgabe nicht begeistert. Er erzählte den beiden die Geschichte von dem Gedärme der Bank und weshalb die Fensterbänke um 45 Grad abgeschrägt seien. Zum Schluß meinte er, es lohne sich nicht, sich mit Azubis zu beschäftigen, weil die nach der Ausbildung in den Sack hauen und studieren würden. Die Geschwister sahen sich besorgt an.

Gernsheimer kam mit den zwei Azubis um dic Ecke. Frau Fischer sah gequält von ihrer Arbeit hoch. Sie wußte sofort, daß sie wieder einmal an der Reihe war.

»Guten Morgen, Frau Fischer! Hier habe ich die Auszubildenden… Wie hießen Sie doch gleich?«

»Mark wie Pfennig«, antworteten beide.

Nachdem sich Gernsheimer aus dem Staub gemacht hatte, händigte Fischer den Azubis die unverständliche Abteilungsbeschreibung aus. Damit waren die beiden erst einmal eine Weile beschäftigt. Als die Geschwister in den Kaffeeraum verschwanden, versammelte Fischer ihr Team eilig um sich: »Herr Dr. Sonnenfeld hat mich wieder nicht informiert. Also, wer will sich der Azubis annehmen?«

»Ich nicht«, verkündete die Zander mit gehobenem Kinn. »Ich bin doch nicht der Teamtrottel. Soll mal die Seegras ran!«

»Also ich wieder!« brauste die Dicke auf. »Immer bleibt alles an mir hängen. Obwohl ich die meisten Überstunden schiebe und mich mit dem CSW-Mist rumschlagen muß.«

Zander konterte: »Wir müssen uns alle damit herumschlagen...«

Barbara unterbrach: »Ich schlage vor, daß jeder sich zwei Tage um sie kümmert. Auf diese Weise bekommen die Azubis am meisten mit. Ich mache den Anfang. Den Rest der Zeit können die zwei für Prüfungen lernen.«

»Sehr gut, Frau Kleinwächter«, nutzte Fischer sofort die Chance, energisches Führungsprofil zu zeigen. »So machen wir es!«

Die beiden Markstücke kamen mit dampfenden Kaffeebechern in der Hand zurück. Barbara stellte zwei Stühle neben ihren Schreibtisch und begann: »Also, ich bin die Barbara. Wie heißt ihr?«

»Esther.«

»Und David.«

»Gut, ihr zwei«, lächelte Barbara, »dann werde ich euch mal in die Geheimnisse des Settlements einweihen.«

35. Etage der FHK-Bank. Der Speisesaal des Vorstands war klein, gerade für 40 Personen, aber die Ausstattung üppig, fast ein wenig überladen. Parkettboden aus Eiche, Seidentapeten, Brokatvorhänge an den Fenstern, Kassettendecke, sogar echte Grünpflanzen mit individueller Beleuchtung; eine Seltenheit in der Bank. Frau von Wildenstein führte Müller an einen kleinen Tisch für zwei Personen. Zwei Gedecke aus feinem Porzellan mit hellen Stoffservietten. Nachdem sich beide gesetzt hatten, erklärte die Direktorin: »Ich wollte Sie schon lange einmal zum Mittagessen einladen, Herr Müller. Heute habe ich endlich Gelegenheit dazu.«

Der Prokurist schaute sich um. Obwohl Mittagszeit, war der Raum fast leer.

Sie erriet seine Gedanken: »Die Herren vom Vorstand sind selten hier. Die Hauptabteilungsleiter kommen meistens später und verlieren sich dann an den vielen Tischen. Der Saal wird eigentlich nur voll, wenn bedeutende Persönlichkeiten aus Wirtschaft und Politik unser Haus besuchen.«

Ein Angestellter in grauer Livree trat an den Tisch und erklärte: »Wir haben heute ein französisches Menü vorbereitet. Als Horsd'œuvre servieren wir Rühreier mit Trüffel. Zum Hauptgang Coq au vin. Äpfel Bonne Femme als Dessert. Dazu schlage ich einen französischen Weißwein vor. Einen St. Vérand oder Mâcon.«

»Danke«, wehrte Müller ab, »für mich nur Mineralwasser.«

Sie mischte sich ein: »Herr Müller, ich weiß, daß Sie ein Mann fester Grundsätze sind und im Dienst niemals Alkohol trinken. Aber heute werde ich böse, wenn Sie mir ein Glas Wein ausschlagen.«

»Wenn das eine dienstliche Weisung ist, werde ich mich fügen«, sagte er schmunzelnd.

»Sehr richtig«, lächelte sie zurück und fügte hinzu: »Die FHK-Bank hat übrigens einen großen Bestand hervorragender Weine. Es sind echte Raritäten darunter.«

Die Direktorin wechselte das Thema: »Herr Müller, bevor wir zu Dr. Sonnenfeld kommen, habe ich noch ein Anliegen. Ich fliege in einem Monat nach Prag und Budapest und wollte Sie gerne als Fachmann für das Wertpapier-Settlement mitnehmen. Es gibt keinen besseren Mann für diese Aufgabe.«

»Selbstverständlich, Frau von Wildenstein. Obwohl ich zum gegenwärtigen Zeitpunkt ungern die Abteilung allein lasse.«

Sie nickte: »Das kann ich verstehen. Übrigens hat es heute vormittag wieder einen Vorfall gegeben. Herr Gärtner, ein neuer Bürobote, hat sich über zwei Mitarbeiter beschwert. Sie haben sich wegen seiner Homosexualität über ihn lustig gemacht. Es fiel der Begriff *Schwulenmord.*«

»Ich kann mir denken, wer das gewesen ist«, sagte Müller. »Ich glaube, diesmal sind sie zu weit gegangen.«

»Er ist dann zu Dr. Sonnenfeld und hat sich bitter beklagt.«

»Da hat der Gärtner den Bock zum Gärtner gemacht.«

Sie lachte: »Richtig. Er hat ihm einen Vortrag über Kommunikationsebenen gehalten. Wie in einem Rhetorikkurs.«

»Dr. Sonnenfeld, wie er leibt und lebt.«

Die Direktorin berichtete weiter: »Dann ging er zum Betriebsrat. Frau Köhler rief bei mir an und schimpfte, sie käme mit diesem Dr. Sonnenfeld nicht klar, und sagte noch andere Sachen über ihn, die ich hier nicht wiederholen möchte. Können Sie sich um den Fall kümmern, Herr Müller?«

»Selbstverständlich. Aber da Sie Dr. Sonnenfeld erwähnen, wollte ich …«

Der Ober brachte die Vorspeise. Beide wünschten einander guten Appetit und gabelten die Trüffel. Er setzte wieder an: »Also, Sie wissen, warum ich um diesen Termin gebeten habe. Seit Dr. Sonnenfeld die Abteilung übernommen hat, spitzt sich die Lage von Tag zu Tag zu. Wir haben bereits drei Kündigungen seitens der Mitarbeiter. Vier Angestellte haben die Abteilung gewechselt, und es gibt weitere Bestrebungen in dieser Richtung. Wir verlieren unsere Leistungsträger. Der Krankenstand ist gestiegen. Wenn das so weitergeht, ist das CSW-Konzept in ernster Gefahr.«

»Können Sie das belegen?«

»Ich habe detaillierte Zahlen.«

»Und Sie machen Dr. Sonnenfeld dafür verantwortlich?«

»Nicht ich allein. Ich habe ein Schreiben mit den Unterschriften der Teamleiter Frau Fischer, Frau Rot und Herr

Krause. Wir sind alle der Auffassung, daß Dr. Sonnenfeld mit der Abteilungsleitung überfordert ist.«

»In welcher Beziehung?«

Er holte aus: »Wissen Sie, fachlich hat Herr Dr. Sonnenfeld viel aufgeholt. Das Settlement läuft, und seine Reformvorhaben nehmen allmählich Konturen an. Diesem Mann ist auch eine gewisse Intelligenz nicht abzustreiten. Allerdings meine ich damit nicht Scharfsinn, sondern eher List und Verschlagenheit.«

»Sie mögen ihn nicht?«

Müller lachte bitter: »Ihn mögen! Ich hatte in den vergangenen Monaten manchmal den Eindruck, in einer Irrenanstalt zu arbeiten.«

»Erzählen Sie!«

»Sie kennen sein bizarres Verhalten gegenüber Herrn Pfefferle und Herrn Lammert?«

»Ja. Sie haben mich auf dem laufenden gehalten.«

»Er will einen der Archivare feuern, um die Personalkosten zu drücken. Das muß Pfefferle sein, weil er mit 55 Jahren nicht in seine makabre Statistik über das Durchschnittsalter der Belegschaft paßt. Man nennt das *biologischen Abbau.* Nicht Sonnenfelds Erfindung. Aber daß er deswegen die sexuellen Übergriffe des um zehn Jahre jüngeren Lammert deckt und Frau Kleinwächter auflaufen läßt, ist nackte Menschenverachtung!«

Die Direktorin nickte.

»Ein weiteres trauriges Kapitel ist Herr Friedeberg, den er auf brutale Art feuerte, weil er nicht in seine fixe Idee vom *interessierten Mitarbeiter* paßt. Menschen sind ihm egal. Er demotiviert und trifft gravierende Fehlentscheidungen. Selbst dann, wenn alle Teamleiter geschlossen anderer Meinung sind. Statt dessen verliert er sich in lächerlichen Kleinigkeiten, die er bitter ernst nimmt und die ihm die Zeit rauben.«

»Ich kenne diese Vorgänge. Aber es ist interessant, sie aus Ihrer Sicht zu hören. Nun, wie Sie selbst einräumen, ist er fachlich lernfähig, und das Settlement läuft. Sein *Aufbaukonzept Kleinwächter* hat mir gefallen. Es beweist, daß er das CSW-Konzept auch praktisch umsetzen kann.«

Der Prokurist trank wieder einen Schluck Wein und sagte: »Das *Aufbaukonzept Kleinwächter*, wie dieser Mann es hochtrabend nennt, ist meine Idee. Er hat sie an sich gerissen.«

»Ach!«

»Lassen wir das. Ich will mich nicht in Teilaspekten verlieren.«

Sie sah auf den Teller und zerteilte das fein geschlagene Rührei. »Sie wollen also einen anderen Abteilungsleiter?«

»Ja.«

»Und wo soll ich so schnell einen geeigneten Mann hernehmen?«

Er sah seine Mentorin an und sagte langsam: »*Dieses* Problem können wir schnell lösen.«

»Herr Müller, Sie sind 26 Jahre alt! Wollen Sie eine Abteilung mit über 50 Mitarbeitern leiten?«

»Ja. Im Grunde tue ich das schon. Ich habe Erfahrung, Fachkenntnis und alle nötigen Qualifikationen. Ich verlange ein Jahresgehalt von 140 000 Mark plus Bonifikation. Dienstwagen und Sekretärin verstehen sich von selbst.«

Die Direktorin wehrte ab: »Darüber brauchen wir nicht zu reden. Das ist kein Problem. Ich kenne Ihren Wert. Ich weiß auch, daß Sie das Zeug hätten, das CSW-Konzept umzusetzen und die Abteilung im Sinne unserer Umstrukturierung zu führen. Ich könnte selbst den Vorstand davon überzeugen. Aber das ist alles nicht das Problem. Mich beschäftigt etwas anderes: dieser Ehrgeiz in Ihnen. Es ist nur eine Frage der Zeit, bis Sie eine Abteilung führen. Mit 30 vielleicht oder 35. Mit 40 oder 45 werden Sie Hauptabteilungsleiter, und dann sind Ihre Möglichkeiten noch nicht erschöpft. Warum wollen Sie mit 26 schon alles haben? Warum diese rastlose Getriebenheit?«

Er spießte ein Stück Blumenkohl auf: »Es geht um Sonnenfeld. Er muß weg!«

»Großer Gott, Herr Müller, warum diese Aversion?«

Er wurde lebhaft: »Das fragen Sie noch! Er ist ein Übel für unsere Bank. Ein idealistischer Träumer. Er träumt von der dritten industriellen Revolution. Diese Revolution, oder seine Vorstellung davon, versucht er im Detail durchzusetzen. Erbarmungslos. Das CSW-Konzept ist der Anfang. Dann macht er weiter. Er wird alle aus dem Weg räumen, die dabei nicht mitziehen. Kein Gewissen wird ihn stoppen, weil er nur Ideen liebt und Menschen verachtet.«

Sie fischte nach einem Stück Huhn und holte dann nachdenklich aus: »Sehen Sie, Herr Müller, als mir Dr. Sonnenfeld zum ersten Mal vorgestellt wurde, habe ich das sofort erkannt. Darum stellte ich Sie vor acht Monaten an seine Seite. Als Regulativ. Leider unterschätzte ich die Dynamik, mit der Sie dann zusammenprallten. Er ist eine Führungspersönlichkeit neuen Stils. Ausbeutung oder Fürsorge sind ihm fremd. Weder Menschenverachtung noch Menschenliebe, sondern die Reduktion der Menschen zu Problemen bestimmen seine Sicht der Dinge. Damit gewinnt er die Freiheit und Bindungslosigkeit, in neue Dimensionen hinein zu denken und zu agieren. Seine Ideen sind wissenschaftlich fundiert. Wenn er will, kann er sogar rhetorisch brillieren. Ich muß zugeben, daß er damit auf mich Eindruck gemacht hat. Wir brauchen diesen Mann in dieser Bank.«

Müller trank wieder einen Schluck Wein und setzte alles auf eine Karte: *»Wenn ich mit den Zungen der Menschen und der Engel rede, doch Liebe nicht habe, bin ich ein tönendes Metall und eine klingende Schelle.«*

Die Direktorin hob überrascht den Kopf und ließ die

Gabel sinken. Dann rezitierte sie weiter: *»Und wenn ich Prophetengabe besitze und um alle Geheimnisse weiß und alle Erkenntnisse, und wenn ich allen Glauben habe, daß ich Berge versetze, doch die Liebe nicht habe, so bin ich nichts.«*

Die beiden schwiegen. Ihre Arme ruhten. Das Essen wurde Nebensache. Nach einer Weile fragte sie: »Was sind Sie nur für ein Mensch?«

Er überlegte, wie das gemeint war.

Aber sie schob schon eine zweite Frage nach: »Wie haben Sie es erfahren?«

»Was soll ich erfahren haben?«

Überraschend scharf brach es aus ihr heraus: »Lügen Sie mich nicht an!«

Müller war verwirrt. Dann erkannte sein Machtinstinkt, daß er einen Fehler gemacht hatte. Es war zu spät.

Fast ohne Pause setzte sie nach. »Sie schrecken vor nichts zurück, Müller! Sie sitzen wie eine Spinne in einem Netz aus Beziehungen und informellen Kanälen, die weit über diese Bank hinaus reichen. Sie wissen, daß ich gläubige Christin bin. Sie haben es herausbekommen, und jetzt schrecken Sie nicht einmal davor zurück, das *Wort Gottes* zu mißbrauchen, um mich vor Ihren Streitwagen gegen Dr. Sonnenfeld zu spannen. Sie sind krank, Müller! Ihr Herz ist zerfressen vor Ehrsucht und Gier nach Karriere. Nichts ist Ihnen heilig, um Ihre Gegner zu vernichten. Und jetzt gehen Sie sogar so weit, meine intimsten Gefühle auszuschlachten!«

Er saß wie versteinert auf seinem Stuhl. Der Ober brachte die Nachspeise. Die Direktorin schwieg, bis er wieder gegangen war. Dann sprach sie etwas ruhiger: »Ich lasse mich von Ihnen nicht instrumentalisieren. Ich werde nicht die Dame auf Ihrem Schachbrett sein, die den König matt setzt.«

Müller wußte, daß nichts mehr zu retten war. Er ließ die Äpfel *Bonne Femme* stehen, erhob sich und ging ohne ein Wort des Abschieds davon.

Beck und Bellmann unterhielten das restliche Team, Frau Armand, Frau Spinzig und Herr Strunzmann. Beck führte das große Wort: »Also, gemäß Weisung von Dr. Sonnenfeld sollen alle Schreibmaschinen in der Abteilung abgeschafft werden. Defekte Geräte werden nicht mehr ersetzt.«

»Aha«, sagte Frau Armand, »die Zukunft gehört der Textverarbeitung über Terminal.«

»That's right«, tönte Beck. »Gleichzeitig ist Barbara mit ihrem Vorstoß bei Dr. Sonnenfeld gescheitert, die Korrespondenz mit der Schweiz über standardisierte Dokumente in der Textverarbeitung abzuwickeln. Sie darf nämlich nur offizielle FHK-Bank-Vordrucke verwenden.«

»Typisch Sonnenfeld«, meinte Armand.

Beck fuhr fort: »Aber zum Ausfüllen offizieller FHK-Bank-Vordrucke benötigt sie eine Schreibmaschine. Und die wird abgeschafft!«

»Tara, tara, tara«, tönte Bellmann. Die anderen lachten.

In diesem Augenblick stürmte Müller um die Sichtblende. Im Schlepptau den schwulen Büroboten. »Herr Beck, Sie haben Herrn Gärtner mit *Schwulenmord* gedroht!«

»Ja, aber … aber ich habe es nicht so gemeint.«

»Es spielt keine Rolle, wie Sie es gemeint haben. Wenn Sie oder Herr Bellmann oder ein anderer in diesem Raum sich noch einmal über Herrn Gärtner lustig machen, bekommt er es mit mir zu tun. Sie sind alle alt genug, um vor der Individualität und Würde eines anderen Menschen Ehrfurcht zu haben!«

Eisige Stille im Raum. Müller schwieg einige Sekunden. Dann forderte er Beck auf: »Sie entschuldigen sich jetzt bei Herrn Gärtner!«

Er hob die Hand. Der Bote trat einen Schritt vor und griff zu. »Nichts für ungut«, sagte Beck leise.

»Schon in Ordnung«, antwortete Gärtner.

Als die beiden Männer verschwunden waren, fragte Bellmann: »Was ist denn mit Müller los? So habe ich ihn noch nie erlebt.«

Armand antwortete nachdenklich: »Dem muß eine riesige Laus über die Leber gelaufen sein.«

Barbara saß einem Mann gegenüber, der vielleicht zwei Jahre älter war als sie. Kurze, gepflegte Haare, eine angenehme Stimme, ein sympathisches Lachen. Da erste erfolgversprechende Treffen ihrer vierten Anzeige.

»Du arbeitest also in einer Bank?«

»Ja, seit Anfang des Jahres in Frankfurt. Davor hatte ich hier in der Gegend eine Stelle.«

»Du fährst also jeden Tag die weite Strecke?«

»Ja, aber ich habe eine Fahrgemeinschaft mit einem Kollegen. Da sind die Kosten nicht so hoch.«

Er verzog den Mund: »Aber das ist doch nichts für dich. Überlege doch mal, was du an Freizeit verlierst!«

»Mir gefällt meine Arbeit in Frankfurt. Ich habe sogar nach sechs Monaten eine Gehaltserhöhung bekommen.«

»Aber Barbara, Geld wiegt doch niemals die verlorene Zeit auf!«

Sie schwieg nachdenklich. »Das ist er«, ging es ihr durch den Kopf, »das ist Werner und Dr. Sonnenfeld in einer Person. Sie wollen mich klein halten, damit sie mich nach Belieben gebrauchen können. Sie geben mir Ratschläge und lassen sich von ihrer Meinung nicht abbringen. Nur um ihre kluge Überlegenheit zu demonstrieren. Aber ich bin selbst erfahren und klug genug, um für mich zu entscheiden.«

»War nett, dich kennengelernt zu haben.« Sie stand auf, legte Geld auf den Tisch und ging.

Zwei Wochen später im Aquarium. Frau Seegras suchte in ihrer Handtasche nach Zigaretten. Sie grummelte vor sich hin: »Ich habe doch heute morgen ein Päckchen Marlboro light eingesteckt. Wo zum Teufel...«

Zander wurde sofort mißtrauisch: »Sie dürfen hier sowieso nicht rauchen, Frau Seegras!«

»Was Sie nicht sagen, Frau Zander. Aber im Gegensatz zu Ihnen habe ich auch ein Privatleben.«

»Wie wäre es denn, wenn Sie sich an Ihrem Arbeitsplatz weniger mit Ihrem Privatleben beschäftigen würden, Frau Seegras?«

Die Dicke murmelte weiter vor sich hin. Dann gab sie die Suche auf und wendete sich dem Tagesgeschäft zu. Zander lächelte zufrieden über ihren rhetorischen Sieg.

Barbara lud die Geschwister Mark zu einem Becher Kaffee ein. »Heute ist euer letzter Tag in der Abteilung«, sprach Barbara fast ein wenig traurig. »Es hat Spaß gemacht, mit euch zu arbeiten.«

»Uns hat es auch Spaß gemacht«, bestätigte Esther. »Es war viel interessanter als in den anderen Abteilungen, wo niemand Zeit für uns hatte.«

»Ihr bekommt auch eine super Beurteilung von mir. Ich werde nachher Müller wegen der Formulare anhauen.«

»Hat Müller eigentlich mehr zu sagen als Dr. Sonnenfeld?« wollte David wissen.

»Leider nein«, antwortete Barbara. »Es ist so: Wenn etwas schiefgeht, hat Dr. Sonnenfeld die Finger im Spiel. Und dann kommt Müller und biegt es wieder gerade.«

Wenig später klopfte Barbara an Müllers Büro. Der Prokurist war beschäftigt. Vor ihm lag ein Stapel Dokumente, die er zu unterschreiben hatte. Barbara schaute ihm zu. Nach einer Weile sagte sie: »Es ist mir nie aufgefallen, daß Sie Linkshänder sind, Herr Müller.«

Er nahm seinen Kugelschreiber in die rechte Hand und unterschrieb weiter. Dabei bemerkte er: »Ich kann mit beiden Händen schreiben, Frau Kleinwächter. Die linke Hand ist meine natürliche Schreibhand. Aber meine Eltern wollten, daß ich mit der rechten Hand schreibe.«

»Ich verstehe, Ordnung und Disziplin.«

Müller sah überrascht von seiner Arbeit auf: »Richtig, Frau Kleinwächter! Ordnung und Disziplin.«

»Haben Sie eigentlich Beurteilungsbögen? Die beiden Azubis haben sich in den letzten beiden Wochen mächtig ins Zeug gelegt. Vielleicht kann ich sogar ein wenig Werbung für unsere Abteilung machen. Wir könnten die beiden gut gebrauchen.«

»Es tut mir leid, Frau Kleinwächter, aber die Beurteilungsbögen stecken irgendwo in dem Saustall von Dr. Sonnenfeld. Er hütet sie eifersüchtig.«

»Gut, dann warte ich, bis er wegen der Benotung auf mich zukommt. Da sich meine Kolleginnen wieder einmal erfolgreich um die Ausbildung gedrückt haben, bin ich die einzige, die die Geschwister Mark beurteilen kann.«

Die dicke Seegras stampfte ins Aquarium und rief: »Das ist die Höhe, Frau Zander, den Schaden ersetzen Sie mir!« In der Hand hielt sie ein Päckchen Marlboro light, aufgerissen und durchweicht.

Zander hatte sich rasch von dem Schrecken erholt und lächelte überlegen: »Das könnte Ihnen so passen. Wenn Sie auf dem Klo rauchen und dabei nicht einmal die Zigaretten festhalten können, sind Sie selbst schuld.«

Seegras schäumte vor Wut: »Das ist eine Unverschämtheit! Sie haben die Zigaretten in die Damentoilette geworfen, nach denen ich schon den halben Tag suche. Sie ersetzen mir den Schaden!«

»Ich denke ja gar nicht daran«, lachte Zander.

Die beiden wurden von Dr. Sonnenfeld unterbrochen, der um die Ecke geschossen kam. Der Streit der Frauen interessierte ihn nicht. »Wo sind die Geschwister Mark?«

»Hier«, riefen Esther und David von Barbaras Platz aus.

»Kommen Sie mit! Ich werde Ihnen an Ihrem letzten Tag noch etwas anderes von der Abteilung zeigen. Frau Mark, Sie helfen Lammert im Archiv! Herr Mark, Sie kommen mit mir!«

Seegras und Zander schrien sich an. Fischer versuchte zu schlichten. Barbara war nicht am Platz. Niemand warnte Esther Mark vor Lammert, der im Archiv auf sie lauerte.

Beck und Bellmann saßen am Kaffeeautomaten. Beck grinste dreckig: »Es hat tatsächlich geklappt, du alter Sack. Um ein Haar hätten sich Zander und Seegras die Augen ausgekratzt.«

Bellmann feixte: »Es war auch nicht einfach, die Zigaretten auf die Damentoilette zu schmuggeln.«

Pause. Beck lehnte im Stuhl weit nach hinten und schlürfte laut seinen Milchkaffee. Bellmann wurde ernst: »Jetzt hat uns der Sonnenfurz diesen Mark wie Pfennig aufs Auge gedrückt. On the last day. Bullshit!«

Beck schaukelte mit seinem Stuhl: »Scheint so ein Jüngelchen aus gutem Hause zu sein.«

Bellmann nickte zustimmend: »Und ein Streber, wie er im Bilderbuch steht. Kaum war er da, fragte er schon nach Arbeit.«

»Ein Arsch«, resümierte Beck.

»Ein Arsch«, bestätigte Bellmann.

Esther Mark sah ein, daß die schweren Listen auf den obersten Regalen abgelegt werden mußten. Aber sie trug einen kurzen Rock, und es gefiel ihr nicht, daß Lammert sie ständig die Leiter hinauf schickte. »Das macht der mit Absicht«, ging es ihr durch den Kopf. »Immer wenn ich ganz oben bin, schaut er wie zufällig herauf und gibt Anweisungen.« Das Archiv war ohnehin ein dunkler und bedrückender Raum. Esther dachte mit Unbehagen daran, daß sie hier hinten schreien könnte, ohne im Großraumbüro gehört zu werden. »Lange bleibe ich nicht«, überlegte sie und wuchtete eine schwere Kiste auf den Metallboden. Der trockene Schmutz wirbelte auf, und die Flocken tanzten. »Ich werde eine Ausrede erfinden. Dann mach' ich mich, im wahrsten Sinne des Wortes, aus dem Staub.«

Lammert begutachtete von unten die Farbe ihres Slips und rief: »Laß der nur Zeit, Mädche. Nem immer nur a Schwebedepot. Schließlich bist du ja schwanger.«

»Ich bin nicht schwanger, Herr Lammert«, widersprach sie und stieg von der Leiter.

»Wos!« rief er, »awwer des kann sich schnell ännern. Noch hawwe mer kaan Feierabend.«

David Mark saß in der Ecke an einem kleinen Tisch und arbeitete verbissen. Vor ihm lag ein grauer Computerausdruck mit Dutzenden Seiten. Endlose, dichtgedruckte Spalten mit Gegenabrechnungen. Zu jeder Abrechnung mußte er die richtige Zeile in dem Ausdruck suchen und genau vergleichen. Für ihn, der keine Routine besaß, war das eine quälende Arbeit. Nach zwei Stunden schmerzten die Augen, und die Zahlen drehten sich im Hirn. Er dachte an seine Schwester und beschloß, sie im Archiv zu besuchen. »Kann ich eine kleine Pause machen?«

Beck und Bellmann saßen in seinem Rücken und feixten. Beck antwortete todernst: »Jetzt schon? Du hast nicht einmal 40 Abrechnungen geschafft, und die USA-Liste muß heute unbedingt fertig werden.«

»Unbedingt«, bekräftigte Bellmann mit gleichem Bierernst in der Stimme. Dabei mußte er an sich halten, um nicht laut loszulachen.

Der Azubi seufzte schicksalsergeben und machte weiter. Zäh, verbissen und mit der festen Absicht, in der Abteilung einen guten Eindruck zu hinterlassen. Er arbeitete jetzt konzentriert und sicher. Plötzlich hob er den Kopf: »Herr Beck, kann es sein, daß Sie ein Geschäft doppelt abgerechnet haben?«

Beck lachte: »Keine zwei Stunden im Team, und schon wird er frech. Was hast du denn in der Liste gesehen?«

»Zwei identische Geschäfte mit zwei unterschiedlichen Geschäftsnummern und nur einer Gegenabrechnung.«

Beck wurde unruhig. »Zeig her!«

David wuchtete die Liste auf seinen Schreibtisch und legte den Finger auf die Wunde. Beck hatte tatsächlich einen Fehler gemacht. »Ich kümmere mich darum. Geh an deine Arbeit und sieh zu, daß du fertig wirst!«

Mittag. David ging zum Archiv, um seine Schwester zum Essen abzuholen. Er fand sie nicht. Auch Lammert war verschwunden. »Merkwürdig«, dachte er und ging allein zur Kantine.

Zur gleichen Zeit eilte Dr. Sonnenfeld durch das Großraumbüro und rief nervös: »Ist denn keiner hier? ... Verflucht, kaum ist es Mittag, stürzt alles zum Essen.« Dann sah er Beck und Bellmann und rückte ihnen auf den Leib: »Gut, daß *Sie* wenigstens da sind. Hier ist ein Beurteilungsbogen. Machen Sie die Benotung für den Azubi David Mark fertig. Den anderen Bogen bekommt Lammert. Ich unterschreibe alles nachher. Für ein Abschlußgespräch mit den Auszubildenden habe ich keine Zeit. Ich weiß nicht, wo mir der Kopf steht vor lauter Arbeit.«

Er rannte aufgeregt weiter. Beck hielt den Beurteilungsbogen in der Hand und sah Bellmann an. Bellmann sah

Beck an. In den Augen blitzte und funkelte die Bosheit. Langsam schoben sich die Mundwinkel nach oben. »Die Sau machen wir fertig!«

Müller telefonierte mit dem zuständigen Ausbildungsleiter, Herrn Henning. »Ja, die Geschwister Mark haben einen hervorragenden Eindruck in der Abteilung hinterlassen. Frau Kleinwächter sagte mir, sie hätte noch nie so engagierte und interessierte Auszubildende erlebt.«

Zur gleichen Zeit saßen Beck und Bellmann im Konferenzraum, wo sie niemand störte, und studierten den Beurteilungsbogen. Es gab sieben verschiedene Beurteilungskriterien, die mit sieben verschiedenen Noten bewertet wurden.

»Also, Stephan, es geht los mit *Theoretische Kenntnisse.* Hat er bei der Bearbeitung der USA-Liste theoretische Kenntnisse gezeigt?«

»No and never, Peter. Note A: Wird den Anforderungen in diesem Merkmal *nicht* gerecht.«

»O. k. Was haben wir als nächstes? *Lernfähigkeit.* Hat er bei uns was gelernt?«

»No and never. Note A: Wird den Anforderungen in diesem Merkmal *nicht* gerecht.«

»Weiter. *Ausdrucksvermögen.* Beim Abhaken der Liste hat er nur Blech gesprochen. Wieder Note A?«

»Nein, Peter, das fällt auf, und es kommen Rückfragen. Wir sollten ihm auch mal ein B geben.«

»Allright, Stephan. Note B: Erfüllt im *allgemeinen* die Anforderungen in diesem Merkmal.«

Für die vier übrigen Kriterien vergaben Beck und Bellmann zweimal ein B und einmal ein A. Zum Schluß streuten sie ein C ein, um Ernsthaftigkeit vorzutäuschen. So eine schlechte Beurteilung hatte ein Auszubildender schon seit Jahren nicht mehr bekommen. Am Ende brachten sie den ausgefüllten Bogen zum Abteilungsleiter. Beck ging hinein. Bellmann wartete gespannt vor der Tür.

Drinnen kämpfte Sonnenfeld gegen sein eigenes Chaos. Die Papierberge auf dem Schreibtisch und die Aktenordner um den Schreibtisch herum schienen sich auf geheimnisvolle Weise zu vermehren. »Was ist denn nun schon wieder, Beck?«

»Ich bringe Ihnen den Beurteilungsbogen David Mark. Mark wie Pfennig.«

»Ja, natürlich. Wo steckt denn seine Schwester?«

»Keine Ahnung, Herr Dr. Sonnenfeld.«

»Merkwürdig, merkwürdig... Was haben Sie denn für einen Eindruck von diesem David Mark?«

Beck tat scheinheilig: »Nun ja, wie halt Azubis so sind.«

Der Boß seufzte: »Es ist immer das gleiche mit denen.« Dann nahm er den Bogen in die Hand, schüttelte den Kopf und unterschrieb. »Ich faxe das gleich zu Henning in die Personalabteilung. Der hat schon zweimal nach der Beurteilung gefragt. Weiß der Teufel, warum ihm der Mark so wichtig ist.«

Telefon. Sonnenfeld suchte den Apparat und fand ihn unter einer aufgeschlagenen Umlaufmappe.

»Henning, Ausbildungsleitung. Was geht eigentlich in Ihrer Abteilung vor? Der Prokurist Müller rief mich vor zwei Stunden an und lobte die Geschwister Mark über den grünen Klee. Jetzt bekomme ich Ihr Fax auf den Schreibtisch. Darin wimmelt es von schlechten Noten für David Mark. Gesamteindruck noch nicht einmal B. Dann ruft mich der Azubi an und sagt, seine Schwester sei im Haus spurlos verschwunden. Ich habe schon die übelsten Gerüchte über das *Settlement and Custodial Foreign Securities* gehört. Aber ich glaube, die sind alle noch untertrieben.«

Sonnenfeld war verwirrt. Er verstand überhaupt nichts.

Um Zeit zu gewinnen, fragte er: »Herr Henning, warum wird eigentlich um die Geschwister Mark so ein Wind gemacht? Bei den anderen Azubis wurden die Beurteilungsbögen Wochen später nachgereicht, ohne daß ein Hahn danach krähte.«

Henning wurde sauer: »Mensch, Dr. Sonnenfeld, haben Sie denn meinen Brief nicht bekommen?«

»Was für einen Brief? Ach so, richtig, *der Brief*! Ja, der … der ist mir leider abhanden gekommen.«

Henning stöhnte am Telefon: »Das darf doch nicht wahr sein! Die Geschwister Mark sind die Kinder eines Mitglieds vom Aufsichtsrat! Die müssen mit allergrößter Sorgfalt behandelt werden! Wie zwei rohe Eier. Wo, zum Teufel, steckt Esther Mark?«

Jetzt erst dämmerte Sonnenfeld die ganze Tragweite des Geschehens. »O. k.«, schnappte er, »ich kümmere mich um alles persönlich und rufe zurück.« Dann knallte er den Hörer auf und brüllte: »Gernsheimer!«

Der Gerufene erschien sofort in der Verbindungstür. Sein Chef ballte die Fäuste und lief kopflos um den Schreibtisch: »Scheiße, Scheiße, Scheiße. Die Geschwister Mark sind *very important persons*, und ich habe diese Esther Mark eigenhändig dem zotenschwingenden Lammert ausgeliefert. Wie stehe ich jetzt da, Gernsheimer?«

»Wir müssen sie aus dem Archiv holen! Sofort!«

Zur gleichen Zeit stand der besorgte David vor Barbaras Schreibtisch. »Nein, auch bei der Personalabteilung hat sie nicht angerufen. Es ist nicht ihre Art, einfach zu verschwinden, ohne sich abzumelden.«

»Wo war sie denn zuletzt?«

»Bei Herrn Lammert im Archiv. Dr. Sonnenfeld hat sie hingebracht.«

»Das darf doch nicht wahr sein!«

David wurde es unheimlich: »Was geht hier vor, Barbara?«

Sie ging auf die Frage nicht ein: »Komm mit! Wir holen Müller.« Sie rannte los. David hinterher.

Müller sprang sofort auf und knöpfte sich im Laufen seinen mittleren Jackenknopf zu. Dem Azubi dämmerte Fürchterliches. Wütend schnaubte er: »Wenn dieser Lammert meiner Schwester etwas angetan hat, schlage ich ihm die Fresse ein!«

Vor der Tür des Archivs trafen Dr. Sonnenfeld und Gernsheimer von der einen Seite, Müller, Barbara und David von der anderen Seite aufeinander.

Esther Mark hatte sich verdrückt und besuchte eine Ausbildungskollegin in einer anderen Abteilung. Dieser Lammert war einfach zu widerlich. Sie überlegte zuerst, die Ausbildungsleitung anzurufen. Doch dann ließ sie es sein, weil ihr die Sache zu peinlich war.

Der Archivar mußte allein die dicken Listen auf die Regale hieven und fluchte ordinär. Er stand gerade auf einer Leiter. Da spürte er einen Luftzug und hörte Schritte auf dem weichen Velourteppichboden. Ohne sich umzudrehen, schimpfte er: »Da bis' de ja endlich, Mädche! Mach voran, un schwing dein' Arsch uf die Leider!«

Als keine Reaktion kam, wurde er deutlicher: »Is der dein Verstand offem Scheißhaus unne durchgerutscht, oder was? Das kummt devo, weil Ihr Weiwer e Loch zuviel habt!«

Müller war der erste, der sich von den fünf Personen aus der Erstarrung löste. »Kommen Sie runter, Lammert! Sie sind erledigt!«

11 *Das Schwein fliegt auf*

Graue Landschaft links und rechts der Autobahn. Regen. Scheibenwischer. Das endlose Band des Doppelstreifens, Stunde für Stunde. Sie fuhren Tag und Nacht unter Zeitdruck. Während Werner auf dem Beifahrersitz schlief, steuerte Barbara den Lieferwagen durch Wetter und Dunkelheit. Am Tag versuchte sie selbst zu schlafen, wurde sanft beruhigt durch das Schaukeln des fahrenden Autos. Dann schreckte sie wieder hoch, wenn der Lieferwagen plötzlich stand. Wurden sie kontrolliert? Grenze? Polizei?…

Zweimal hielt Werner auf einsamen Parkplätzen neben der Autobahn. Es mußte schnell gehen, maximal fünf Minuten. Werners Atem roch schlecht, und sein schmutziges T-Shirt stank nach dem getrockneten Schweiß der letzten Tage. Auf dem Beifahrersitz drang er in sie ein. Der Motor lief weiter. Seine Bewegungen waren routiniert und brutal. Nach zwei Dutzend Stößen erreichte er seinen Höhepunkt. Sie sah das faltige Gesicht unter der Struppenfrisur mit den geschlossenen Augen und dem aufgerissenen Mund, den

Kopf in den Nacken geworfen. Sie hörte ihr eigenes Stöhnen wie in einem Film, als sei sie selbst nur eine Puppe aus Zelluloid. Dann weiter ohne Übergang. Autobahn. Endlos, monoton, Stunde um Stunde. Am Ende wurde Barbara von Euphorie gepackt, als sie übernächtigt nach Tagen ohne Dusche und Entspannung immer noch hinter dem großen Lenkrad saß. Sie fühlte Größe und Kraft und einen übersteigerten Optimismus, daß sie es schaffen werden, daß sie durchkommen werden, ohne Panne, ohne Polizei und ohne einen verfluchten, verhängnisvollen Zufall, der alles aufdeckte.

Sie fuhr hoch. Der BMW stand. Leise Musik aus dem CD-Player. Edelholzfurniere und Ledersitze. Gepflegtes Interieur. Die Sonne schien. Neben der Autobahn ein Wald. Erste gelbe Blätter. Spätsommer. Müller telefonierte auf dem Fahrersitz mit der Bank: »... richtig, der Verkehr staut sich auf vier Spuren vielleicht fünfzehn Kilometer vor dem Frankfurter Kreuz ... Nein, es hat keinen Sinn, die nächste Abfahrt zu benutzen. Alle anderen Einfallstraßen sind bestimmt verstopft ...«

Barbara schaute sich um. Auf den Fondsitzen stand wieder der Drahtkäfig mit Dividende und Rendite. Richtig, heute hatte sie Geburtstag, da durften ihre beiden Katzen nicht fehlen. Müller legte auf und lächelte freundlich: »Hallo, Frau Kleinwächter, schlafen Sie ruhig weiter. Wir werden eine ganze Weile im Stau stehen. Vermutlich ein Unfall.«

Sie nickte und schloß wieder die Augen. Schlaf empfing sie. Zeitlos.

Das Aquarium feierte Barbaras Geburtstag. Dividende und Rendite sprangen über die Schreibtische. Die Männer und Frauen der Abteilung standen um die Sachbearbeiterin herum und hielten Sektgläser in der Hand. Pfefferle hatte die Operation gut überstanden und war vor drei Tagen aus der Kur zurückgekommen. Er überreichte Barbara eine Urkunde, die er am Computer entworfen hatte. Beck und Bellmann taten geheimnisvoll.

»Was hast du denn hinter deinem Rücken versteckt, Stephan?«

Bellmann war ein wenig verlegen: »Nun, Barbara, Peter und ich dachten… weil du eine so nette Kollegin bist… nimm es halt einfach!«

Er gab ihr ein schmales Päckchen. So groß wie ein Taschenbuch, nur flacher. Das Geschenkpapier war schief und fehlerhaft darum gewickelt. Barbara öffnete es neugierig und sah eine Blechtafel mit dem Text:

```
********************
*                  *
*  Katzen würden   *
*                  *
*    Whisky saufen! *
*                  *
********************
```

Sie lachte und hängte die Tafel an die Sichtblende über dem Schreibtisch. »Gut, daß Dividende und Rendite nicht lesen können«, sagte sie schmunzelnd, »sonst hätte ich zu Hause zwei versoffene Katzen.«

»Leider kann *ich* lesen, Barbara«, sagte Frau Steiner neben den dreien. »In meiner Schwangerschaft darf ich weder Sekt noch Whisky trinken.«

Barbara tröstete sie: »Na ja, Bettina, in drei Monaten ist es soweit, danach kannst du wieder richtig feiern.«

Bellmann grinste: »Ich weiß schon, wie das abgeht, Bettina. Dein Mann steht am Wickeltisch und erklärt dem Baby: Hallo, ich bin dein Papi, und dieses herumtorkelnde lallende und seit drei Tagen besoffene Wesen dahinten ist deine Mami!«

Frau Spinzig kam schüchtern herein und gab Barbara schweigend und kraftlos die Hand.

»Mögen Sie Sekt oder Orangensaft?« fragte die Jubilarin.

Spinzig deutete kurz auf ein Glas Saft und zog sich dann in eine Ecke zurück, wo sie die Feier still beobachtete.

Bellmann raunte Barbara zu: »Diese Frau wird mir allmählich unheimlich. Sie ist seit über einem Jahr in unserem Team und hat noch keine drei Worte gesprochen.«

Beck flüsterte: »Sie tut alles, was man ihr sagt. Still und zuverlässig. Für Dr. Sonnenfeld ist sie die ideale Mitarbeiterin.«

»Hat denn keiner von euch einmal versucht, sie in ein Gespräch zu verwickeln?«

»Zwecklos«, antwortete Beck, »es kommen nur einsilbige Antworten. Nach einer Weile gibt jeder entnervt auf.«

Bellmann zischte leise: »Die ist mir nicht geheuer. Sie schleicht herum und hört alles, ohne von jemandem beachtet zu werden. Der ideale Spitzel. Vielleicht hat sie Dr. Sonnenfeld auf uns angesetzt und führt heimliche Kaderakten.«

Rendite machte sich über die Zigaretten der dicken Seegras her und wurde von Barbara eingefangen. Sie hob die Katze hoch und kraulte sie am Hals.

Müller betrat das Aquarium. Spinzig warf einen furchtsamen Blick auf ihn. Der Prokurist gab Barbara die Hand und sprach: »Jetzt noch einmal offiziell herzlichen Glückwunsch, Frau Kleinwächter. Arbeiten Sie heute nicht so viel – an Ihrem Geburtstag!«

Barbara hielt immer noch ihre Katze auf dem Arm. Sie reichte ihm ein Glas Orangensaft und sagte: »Haben Sie schon das Schild von Beck und Bellmann gesehen?«

Müller sah zur Sichtblende und meinte: »Sehr originell, Frau Kleinwächter. Es kann übrigens heute etwas später mit unserer Heimfahrt werden. Am Nachmittag ist ein Meeting.«

Er trank seinen Orangensaft aus und ging.

»Der ist aber schnell verschwunden«, wunderte sich Steiner.

»Vielleicht hat ihn Rendite vertrieben«, vermutete Beck.

Fischer schüttelte nachdenklich den Kopf: »Ich hatte schon immer den Verdacht, daß er Katzen nicht mag.«

»Unsinn«, protestierte Barbara, »das ist überhaupt nicht wahr! Heute morgen hat er Dividende sogar gestreichelt.«

Pfefferle ging zurück ins Archiv. Seit dem Rauswurf von Lammert leistete er Sisyphusarbeit. Beck sprach: »Eigentlich kann er einem leid tun. Dr. Sonnenfeld schikaniert ihn von morgens bis abends. Das ist die Rache, daß er ihn nicht mehr feuern kann.«

Bellmann erzählte: »Er wollte unbedingt einen vierten Materialschrank. Dr. Sonnenfeld hat ihm einen langen Vortrag gehalten, daß der Platzbedarf im Archiv genau von der Büroplanung errechnet worden sei.«

»Klar«, meinte Barbara, »die Büroplanung kann den Platzbedarf von Pfefferle natürlich viel besser beurteilen als er selbst.«

Bellmann fuhr fort: »Also Antrag abgeschmettert. Einen Tag später kam Herr Jäger, Teamleiter in der Inlandsabteilung, und sagte, er bräuchte einen der drei Materialschränke, um wichtige Unterlagen sicher wegzuschließen. Pfefferle hat geflucht, ist zu Dr. Sonnenfeld gelaufen und hat ihm vorgehalten, daß doch die Büroplanung genau seinen Raumbedarf von *drei* Schränken ausgerechnet hätte. Und jetzt sollte ihm einer weggenommen werden.«

»Und was hat er gesagt?« fragte Fischer.

»Der hat ihm wieder einen langen Vortrag gehalten. Diesmal mit dem Tenor, daß sein Verhalten abteilungsegoistisch sei und er doch Solidarität mit seinen Kollegen zeigen sollte. Pfefferle mußte den Schrank herausrücken und hätte fast geheult.«

»Aber jetzt könnte er den vierten Schrank doch zu Recht beantragen«, wandte Fischer ein.

Bellmann nickte: »So schlau war er auch. Aber Dr. Sonnenfeld kam wieder mit dem alten Scheiß vom internationalen Wettbewerb, der Sanierung der Metallgesellschaft, dem Wirtschaftskriminellen Schneider, den hohen Verwaltungskosten und der notleidenden Bank. Es wäre kein Geld für einen weiteren Schrank da.«

Beck lachte: »Dabei stehen in anderen Abteilungen die Schränke leer herum.«

Fischer war entrüstet: »Das sagt er einem Mann, der in den letzten Jahren durch seine gewissenhafte Materialwirtschaft für die Bank eine fünfstellige Summe eingespart hat.«

»Herr Gernsheimer, wie konnten Sie die Sachbearbeiter Beck und Bellmann drei Wochen im August ohne kompetente Vertretung in Urlaub schicken?«

»Wie ich die Arbeit in meinem Team organisiere, geht *Sie* überhaupt nichts an, Herr Müller.«

Dicke Luft im Konferenzraum. In der Gruppe *Aktien/Übersee* herrschte wegen der Kündigungen und Ausfälle akuter Personalnotstand. Gernsheimer stand das Wasser bis zum Hals. Außer Dr. Sonnenfeld waren noch Frau Rot und Frau Alberti anwesend. Beide stinksauer, weil sie Mitarbeiter abtreten sollten.

Gernsheimer verteidigte sich: »Wer hätte denn die Vertretung machen sollen? Ich kann mir die fehlenden Sachbearbeiter doch nicht aus den Rippen schneiden.«

Müller war gereizt: »Soll ich Ihnen vorrechnen, Herr Gernsheimer, was die Rückstände und Fehler in Ihrem Team gekostet haben? *Sie* allein sind dafür verantwortlich! Warum haben Sie nicht rechtzeitig Alarm geschlagen?«

Gernsheimer versuchte aus der Defensive auszubrechen:

»So nicht, Müller! Ich habe schon Wertpapiergeschäfte abgewickelt, als Sie noch in den Windeln lagen.«

Müller lachte giftig: »Da haben Sie in der Zwischenzeit aber eine steile Karriere gemacht!«

Bevor Gernsheimer auf die Spitze reagieren konnte, wurde er von Frau Rot angefahren: »Wußten Sie eigentlich, daß Ihre Sachbearbeiter Beck und Bellmann am letzten Tag vor ihrem Urlaub sechs hohe und – wie sich später herausstellte – unberechtigte Zinsforderungen verschickt haben? Wußten Sie das? In der ganzen Abteilung liefen die Telefone heiß. Selbst bei mir kamen wütende Anrufe an. Und keiner wußte Bescheid, Herr Gernsheimer!«

»Na und? In Ihrem Team geht es auch drunter und drüber!«

Müller nagelte ihn fest: »Sie geben also zu, daß es bei Ihnen drunter und drüber geht.«

Gernsheimer sah hilfesuchend zu seinem Chef: »Herr Dr. Sonnenfeld, muß ich mir das gefallen lassen?«

Der Abteilungsleiter interventierte: »Herr Müller, bleiben Sie sachlich, auch wenn Frau Kleinwächter heute ihre Katzen dabei hat.«

Müller wurde bleich. In ihm riß etwas auseinander. Der Verstand sagte schonungslos: »Er weiß es.«

Die anderen Teamleiter sahen Dr. Sonnenfeld verblüfft an. Rot war ungehalten: »Was, um alles in der Welt, haben jetzt die Katzen der Kleinwächter mit der himmelstinkenden Situation unserer Abteilung zu tun?«

Der Abteilungsleiter spielte den Erstaunten: »Aber Frau Rot, wußten Sie nicht, daß Herr Müller eine ausgeprägte Katzenphobie hat?«

Sie starrte Müller an. Gernsheimer begriff nur langsam. Alberti lachte. Kein Zweifel: Sonnenfeld hatte einen Trumpf aus seinem Ärmel gezogen. Sein Gegenspieler war angeschlagen. Jetzt mußte er nachtreten: »Natürlich habe ich

Personalmanager Roß über Ihr Problem informiert, damit wir Sie in Zukunft nicht überfordern.«

Rot war fassungslos: »Aber warum, warum haben Sie nie etwas gesagt?«

Der Abteilungsleiter lächelte süß: »Herr Müller, was halten Sie davon, endlich Ihren Jahresurlaub anzutreten und eine psychosomatische Kur zu beantragen? Dort werden sich erfahrene und verständnisvolle Therapeuten um Sie kümmern. Sie können einmal von dem Alltagsgeschäft abschalten und in Ruhe über die Ursachen Ihrer Ängste nachdenken.«

Müller hatte genug. Fast unbeholfen stand er auf und murmelte undeutlich: »Mir ist nicht gut. Ich muß hinaus.«

Müller saß schweigend hinter dem Lenkrad, als sie nach Hause fuhren. Die Sonne stand tief in der Rheinebene. Links in der Ferne sah man den Höhenzug der Bergstraße. Barbara fragte: »Herr Müller, haben Sie heute abend etwas vor?«

»Nein, Frau Kleinwächter, ich schreibe zwar an einem Artikel über die Entwicklung osteuropäischer Kapitalmärkte. Aber der ist nicht termingebunden.«

»Es ist so schönes Wetter. Können wir bei der nächsten Ausfahrt die Autobahn verlassen? Ich würde so gerne einmal auf die Berge hinauf. Nur für eine Stunde.«

»Wollen Sie nicht Ihren Geburtstag feiern, Frau Kleinwächter?«

»Mit wem denn? Zu Hause wartet niemand auf mich. Meine Mutter in Kassel gratuliert mir auf dem Anrufbeantworter. Werner hat alle alten Freunde vergrault, bevor er sich selbst davongemacht hat. Meine neuen Freunde arbeiten in Frankfurt. Beck und Bellmann haben mich und ein paar Kollegen nächste Woche eingeladen, um den Geburtstag in einem Schrebergarten zu feiern. Ich würde mich freuen, wenn Sie dabei wären.«

»So, so«, meinte der Prokurist geistesabwesend.

»Was ist mit ihm?« fragte sich Barbara beunruhigt.

Dann kam die Abfahrt. Müller setzte den Blinker, ordnete sich rechts ein und bremste den BMW ab.

Sie kämpften sich auf dem Kamm des Höhenzuges einen Trampelpfad entlang, der immer schmaler und verwachsener wurde. Brusthohe Gräser, Dornenhecken und unterspülte Wurzeln machten den Spaziergang zu einer Dschungelexpedition, zu der die beiden in ihrem geschäftsmäßigen Outfit und hochglanzpolierten Schuhen bestens vorbereitet waren. Im Hintergrund brachen die letzten Sonnenstrahlen zwischen hohen Buchenstämmen hindurch. Herbststimmung. Kein Mensch weit und breit. Bald würde es dunkel werden.

»Ich habe keine Ahnung, wo wir sind, Frau Kleinwächter«, sagte Müller mißmutig.

»Das macht nichts«, antwortete sie, »ich habe selbst keinen blassen Schimmer. Orientierung war noch nie meine Stärke.«

»Das kann ja lustig werden«, lachte Müller sarkastisch.

Sie stellten sich schon innerlich auf Umkehr ein, als plötzlich der Höhenzug steil abfiel und der Ausblick sich weitete. Tief unten lag ein schmales Odenwaldtal. Eingezäunte Wiesen, Hecken und einzelne Bäume. Eine Nebenstraße lief auf ein kleines Dorf zu. Kirche. Glockengeläut. Die Welt war heil und weit entfernt.

Neben einer Felsgruppe stand eine Bank. Beide setzten sich und sahen schweigend in das Tal hinunter. Sie waren sich nahe. Barbara dachte: »Er hat sich verändert. Dabei war doch seine Schutzhaut so stark. Aber der Panzer hat eine Lücke. Seine Augen haben ihn verraten. Diese dunklen Augen, durch die man hineinblickt in ein Meer von Wärme und Liebe. Du bist so voll Liebe, daß es für die ganze Welt reichen würde.«

Leise begann sie zu sprechen: »Sie haben heute zum ersten Mal Dividende gestreichelt. Ich glaube, Ihre Furcht ist vorüber.«

Müller fragte tonlos: »Sie wußten es?«

»Ja, ich habe es gespürt. Schon am ersten Tag, als Sie hereinkamen und bei dem Anblick meines Katzenfutters zusammengezuckt sind. Ich habe Sie dann absichtlich immer wieder erst mit Katzenbildern und dann mit Dividende und Rendite selbst konfrontiert. Wie Sie sehen, war diese Gewöhnung erfolgreich.«

»Wer weiß es sonst noch?«

»Niemand. Ich bin die einzige.«

Er bewegte sich nicht. Sekundenlang. Dann drehte er sich langsam zu Barbara und sah ihr in die Augen:

»*Sie* sind das Kollegenschwein!«

Barbara traf es wie ein Schlag. Klar und deutlich sprach Müller weiter: »Dr. Sonnenfeld weiß es auch. Wenn Sie sonst die einzige sind, kann er es nur von Ihnen erfahren haben. *Sie* waren dabei, als wir die monatliche Spesenbelastung an ihm vorbei durchgezogen haben. *Sie* haben Beck und Bellmann auf Czerwinskis Depot angesetzt. *Sie* haben mit Frau Armand das Pornomagazin für Lammert besorgt und sie dann denunziert. Warum haben Sie *mich*, warum haben Sie *uns* alle verraten, Frau Kleinwächter?«

Barbara war wie gelähmt. Mühsam suchte sie nach Worten. »Aber eine Katzenphobie disqualifiziert Sie doch nicht als Führungskraft, Herr Müller!«

Er lachte gequält: »In der Regel nicht. Aber warten Sie ab, was Sonnenfeld daraus macht. *Diese* Chance läßt er sich nicht entgehen.«

Sie schwieg, schuldbewußt und verzweifelt.

»Warum haben Sie das getan?«

Langsam begann sie zu erklären. Leise, mit stockenden Worten. Müller hörte zu. »Sie haben es herausbekommen.

Dieser Roß hat so lange gewühlt, bis er es herausbekommen hat.«

»Was hat er herausbekommen?«

»Es begann mit meinem Exfreund Werner Marschfeld. Er erzählte von seinen Reisen nach Spanien und Portugal bis in das Landesinnere hinein. Er sagte, es sei so leicht. Man müßte nur die richtigen Leute am richtigen Ort treffen. Er kaufte angeblich Antiquitäten. Aus Bauernhöfen und Haushaltsauflösungen. Die verkaufte er in Hamburg und Bremen weiter. Mit Profit. Ich weiß, wie dumm es war, das zu glauben. Aber ich *wollte* es glauben. Ich habe ihn so geliebt. Oder ich dachte es zumindest. Ich war so allein und wollte ihn nicht verlieren.«

»Weiter!«

»Er wollte mich an dem Geschäft beteiligen. Ich hatte damals Wertpapiere für 40 000 Mark im Depot. Meine Ersparnisse. Ich belieh die Papiere und überzog mein Konto an einem Freitag um 25 000 Mark. In der Nacht fuhren wir hinunter. Dann den ganzen Samstag, ohne Pause. Wir luden einen Transporter voll alter Möbel und fuhren am Sonntag zurück. Am Montag zahlte ich 35 000 Mark ein. Ich hatte an einem einzigen Wochenende legal 10 000 Mark verdient!«

»Weiter!«

»Er wollte mehr. Er sagte, er könne das Geschäft groß aufziehen. Dazu bräuchte er 100 000 Mark. Mindestens. Ich habe eine Nacht lang mit ihm diskutiert. Ich schlug ihm einen Kredit vor. Aber Vermögen hatte er nicht, und er sagte, die Bank würde bei einem so dubiosen Geschäft nicht mitspielen. Später wußte ich, warum er die Sache nicht an die große Glocke hängen wollte. Aber damals habe ich an ihn geglaubt. Als er drohte, mich zu verlassen, bin ich am Freitagabend in den Tresor gegangen. Der Innenleiter der Filiale ließ seinen Schlüssel stecken, weil er mir blind vertraute. Ich habe 80 000 Mark mitgenommen. Ich wollte das Geld am Montag morgen wieder zurückbringen.«

»Weiter!«

»Wir fuhren nach Spanien. Mit über 100 000 Mark. Freitagnacht. Die gleiche Route. Aber diesmal ständig in der Angst vor einer Panne, oder daß die Innenrevision Montag früh auf der Matte stand. Kurz vor Alicante ging ich auf einem Rastplatz zur Toilette. Als ich zurückkam, war er verschwunden. Mit ihm das Geld. Und dieses miese Schwein hatte eine Stunde zuvor noch mit mir geschlafen.«

»Weiter!«

»Sie haben mir freigestellt zu kündigen. Die Bank sah von einer Anzeige ab, weil ich sieben Jahre gut gearbeitet hatte. Ich habe ihnen mein Depot gegeben. Meine Mutter warf ihre ganzen heimlichen Ersparnisse dazu: 20 000 Mark. Den Rest sollte ich in Raten abstottern. Ich dachte, ich könnte in Frankfurt ganz neu anfangen. Ich habe auch jeden Monat die Raten zusammengebracht. Doch dann hat dieser Roß es herausgekriegt.«

»Weiter!«

»Dr. Sonnenfeld war natürlich sofort informiert. Er triefte vor Verständnis. Er versprach, die Sache für sich zu behalten. Nichts sollte in die Personalakten kommen. Von diesem Tag an hatte er mich in der Hand. Es fing mit kleinen harmlosen Fragen an. Dann mußte ich ihm richtige, harte Informationen beschaffen. Besonders über Sie. Ich hatte solche Angst, solche furchtbare Angst, daß er mir doch kündigen könnte, daß ich die Raten nicht mehr zahlen könnte und alles rauskäme.«

Die Sonne war verschwunden. Unten im Tal fuhren die ersten Autos mit Licht. Es war kühl geworden auf der Bank.

Der Prokurist stand schweigend auf und sagte tonlos: »Genug, wir gehen zurück!«

Sie fuhren die Bergstraße hinunter. Wortlos. Am Parkplatz, wo ihr Fiesta stand, hielt er an und starrte durch die Windschutzscheibe, ohne den Kopf zu bewegen. Die Sonne war untergegangen. Barbara sah sein kantiges Profil. »Bitte«, flehte sie stumm, »sag etwas!«

Aber Müller schwieg.

Die beiden Vertreter ließen Heidelberg hinter sich und fuhren auf der zweispurigen alten Autobahn Richtung Basel. Müde von einem langen Tag. Bald waren sie zu Hause. Ihr Mercedes lag ruhig auf der Straße. Die Geschwindigkeit pendelte zwischen 120 und 130. Die Nacht brach herein. Einige Fernlastzüge waren noch unterwegs. Sie überholten gerade einen Lastwagen, als mit hohem Tempo ein Fahrzeug von hinten heranjagte. Der Beifahrer drehte sich um und erschrak: »Mensch, hat der ein Tempo drauf!«

Das Auto kam innerhalb von Sekunden heran. Die Scheinwerfer feuerten Lichtblitze wie Geschosse auf das Hindernis ab. Bei zwanzig Metern Abstand schrie gellend die Hupe auf. Der Fahrer riß den Mercedes aus dem Gefahrenbereich, indem er den rechtsfahrenden Lastwagen messerscharf schnitt. Das Auto schleuderte. Der Vertreter brachte es wieder in seine Gewalt. Sein Beifahrer brüllte: »Ein Irrer! Ein Geistesgestörter! Ich schreib mir seine Nummer auf!«

Aber der anthrazitfarbene BMW raste davon. Seine roten Lichter wurden in atemberaubender Geschwindigkeit kleiner.

»Zu spät«, rief der Fahrer, »der hatte mindestens 250 Sachen drauf!«

»Ein Irrer!« regte sich der Beifahrer auf. Er hatte das Geschehen noch immer nicht richtig erfaßt.

Manfred Müller hatte das Gaspedal bis zum Anschlag durchgetreten. Die Fugen der alten Betonplatten schlugen hart und laut in kurzen Abständen. Die Federung war an der Grenze ihrer Belastbarkeit. Im gleißenden Licht der Fernscheinwerfer raste eine Brücke heran und blieb hinter dem Fahrzeug zurück.

Barbara stand im Büro des Prokuristen. Er saß hinter seiner mächtigen schwarzen Winkelkombination. Vor seinen Augen die kantige Brille.

»Ich habe gekündigt«, sagte sie ohne Einleitung.

Müller schwieg. Irgendwo klingelte ein Telefon.

»Ich kann in dieser Bank nicht mehr arbeiten. Ich werde meinen Resturlaub abfeiern und mir eine andere Stelle suchen. Nach dieser Abteilung weiß ich, daß ich überall arbeiten kann.«

Müller gab seine starre Haltung nicht auf.

Barbara streckte hilflos die Hand aus. Aber die Geste mißlang. Ihr Arm blieb angewinkelt im Raum. »Bitte, Herr Müller, ich bin morgen den letzten Tag hier. Ich wollte Sie um Verzeihung bitten.«

Er stand auf und ging zum Fenster. Das Klingeln nebenan hörte nicht auf. Leise sagte er: »So einfach ist das nicht!«

Schweigen. Sie stand im Raum und wartete voll Sehnsucht auf ein Zeichen. Das Telefon war endlich ruhig. Er sprach weiter: »Als Sie vor neun Monaten in die Bank kamen, waren Sie schwach und klein. Dieser Opferblick, diese zu Boden gesenkten Augen, diese Entschuldigungen, mit denen Sie jeden Satz einleiteten. Als ob Sie sich dafür entschuldigen wollten, daß Sie sich überhaupt auf die Welt gewagt hatten. Ich hätte Sie am liebsten auf den Arm genommen und weggetragen. Raus aus dieser Welt an einen sicheren Ort, wo Ihnen niemand ein Leid antut. Aber das wäre ein Irrtum gewesen. Denn in Wirklichkeit waren Sie stark. Ich brauchte Ihnen nur den kleinen Finger zu geben, um Ihnen Ihre Kraft zu zeigen. Und schon brach sie aus

Ihnen heraus … Und was machen Sie? Sie nehmen ein Messer und stoßen es mir mit Anlauf in den Rücken. Das ist so mies und gewöhnlich.«

Barbara stand vier Meter entfernt und sah den tiefen Graben zwischen ihm und sich. Das Telefon daußen begann wieder zu klingeln. Es klingelte und klingelte. Müller fluchte: »Himmel, Arsch und Wolkenbruch, warum geht denn keiner an diesen verdammten Apparat?«

»Bitte …«, sagte Barbara und hob die Hände, die Innenflächen nach oben.

Müller schrie: »Verflucht noch mal, gehen Sie endlich!«

Barbara drehte sich um und verließ wie betäubt das Büro.

Das Telefon ging unablässig. Jetzt hatte der Prokurist genug. Er stürmte nach draußen. Im Großraumbüro war jeder mit seinem eigenen Kram beschäftigt. Dr. Sonnenfeld rannte aufgeregt in Richtung Ausgang. Die Tür von Gernsheimer stand sperrangelweit auf. Das Klingeln kam aus dieser Richtung. Gernsheimer war nicht da, und auch die Verbindungstür zu Dr. Sonnenfeld war offen. Von dort kam jetzt das Klingeln. Er eilte in das Büro des Abteilungsleiters, stieß mit dem Fuß an einen Aktenordner und trat zu. Der Ordner flog quer durch das Zimmer. »Saustall, verdammter!« schrie Müller, der immer mehr die Kontrolle über sich verlor.

Er suchte auf dem papierübersäten Schreibtisch nach dem Telefon. Er wollte den Hörer herunterreißen und … Aber ein Instinkt, ein tief verwurzelter Machtinstinkt hinderte ihn daran. Auf dem Display stand der Name von Roß, dem Intimfreund des Abteilungsdirektors. Auf dessen Display, zehn Stockwerke tiefer, stand in Flüssigkristall Dr. Sonnenfeld. »Mal hören, was die beiden sich zu erzählen haben«, dachte der Prokurist und hob wortlos ab.

Roß war arglos. Sofort legte er los: »Gut, daß du gleich noch mal drangehst, Franz. Eben hat mich mein alter Bekannter von der Commerzbank zurückgerufen und gemeint, die Katzenphobie allein reicht nicht. Wir brauchen ein oder besser zwei Beispiele, daß er aus seiner Angst heraus Mitarbeiter schikaniert, angebrüllt oder ungerecht behandelt hat. Du mußt diese Hexe Kleinwächter noch einmal an der Zunge ziehen. Vielleicht weiß sie was. Sonst müssen wir etwas konstruieren, um ihn abzuschießen. Übrigens wird die Abfindung nicht billig. Aber die Bank wird es verkraften ...«

Müller legte wortlos auf. Er hatte genug gehört. Er dachte an die Warnung der Frau Rot. Aus dem Jäger war ein Gejagter geworden.

Großraumbüro. Helle Aufregung. Jedes Team hatte heute seine Computerlisten in doppelter Ausführung erhalten. Dabei erfolgte nach jeder Wertpapiergattung ein Seitenumbruch, so daß die Listen auf das Dreifache ihres normalen Papiervolumens angeschwollen waren.

Barbara wurde von einem meterhohen Stoß Papier erschlagen. Sie las das oberste Deckblatt und rief: »Was soll ich mit der *Gamma-98-Liste*?«

Fischer sah gehetzt von ihren Kontrollen hoch und rief zurück: »Die ist doch für Herrn Strunzmann. Er braucht sie für seine Arbeit.«

Barbara schnappte die Liste, Gewicht zehn Kilo, und brachte sie zu Strunzmann. Im *Aktien/Übersee*-Team war die Hölle los. Alles rannte hektisch hin und her oder telefonierte laut.

Der dicke Gnom zeterte: »Das ist die dritte Gamma-98-Liste heute. Ich drehe noch durch! Ich brauche die Liste nicht mehr. Alles steht im Terminal. Und Pfefferle nimmt sie mir nicht mehr ab, weil seine Möglichkeiten der datengeschützten Abfallentsorgung erschöpft sind.«

Sie knallte ihm die Liste einfach auf den Schreibtisch und

rannte zurück. In ihrem eigenen Terminal staute sich das Neugeschäft.

Frau Rot starrte auf das Papierbündel und schnappte: »Das ist die Gamma-98-Liste. Bringen Sie sie zu Strunzmann!«

Frau Steiner wehrte ab: »Erstens darf ich in meiner Schwangerschaft nicht schwer tragen, und zweitens hat der Zwerg jedem Schläge angedroht, der noch einmal mit der Gamma-98-Liste bei ihm auftaucht.«

Der Dialog wurde durch lautes Stimmengewirr unterbrochen. Herr Gärtner zog ächzend einen Wagen voll Papier in die Halle. »Hier sind weitere Computerausdrucke vom Druckerpool. Ich schwöre bei David und Jonathan, den Schutzpatronen aller schwulen Männer, daß ich nichts dazu kann. Ich mache nur meine Arbeit.«

Zander eilte um die Sichtblenden und belehrte ihn lächelnd: »Sie dürfen nicht alles machen, was man Ihnen sagt. Wehren Sie sich!«

Pfefferle stand neben dem papiervollen Wagen und jammerte: »Wos des e Geld koscht!«

»Wo steckt denn Dr. Sonnenfeld?« rief Fischer aufgeregt.

Dr. Sonnenfeld stand hilflos in seinem Büro. Vor ihm Frau Alberti mit ihrer Assistentin. »Aber meine Damen. Ich habe schon dreimal im Druckerpool angerufen, und keiner wußte Bescheid. Die Gamma-98-Liste bekommt übrigens Strunzmann. Der arbeitet damit.«

Alberti fuchtelte wild mit den Armen: »Strunzmann, Strunzmann, dieser Gnom ist am Durchdrehen. Er hat eine meiner Mitarbeiterinnen angeschrien, als diese ihm die Gamma-98-Liste bringen wollte. Der Bürobote kam eben mit dem dritten Wagen reingefahren. In Pfefferles Kabuff türmen sich die Listen bis zur Decke. Sie müssen etwas *machen*, Herr Dr. Sonnenfeld!«

Teamleiter Krause drängte mit weiteren Mitarbeitern in das Büro. Gernsheimer öffnete die Verbindungstür. Tumult. Krause jammerte: »Ich habe zwei Teams mit 16 Mitarbeitern. Wir haben mittlerweile hundert Listen bekommen. Jede so dick, daß man damit jemand totschlagen kann. Darunter fünfmal die Gamma-98-Liste…«

Gernsheimer unterbrach: »Die kriegt Strunzmann. Der arbeitet seit Jahren damit.«

Beck und Bellmann redeten vor Müllers Schreibtisch aufgeregt durcheinander. »Wir werden mit Papier zugeschüttet…«

»…Sie müssen etwas unternehmen!…«

»…Am besten, wir drei schnappen uns ein paar weitere kräftige Männer, stürmen den Druckerpool und schlagen die Endlosprinter kurz und klein.«

Müller fletschte die Zähne: »Ich hätte durchaus Lust, in dieser Bank alles kurz und klein zu schlagen…« Dann schwang er den Telefonhörer.

Nachdem ihm zwei Angestellte im Druckerpool verständnislos erklärt hatten, daß doch alles in Ordnung sei, rang er sich zur militärischen Lösung durch. Er stellte einen Stoßtrupp zusammen. Einige Minuten später stand er im Druckerraum auf der Matte. Hinter ihm Beck, Bellmann und weitere vier Angestellte. »Stellen Sie sofort die Printer aus! Wir werden mit Papier überschwemmt.«

Herr Korbmacher, der Leiter des Druckerpools, kam in heller Aufregung angerannt. »Ja, um Himmels willen, was ist denn heute nur los. Dauernd rufen Abteilungsleiter an und beschweren sich über die Listen. Jetzt kommen Sie sogar persönlich. Dabei führen wir doch nur unsere Aufträge aus.«

Müller reagierte fassungslos: »Herr Korbmacher, merken Sie denn nicht, daß Sie hier Berge von Papier produzieren?«

»Natürlich sehe ich das. Aber heute startet ein neues Computerprogramm, das die Druckvorgänge auf sämtlichen Geräten steuert. Die Testläufe liefen alle hervorragend, und der DV-Service hat mir schon dreimal am Telefon erklärt, daß alles in Ordnung sei. Ich darf den Druckvorgang nicht ohne Zustimmung des DV-Verantwortlichen unterbrechen.«

Unbeherrscht brüllte Müller los: »Schluß jetzt. Entweder werden die Geräte ausgeschaltet, oder ich lasse die Stecker herausziehen.«

Korbmacher erschrak: »Bitte, Herr Müller, jetzt beruhigen Sie sich doch! Ich bin bereit, in Ruhe mit Ihnen über eine Lösung zu reden.«

Der junge Prokurist gab nach. Er hatte sich wieder in der Gewalt. Aber seine Nerven waren dünn wie Papier. Er ahnte dumpf die heraufdämmernde Katastrophe. »Es tut mir leid, Herr Korbmacher. Ich bin überarbeitet. Aber dieser Irrsinn muß doch zu stoppen sein.«

Korbmacher atmete auf. Die Schweißperlen standen ihm angesichts der feindlichen Streitmacht auf der Stirn. »Sehr gut, Herr Müller, wenn Sie mich mit Ihrer Autorität unterstützen, könnten wir versuchen …«

Strunzmanns Kopf lag auf dem Schreibtisch. Er schlug wiederholt mit der Faust auf den Tisch und jammerte gequält: »Nein, ich bearbeite die Gamma-98-Liste nicht. Es steht doch alles im Terminal.«

Gernsheimer sah ihn vorwurfsvoll an: »Warum haben Sie dann die Liste nicht abbestellt?«

»Wieso ich? Ich dachte, Frau Steiner braucht diese Liste.«

»Eben nicht. Die Frau benötigt sie seit einem Jahr nicht mehr. Nur Ihretwegen kamen die Listen immer wieder hoch und zirkulierten so lange, bis sie jemand entsorgte.«

Müller stürzte ins Aquarium. Es war später Nachmittag. Barbara hatte schon damit angefangen, ihre Sachen zusammenzupacken. Als sie ihn sah, hämmerte ihr Herz. Er war erregt. Jacke offen. Die Krawatte hatte sich von der Nadel gelöst und pendelte frei herum. Ein ungewöhnlicher Anblick bei dem Prokuristen, der doch sonst überpeinlich auf sein perfektes Outfit achtete. Er schimpfte laut: »Das ist das Schreiben der *Astutia-LebensVersicherung*, das Sie mir reingelegt haben, Frau Fischer! Dort arbeiten nur Blindgänger. Rechtschreibfehler über Rechtschreibfehler. Und in der Anschrift steht nicht Frankfurt a. M., sondern Frankfurt a. A. Soll das Frankfurt am *Arsch* heißen?«

Fischer sah ihn besorgt an: »Herr Müller, bitte holen Sie erst einmal tief Luft. Sie sind doch sonst die Ruhe selbst. Was ist denn mit Ihnen los?«

Er hörte nicht zu. Sein Fuß stieß an den Papierkorb der Teamleiterin. Er trat in jähem Zorn danach. Der Kunststoffbehälter flog durch das Aquarium und schlug dumpf gegen einen Schreibtisch. Der Inhalt wirbelte über den Teppichboden.

»Hier ist Radio Agil, wir machen mobil«, tönte es jung, dynamisch, männlich aus dem Gerät. »Wie immer an dieser Stelle ein besinnliches Wort von Frau Pastorin Magdalena-Wibke Schullenbruch-Stolze …«

Dr. Sonnenfeld steckte seinen grauen Kopf um die Sichtblende und rief: »Herr Müller, gut, daß ich Sie treffe! Kommen Sie doch gelegentlich bei mir vorbei. Es geht um die Verstärkung des Teams Gernsheimer …«

In diesem Moment fiel sein Blick auf das Geburtstagsgeschenk für Barbara:

Vorwurfsvoll schüttelte er den Kopf: »Aber, Frau Kleinwächter, von Ihnen hätte ich mehr Einfühlungsvermögen erwartet. Wir wollen doch alle Rücksicht nehmen auf die Katzenphobie von Herrn Müller.« Dann war er verschwunden.

Aus dem Radio waberte eine sanfte Frauenstimme: »...und so wollen wir uns die bunten Blätter und den weißen Nebel des Herbstes betrachten. Lassen Sie dieses friedvolle Bild in sich wirken! Und dann wollen wir an die frohe Botschaft denken und unsere Feinde lieben...«

Müller setzte sich an den früheren Schreibtisch von Czerwinski und sprach gefährlich leise: »Ich bringe ihn um! Ich bringe diesen Mann um!«

Die Teamleiterin stand auf und ging zu ihm. Zander und Seegras unterbrachen ihre Arbeit am Terminal. Sanft, aber bestimmt forderte Fischer den Prokuristen auf: »Bitte beherrschen Sie sich, Herr Müller!«

Er starrte auf das herrenlose Telefon und sagte: »Neun Monate habe ich es mit diesem Wurm ausgehalten. Jetzt ist Schluß! Und wenn es mich Kopf und Kragen kostet, jetzt gehe ich rein und rechne mit diesem Schwein ab!«

Barbara wählte hastig die Nummer von Beck: »Peter, hör zu! Müller dreht durch. Bitte komm mit Stephan so schnell und unauffällig wie möglich ins Aquarium. Ich glaube, es passiert ein Unglück.«

Fischer suchte nach Worten: »Bitte gehen Sie sofort nach Hause! Gehen Sie mit Frau Kleinwächter sofort in die Tiefgarage, und fahren Sie weg! Um alles andere kümmere ich mich persönlich.«

Er hörte nicht zu: »Ich reiß ihm seine dünne Metallbrille herunter und gebe sie ihm zu fressen! Diese Witzblattfigur von einem Abteilungsleiter. Dieser riesige, aufgeblasene Sonnenfurz…«

Beck kam leise und stellte sich neben einen Metallschrank, um Müller den direkten Weg zu Sonnenfeld abzuschneiden. Athletisch, breitbeinig, in Angriffshaltung. Er flüsterte Barbara zu: »An mir kommt er nicht vorbei.«

Bellmann folgte. Hinter ihm tauchte Frau Rot auf.

Müller schlug mit der Faust auf den Tisch: »Ich werfe ihn aus dem 19. Stock. Nein, vorher laß ich ihn über der Tiefe zappeln, damit er um sein Leben heult…«

Bellmann raunte Barbara zu: »Ich gehe zu Dr. Sonnenfeld. Ich halte ihn mit einem Vorwand in seinem Zimmer fest. Wir müssen verhindern, daß er noch einmal herauskommt.«

Barbara nickte stumm. Rot und Fischer sprachen jetzt fast gleichzeitig: »Herr Müller, machen Sie sich nicht unglücklich!… Er hat Sie doch mit voller Absicht provoziert… Er wartet nur darauf… Wenn Sie ihm an den Kragen gehen, werden Sie fristlos entlassen… Wir brauchen Sie hier! Sie können uns nicht allein lassen mit diesem Mann!«

Die Brust des Prokuristen bebte vor Wut. Seine Hände zitterten. »Einer muß ihn doch endlich stoppen… bevor er uns alle plattmacht…«

Barbara stand neben ihm. Sie beugte sich zu ihm hinunter und griff nach seiner Hand: »Sie werden ihn stoppen, Herr Müller. Dazu brauchen Sie keine plumpe Gewalt. Sie haben Ihre eigenen Mittel.«

Er bewegte sich nicht. Ordnung und Disziplin. Eine dünne Schale aus Stein gegen einen heißen Kern, dessen Druck immer weiter anwuchs…

Sie sprach beschwörend: »Und wenn Sie Ihr eigenes

Schicksal nicht zurückhalten kann, dann halten Sie sich um meinetwillen zurück!«

Müller schwieg. Es kam nichts mehr. Nur noch minutenlange stumme, ohnmächtige Wut. Langsam entspannte er sich. Alle Anwesenden atmeten auf. Barbara hielt immer noch seine Hand und spürte, wie er den Druck erwiderte. Er hatte ihr verziehen.

Müller schloß sich in seinem Büro ein. Es war 20 Uhr. Barbara war mit dem Zug nach Hause gefahren. Er hatte sich wieder in der Gewalt. Ein meterdicker Panzer verhinderte jeden Gefühlsausbruch. Jetzt ging es um Leben und Tod.

PC, Diskette, »Paßwort?«

»Machiavelli.«

Er blätterte die gespeicherten Telefonnummern durch. Eine Minute lange zögerte er. Durfte er wirklich so weit gehen? Dann wischte er alle Skrupel beiseite. Langsam drückte er die Tasten des Telefons. Das Gespräch dauerte 20 Minuten. Schließlich sagte die fremde Stimme: »Kommen Sie heute abend noch vorbei. Ich informiere die Rechtsabteilung und werde einen oder zwei Herren vom Vorstand dazu bitten. Ich glaube, das wird eine lange Nacht.«

Müller legte auf. »Morgen«, dachte er verbissen, »morgen rechnen wir ab!«

12 *Die Abrechnung*

Helga Spinzig wurde es schlecht. Eigentlich schon seit Tagen, besonders in der Frühe. Still und blaß war sie schon ihr ganzes Leben gewesen. Aber heute wurde ihr richtig schlecht. Dazu Schweißausbrüche und Herzrasen. Der Test war positiv: Sie war schwanger. Sie mußte raus. Raus an die frische Luft! Feiner Nieselregen. Was soll's? Ihre Gedanken überschlugen sich. Ihr Freund würde es akzeptieren. Wahrscheinlich freute er sich sogar und würde Zukunftspläne schmieden. Das war nicht das Problem. Das Problem hieß Dr. Sonnenfeld. Er würde toben. Seit Einführung des CSW-Konzepts gab es nur Kündigungen, Versetzungen und Schwangerschaften. Jetzt hatte sogar Frau Kleinwächter aufgehört. Niemand wußte, warum. Sie war Dr. Sonnenfelds großes Aushängeschild. Die erste Sachbearbeiterin, die komplett ein Land bearbeiten konnte. Und dann hatte sie ihm den Bettel vor die Füße geworfen. Er würde einen Tobsuchtsanfall bekommen. Aber sie mußte es ihm sagen. Es führte kein Weg dran vorbei.

Am Morgen quetschte sie sich in die menschenvolle S-Bahn. Beklommenes Herz und sinkender Mut. »Ich wage es nicht«, dachte sie. »Ich kann es nicht.« Der Abend kam, und sie hatte nichts gesagt. So ging es eine ganze Woche. Ihr Verstand quälte unerbittlich: »Es führt kein Weg daran vorbei!« Dann kam Barbaras letzter Arbeitstag. Sie war die einzige in der Abteilung, die sie anzusprechen wagte. Heute war die letzte Chance, mit ihr ins Gespräch zu kommen. Vielleicht wußte sie einen Ausweg.

Auch dem vergnomten Herrn Strunzmann ging es nicht gut. Aber da lagen die Gründe anders. In der Nacht war eine Erkältung ausgebrochen. Schnupfen, Hals- und Gliederschmerzen. Sein eingewachsener Zehnagel hatte das Gewebe entzündet. Jetzt klopfte es dumpf und stechend. Zu allem Überfluß stellten sich auch noch Zahnschmerzen ein. Er hing in seinem Drehstuhl und zählte voll Selbstmitleid die qualvollen Symptome auf.

»Bei dir hilft nur noch die Notschlachtung«, höhnten Beck und Bellmann.

»Warum gehst du nicht nach Hause?« fragte ihn seine Vorgesetzte, Frau Armand, mitfühlend.

Strunzmann wehrte ab: »Dazu geht es mir noch nicht schlecht genug.«

Beck und Bellmann lachten laut. »Das können wir ändern«, tönte Beck, »Stephan hält dich fest, und ich polier' dir so die Schnauze, daß es für drei Wochen reicht.«

Telefon. Beck hob ab und hörte kurz zu. Dann sagte er zu Bellmann: »Komm, Stephan, wir sollen zu Müller.«

»Was will er denn?« fragte Armand.

»Keine Ahnung. Seine Stimme klang, als ob er fertig mit der Welt wäre.«

Nachdem die beiden gegangen waren, kam Frau Spinzig und setzte sich still an ihren Platz. Armand klagte: »Das

Terminal ist voll Neugeschäft. Es fehlen uns mindestens vier Leute im Team.«

Spinzig schluckte. »Ich kann es nicht sagen«, dachte sie. »Nicht in dieser Situation. Dr. Sonnenfeld wird mich würgen.«

Strunzmann winselte leise.

Nach einer halben Stunde kamen Beck und Bellmann zurück. Strunzmann jammerte: »Die Zahnschmerzen werden trotz Tabletten nicht besser. Ich habe mir einen Termin beim Zahnarzt geben lassen. Er nimmt mich heute noch dran.«

Bellmann grinste: »Oh, bei solchen Schmerzen ist das eine Fistel an der Wurzel. Very terrible!«

Beck fügte hinzu: »Vermutlich entzündet und vereitert. Da mußt du erst einmal die Schmerzen aushalten, bis die Entzündung abgeheilt ist.«

Bellmann fing den Ball auf: »Dann folgt eine große Operation, very difficult. Muß in der Zahnklinik gemacht werden.«

Strunzmann wurde bleich: »Ich sage den Termin ab.«

»Mach keinen Scheiß!« ermahnte ihn Armand.

Sie hatte alles zusammengepackt. Auch ihre Aquarelle von Dividende und Rendite und das Schild von Beck und Bellmann, *Katzen würden Whisky saufen.* Fischer, Zander und Seegras hauten Daten in die Terminals. Für sie war es ein Arbeitstag wie jeder andere in der endlosen Kette monotoner Tagerei, irgendwo zwischen der bestandenen Ausbildungsprüfung und der Verabschiedung in den Ruhestand. Barbara saß an ihrem Platz, schaute über den leeren Schreibtisch und sprach leise: »Das war's also.«

Müller saß müde und übernächtigt vor Dr. Sonnenfeld. Kraftlos sagte er ohne Einleitung: »Ich habe Herrn Roß meine Kündigung geschickt. In dieser Abteilung kann ich keinen Tag mehr arbeiten.«

Sonnenfeld war überrascht. Er hatte natürlich nach dem Schlag mit der Katzenphobie damit gerechnet. Aber so schnell? Mühsam unterdrückte er das aufsteigende Triumphgefühl. Mit gespielter Betroffenheit sagte er: »Aber, Herr Müller, wir hatten doch immer das beste Verhältnis, sieht man einmal von kleinen Unstimmigkeiten ab. Warum wollen Sie denn jetzt Hals über Kopf aus der Bank?«

»Ich habe einen neuen Arbeitsvertrag.«

»Klar haben Sie den. Ein Mann wie Sie würde sonst nicht gehen. Aber sind denn die Bedingungen wirklich so viel attraktiver, daß sich ein Wechsel lohnt?«

»Ich werde eine Abteilung leiten; Wertpapierabwicklung und Depotgeschäft.«

Sonnenfeld lächelte zuckersüß: »Das freut mich für Sie, Herr Müller. Aber als Ihr Freund darf ich mir die Frage erlauben: Ist das nicht eine Nummer zu groß für Sie?«

Er machte sich auf eine zynische Retourkutsche gefaßt. Aber Müller schien aller Kraft beraubt: »Nein, ich bin zuversichtlich. Ich werde meine eigenen Vorstellungen von Mitarbeiterführung in der Praxis erproben.«

Der Abschied war kurz und kühl.

Sonnenfeld wartete, bis er die Tür hinter sich geschlossen hatte. Dann rief er: »Gernsheimer!«

Sein Stellvertreter erschien in der Verbindungstür. Der Abteilungsleiter aalte sich in seinem Siegesglück: »Mann, Gernsheimer, er hat das Handtuch geworfen. Das Schwein hat kapituliert!«

»Wer? Müller?«

»Ja, Müller. Just zu dem Zeitpunkt, wo wir ihn nicht mehr brauchen. Ein besseres Timing hätte mir gar nicht einfallen können.«

Gernsheimer glotzte. Dann stammelte er: »Das ist eine

neue Intrige. Ein boshaftes, hinterlistiges Ränkespiel von diesem intriganten Hund.«

Barbara setzte sich neben den Kaffeeautomaten und trank einen Becher von der bitteren Brühe. Sie achtete nicht auf Frau Spinzig, die in der Ecke saß; schweigend wie immer, Blick zum Boden, minutenlange Stille. Plötzlich eine zaghafte Stimme: »Frau Kleinwächter, ich muß mit Ihnen reden.«

Die Angesprochene schaute auf. Es war ihr, als hätte der Kaffeeautomat selbst gesprochen.

»Ich bin schwanger«, sagte Spinzig ohne jede Einleitung.

Barbara starrte sie mit großen Augen an. Sie wußte nicht, was sie mehr verwirrte. Ihre Schwangerschaft oder ihre unerwartete Gesprächigkeit. Sie hatte in einer Minute bereits mehr gesagt als in den neun Monaten davor.

»War das geplant?« fragte Barbara.

»Nein, eigentlich nicht. Aber jetzt freuen wir uns beide darüber.«

»Na dann, herzlichen Glückwunsch!«

»Es gibt nur ein Problem.«

»Welches?«

Sie jammerte leise: »Er wird böse sein. Ganz bestimmt wird er böse sein.«

»Wer? Dr. Sonnenfeld?«

»Ja. Nach all den Kündigungen und Schwangerschaften. Die Teams arbeiten nur noch mit Notbesetzung.«

Barbara versuchte ihr Mut zu machen: »Aber das ist doch nicht *Ihr* Problem. Sie müssen einfach hineingehen und es ihm sagen. Was soll passieren?«

»Er wird böse sein«, wiederholte sie kleinlaut.

»Das ist doch egal. Was glauben Sie, wie sauer der war, als ich ihm alles hingeschmissen habe. Sie gründen eine eigene Familie. Das ist viel wichtiger als die chaotische Personalpolitik von diesem Mann.«

»Trotzdem. Oder gerade deswegen. Ich trau' mich einfach nicht.«

Barbara rückte näher: »Sehen Sie, das ist wie beim Zahnarzt. Je größer die Angst vorher, desto größer die Erleichterung hinterher.«

Spinzig schwieg bedrückt. Dann winselte sie: »Sie haben leicht reden. Sie sind so stark. Sie fürchten sich vor niemandem. Aber ich habe diese entsetzliche Angst…«

Barbara überlegte. Sie erkannte sich selbst in dieser Frau. »Frau Spinzig, wollen wir nicht *du* zueinander sagen? Ich heiße Barbara.«

»O. k., ich bin Helga.«

»Gut, Helga, nehmen wir einmal theoretisch an, es passiert das denkbar Schlechteste. Er schimpft, schreit, tobt und macht dir Vorwürfe. Was ist daran so schlimm für dich?«

»Ich weiß nicht. Ich habe immer meine Arbeit gemacht und kein Wort gesagt. Wenn er mich sah, hat er immer gelächelt und mich gelobt: *Sehr gut, Frau Spinzig. Ich bin sehr zufrieden mit Ihnen. Sie sind genau die Frau, die ich in dieser Abteilung brauche.* Dann habe ich mich immer so wohl gefühlt. Und jetzt wird er nicht mehr mit mir zufrieden sein.«

»Du kannst es schwer ertragen, nicht geliebt zu werden.«

Helga sah sie überrascht an.

Barbara sprach weiter: »Das ist ganz natürlich. Ich wünsche mir auch, geliebt, verstanden und angenommen zu werden. Aber warum, meinst du, hat er dich immer gelobt?«

Helga überlegte. Dann antwortete sie: »Weil ich so war, wie er mich haben wollte.«

»Volltreffer! Und wer hatte am meisten davon?«

»Er.«

»Dämmert dir etwas?«

»Meinst du, er hat sich nur aus Berechnung so verhalten?«

»Na klar. Dieser Mann hat dich nie geliebt. Er hat dir nur Zuwendung vorgespielt. Aber ich kann mich auch täuschen. Vielleicht verbirgt sich hinter dem Abteilungsleiter ein Mensch, der dich wirklich gern hat. Dann wird er sich über die Nachricht freuen und dir alles Gute wünschen.«

»Du bist eine kluge Frau, Barbara«, sagte Helga nachdenklich.

»Ja. Vielleicht bin ich das. Wenn man Klugheit durch Erfahrung erwirbt, dann bin ich klug geworden.«

»Das klingt so, als hättest du das gleiche Problem gehabt?«

»Ja. Ich war so süchtig nach Zuwendung und Harmonie wie andere nach Alkohol oder Zigaretten. Ich bin jeden Mittag in den Supermarkt gelaufen, habe mich am Telefon runterputzen lassen, habe die Arbeit meiner Kolleginnen gemacht. Und was, glaubst du, ist dabei herausgekommen?«

Helga sah sie fragend an.

»Sie hielten mich für bekloppt und nutzten mich aus. Für ein bißchen Hoffnung auf Zuwendung habe ich mich klein gemacht. Menschen, die wußten, wie das läuft, hatten leichtes Spiel mit mir. Bis Müller kam und mir die Augen öffnete.«

»Wer? Dieser arrogante Karrierist?«

»Das ist nur Fassade. In Wirklichkeit ist er anders, auch wenn er es nicht zeigen kann. Wendet er sich einem Menschen zu, dann gibt er sich selbst, ohne eine Rechnung aufzumachen.«

»Ich glaube, Barbara, du liebst ihn …«

Armand stürzte in den Kaffeeraum und unterbrach ihre Kollegin aufgeregt: »Frau Spinzig, Sie sollen sofort zu Müller kommen. Aber fallen Sie nicht vom Stuhl, wenn er mit Ihnen spricht!«

Dr. Sonnenfeld sah ärgerlich von seiner Arbeit auf: »Pfefferle, Sie schon wieder! Geht es immer noch um diesen unnötigen Materialschrank?«

»Noi, Herr Dr. Sonnenfeld. I will's Ihne ausananderglamisre. I derf mi doch nahocke?«

»Ja, aber nur wenn es rasch geht.«

»Des isch glei verzählt. Also, des Schaffe im Archiv werd mir doch zuviel. Einer allei packt's net uf die Dauer.«

»Wollen Sie jetzt eine Aushilfskraft?«

»Noi, noi, Herr Dr. Sonnenfeld. I hann mr üwerlegt ufzuhöre.«

Der Abteilungsleiter strahlte: »Sehr vernünftig, Herr Pfefferle. Ich wußte, Sie sind ein gescheiter Mann. Gehen Sie in den wohlverdienten Vorruhestand. Die Rente wird zwar nicht so üppig ausfallen, aber Sie sind ja für Ihre Sparsamkeit bekannt.«

»Noi, noi, Herr Dr. Sonnenfeld. I hann ein neue Arweitsvertrag. I bekomm sogar 500 Mark mehr!«

Der Abteilungsleiter stutzte: »Wer, zum Teufel, sollte Sie in Ihrem Alter ...« Dann stockte er: »Sagen Sie die Wahrheit! Was steckt dahinter?«

»Na ja, Herr Dr. Sonnenfeld. Der Herr Prokurist Müller werd doch die Wertpapierabdeilung in der Schweizer Bank leite, die jetzt nach Frankfurt kommt. Un da brauche die ein Materialverwalter und Archivar. Der Herr Prokurist hot sogar gesacht, es gäb kein Bessere als mi ...«

Der Abteilungsleiter wurde bleich wie Kreide. Mit zitternder Stimme rief er: »Gernsheimer!«

Der Stellvertreter erschien in der Verbindungstür. Sonnenfeld fixierte Pfefferle. Die linke Gesichtshälfte zuckte unkontrolliert. »Wen, wen hat er noch abgeworben?«

In diesem Moment klopfte es. Herr Krause öffnete die Tür einen Spalt und sagte: »Herr Dr. Sonnenfeld, ich muß Sie sprechen!«

Der Abteilungsleiter wußte schon, um was es ging.

Nachmittag. Beck und Bellmann saßen neben dem Kaffeeautomaten und schlürften die widerliche Brühe. Beck war bester Laune: »... und dann ging die kleine Rot rein und hat ihm die Kündigung auf den Tisch geknallt. Zwei ihrer besten Leute kamen danach, darunter ihre Assistentin. Dann folgten Fischer, Zander und Grünling. Selbst die dicke Seegras schleppte ihren Dream-Body hinein. Der Sonnenfurz muß nur noch *Gernsheimer* gebrüllt haben.«

»Waren Jutta und unser dicker Gnom schon drin?«

»Of course, Stephan.«

»Mensch, Peter, Müller hat voll krumm gemacht. Er hat alle Leistungsträger aus der Abteilung gezogen. Alle haben sie neue Arbeitsverträge in der Tasche. Super Konditionen! Sonnenfeld steht mit dem Rücken zur Wand.«

»Er steht in der Ecke und quietscht. Der Mann hat abgelost. Morgen früh kommt Frau von Wildenstein herunter, zusammen mit dem halben Vorstand. Sie werfen unseren Doktor achtkantig hinaus.«

»Hat Müller auch die Schweigsame mitgenommen?«

»Die wollte nicht. Sie ist schwanger.«

»Im Ernst?« fragte Bellmann überrascht.

»Im Ernst, Stephan.«

»Na ja, um sich schwängern zu lassen, braucht man nicht viele Worte.«

»Es sei denn, ihr Freund steht beim Sex auf *dirty talking*.«

Bellmann grinste frivol: »Na klar, stille Wasser gründen tief.«

»Auf jeden Fall gibt es im Gernsheimer-Team nur noch

zwei Mitarbeiter, Stephan. Nämlich... Beck und Bellmann!«

»Aber nicht mehr lange!« frohlockte Bellmann.

»O. k., Stephan, du gehst als erster rein. Wenn ich dann auch noch komme und ihm den Kram auf den Schreibtisch knall, fällt er vom Drehsessel.«

»Cool«, erwiderte Bellmann. Die kleinen Augen blitzten boshaft.

»Cool«, bestätigte Beck und grinste fett.

Personalmanager Roß stürmte aus dem Aufzug und rannte direkt in das Büro des Abteilungsleiters. Stehend sprudelte er atemlos heraus: »Franz, es ist eine Katastrophe! Über 20 Kündigungen in deiner Abteilung! Mein Faxgerät steht nicht mehr still. Die Kündigungsfristen kannst du glatt vergessen. Fast alle haben massenhaft Urlaub abzufeiern, weil bei dir seit Monaten Personalnotstand herrscht. Oder die Kerle lassen sich krankschreiben. Wir stehen fast ohne Teamleiter da. Ich kann unmöglich in kurzer Zeit so viele hochspezialisierte Leute ersetzen. Wir werden ein Notprogramm fahren. Alle Abteilungen im Haus werden Mitarbeiter stellen, um den Laden provisorisch am Laufen zu halten. Trotzdem wird die Bank Millionen verlieren. Was, zum Teufel, ist hier vorgegangen?«

Sonnenfeld saß hinter seinem Schreibtisch und lachte. Das Papier stapelte sich kreuz und quer. Lose Zettel flogen herum. Die Aktenordner auf dem Boden waren umgefallen. Das Samurai-Schwert hatte er schon eingepackt. Zwei Flaschen Korn standen auf dem PC. Gernsheimer saß vor dem Schreibtisch und hob sein Glas: »Prost, Helmut! Ich heiße Max.«

Roß setzte sich resignierend auf den anderen Stahlrohrsessel und seufzte: »Ihr habt recht. Im Angesicht des Untergangs hilft nur noch die Granate.«

Sonnenfeld schenkte seinem Freund einen Doppelten ein und lachte: »Prost, Helmut, hat Spaß gemacht, mit dir zu arbeiten! Um ein Haar hätten wir die Sau gekriegt.«

Es klopfte. »Herein, wenn's nicht der Baulöwe Schneider ist!« rief der Abteilungsleiter mit angetrunkener Fröhlichkeit.

Spinzig lugte schüchtern um die Ecke. »Ich wollte nicht stören, aber...«

»Nur herein, ich bin immer für meine Mitarbeiter da!« tönte Dr. Sonnenfeld.

Sie schlich in die Runde und sagte mit gesenktem Blick: »Es tut mir leid, aber, aber ich bin schwanger...«

Dr. Sonnenfeld kniff die Augen zusammen. Ein Lachkrampf schüttelte seinen schmächtigen Oberkörper.

Gernsheimer meinte trocken: »Volltreffer!«

Roß sagte: »Meinen Glückwunsch! Wann ist es denn soweit?«

Sie traute ihren Ohren und Augen nicht mehr. Mit allem hatte sie gerechnet, aber damit... Der Abteilungsleiter holte ein neues Glas aus dem Schreibtisch und schenkte ein. »Den müssen Sie auf das Wohl Ihres Babys trinken! Prost, Frau Spinzig! Alles Gute für Sie und Ihr Kind!«

Schüchtern wehrte sie ab: »Aber ich darf doch keinen Alkohol...«

Gernsheimer tönte: »Ach was! Einer ist keiner«, und nahm selbst einen kräftigen Schluck.

Nachdem sie gegangen war, schenkte Sonnenfeld sich nach und überlegte laut: »Wieviel haben sie dem Müller wohl geboten?«

Roß zuckte die Achseln: »Vermutlich mehr, als jeder von uns hier verdient.«

Gernsheimer nickte aufgeklärt: »Man muß ein Schwein sein in dieser Welt!«

Aus Roß brach es heraus: »An allem ist nur diese Kleinwächter schuld. Ich habe es beim ersten Telefongespräch schon gewußt. Nach 20 Jahren in diesem Job macht mir keiner mehr was vor. Diese Kleinwächter ist die gerissenste Schlampe, die ich je gesehen habe. Ich sage euch, dieses Luder hat magische Kräfte. Sie ist eine Hexe. Wir stellen sie ein, und neun Monate später wackelt die mächtige FHK-Bank mit all ihren 35 Stockwerken.«

Roß und Gernsheimer tranken weiter und begannen von alten Zeiten zu erzählen. Dr. Sonnenfeld hörte nicht mehr zu. Er stand auf und sah aus dem Fenster. Tief im Westen, hinter der kantigen Bankensilhouette Frankfurts, ging die Sonne unter. Leise sprach er zu sich selbst: »Ich mache weiter! In einer anderen Bank. Zur Not gehe ich wieder zur Assekuranz. Ich werde die Tür zu einer neuen Zeit aufstoßen. Die dritte industrielle Revolution wird kommen. Und ich bin ihr Protagonist. Ich werfe sie raus; alle, die über 45 sind, alle Versager und Quertreiber. Ich werde die elektronische Datenverarbeitung vorantreiben und Arbeitsplätze wegrationalisieren … Hoffentlich, hoffentlich kommt mir dabei nicht wieder so ein Müller in die Quere!«

Es wurde dunkel, als sie nach Hause fuhren. Rote Rücklichter auf der Autobahn. Im Westen Abendrot. Der CD-Player schwieg. Müller fuhr mit konstanter Geschwindigkeit. »Haben Sie schon eine neue Stelle?« fragte er.

»Nein«, antwortete Barbara.

»Ich brauche noch eine Teamleiterassistentin. Vier-fünf. 14 Monatsgehälter.«

»Indiskutabel!« Sie lächelte im Dunkeln.

»Aber Frau Kleinwächter, vergessen Sie nicht, daß Sie erst 27 sind!« sagte Müller mit gespielter Entrüstung.

»Also, nur gesetzt den unwahrscheinlichen, hypothetischen Fall, ich könnte Ihr Angebot in nähere Erwägung ziehen, dann müßten schon 5000 drin sein.«

Müller lachte. »Da stelle ich lieber Czerwinski ein. Der ist billiger!«

»Der ist auch nicht in der Gewerkschaft.«

Müller erschrak. Sein Kopf flog herum: »Was, um alles in der Welt, hat Sie bewogen, einer Gewerkschaft beizutreten? In einer Zeit, wo alles den Verbänden davonläuft. Noch dazu als Bankkauffrau! Ein Banker würde sich nie dazu herablassen…«

»Wegen Dr. Sonnenfeld!«

Der Prokurist schluckte. »Das wäre vielleicht ein Grund.«

Sie wechselte das Thema: »Werden Sie tatsächlich eine Abteilung leiten?«

»Ja, aber zunächst muß ich Aufbauarbeit leisten. Dabei sind die eingespielten Teams von großem Wert. Ich werde den Laden zum Laufen bringen, weil ich jeden einzelnen Menschen mit seinen persönlichen Stärken und Fähigkeiten in den Mittelpunkt stellen werde.«

»Haben Sie keine Angst zu scheitern?«

»Man kann einen Wettlauf nur gewinnen, wenn man zum Wettlauf antritt.«

Barbara schwieg. Sie dachte: »Er ist der geborene Vorgesetzte. Er wird mit Umsicht seine Mitarbeiter führen. Er wird sie aufbauen, motivieren und schützen. Hoffentlich macht ihn die Arbeitswelt nicht kaputt.«

»Dort oben sind Lichter auf dem Berg«, rief sie spontan. »Neun Monate bin ich an der alten Burg vorbeigefahren und wollte immer einmal hoch. Nie hat es geklappt.«

»Sie ist der Anfang einer Burgenstraße«, erklärte er. »Die zieht sich von Darmstadt die Bergstraße hinunter, das Neckartal entlang bis weit ins Schwäbische hinein. Ich bin früher einmal in den Sommerferien mit ein paar Freunden von Ruine zu Ruine gewandert. Zwei Wochen mit Rucksack und Zelt. War eine schöne Zeit.«

»Ich gehe auch gern wandern. Leider haben mir seit dem Rauswurf in der kleinen Filiale die Partner gefehlt.«

»Man kann auch in den Alpen oder an der Ostsee sehr schöne Fußtouren machen.«

»Kann man, Herr Müller.«

Schweigen. Schließlich gab sie sich einen Ruck: »Was halten Sie davon, wenn wir einmal hochfahren zur Burgruine? Für die Fußfaulen geht eine Asphaltstraße direkt bis vors Tor. Heute ist eine gute Gelegenheit.«

»Frau Kleinwächter, dort oben ist es stockdunkel.«

»Gar nicht wahr. Die Türme werden angestrahlt, und dazwischen werden wir einen Weg finden.«

Die alte Ruine lag verlassen auf dem Höhenzug. Am Fuß der Mauern ein nächtlicher Parkplatz. Auch er war verlassen. Nicht einmal ein Liebespaar hatte sich mit dem Auto dorthin verirrt. Die beiden gingen durch das offene Eichenholztor und stiegen über eine schmale Steintreppe zum Wehrgang hinauf. Weiter Blick über die nächtliche Rheinebene. Hinten am Horizont waren die teilweise noch erleuchteten Bürotürme Frankfurts zu erkennen. In der Tiefe sah man die Lichter einer Stadt. Sie liefen in dünnen Ketten die Berghänge hinunter und verdichteten sich im Zentrum. Es war etwas frisch hier oben. Barbara hatte ihren Mantel übergezogen, aber nicht zugeknöpft. Müller war wie immer perfekt gekleidet. Er schien in seinem professionellen Outfit unempfindlich gegen Temperaturschwankungen zu sein. Beide lehnten an der Mauerbrüstung und schwiegen. Barbara dachte: »Warum nimmst du mich nicht in den Arm, du Idiot?«

»Ich kann es nicht tun«, überlegte Müller. »Ich muß ihr die Chance geben, sich frei entscheiden zu können. Wenn ich sie jetzt umarme, wagt sie nicht, nein zu sagen, weil sie den Arbeitsvertrag noch nicht in der Tasche hat.«

»Es ist schön hier oben.«

»Ja.«

»Warum quälst du mich so?« klagte sie still. »Du hast so viel Wärme in dir. Warum bleibt für mich davon nichts übrig?«

Müller erinnerte sich an seinen Traum. Er lag auf dem Waldboden, und Sonnenlicht funkelte zwischen den Baumwipfeln. Sie beugte sich über ihn und kitzelte lachend seine Brust mit dem Rispengrashalm. »Mein Gott, du bist die Frau, auf die ich so lange gewartet habe. Du bist die kluge, gütige, attraktive Frau... Was gäbe ich darum, dich zu berühren! Warum hast du nur diesen verfluchten Arbeitsvertrag noch nicht unterschrieben?«

»Ich will doch nicht viel von deiner Wärme«, flehte Barbara still. »Nur eine Berührung. Bitte berühre mich doch endlich!«

»Ich muß Frau Kleinwächter respektieren. Ich darf die Situation nicht ausnutzen.«

Langsam lösten sich beide von den alten Steinen und gingen schweigend zum Parkplatz zurück.

Er fuhr sie vor die Haustür. Der Motor lief. Sie stieg nicht aus. Er sagte nichts. Nach einer Minute stellte er den Motor ab. Schweigen. Sprachlosigkeit. Plötzlich griff Barbara mit beiden Händen nach seinem Kopf, drehte ihn zu sich und küßte ihn auf den Mund. »Du Idiot, warum sagst du nichts, du blöder, verdammter Idiot! Du disziplinverbohrter Hornochse! Warum läßt du mich allein in dieser kalten Welt herumstehen mit deinen blöden, braunen, wunderschönen Augen?«

Er öffnete verblüfft den Mund: »Aber, Frau Kleinwächter...«

»Ich heiße nicht Kleinwächter. Ich heiße Barbara. Großes B, a, r, b, a, r, a. Merk dir das, du Knallkopf!«

Sie stürzte aus dem Auto, rannte konfus um das Fahrzeug herum, fand dann den Weg zur Haustür und kehrte auf halber Strecke zurück. Er betätigte seinen elektrischen Fensterheber und sah sie fragend an. Barbara rief: »Ich hab' noch etwas vergessen: Lieben tu ich dich auch!«

Sie suchte mit zitternden Fingern ihre Schlüssel. Der BMW stand zehn Meter hinter ihr. Er rührte sich nicht. Sie wartete. Als er nicht ausstieg, schloß sie die Tür auf und ging hinein. Er startete den Motor und fuhr davon. Die roten Rücklichter verschwanden in der Dunkelheit. Aber Barbara war nicht traurig. Sie lachte still: »Er ruft an. Keine Stunde dauert es.«

Und diesmal wird es kein Traum sein.